BASTEI LÜBBE TASCHENBUCH

14

Weitere Titel der Autorin:

Mord in Oxford
Unheil über Oxford
Morgen trauert Oxford
Flucht aus Oxford
Kein Zurück nach Oxford
Schatten über Oxford
Stille Nacht in Oxford
Oxfords Tote ruhen nie
Böses Spiel in Oxford
Ruhe sanft in Oxford
Der Tod kommt rasch in Oxford
Nebel über Oxford

Titel in der Regel auch als E-Book erhältlich

Über die Autorin:

Veronica Stallwood kam in London zur Welt, wurde im Ausland erzogen und lebte anschließend viele Jahre lang in Oxford. Sie kennt die schönen alten Colleges in Oxford mit ihren mittelalterlichen Bauten und malerischen Kapellen gut. Doch weiß sie auch um die akademischen Rivalitäten und den steten Kampf der Hochschulleitung um neue Finanzmittel.
Jedes Jahr besuchen tausende von Touristen Oxford und bewundern die alten berankten Gebäude mit den malerischen Zinnen und Türmen und dem idyllischen Fluss mit seinen Booten – doch Veronica Stallwood zeigt dem Leser, dass der friedliche Schein oft genug trügt.

VERONICA STALLWOOD

Endstation Oxford

Kate Ivorys letzter Fall

Aus dem Englischen übersetzt
von Ulrike Werner

BASTEI
LÜBBE
TASCHENBUCH

BASTEI LÜBBE TASCHENBUCH
Band 16 743

1. Auflage: Februar 2013
Dieser Titel ist auch als E-Book erschienen

MIX
Papier aus verantwortungsvollen Quellen
FSC® C014496

Vollständige Taschenbuchausgabe

Deutsche Erstausgabe

Titel der englischen Originalausgabe: »Oxford Ransom«

Textredaktion: Anke Pregler, Rösrath
Titelillustration: © David Hopkins, Phosphor Art
Umschlaggestaltung: Kirstin Osenau
Satz: Urban SatzKonzept, Düsseldorf
Gesetzt aus der Garamond
Druck und Verarbeitung: GGP Media GmbH, Pößneck
Printed in Germany
ISBN 978-3-404-16743-2

Sie finden uns im Internet unter
www.luebbe.de
Bitte beachten Sie auch:
www.lesejury.de

Der Preis dieses Bandes versteht sich einschließlich
der gesetzlichen Mehrwertsteuer.

1

Jon Kenrick stand vor dem geöffneten Kühlschrank und überlegte, was er zum Frühstück zubereiten sollte. Speck? Eier? Oder vielleicht Pilze? Die Pilze hatten zwar ihre beste Zeit hinter sich und sahen ein wenig verschrumpelt aus, aber wenn er sie in viel Butter briet, würden sie sicher noch schmecken.

Aus dem Arbeitszimmer im ersten Stock klang das eifrige Klappern von Kates Tastatur.

»Frühstück in fünf Minuten!«, rief Jon.

»Bin schon unterwegs«, schallte es zurück, doch das eifrige Klappern ging weiter.

Jon wunderte sich nicht über Kates Arbeitsanfall an diesem Samstagmorgen. Schon zur Mittagszeit mussten sie los, denn heute heiratete Kates Agentin Estelle Livingstone, und sie waren zur Hochzeitsfeier eingeladen.

Jon füllte den Wasserkocher. Wenn es etwas gab, womit man Kate von ihrem Computer loseisen konnte, dann war es der Duft von frischem Kaffee. Er schnitt vier Scheiben Brot ab und steckte sie in den Toaster. Kaffee und Toast – gab es etwas Besseres, um eine Frau an den Frühstückstisch zu locken?

Drei Minuten später erschien Kate an der Küchentür.

»Da bist du ja!«, freute sich Jon.

»Ich wollte nur noch den Absatz zu Ende schreiben. Sag mal, sind das etwa die Pilze ganz hinten aus dem Kühlschrank?«

»Spare in der Zeit, dann hast du in der Not.« Jon grinste

und wendete die Pilze in der Pfanne. »Ich bin sicher, sie sind noch in Ordnung.«

»Denk dran: Ich muss mich gleich in ein Kleid zwängen, das mir mehr als eine dünne Scheibe Toast bitter verübeln würde.«

Verständnisvoll schaufelte Jon den Löwenanteil aus der Pfanne auf seinen eigenen Teller. Kate bekam nur eine kleine Portion ab. »Klar, wir sind zum Mittagessen eingeladen, aber wer weiß, wie lang es bis dahin noch dauert. Hast du eine Ahnung, wie viel Zeit ein Fotograf braucht, bis er Braut und Bräutigam möglichst pittoresk unter einem Rosenbogen drapiert hat?«

»Wie ich Estelle kenne, wird die Fotosession eher kurz ausfallen«, meinte Kate. »Die beiden sind ja keine süßen zwanzig mehr. Und auch die Dreißiger haben sie locker hinter sich.« Sie goss Kaffee in zwei Becher, und für eine Weile widmeten sie sich schweigend ihrem Frühstück.

»Was sagst du überhaupt dazu?«

»Dass Estelle heiratet? Natürlich freue ich mich für sie.«

»Glaubst du, dass sich dadurch ihre Beziehung zu ihren Autoren verändert?«

»Ich denke, dass sie wieder ganz die zielstrebige, entschlossene und durchsetzungsfähige Agentin sein wird, sobald sie nach der Hochzeitsreise ihr Büro betritt.«

»Na ja ...«

»Ich kann mir nicht vorstellen, dass Estelle lieber Hausmütterchen ist, als einen guten Deal an Land zu ziehen.«

»Was hieltest du davon, es ihr nachzutun?«, fragte Jon plötzlich.

»Wie meinst du das?«

»Ganz einfach: zu heiraten. In den Stand der Ehe zu treten. Nägel mit Köpfen zu machen. Kinder zu bekommen.«

»Im Prinzip bin ich nicht abgeneigt, aber jetzt ist nicht der richtige Zeitpunkt dafür«, antwortete Kate.

»Wird es denn je einen richtigen Zeitpunkt geben?«

»Sobald ich das Buch fertig habe, an dem ich gerade sitze.«

»Nun, damit sind wir immerhin schon einen Schritt weiter.« Kate war wirklich ein Fall für sich! Hatte sie nicht längst genug geschrieben? Blieb ihr überhaupt noch etwas zu sagen?

»Ich habe mich lange mit Estelle darüber unterhalten. Sie ist der Meinung, dass ich mich an einem Punkt meiner Karriere befinde, an dem ich etwas wirklich Außergewöhnliches abliefern sollte. Meinen großen Durchbruch, wie sie es nennt. Ich möchte etwas schreiben, worauf ich wirklich stolz sein kann. Mein bestes Werk. Aber das schaffe ich nur, wenn ich mich ganz darauf konzentriere. Eine Hochzeit, ein Umzug und vielleicht sogar ein Baby, das wäre mir jetzt einfach zu viel.«

Andere Frauen bewältigten doch auch mehrere Dinge gleichzeitig! Warum nicht Kate? Hätte Jon diesen Gedanken allerdings ausgesprochen, hätte das vermutlich zu einer ihrer endlosen Diskussionen geführt. Und anschließend würden sie sich für den Rest des Tages anschweigen.

»Was schätzt du? Sechs Monate? Ich denke, so lange kann ich warten«, erklärte er friedlich.

»Weißt du, ich will etwas ganz Neues ausprobieren. Aber dazu muss ich erst mit Estelle reden, sobald sie aus den Flitterwochen zurück ist.«

»Oh, sicher kann sie deinen Anruf kaum abwarten.«

Kate leerte ihren Kaffeebecher und stand auf. »Ich sollte mich allmählich in Schale werfen«, meinte sie. »Die Trauung ist um elf.«

»Sechs Monate. Höchstens«, wiederholte Jon.

»Ich *muss* dieses Buch schreiben«, gab Kate zurück. »Verstehst du das denn nicht? Es ist vielleicht meine letzte Chance.«

»Du könntest stattdessen ein paar niedliche Kinder bekommen«, wandte Jon ein.

Er musste jedoch einsehen, dass für Kate zumindest im Augenblick die Produktion eines Buches Vorrang vor der von Nachwuchs hatte.

In einer aufwändig und mit viel Sinn für Details ausgestatteten Bauernhausküche, in der getrocknete Kräuter von der Decke hingen und fünf verschiedene Sorten Olivenöl auf einer Marmoranrichte standen, spielte sich fast zeitgleich ein ganz anderes Frühstücksszenario ab.

An einem langen Holztisch saßen Myles und Cathy Hume nebeneinander und fühlten sich unbehaglich. Sie hatten ihren Dauerstreit nur kurz unterbrochen. Estelle soll nicht gleich zu Beginn mit den unangenehmen Seiten einer zwölfjährigen Ehe konfrontiert werden, dachte Myles. Warum zum Teufel musste sein Bruder nun doch noch heiraten, nachdem er dieser Falle so lange hatte ausweichen können?

»Du willst doch nicht ernsthaft mit dieser Krawatte in die Kirche gehen?«, mäkelte Cathy.

»Warum nicht? Meine Mutter hat sie mir zu Weihnachten geschenkt.«

»Sicher, aber das ist fünf Jahre her. Nimm sie ab, Myles.«

So war Cathy immer, wenn sie eine Diät machte. Obwohl sie in letzter Zeit geradezu verbissen versuchte abzunehmen, sah man ihrer hübsch gerundeten Figur keine Veränderung an.

»Und was zum Teufel soll ich sonst umbinden?« Natürlich hatte sie sich wieder ein teures, neues Kleid gekauft. Dabei waren sie so klamm, dass er sich das ganze Jahr hindurch nicht einmal eine neue Krawatte geleistet hatte.

»Mir geht es so was von am Arsch vorbei, was du anziehst!«

Das sagt sie nur, weil sie ihr neues Kleid anprobiert hat und den Reißverschluss nicht zubekommt, dachte Myles.

»Mami, was bedeutet am Arsch vorbei?«

Ein zierliches, engelsgleich aussehendes Kind war in die Küche getreten und blickte die Mutter interessiert an. Nicht, dass die Kleine das nicht ahnen würde, dachte Myles. Sie wollte vermutlich nur testen, wie ihre Mutter sich aus der Affäre zog.

»Barsch. Ich habe Barsch gesagt. Das ist ein Fisch, weißt du?«, improvisierte Cathy. »Seid ihr denn immer noch nicht angezogen, Portia?«

»Also, ich bin in drei Minuten fertig, aber Juliet trödelt mal wieder.«

»Dann steh hier nicht rum. Mach dich fertig und sag Juliet, dass wir nicht ihretwegen zu spät kommen wollen.«

Portia rannte aus der Küche und rief die Treppe hinauf: »Hau rein, du faule Socke. Mami hat eine Scheißlaune.«

»Ich brauche jetzt erst mal einen kleinen Whisky«, sagte Myles und hielt Cathy sein Glas hin.

»Um diese Uhrzeit? Einer von uns muss aber nüchtern bleiben.«

»Wo du recht hast, hast du recht.« Er nickte. »Und heute bist du an der Reihe.« Ehe sie etwas einwenden konnte, stürzte er einen guten Fingerbreit Whisky hinunter und machte sich auf den Weg zum Cottage seines Bruders, dessen Trauzeuge er an diesem Tag sein sollte.

Nachdem die Haustür ins Schloss gefallen war, räumte Cathy das schmutzige Geschirr in die Spülmaschine und ging dann hinauf in ihr Schlafzimmer, um sich für die Hochzeit umzuziehen. Mist! Myles war fort. Wie sollte sie jetzt den Reißverschluss ihres Kleides schließen? Wie hatte sie das nur vergessen können! In einer Schublade stöberte sie nach einer Häkelnadel. Erst gut fünf Minuten und mehrere schmerzhafte Verrenkungen später saß das Kleid. Als Cathy schließlich fertig war, perlten Schweißtropfen über ihr hochrotes Gesicht. Noch schlimmer aber fand sie, dass Portia ihren Affentanz die ganze Zeit von der Tür aus beobachtet hatte.

»Verschwinde!«, giftete sie und knallte dem Kind die Tür vor der Nase zu.

Nachdem sie sich das Gesicht abgetupft und ihren Hut aufgesetzt hatte, ging sie hinunter und warf einen Blick auf die Uhr im Korridor. Oben stritten sich die Kinder.

»Aufhören!«, zeterte sie.

Plötzlich stand Portia neben ihr. Sie trug jetzt ihr Brautjungfern-Kleidchen und hatte ihr Haar gebürstet, bis es wie gesponnenes Gold aussah. Ein geübtes Lächeln lag auf ihrem makellosen Gesicht.

»Sie hat angefangen«, behauptete die Kleine und ließ ein paar zerdrückte Rosenblätter zu Boden segeln.

»Das interessiert mich nicht. Und hör endlich auf mit dem Quatsch, sonst hast du nicht mehr genügend Blüten für Estelle übrig.« Nun erschien auch Juliet auf dem Treppenabsatz. Der Kranz aus Rosen saß schief über ihrem mürrischen Gesicht. Cathy rückte den Kopfputz ihrer jüngeren Tochter zurecht. »In fünf Minuten machen wir uns auf den Weg zur Kirche«, erklärte sie.

Es war ein Fehler gewesen, das Kleid in Größe 40 zu kaufen. Bloß weil sie und Myles wieder einmal eine Krise durchmachten, sollte sie nicht gleich zur Schokolade greifen, wenn sie sich über ihn ärgerte. Aber es war wirklich unerhört, welche Sparmaßnahmen er von ihr erwartete! Und dabei gönnte er sich den besten Whisky, während er sie anhielt, nicht mehr in teuren Delikatessenläden, sondern im Supermarkt einzukaufen. Wie sollte sie denn dort ihren Lieblings-Vacherin finden? Da durfte es wirklich niemanden wundern, wenn sie sich auf den Frust hin eine Familienpackung belgischer Pralinen leistete, oder?

Nun spannte das asymmetrisch geschnittene Seidenkleid über Bauch und Hüften, während ihr Miederhöschen sich redlich bemühte, die Fettpölsterchen wegzumogeln, die sich um ihren Po angesiedelt hatten. Sie zog widerwillige Muskeln ein und hoffte, dass niemand etwas merkte. Den Hochzeitskuchen konnte sie jedenfalls vergessen. Oder vielleicht – Cathy kannte Estelle und ahnte, dass der Kuchen eine fantastische Köstlichkeit sein würde – würde sie sich ein ganz, ganz kleines Stück gönnen. Nur eines.

Die Pralinenschachtel stand auf einem Tisch im Flur. Ohne sich dessen bewusst zu sein, fingerte sie sich durch leere Papierchen, immer in der Hoffnung, in einer Ecke könne sich doch noch eine vergessene Praline verstecken. Als ihr endlich klar wurde, dass die Schachtel tatsächlich leer war, seufzte sie tief.

In einer anderen, etwas kleineren Küche, auf deren polierter Granitarbeitsfläche glänzende Küchengeräte standen, saß an einem ziemlich langen Tisch ein Mann und frühstückte. Im gesamten Raum herrschte eine fröhliche Unordnung, wie nur Kinder sie hinterlassen können. Und tatsächlich wurde kurz darauf lautes Kinderlachen vom Schrillen der Türklingel unterbrochen.

»Könntest du bitte aufmachen, Gaby?«

Der Mann saß am Tisch und schaufelte Rührei, Pilze und Speck in sich hinein. Er hatte die drei Bestandteile seines Frühstücks fein säuberlich auf seinem Teller getrennt und aß immer ordentlich der Reihe nach eine Gabel Ei, eine Gabel Pilze, eine Gabel Speck. Ein bisschen sorgte er sich, dass der Speck zur Neige gehen könnte, während noch Pilze und Rührei übrig waren, und daher schnitt er den Speck in kleinere Stücke, um die Symmetrie zu erhalten. Beim Essen las er Zeitung und bemerkte nicht, dass Gaby gerade Wäsche in die Waschmaschine stopfte. Doch sie beschwerte sich nicht, unterbrach ihre Arbeit und ging nachsehen, wer da am Samstagmorgen etwas von ihnen wollte.

»Seid mal ein bisschen leiser«, sagte der Mann zu den Kindern, obwohl er nicht die geringste Hoffnung hegte, dass man ihm gehorchen würde. Und dann hielt er inne: Waren jetzt Pilze oder Rührei an der Reihe?

»Es ist der Postbote!«, rief Gaby von der Eingangstür her. »Du musst hier was unterschreiben.«

»Das kannst du auch tun, okay?« Er unterbrach weder seine Mahlzeit, noch blickte er von seiner Zeitung auf. An diesem Samstagmorgen trug er ein strahlend sauberes T-Shirt und eine frisch gebügelte Jeans. Vom Duschen glänzte seine Haut noch immer rosig. Seine nackten Füße steckten in Turnschuhen, die so weiß waren, dass er sie sicher nie bei einem Training getragen hatte.

Gaby kam mit einem dicken Umschlag in die Küche zurück. Als der Mann den Brief sah, wurde seine Stimme scharf. »Gib her!«

»Der Brief ist nicht für dich«, erklärte Gaby und brachte

den Umschlag außer Reichweite. »Er ist für einen gewissen Jackson Cutter.«

»Dann ist er doch für mich«, sagte der Mann so langsam und überdeutlich, als spräche er mit einem der Kinder.

»Ich hätte vielleicht besser nicht unterschrieben. Aber die Adresse stimmt.« Immer noch hielt sie den Umschlag von ihm entfernt.

»Nun gib schon her!«

Gaby begutachtete die Adresse. »Wer mag dieser Jackson Cutter sein?«, sinnierte sie. »Und dann der Absender! Alpha UK Agency! Hört sich ganz schön zwielichtig an.«

»So ein Quatsch! Was ist bloß mit dir los?«

»Und warum schicken diese Alpha-Leute Herrn Cutter einen so dicken Brief an unsere Adresse? Ist der Mann vielleicht ein Spion?«

»Jetzt hör schon auf, mich auf den Arm zu nehmen, Gaby.« Mit einem Seufzer entschloss er sich, ihr reinen Wein einzuschenken. »Jackson Cutter, das bin ich. Ja, ich habe mich Jackson Cutter genannt. Schau mich bitte nicht so an. Es ist schließlich nicht verboten, einen anderen Namen zu benutzen. Und gib mir endlich diesen Brief.«

»War doch nur ein Scherz! Bitte schön, Mister Cutter!«

Der Mann setzte sich und riss den Umschlag auf.

»Willst du mir nicht erklären, was das alles zu bedeuten hat? Was macht diese Agentur?«

»Alpha ist eine Literaturagentur. Dort kümmert man sich darum, Verleger für Manuskripte zu finden. Ich habe ein paar meiner Sachen hingeschickt.«

»Sachen? Was für Sachen? Hast du etwa ein Buch geschrieben?«

»So könnte man es ausdrücken.«

»Aber das braucht dir doch nicht peinlich zu sein! Ich finde das ganz großartig. Werden wir jetzt reich?«

»Kommt darauf an, wie es ihnen gefällt.« Der Mann glaubte felsenfest daran, dass sein Buch das Zeug zum Bestseller hatte und dass jeder Agent ihn mit Handkuss vertreten würde, sobald er die ersten Zeilen gelesen hätte. »Wenn es angenommen wird, bekommen wir nicht nur viel Geld, sondern ich kann auch meine Arbeit aufgeben und mich ganz der Schriftstellerei widmen. Das habe ich mir mein Leben lang gewünscht.«

Einen kurzen Augenblick träumte er von sonnigen Vormittagen in einem Wintergarten, wo er umgeben von Vogelgezwitscher und dem Duft von Geißblatt in die Tasten seiner treuen, alten Schreibmaschine hämmerte. Noch immer öffnete er den Umschlag, der verdächtig dick war. Hatte die Agentur etwa alle seine eingesendeten Kapitel zurückgeschickt? Etwa hundert maschinenbeschriebene Seiten kamen zum Vorschein. Am Titelblatt war ein Brief angeheftet. Ein kurzer Brief mit dem Logo der Agentur. Der Mann wandte den Kopf zur Seite.

»Lies du«, sagte er und reichte Gaby den Brief.

Gaby brauchte nur fünf Sekunden.

»Tut mir leid«, sagte sie dann.

»Nicht gut?«, erkundigte er sich zaghaft.

»Mein Gott, der Kerl ist ein Blödmann erster Güte. Das Manuskript wäre nichts für ihn, schreibt er. Und dass er dir Glück bei der weiteren Suche nach einem Agenten wünscht.«

»Ist das alles?«

»Hier. Schau es dir selbst an.«

Der Brief bestand aus nicht mehr als vier Zeilen. »Unhöflicher Mistkerl. Er hätte doch wenigstens meinen Schreibstil loben oder erwähnen können, dass die Handlung genial ist. Nach dem, was hier steht, müsste ich glatt die Hoffnung aufgeben, je im Leben etwas zu veröffentlichen. Für wen hält dieser verdammte Spinner sich eigentlich?«

»Pst, die Kinder hören zu!« Der Mann, der sich Cutter nannte, hob entschuldigend eine Hand. »Aber bestimmt gibt es doch noch andere Agenten. Einer wird sicher erkennen, wie gut du bist. Der Brief hier ist doch nur eine Einzelmeinung.«

»Nicht ganz«, gestand er mit einem gewissen Unbehagen und sah sie an. »Es ist jetzt schon das siebte Mal, dass das Manuskript zurückkommt. Und immer steht in den Briefen das Gleiche: dass der Markt derzeit schwierig wäre, und dass man mir viel Glück für die Zukunft wünscht.«

»Na, dann versuch es weiter. Schick das Buch an den nächsten Agenten.«

»Mal sehen.« Er fühlte sich viel zu mutlos, um es noch einmal zu probieren.

»Es ist schon nach elf. Warum schüttest du den Rest Kaffee nicht einfach weg und machst dir einen ordentlichen Gin Tonic? Der hilft vergessen.«

»Ich bin gerade erst mit dem Frühstück fertig geworden.«

»Jedenfalls solltest du dich ein bisschen beruhigen.«

»Ich wollte immer schon schreiben. Von klein auf. Ich wollte meinen Namen in großen Lettern auf Bucheinbänden sehen. In meinen Träumen stürmen die Leute in Buchhandlungen, reißen sich meine Romane aus den Händen, und ich kann sagen: Diese Bücher habe ich geschrieben! Ich bin berühmt.«

»Ich würde dein Buch gern lesen«, sagte Gaby. »Natürlich nur, wenn es dir nichts ausmacht.«

»Ich glaube, ich gehe es vorher lieber noch einmal durch. Vielleicht sollte ich noch die eine oder andere Kleinigkeit verändern.«

»Darf ich denn wenigstens kurz hineinschauen?«

»Ach, ich glaube nicht, dass es deinen Geschmack trifft.«

»Nicht? Wieso meinst du das?«

»Es geht weder um Designerklamotten, noch kommen ein gut aussehender männlicher Held oder ein Wochenendtrip nach Paris darin vor.«

»Möglicherweise wollte die Agentur es deswegen nicht. Vielleicht solltest du es mit ein bisschen Sex aufpeppen.«

»Ich werde es mir morgen noch einmal vorknöpfen und vielleicht noch etwas daran tun. Was hältst du von einem Spaziergang mit den Kindern im Park? Ein bisschen frische Luft täte uns allen gut. Ich muss schließlich noch den ganzen Nachmittag im Auto sitzen.«

Bei mir zu Hause wird das Frühstück im Esszimmer eingenommen. Auch wenn man mich als altmodisch belächelt, weigere ich mich, Mahlzeiten in der Küche zu servieren. Heute Morgen zum Beispiel gab es Porridge. Selbstverständlich wurden die Haferflocken in Wasser gekocht und nur ein wenig gesalzen. Mein Tee wird in einer Kanne kredenzt und aus Porzellantassen mit Untertellern getrunken. Hätten Sie etwas anderes erwartet?

Jetzt werden Sie wieder behaupten, dass ich Selbstgespräche führe. Sie glauben, dass ich meine Einsamkeit mit Fantasiegestalten bevölkere. Sie denken, dass ich mir etwas vormache, wenn ich glaube, dass mir jemand zuhört. Aber ich weiß, dass sich in diesem Raum die Menschen befinden, die mein Leben geformt haben. Und wenn ich Lust habe, sie zu sehen, mich mit ihnen zu unterhalten oder mit ihnen zu streiten, so geht das nur mich etwas an. Natürlich ist mir bewusst, dass sie nur in meinem Kopf existieren, aber das macht sie keineswegs weniger real.

Oktober. Die schrägen Sonnenstrahlen gleiten über poliertes Holz und Messing, verändern ihre Farben zu Gold und Bernstein und tauchen die Szenerie in ein Rembrandt'sches Licht. Von der Wärme angelockt versammeln sich die verblichenen Gestalten rings um den Tisch. Ihre schleppenden grauen Schatten und ihr kalter Atem absorbieren das herbstliche Leuchten und verdunkeln das Tageslicht.

Worüber ich mit den Geistern rede? Natürlich über längst vergangene Zeiten. Die Vergangenheit ist ein Puzzle, in dem einige Teile verloren gegangen sind oder in die falschen Lücken gezwungen wurden. Ich habe mir vorgenommen, die Teile an die richtigen *Stellen zu legen, um das Bild zu vervollständigen. Mein erklärtes Ziel ist es, etwas richtigzustellen. Andere Menschen arbeiten, um Geld zu verdienen, Macht zu erringen oder Liebe und Zuneigung zu gewinnen. Was ich jedoch will und brauche, ist die Möglichkeit zu entscheiden, was richtig ist, und danach handele ich. Und so kehren die Bewohner der Vergangenheit in diesen Raum zurück und erzählen mir immer und immer wieder ihre Version unserer Geschichten. Ich höre zu, äußere mich und versuche, den Sinn zu ergründen. Irgendwo liegt allem ein Muster zugrunde, das ich eines Tages erkennen werde.*

Weil heute Samstag ist, gestatte ich mir eine zweite Tasse Tee. Es ist ein bescheidener Luxus und nicht schlimmer, als dem Ruf verflossener Tage nachzugeben.

Draußen scheint die Sonne. Die Luft ist so erfrischend und kühl wie ein Zitronensorbet. Natürlich ist es kalt, aber so ist es nun einmal im Oktober. Der Tag ist ganz anders als jener damals, als sich die früh hereingebrochene Dunkelheit vor den Vorhängen ballte, Nebel an Fenster und Türen leckte, an den Rahmen rüttelte, in das düstere Haus eindrang und unser Leben für immer veränderte.

Ich erinnere mich, dass jemand schrie. Aber das war später.

2

»Das hält bestimmt nicht lange.«

Die Stimme klang alt und etwas herrisch. Ein vorwitziger Windstoß trug sie zu Kate Ivory hinüber, als sie eben den Kirchhof betrat.

»So etwas sollte man bei einer Trauung lieber nicht sagen«, meinte sie zu Jon gewandt.

»Was denn?«

»Ach nichts.«

»Alles in Ordnung?«

»Ja. Wieso?«

»Ich dachte, dass dir vielleicht die Füße wehtun.«

»Kein bisschen.«

Bei den nächsten Schritten konzentrierte sich Kate darauf, sorglos und heiter dreinzublicken, doch die Kirche stammte aus der Zeit der Normannen, und der Weg über den Hof war möglicherweise schon im 12. Jahrhundert angelegt und seither vermutlich mit jedem Jahr unebener geworden. Damals trug man Holzschuhe, dachte sie, oder vielleicht derbe Lederstiefel – jedenfalls sicher nicht einen Hauch aus grünen Federn mit Zwölf-Zentimeter-Absätzen.

»Mir brauchst du doch nichts vorzumachen«, sagte Jon und reichte ihr den Arm, damit sie sich unterhaken konnte. »Aber davon mal abgesehen: Deine Füße sehen fantastisch aus. Du trägst die erotischsten Schuhe des ganzen Friedhofs.«

Kate lächelte ihm zu und legte ihre Hand leicht auf seinen

Arm. Zwar half das auch nicht gegen ihre schmerzenden Füße, aber sie fühlte sich gleich um Längen besser. Mit einer Kopfbewegung brachte sie die Federn ihres Hutes zur Freude der hinter ihr gehenden Hochzeitsgäste provokativ zum Wiegen, ehe sie wieder dem Gespräch in ihrer Nähe lauschte.

»Man kann im Oktober keinen Dauersonnenschein erwarten. Sicher regnet es bald wieder«, erklärte die vornehme Stimme.

»Hoffentlich hält das Wetter wenigstens noch für die nächste Stunde«, erwiderte eine sanftere Stimme.

»Adela, du bist und bleibst eine unverbesserliche Optimistin!«

»Wir hatten einen miserablen Sommer und einen schrecklich windigen Herbst. Man konnte so gut wie nie ohne Strickjacke gehen.«

»Typisch Estelle, sich derart unvorhersehbares Wetter auszusuchen.«

Jetzt erst wurde Kate klar, dass die beiden alten Damen tatsächlich über das Wetter gesprochen hatten. Ein wenig schämte sie sich, dass sie der Meinung gewesen war, es ginge um Estelles Ehe.

»Warum reden ältere Leute eigentlich immer über das Wetter?«, wollte Kate von Jon wissen. »Andere Themen scheint es kaum zu geben.«

»Kommt darauf an. Ich habe sie auch schon darüber sprechen hören, wie erschreckend teuer alles geworden ist. Oder sie geben damit an, dass sie ihre Altersgenossen überlebt haben. Und oft geht es auch um den Krieg.«

Sie durchschritten einen mit Rosen geschmückten Torbogen, hinter dem ein Platzanweiser stand und fragte: »Braut oder Bräutigam?«

»Braut«, antwortete Jon, während Kate sich mit einem

Leitblatt für den Gottesdienst bewaffnete. Sie setzten ihren Weg durch das Kirchenschiff an vielen Rosen vorbei fort und suchten sich Plätze in der Mitte der linken Seite.

»Es ist ganz anders, als ich erwartet hatte«, flüsterte Kate Jon zu.

»Offenbar hält es sogar Estelle bei ihrer Hochzeit mit bewährten Traditionen.«

Es stellte sich heraus, dass Estelle – der Plagegeist sämtlicher Verleger und die ungekrönte Königin zahlreicher Buchauktionen – über ganz normale Eltern und so viele Freunde und Bekannte verfügte, dass die durchaus nicht kleine Pfarrkirche ihres Heimatortes in Buckinghamshire bis zum letzten Platz gefüllt war.

Während Jon das Leitblatt überflog, beobachtete Kate die anderen Gäste. Estelles Fans waren nicht nur erheblich zahlreicher als die von Peter, sondern auch deutlich besser gekleidet. Die Frauen trugen Designermäntel und auffällige, keck über einem Auge sitzende Hüte mit nickenden Federn, ihre männlichen Begleiter waren gut aussehend und schienen durchweg wohlhabend zu sein. Die meisten waren aus London angereist und wirkten neben der älteren Verwandt- und Bekanntschaft wie Paradiesvögel zwischen Spatzen.

Adela und Muriel, die beiden älteren Damen, deren Gespräch Kate aufgeschnappt hatte, wurden zu einer Bank ganz vorn geleitet. Sie verdankten diese Platz dem Umstand, dass Muriel mit der Braut verwandt und Adela eine sehr alte Freundin von Estelles Vater war. Adela ärgerte sich, dass sie sich mit Muriel von Oxford aus ein Taxi hatte teilen müssen, aber in diesen lausigen Zeiten musste man sehen, wo man blieb. Allerdings würde sie jetzt den gesamten restlichen

Tag mit Muriel verbringen müssen. Das war insofern besonders ärgerlich, als Muriel nun mit Sicherheit all die kleinen Sparmaßnahmen registrieren würde, zu denen Adela sich in letzter Zeit gezwungen sah. Wenigstens muss ich nicht in einer so hässlichen, schäbigen Wohnung leben wie sie, dachte Adela mit ungewohnter Heftigkeit.

Am Anfang der Bank blieb Muriel kurz stehen und betrachtete mit gerunzelter Stirn ein mit Bändern geschmücktes Rosensträußchen.

»Was glaubst du wohl, was das alles kostet?«, fragte sie für Adelas Geschmack viel zu laut. »Sieh dir das einmal an. Rosen! Sicher aus Afrika eingeflogen!«

»Nun, meine Liebe, es ist ihr Geld. Sie kann damit machen, was sie will.«

Adela folgte Muriel in die Kirchenbank, setzte sich und seufzte wie ein Ballon, der Luft verliert.

»Kennst du die Leute hier?«, erkundigte sich Muriel und blickte sich um.

»Ich weiß, dass der Trauzeuge in der ersten Reihe Peters Bruder Myles Hume ist. Ich glaube, er ist Anwalt.«

»Ziemlich gewöhnlich«, urteilte Muriel, nachdem sie Myles ein paar Sekunden begutachtet hatte. »Übrigens ist Peter Hume meiner Ansicht nach auch nicht gerade ein Ausbund an Eleganz.«

»Wirklich? Ich finde ihn heute ausgesprochen ansehnlich. Die Frau hinter ihnen ist vermutlich ihre Mutter.«

»Sieht aus wie ein kleiner, brauner Vogel«, krittelte Muriel. »Der Federhut ist eindeutig ein Fehlgriff.«

Muriel und Adela trugen ausladende Hüte und helle Tweedkostüme, die an Chanel erinnerten. Das Blau von Muriels Hut passte zu ihrem taubengrauen Kostüm, und auch Adelas fliederfarbene Kopfbedeckung harmonierte perfekt mit ihrer restlichen Garderobe. Adela wusste, dass ihr Kostüm von ausgezeichneter Qualität war, trotzdem hätte sie sich gewünscht, für diesen besonderen Anlass etwas Neues kaufen zu können.

»Über Peter weiß ich nur sehr wenig«, bemerkte sie.

»Er verkauft Bücher. Sein Vater spielte einst mit Matthew Golf. Seine Mutter ist mehr für Bridge, spielt aber anscheinend ziemlich miserabel.«

»Er verkauft Bücher?«, hakte Adela nach.

»Secondhandbücher«, erklärte Muriel verächtlich. »Mir ist schleierhaft, wie er davon leben kann.«

»Bücher«, wiederholte Adela gedankenverloren.

Muriel schniefte, nahm ein Taschentuch aus ihrer Handtasche und tupfte ihre Oberlippe damit ab. »Also wirklich, Adela, allmählich mache ich mir ernsthafte Sorgen um dich. Du scheinst in letzter Zeit ein wenig verwirrt zu sein. Wir sprachen gerade über Peter Hume und seine Unfähigkeit, die gute Estelle zu ernähren. Wie mag sein Geschäft in diesen wirtschaftlich unsicheren Zeiten laufen?«

»Oh ja, wem sagst du das? Mit meiner Rente kann ich auch keine großen Sprünge mehr machen«, seufzte Adela.

»Ich glaube, das Gefühl hat jeder von uns. Allerdings denke ich, dass es nicht mehr lange so weitergeht. Spätestens im Frühjahr geht es wieder bergauf, du wirst sehen. Ob die Leute dann allerdings schon wieder so unnützes Zeug wie Bücher kaufen, wage ich zu bezweifeln.«

»Wenn sich nicht bald etwas ändert, muss ich mich von meinem Weinhändler verabschieden«, sagte Adela traurig.

»Im Supermarkt gibt es auch ganz gute Tröpfchen«, tröstete Muriel. »Du bist zu verwöhnt, Adela. Und weil wir gerade vom Sparen sprechen: Findest du nicht, dass du endlich dieses Riesenhaus verkaufen solltest? Allein das Heizen im Winter kostet doch sicher ein Vermögen. Du solltest in eine bequeme, moderne Wohnung ziehen, wie ich es getan habe.«

»Lieber nicht«, antwortete Adela und wünschte, Muriel würde sich nicht ständig in ihr Leben einmischen. Sie tut das nur, weil sie neidisch auf mein schönes Haus ist, dachte sie. Wenn die anderen mich endlich in Ruhe ließen, könnte ich auch glücklich sein. Ich brauche doch nur genügend Geld für meinen täglichen Bedarf. Ist das wirklich zu viel verlangt?

»Aber richtige Sorgen musst du dir eigentlich nur um die steigende Kriminalitätsrate machen«, fuhr Muriel fort. »In schwierigen Zeiten brennen sogar bei unbescholtenen Bürgern manchmal die Sicherungen durch.«

»In North Oxford bestimmt nicht.«

»Gerade in den besseren Vierteln. Jedenfalls solltest du Fenster und Türen immer sorgfältig schließen, Adela. Und niemals Fremde ins Haus lassen!«

Portia, die fotogen neben einem Rosenbogen posierte, war sich der bewundernden Blicke der anderen Hochzeitsgäste durchaus bewusst. Juliet hingegen platzte fast aus ihrem Kleid. Auch ihre Mutter war dicker geworden. Sie sah aufgequollen aus wie ein zu heiß gewordenes Würstchen. Portia hatte sich kurz gefragt, ob vielleicht ein neues Baby unterwegs war, aber ihre Eltern starrten sich in letzter Zeit so finster an und stritten sich so oft, dass sie es kaum für wahrscheinlich hielt.

Ihre nagelneue Tante war da ein ganz anderes Kaliber und ein viel besseres Vorbild. Estelle Livingstone war groß und schlank. Ihr hübsch geschminktes Gesicht glänzte keineswegs rot verschwitzt, und ihrer angenehmen Stimme lauschte man gern. Im Schlafzimmer hatte Portia heimlich geübt, es ihr gleichzutun.

Ihre Mutter trug an diesem Morgen ein sehr hübsches Kleid. Ihre Schuhe waren fast neu, was man von der Fußbekleidung des Vaters nicht behaupten konnte. Er trug Slipper, die vorn abgestoßen und hinten krumm getreten waren und ihn wie einen Verlierer aussehen ließen.

Weil sich ihre Mutter gerade mit den Blütenblättern beschäftigte und nicht hinsah, wagte Portia mit ihren neuen Lederballerinas einen gezielten Tritt gegen Juliets Knöchel.

Natürlich brüllte Juliet sofort ihren Hass auf die große Schwester lauthals heraus. Leider dauerte der Spaß nicht lange. Die Mutter beugte sich zu Portia hinunter.

»Mir ist es ganz egal, ob euer Onkel Peter heute heiratet – wenn ihr euch nicht sofort benehmt, setzt es was. Und zwar nicht zu knapp!«

»Nicht so laut, Juliet«, mahnte Portia tugendsam, als Juliet nicht aufhörte zu heulen.

Vor der Kirche hielt ein großer Wagen mit schnurrendem Motor.

Souverän und schlank wie eine Tanne blieb Esmée Livingstone auf ihrem Weg zu den vorderen Bänken bei der kleinen Gruppe stehen.

»Estelle wird innerhalb der nächsten drei Minuten hier sein«, bemerkte sie mit befehlsgewohnter Stimme. Für einen kurzen Moment dachte Portia, die Frau wäre Estelle, doch dann wurde ihr klar, dass das silberne Haar und die gebieterischen blauen Augen zur Mutter ihrer neuen Tante gehörten.

»Ihr müsst euch gerade halten«, sagte sie zu den beiden Brautjungfern. »Die Leute sehen zu euch hin. Und hör auf zu heulen«, zischte sie Juliet an. »Ihr Blumenkranz gehört mindestens fünf Zentimeter weiter nach vorn«, flüsterte sie Cathy zu und legte gleich selbst Hand an.

Ohne sich noch einmal umzublicken, setzte sie dann ihren Weg zur ersten Reihe links fort.

Der Organist stimmte eine lebhafte Melodie an, die nach und nach in die vertrauten Klänge des Hochzeitsmarsches überging.

Im Garten stand ein großes Festzelt. Auf dem Rasen wartete eine lange Reihe Gratulanten, die mit Champagnergläsern in den Händen unter dem apfelgrünen Stoffdach plauderten. Die Zeltmasten waren mit weißen und roten Rosen geschmückt. Im Zelt hatte man Tische und Stühle aufgebaut. Ein Stückchen weiter stand ein kleineres, rundes Zelt, dessen Form an einen chinesischen Hut erinnerte. Hier befand sich die Bar, wo sich Gäste bedienen konnten, die keinen Champagner wollten, sondern stärkeren Getränken den Vorzug gaben.

Es war angenehm warm geworden. Die Hochzeitsgäste schwärmten über den Rasen. Ein halbes Dutzend Kinder tobte, endlich von den Zwängen des Kirchenbesuchs befreit, fröhlich schreiend durch den Garten.

Kate und Jon stellten sich bei den Gratulanten an. Nachdem sie dem frischgebackenen Ehepaar ihre Glückwünsche überbracht hatten, bedienten sie sich beim Champagner, bekamen ein winziges Amuse-Gueule mit Räucherlachs dazu und gingen wieder hinaus an die frische Luft.

»Hier sind mindestens hundert Leute«, stellte Kate fest, nachdem sie sich umgesehen hatte.

»Wenn nicht sogar mehr«, sagte Jon. »Schau dir bloß an, wie groß das Zelt ist, in dem gleich das Essen serviert wird.«

Rechts von ihnen begann ein Kind, hysterisch zu schreien.

»Wenn du so weitermachst, ist dein Kleid gleich im Eimer«, kritisierte eine sehr junge Stimme in scharfem Tonfall. »Du solltest sie nicht auch noch bei diesem Blödsinn unterstützen, Onkel Charley.« Kate sah sich um. Die ältere der beiden kleinen Brautjungfern musterte ihre Schwester mit kritischem Blick. Juliet, deren Kränzchen aus Rosenknospen schon wieder verrutscht war, schrie noch lauter, als besagter Onkel Charley sie erneut hoch über seinem Kopf schwenkte. Wenigstens hatte er sein halb leeres Whiskyglas zuvor abgestellt.

Eine Frau mit rotgoldenem Haar, dessen kunstvoll aufgetürmter Knoten sich langsam löste, kam hastig aus dem Zelt gelaufen. Sie trug ein grünes Seidenkleid, das gefährlich über den Hüften spannte. Gerade wurde Juliet wieder in die Luft geworfen.

»Was um alles in der Welt tust du da, Charley?«, schimpfte die Frau. »Ich dachte, wir wären uns einig …«

»Schon gut. War doch nur ein Späßchen.«

»Er muss ganz schön stark sein, Mami«, meldete sich das andere Kind zu Wort. »Juliet ist in letzter Zeit ziemlich fett geworden.«

»Sei nicht so gemein zu ihr, Portia.« Das muss Estelles Schwägerin sein, dachte Kate.

»Lass sie runter«, sagte Cathy zu Charley. Ihre Stimme klang jetzt weniger scharf. Sie nahm Juliets Hand, um die Kleine ins Zelt zurückzuführen, und tätschelte Charley kurz den Arm, als wolle sie sich für ihr Einschreiten entschuldigen.

Charley griff nach seinem Whiskyglas und leerte es in einem Zug, ehe er davontrottete. Sein Blick war unstet, und er schwankte ein wenig.

»Myles!«, rief Cathy herrisch. »Soll ich mich etwa ganz allein um die Kinder kümmern? Komm her und hilf mir.«

Die Livingstones und die Humes hatten inzwischen alle Gäste begrüßt und mischten sich unter das Volk, das über die ausgedehnten Rasenflächen bummelte. Myles löste sich aus einem heiter plaudernden Grüppchen und gesellte sich zu seiner Frau. Charley torkelte auf den Chinesenhut zu, wo er sein Glas nachfüllen ließ.

»Warum legst du es immer darauf an, mich vor den Augen der anderen zum Idioten zu machen?«, beschwerte sich Myles bei seiner Frau.

»Lass uns lieber weitergehen«, flüsterte Kate und nahm Jons Arm.

3

»Wow«, staunte Kate leise.

»Was hast du erwartet? Schwarze Seide und feuerroten Samt? Einen Rotwein-Brunnen und ein Buffet mit gebratenen Pfauen und jungen Blättern vom Salz-Alant?«

»Jedenfalls hätte das besser zu der Estelle gepasst, die ich kenne. Aber dieser weiße Damast und das zartgrüne Leinen …«

Auf den Tischen unter dem Zeltdach glänzte das silberne Besteck, und die Gläser funkelten. Makellos gekleidete Kellner und Kellnerinnen warteten darauf, den ersten Gang servieren zu dürfen.

Kate und Jon fanden ihre Plätze. Anhand der Platzkarten konnte Kate erkennen, dass man sie mit zwei von Estelles Autorinnen und ihren jeweiligen Begleitern an einen Tisch gesetzt hatte. Außerdem saß ein gewisser Edgar Livingstone bei ihnen, der wahrscheinlich zu Estelles Verwandtschaft gehörte, ein Paar namens Ben und Frances Akin, das Kate unbekannt war, sowie eine Mrs Adela Carston.

Nachdem die anderen Autorinnen Platz genommen hatten, war schnell Gesprächsstoff gefunden. Die Unterhaltung drehte sich hauptsächlich um Literatur und das Verlagswesen. Kate musste jedoch feststellen, dass das unbekannte Paar ihr gegenüber sie irritierte. Ihr Blick glitt von Ben zu Frances und wieder zurück. Die beiden sahen sich unglaublich ähnlich. Was ihre Größe, ihren Teint, ja sogar ihre Mimik betraf, glichen sie sich wie ein Ei dem anderen. Beide wirkten typisch englisch. Sie könnte aus einem Film der 1930er Jahre stammen, dachte Kate. Ben Akin trug einen dunklen Anzug, Frances ein ebenso dunkles Kleid mit passendem Blazer. Beide hatten die gleichen blassblauen Augen, das gleiche aschblonde Haar und den gleichen pedantischen Zug um den Mund. Frances war vielleicht ein oder zwei Jahre jünger als Ben.

»Mein Bruder und ich führen eine Buchhandlung in Oxford«, beantwortete Frances gerade die Frage einer der Autorinnen. »Ben kennt sich in der Literatur deutlich besser aus als ich, ich hingegen habe eher ein praktisches Händchen, kümmere mich um die Buchführung und darum, dass er nicht zu viel ausgibt.«

Neben Ben saß eine kleine, ältere, fliederfarben gekleidete Dame, neben Frances ein Mann, der seine Serviette bereits in den Kragen gesteckt hatte und mit erhobenem Kopf und bebenden Nasenflügeln auf das Essen wartete. Sein Alter war schwer zu bestimmen. Er hatte eine rosige Gesichtshaut und glich einem Rokokoengel. Das muss Edgar Livingstone sein, dachte Kate. Und bei der Dame ihr gegenüber handelte es sich um Adela Carston, die Frau, die im Kirchhof hinter ihr gegangen war.

»Exquisit«, säuselte Adela, während sie das cremefarbene Rosengesteck auf dem Tisch betrachtete.

»Wirklich hübsch«, stimmte Frances Akin zu. »Genau wie das Kleid der Braut. Und ich nehme an, das Essen wird diesem opulenten Standard entsprechen.« Ihr Ausdruck ließ darauf schließen, dass Opulenz etwas war, was die Geschwister Akin um jeden Preis zu vermeiden suchten.

»Schön, Sie hier zu sehen, Ben und Frances. Ich nehme an, alle anderen sind Freunde von Estelle«, wandte sich Adela an die Tafelrunde. »Sie ist doch wirklich ein nettes Mädchen, nicht wahr? Ich bin übrigens eine sehr alte Freundin ihres Vaters«, fuhr sie fort. »Matthew und ich haben uns während des Krieges in London kennengelernt, als ich noch ein junges Mädchen war. Ein wirklich netter Mann! Wir blieben auch in Verbindung, nachdem ich Victor und er Esmée geheiratet hatte. Damals lebten wir alle in North Oxford. Erst nach der Geburt der kleinen Estelle zogen Matthew und Esmée in dieses Dorf hier.«

»Vermutlich mit dem ganzen Mund voller Silberlöffel«, raunte Ben seiner Schwester zu, allerdings nicht so leise, dass Kate es nicht gehört hätte.

»Jakobsmuscheln«, seufzte Edgar verzückt beim Anblick des ersten Gangs. Nur Adela hatte sich für Suppe entschieden, alle anderen genossen ihre sautierten Muscheln. Nachdem er seinen Teller in Windeseile geleert hatte, blickte Edgar hoffnungsvoll auf, als wünsche er einen Nachschlag. Estelles Autorinnen fassten ihre Analyse des Verlagswesens zusammen, während Jon und die beiden anderen Herren eingehend das Thema Fußball erörterten.

Nachdem Adela mit ihrer Suppe fertig war, bedachte sie Edgar mit ihren Monologen, ohne offenbar zu bemerken, dass er sich ausschließlich für sein Essen interessierte. Während des gesamten Menüs hörte Kate dann und wann ihre Stimme, die Anekdoten aus ihrem Leben zum Besten gab.

»Bücher«, erklärte die alte Dame irgendwann ihrem desinteressierten Tischherrn, »Bücher waren für meinen Mann einfach alles. Erinnerst du dich noch an Victor, Edgar? Die Leute sagen, er wäre bibliophil gewesen.«

»Bibliophag«, entgegnete Edgar und verdrückte eine hübsch in Form gebrachte Karotte, auf der er herumkaute, als wolle er demonstrieren, dass Victor seine Bücher am liebsten verschlungen hätte.

»Meinst du wirklich?«, fragte Adela zweifelnd.

»Sie beide haben den Kerl doch sicher auch gekannt, oder?« Edgar sah die beiden Akins an.

»Er kam manchmal in unseren alten Laden an der North Parade Avenue«, antwortete Frances. »Ich glaube, wir konnten ihm den einen oder anderen Titel besorgen, aber eigentlich war er nicht an Secondhandbüchern interessiert.«

»Er sah sich gern als großen Büchersammler, aber ich bin mir nicht ganz sicher, ob er das nötige Fachwissen mitbrachte«, erklärte Edgar, während er den letzten Rest Soße mit einem Stück Brot auftupfte. »Ihm ging es mehr um Quantität. Für Qualität hatte er leider kein Händchen, das war nicht seine Stärke.«

»Ich habe mich mein Leben lang darauf verlassen, dass Victor wirklich über alles Bescheid wusste«, klagte Adela. »Ich war vollkommen von ihm abhängig, und eigentlich bin ich es immer noch.«

»Wenden Sie sich ruhig an uns, wenn Sie irgendwelche Hilfe brauchen«, bot Frances an. »Einer von uns kommt dann so schnell wie möglich. Zu jeder Tages- und Nachtzeit.«

»Mieser Kerl«, knurrte Edgar. Er war des Themas längst müde, winkte den Kellner heran und fragte, ob noch etwas von dem »ganz ausgezeichneten Rindfleisch« übrig sei. Sofort wurde ein weiterer, üppig gefüllter Teller aufgetragen. Vielleicht kannte Estelle den Appetit ihres Cousins und hatte dafür gesorgt, dass in der Küche ausreichend Nachschub wartete.

Beim Anblick von Edgars Nachschlag kniff Ben Akin die Lippen zusammen. Demonstrativ legte er sein Besteck ordentlich auf seinen Teller. Frances schob ihre Essensreste an den Tellerrand, ehe sie das Gleiche tat. »Es schmeckt wirklich gut, aber es ist einfach zu viel«, sagte sie.

Adela hatte die Kritik an ihrem Mann schon wieder vergessen. »Ist das nicht ein schöner Tag?«, rief sie. Von allen Seiten wurde Zustimmung gemurmelt. »Ich liebe Hochzeiten. Erst gestern habe ich meinen Enkel aufgefordert, sich ein nettes Mädchen zum Heiraten zu suchen. Er ist so ein hübscher Junge! Ich weiß gar nicht, warum er noch immer allein ist.«

Edgar hatte sich inzwischen mit gleich zwei Desserts versorgt, einer Erdbeer-Baiser-Creme und einer Schokoladenmousse. Die beiden Akins senkten missbilligend den Blick auf ihre Teller. Edgar wischte sich die letzten Schokoladenspuren von den Lippen und stieß einen zufriedenen Seufzer aus.

»So lecker er sein mag, aber ich glaube, ich schaffe meinen Nachtisch nicht«, erklärte Frances.

»Kein Problem, geben Sie her«, sagte Edgar, streckte seine fleischige Hand aus und wartete auf den Teller. Dann wandte er sich wieder an Adela. »Dein Mann war ein ganz schöner Tyrann. Du hättest bei Matthew bleiben sollen. Zwar hat er nicht so gut verdient wie Victor, aber er ist viel netter zu seiner Frau und seiner Tochter.« Er stopfte sich einen Löffel Sherry getränkter Erdbeeren in den Mund und lächelte selig.

Adela fielen fast die Augen aus dem Kopf. »Aber Matthew war doch viel zu jung, genau wie ich! Wir hätten keinesfalls heiraten können. Und wo hätten wir wohnen sollen? Victor hingegen war bereits arriviert.«

»Wen interessiert mit zwanzig, ob jemand arriviert ist?«

Aber Adela gehörte offenbar zu denjenigen, die es interessiert hatte. »Nach Victors Tod meinte Matthew, dass ich jetzt die Chance hätte, mein eigenes Leben zu leben. Aber da hatte ich längst die Lust darauf verloren.«

»Haben Sie je daran gedacht, Victors Bücher zu verkaufen?«, erkundigte sich Ben.

»Aber nein«, wehrte Adela ab, »das könnte ich nicht.«

»Sollten Sie Ihre Meinung je ändern, stehen wir Ihnen gern mit Rat und Tat zur Seite«, sagte Frances. »Einer von uns ist während der Öffnungszeiten immer im Laden zu erreichen.«

»Ich glaube kaum, dass das nötig sein wird«, erklärte Adela.

»Du hast nicht alle Tassen im Schrank, Adela«, brummte Edgar und schloss die Augen.

Falls er jedoch gehofft hatte, vor den Tischreden noch ein Schläfchen machen zu können, hatte er sich getäuscht. Estelles ausgeklügelter Zeitplan kannte keine Gnade.

Das Stimmengemurmel ringsum wurde heiterer und lauter. Nur Charley Hispers Organ dröhnte grollend über alle hinweg.

»Der gute alte Charley. Wieder mal voll wie eine Haubitze«, bemerkte Tim, der Lebensgefährte einer der Autorinnen, grinsend.

Aus allen Ecken waren beschwichtigende »Pst«-Laute zu hören, die Charley jedoch nicht beeindruckten. Lauthals rief er einen Kellner herbei, der sein Weinglas nachfüllen sollte.

Myles war aufgestanden, um einen Toast auf die Braut auszubringen, doch Charley gebärdete sich so laut, dass sich alle Köpfe in seine Richtung wandten. Als Charley merkte, dass die allgemeine Aufmerksamkeit inzwischen ausschließlich ihm galt, kam er mühsam auf die Beine und grölte zum Tisch des Brautpaars hinüber:

»Ja, genau um dich geht es, beschissener Mister Hume. Wie sagen deine früheren Freunde noch zu dir? Betrügerischer Mistkerl!« Beim letzten Satz geriet er ins Schwanken. Ein paar seiner Freunde nutzten die Gelegenheit, um ihn an den Armen zu packen und fortzuziehen. Doch Charley schüttelte sie schnell wieder ab.

»Halt den Mund und setz dich, Charley!«, brüllte Myles ihn an.

»Betrügerischer Mistkerl!«, rief Charley erneut.

»Wer zum Teufel hat den eingeladen?«, fragte Tim. »Jeder weiß doch, dass er sich sofort besäuft, wenn es irgendwo umsonst Alkohol gibt.«

»Ist seine Mutter nicht eine gute Freundin von Esmée?«

»Die beste Freundin sogar. Charleys Mutter ist Estelles Patin.«

»Seht nur, er steigt auf den Tisch«, sagte Kate. Gläser zersplitterten, und Einwegkameras knirschten unter Charleys Schuhen.

»Wie unangenehm!«, ereiferte sich Frances Akin. »So etwas erlebt man wirklich nicht gern bei einer Hochzeit.«

»Jemand sollte ihn da runterholen«, meinte Ben.

»Und ihm Manieren beibringen«, fügte Frances mit strenger Stimme hinzu.

»Der Mann ist betrunken«, sagte Edgar. »Einem Betrunkenen kann man beim besten Willen nichts beibringen.«

»Was hat er bloß?«, fragte jemand am Nachbartisch.

»Er kann Estelles Mann nicht ausstehen.«

»Ich dachte, er giftet den Trauzeugen an.«

»Ist es nicht ein bisschen spät, Einwände gegen Peter zu erheben?«

»Und warum sollte er Myles auf dem Kieker haben?«

Niemand machte sich die Mühe, leise zu sprechen. Myles hatte seine Absicht, eine Rede zu halten, längst aufgegeben. Ein paar Freunde bemühten sich, Charley doch noch vom

Tisch zu zerren. Schließlich schafften sie es sogar. Er bekam kaum noch einen zusammenhängenden Satz heraus. »Nehmt eure dreckigen Finger weg!«, hörten ihn die Gäste noch schimpfen und: »Betrügerischer Mistkerl!«, während er begleitet vom Scheppern fallenden Bestecks und zerbrechender Teller aus dem Zelt gebracht wurde.

»Ich glaube kaum, dass Estelle ihn seit der Kinderzeit oft gesehen hat«, vermutete Tim. »Wenn sie geahnt hätte, was aus ihm geworden ist, hätte sie seinen Namen sicher von der Gästeliste gestrichen.«

»Der Mann ist maßlos«, urteilte Frances, deren lange, dünne Hände von einem Leben voller Selbstverleugnung erzählten.

Kate warf einen Blick zum Tisch des Brautpaars. Estelle und ihre Mutter taten, als wäre nichts geschehen. Matthew Livingstone starrte stumm in sein Weinglas. Er schien nachzurechnen, was ihn das zerbrochene Geschirr kosten würde. Myles' Gesicht war rot vor Verlegenheit. Und Peter wirkte ebenso hilflos wie sein Bruder.

Man bat um Ruhe. Matthew Livingstone, der wieder alles unter Kontrolle zu haben schien, stand auf, brachte einen Toast auf das Brautpaar aus und hielt eine kurze Ansprache über die Tugenden seiner Tochter.

Leider hatte die kleine Portia eine klare und ziemlich laute Stimme. Mitten in die Rede hinein platzte ihre Frage: »Mami, was ist ein betrügerischer Mistkerl?«, so dass alle es hören konnten. Matthew bemühte sich, das leise Lachen der Gäste zu ignorieren.

»Diesem Kind sollte jemand die Leviten lesen«, zischte Frances. »Die Kleine ist viel zu altklug.«

4

Austin Brande war etwa zwanzig Minuten zuvor eingetroffen, um seine Großmutter und deren Freundin Muriel nach Oxford zurückzufahren. Schnell stellte er fest, dass die Feier sich zwar ihrem Ende zuneigte, aber noch nicht vorüber war. Er beschloss, den beiden alten Damen noch einen netten Abschluss des Festes zu gönnen und schlenderte durch den Garten. Vielleicht war ja irgendwo noch ein Gläschen für ihn übrig. Auf der Rückfahrt würden sie einander noch lange genug auf der Pelle hocken. Er liebte Adela wirklich, doch ihr manchmal etwas weitschweifiges Gerede ging ihm nach einer Weile meist auf die Nerven.

Er entdeckte die Bar, bestellte ein Glas Whisky und schlürfte es genüsslich am Zelteingang. Dabei sah er amüsiert zu, wie ein völlig betrunkener Gast wüste Beleidigungen gegen Braut und Bräutigam ausstieß, ehe seine Freunde ihn endlich fortbringen konnten. Sie schleppten ihn an die Bar und bestellten ihm ein großes Glas Wasser und einen Kaffee. Es wäre besser, dachte Austin, wenn er sich hinlegen würde, bis das Schwindelgefühl aufhört.

Als das Grüppchen an ihm vorüberkam, hörte er einen der Männer sagen:

»Was zum Teufel ist bloß in dich gefahren, Charley?«

»Warum hat sie ihn geheiratet?«, jammerte Charley. »Wieso ausgerechnet ihn?«

»Wahrscheinlich, weil sie ihn liebt.«

»Unmöglich! Der Kerl ist ein absolutes Ekelpaket.«

»Ach was. Er ist ein ganz normaler Mann«, beschwichtigte ihn sein Freund.

»Betrügerischer Mistkerl«, knurrte Charley.

»Schon gut, Charley, vergiss es. Jetzt bringen wir dich erst einmal nach Hause. Andy nimmt deinen Wagen, ich fahre mit meinem hinterher.«

Nachdem sie Charley dazu gebracht hatten, ein wenig Wasser zu sich zu nehmen und den Kaffee zu trinken, schleppten sie ihn zu den geparkten Autos.

Eine Frau in einem grünen Kleid trat aus dem Zelt und blickte dem Grüppchen nach. Sie sah aus wie eine Mutter, die von ihren Kindern in aller Öffentlichkeit stehen gelassen worden war. Nach einigen Sekunden wandte sie sich wortlos ab und kehrte ins Festzelt zurück.

Haus und Garten haben wirklich Stil, dachte Austin. Das Anwesen lag in den Chilterns, nicht weit von den Autobahnen nach London und Oxford entfernt, und sah nicht nur hübsch aus, sondern war auch sehr gepflegt. Im Augenblick stagnierte der Markt, und die Preise waren niedrig, aber in ein, zwei Jahren könnte man mit einem Verkauf wahrscheinlich ein Vermögen machen. Schon allein die Größe des Festzelts! Austin schätzte, dass mindestens hundertfünfzig Gäste darin Platz gefunden hatten. Und die Getränke waren so großzügig bemessen, dass sogar für unvorhergesehene Gäste wie ihn genügend vorhanden war. War Adela mit dieser Familie verwandt? Er glaubte es nicht. Soweit er sich erinnerte, hatte sie erzählt, dass sie früher eng mit dem Brautvater befreundet gewesen war. Schade eigentlich.

In seiner Jugend hatte er sich das Ziel gesetzt, mit Erreichen seines jetzigen Alters die erste Million in der Tasche zu haben. Leider hatte das nicht geklappt. Während er sich auf dem Anwesen eines Menschen umsah, bei dem es offenbar besser gelaufen war, konnte er sich eines Anflugs von Neid nicht erwehren. Wahrscheinlich hatte der Eigentümer längst seine zweite oder dritte Million in Angriff genommen. Aber natürlich machte es keinen Sinn, über den Ist-Zustand zu lamentieren. Austin würde seine Pläne keinesfalls aufgeben. Er schob sie nur einfach für einige Monate nach hinten.

Nachdem er eine Runde durch den Garten gedreht und das Haus von außen bewundert hatte, stellte Austin sein leeres Glas ab und sah nach, ob noch etwas zu essen übrig war. Die Gäste hatten die Reste ihres Mittagessens im Zelt zurückgelassen und standen für ein letztes Glas an der Chinesenhut-Bar Schlange oder bedienten sich bei einem vorüberkommenden Kellner. Austin fand eine Servierplatte mit köstlichen Lachsschnittchen. Er nahm gleich die ganze Platte mit auf seine Besichtigungstour und stärkte sich alle paar Meter mit einem Schnittchen.

Eine Horde Kinder tobte aus dem Zelt heraus. Die Jungen und Mädchen genossen es, endlich nicht mehr brav an den Tischen sitzen zu müssen. Die älteren Gäste hatten sich über den Rasen verteilt. Sie sahen ein wenig müder und zerknitterter aus als bei ihrer Ankunft. Die Gesichter der Frauen glänzten nach dem üppigen Essen, die Männer lockerten einer nach dem anderen ihre Krawatten und öffneten den obersten Hemdknopf. Irgendwo weiter hinten im Garten war ein lautes Scheppern zu hören: Zwei Kinder hatten einen Kellner umgerannt, der ein Tablett mit leeren Gläsern in die Küche bringen wollte. Zeit, die Veranstaltung zu beenden, dachte Austin. Schon begaben sich die ersten Gäste Richtung Eingangshalle, um Estelle zuzusehen, die in einem eleganten Nachmittagskleid die Treppe herunterschwebte, um sich unten mit ihrem Ehemann zu treffen. Die Limousine mit Chauffeur wartete bereits auf das Paar.

Austin brachte das leere Tablett ins Zelt zurück und folgte den Gästen interessiert. Er erkannte die Brauteltern. Der hochgewachsene, schlanke Mann, der sicher schon Mitte achtzig war, stand neben seiner eleganten und mindestens zwanzig Jahre jüngeren Frau. Neben den beiden wartete eine ältere Dame mit einem jüngeren Mann. Mutter und Sohn, dachte Austin, wahrscheinlich Mutter und Bruder des Bräutigams. Beide schienen aus bescheidenen Verhältnissen zu kommen, außerdem fühlte sich die Frau durch die elegante Umgebung offenbar eingeschüchtert. Zwar trugen sie offenbar ihre beste Kleidung, aber die Details stimmten nicht. Der Hut der Frau passte nicht zu ihrem kleinen, blassen Gesicht und dem dünnen Haar, und der Mann hätte dringend ein Paar neue Schuhe gebraucht.

Die Gäste gerieten in Bewegung. Zwischen Haustür und Limousine bildete sich ein Gasse und gestattete Austin einen Blick auf das jungvermählte Paar. Die Frau hat wirklich Klasse, dachte er bewundernd, als Estelle erschien. Er liebte es, wenn Frauen schöne Schuhe trugen. Das Paar, das Estelle trug, hatte so hohe Absätze, dass sie ihren Ehemann um einige Zentimeter überragte. So viel Selbstvertrauen war nicht nur dem Familienerbe zu verdanken – diese Frau hatte es im Leben aus eigener Kraft zu etwas gebracht. Was mochte sie wohl beruflich tun? Austin wusste, dass er nicht lange auf die Antwort würde warten müssen. Adela und ihre Freundin Muriel würden sicher während der gesamten Rückfahrt nach Oxford über das frischgebackene Ehepaar schwatzen und ihm so viele Einzelheiten verraten, wie er gar nicht hatte wissen wollen. Muriel würde sicher auch Näheres über den Betrunkenen wissen, den man unter Austins Augen von der Feier entfernt hatte. Muriel hatte eine scharfe Zunge und genoss nichts mehr als bösartigen Klatsch.

So heiter das Zimmer auch am Morgen wirken mag, wenn sich die schrägen Strahlen der Herbstsonne durch das Fenster tasten, schwebende Staubkörnchen zum Leuchten bringen und die Wände in geschmolzenes Gold verwandeln – am Abend wird es kühl, und die Geister sammeln sich in den Ecken, als materialisierten sie sich aus der feuchten Luft.

Die Vorhänge wurden seit jenem Tag natürlich schon mehrfach erneuert. Doch auch wenn jeweils das Muster wechselt, nehmen sie um fünf Uhr abends die frühere, dunkle Farbe getrockneten Blutes an, und ihre starren Falten verlieren den chemischen Geruch, der neuen Stoffen zu eigen ist. Ich atme den stickigen Staub vieler Jahre ein. Er legt sich wie Puder auf meine Haut, wenn ich den Vorhangstoff um meine Schultern wickele und dem warnenden Ticken der Uhr lausche, die gleich fünf schlagen wird.

Die alte Standuhr mit dem Gehäuse aus Eichenholz wurde längst auf einem Wohltätigkeitsbasar der Kirchengemeinde verkauft. Die neue batteriegetriebene Uhr, die inzwischen auf dem Kaminsims steht, ist so still wie … Es genügt, wenn ich sage, dass die Uhr still ist. Die Geräusche, die ich höre, kommen aus der gleichen Ecke wie meine Geister.

Ist Ihnen je aufgefallen, dass die Stunden eines Tages von unterschiedlicher Dauer sind? Früh am Morgen sind sie lang und vergehen langsam. Fünf, sechs, sieben Uhr – die Zeit dehnt sich und nimmt es mit jeder anstehenden Aufgabe auf. Am späten Nachmittag hingegen treten sie einander auf die Fersen, weil sie kaum schnell genug davonlaufen können. Ist es erst einmal fünf Uhr, kann man jeden Plan, innerhalb ihrer engen Grenzen noch etwas Vernünftiges zu tun, getrost vergessen. Man hastet voran, beeilt sich, das Abendessen auf den Tisch zu bringen, Wäsche zu sortieren, ein Zimmer aufzuräumen, zu essen und die Reste wegzuräumen. Das Tele-

fon klingelt, und man redet vergeblich. Später nimmt man ein Buch zur Hand und schläft ein, ehe man das Seitenende erreicht hat.

Fünf Uhr. Merkwürdig, wie sich alles immer genau auf diese Zeit am Nachmittag konzentriert. Die Schatten werden länger, die Luft kühler. Ich stehe mit um die Schultern geschlungenem Vorhang am Fenster. Der Stoff ist wie ein freundlicher Arm. Ich warte darauf, dass das Drama beginnt.

5

»Ich glaube, wir kennen uns noch nicht. Ich bin Peter Hume.«

Estelle hatte sich nach oben zurückgezogen, um ihr spektakuläres Brautkleid gegen ein elegantes Nachmittagskleid zu tauschen, und Muriel war ins Bad gegangen. Plötzlich stand Adela einem netten Mann gegenüber, den sie nicht einordnen konnte.

»Sind Sie ein Freund von Estelle?«, erkundigte sie sich.

»In gewisser Weise schon. Estelle und ich haben gerade geheiratet.«

»Aber natürlich! Wie dumm von mir! Ich hätte wirklich wissen müssen, wer Sie sind.«

Sie betrachtete ihn. Der Tag war lang, anstrengend und voller neuer Gesichter gewesen. Sie konnte sich nicht mehr konzentrieren und spürte, wie in ihrem Kopf alles durcheinanderging. Der nette Mann kam ihr irgendwie bekannt vor, aber auch er hatte sich umgezogen. In einem normalen Anzug ohne Rose im Knopfloch konnte sie ihn kaum von anderen Gästen um die vierzig unterscheiden. Er lächelte ihr zu. Sie stand allein und etwas irritiert mit ihrem leeren Champagnerglas neben einem riesigen Gesteck aus weißen Lilien und rosafarbenen Rosen, neben dem sie sich fast zwergenhaft ausnahm. »Ich kann mir Gesichter leider nicht sehr gut merken«, sagte sie. »Wie war noch Ihr Name?«

»Peter Hume«, antwortete er geduldig.

»Aber natürlich. Wirklich sehr nett! Ich heiße Adela Carston und bin eine alte Freundin von Estelles Vater Matthew. Wir haben uns während des Krieges kennengelernt, als wir noch sehr jung waren. Ich kann mich noch genau erinnern. Bomben wurden über London abgeworfen, und Matthew sah in seiner Uniform ungeheuer fesch aus.« Es war so viel einfacher, sich an die Ereignisse von damals zu entsinnen, als sich die letzten vierundzwanzig Stunden ins Gedächtnis zurückzurufen. »Ich bin mit Muriel Rooke aus Oxford gekommen. Muriel ist, soviel ich weiß, eine entfernte Verwandte der guten Estelle. Wir haben uns ein Taxi geteilt, damit es nicht zu teuer wird. Später kommt mein Enkel und fährt uns wieder heim.«

»Na, dann ist ja alles geregelt«, meinte Peter und lächelte sie wohlwollend an.

»Könnte es sein, dass mir jemand erzählt hat, dass Sie beruflich mit Büchern zu tun haben?«, erkundigte sich Adela mit leichtem Zögern und ein wenig unsicher, ob sie den Richtigen ansprach.

»Ja, das stimmt. Allerdings schreibe ich nicht, sondern ich kaufe und verkaufe.«

»Ach wirklich? Mein Mann war äußerst bibliophil.«

»Interessant.«

»Wissen Sie, ich bin nicht mehr die Jüngste«, begann Adela. Sie bemühte sich redlich, auf den Punkt zu kommen, aber ehe sie den Kern ihres Problems ansprechen konnte, stand plötzlich Estelle in einem Traum in Rot auf der obersten Treppenstufe.

»Jetzt müssen Sie mich leider entschuldigen. Meine Ehefrau scheint mich zu brauchen.« Und mit einem weiteren Lächeln ließ Peter sie stehen.

Obwohl Peter Adela Carston im Laufe der folgenden Stunde völlig vergaß, blieb das unbestimmte Gefühl, dass ihm etwas Wichtiges durch die Finger zu gleiten schien.

»Hallo? Brauchen Sie Hilfe? Warten Sie, ich besorge Ihnen eine Stuhl.«

Adela konnte sich nicht erinnern, wo sie sich befand. Hatte sie nicht eben noch mit einem netten jungen Mann gesprochen, dessen Name ihr schon wieder entfallen war? Jetzt aber fühlte sie sich ein wenig schwindelig und bemerkte, dass sie sich an einen kleinen Tisch klammerte.

»Hier, bitte. Setzen Sie sich erst einmal. Soll ich Ihnen ein Glas Wasser bringen?«

»Schon gut, Liebes. Es war nur die Aufregung. Ich bin ein bisschen müde, aber gleich geht es wieder.« Eine junge, blonde Frau beugte sich über sie und bot ihr den Arm als Stütze, damit sie sich setzen konnte. »Gerade habe ich mit jemandem gesprochen. Ich glaube, es war der junge Mann, der Estelle geheiratet hat. Ich habe ihm von meinem Freund Matthew erzählt, und wie wir im Krieg miteinander tanzen gingen. Der junge Mann war sehr nett, aber ich habe leider seinen Namen vergessen.«

»Er heißt Peter Hume. Und mein Name ist Kate«, stellte die junge Frau sich vor. »Sie wirkten gerade ein bisschen verloren. Sind Sie mit jemandem hier? Ich könnte die betreffende Person suchen gehen.«

»Mein Enkel kommt mich abholen. Und irgendwo muss auch meine Freundin Muriel sein. Sie wollte nur kurz ins Bad. Ist Estelle schon in die Flitterwochen gestartet?«

»Ja, vor ein paar Minuten.«

»Ach, sehen Sie, da ist ja mein Enkel.« Adela winkte

einem großen, stämmigen Mann Mitte dreißig zu, der draußen stand und fröhlich zurückwinkte, ehe er durch den Garten auf sie zukam.

»Dann kann ich Sie jetzt sicher allein lassen, nicht wahr?«

»Oh ja, alles in Ordnung. Und vielen Dank.«

Als Austin auf die Eingangstür zuging, entdeckte er seine Großmutter, die drinnen im Flur auf einem Stuhl saß und mit einer jungen Frau sprach, die grüne Manolo Blahniks trug. Er winkte, um auf sich aufmerksam zu machen.

»Hallo Omi«, rief er Adela lächelnd zu. »Du siehst ja umwerfend aus!«

»Oh Austin, du Filou!« Er glaubte, sie erröten zu sehen. »Darf ich dir eine neue Freundin vorstellen?« Leider hatte sie den Namen der Freundin schon wieder vergessen. Die junge Frau hob grüßend die Hand und verschwand mit einem Lächeln in der Schar der Gäste.

»Hattest du einen schönen Tag?«, erkundigte sich Austin.

»Wunderbar, Schatz. Und das Essen war einfach großartig.«

»Auf dem Heimweg musst du mir alles ganz genau erzählen.«

»Ich habe viele interessante Leute kennengelernt.«

»Ist ja toll! Hast du eine Ahnung, wo Muriel ist?«, wollte Austin wissen.

»Sie sollte hier irgendwo sein«, entgegnete Adela unbestimmt. »Ich bin ziemlich sicher, dass wir uns an der Eingangstür treffen wollten.«

»Ich hole nur schnell das Auto. Bestimmt taucht Muriel gleich auf. Und wenn nicht, dann machst du es dir schon einmal im Wagen bequem, während wir warten. Deine Füße brauchen sicher ein bisschen Ruhe.« Sie sieht erschöpft aus, dachte er. Der lange Tag hatte Spuren hinterlassen. Vielleicht würde er auf dem Heimweg irgendwo an einem altmodischen Café anhalten und die beiden netten alten Damen zu einer Tasse Tee einladen.

»Lieb von dir«, sagte Adela. Und im Gehen hörte Austin, wie sie vor sich hinmurmelte: »So ein fürsorglicher Junge.«

Jon stand in der Küche und bereitete ein leichtes Abendessen vor. Kate gönnte sich ein schönes Glas Weißwein als Belohnung dafür, dass sie sich auf der Feier mit dem Trinken sehr zurückgehalten hatte, als das Telefon klingelte.

»Deine Mutter«, sagte Jon nach einem Blick auf das Display und reichte Kate den Hörer.

»Hallo Roz!«

»Und? Wie war Estelles Hochzeit?«

Kate trank einen Schluck Wein und kuschelte sich auf das Sofa. »Schön. Ein goldener Oktobertag wie aus dem Bilderbuch, hervorragendes Essen und köstlicher Champagner.«

»Und niemand hat sich danebenbenommen?«

»Ein Gast war ziemlich betrunken und hat den Bräutigam beschimpft. Er wurde dann rausgeworfen.«

»Mit so etwas muss man immer rechnen.«

»Alles war hervorragend organisiert. Und ich fand es ganz angenehm zu sehen, wie sich Estelles starker Charakter endlich einmal auf jemand anderes konzentrierte.«

»Wie war das Kleid? Ein Designermodell?«

»Es sah ein bisschen nach Ian Stuart aus. Pastellfarben mit asymmetrischen Volants und einer eng sitzenden, diagonalen Schärpe über Taille und Hüfte ...«

In diesem Augenblick streckte Jon den Kopf um die Ecke. »In zwei Minuten …« Als er jedoch mitbekam, worum es im Gespräch zwischen Mutter und Tochter ging, zog er sich wieder in die Küche zurück.

»War das Jon?«, fragte Roz.

»Ja, aber Klamotten interessieren ihn nicht«, erwiderte Kate. »Wo waren wir stehen geblieben? Ach ja. Ein Kleid im Flamenco-Stil, mit einer glitzernden Organzablüte über einem Ohr, einer zweiten an der Taille und einem mit Perlen bestickten Oberteil. Sie trug keinen Schleier, aber eine Schleppe, die beim Gehen raschelte wie Papier.«

»Ausgesprochen passend für eine Literaturagentin. Das hört sich ja an, als hättest du einen schönen Tag gehabt.«

»Ja, den hatte ich.« Kate unterbrach sich. »Aber was ist mit dir? Alles in Ordnung?«

»Ja klar. Wieso? Klinge ich anders?«

»Du hörst dich ein wenig müde an.«

»Ich muss zugeben, dass ich mich nach dem Mittagessen ein Viertelstündchen hingelegt habe. Aber das hat nichts zu sagen. Morgen bin ich wieder ganz die Alte.«

»Sicher. Trotzdem solltest du nicht übertreiben.«

»Was genau soll ich nicht übertreiben? Du weißt doch, dass ich in allen Dingen übermäßig bin.«

»Klar.« Kate verzichtete darauf, ihrer Mutter zu raten, heute einmal früh zu Bett zu gehen.

»In Ordnung. Gute Nacht, Kate.« Und als könne Roz die Gedanken ihrer Tochter lesen, fügte sie hinzu: »Dein Tag war sicher ziemlich anstrengend. Ich an deiner Stelle würde heute einmal früh zu Bett gehen.«

»Mal sehen. Soll ich morgen Nachmittag bei dir vorbeikommen?«

»Meinst du, um nach dem Rechten zu sehen?«

»Quatsch! Gute Nacht, Roz.«

Zum ersten Mal spürte Kate, dass ihre Mutter langsam alt wurde. Nun ja, vielleicht nicht *alt*, aber doch zumindest älter. Roz musste inzwischen deutlich über siebzig sein. Sie hielt sich über ihr genaues Alter gern bedeckt, sogar vor der eigenen Tochter, und Kate wäre es nie in den Sinn gekommen, sie unaufgefordert danach zu fragen. Wenn sie Roz jedoch nicht einmal mehr besuchen durfte, ohne gleich der Kontrolle verdächtigt zu werden, würde sie sich wenigstens bemühen, sie öfter anzurufen.

6

Zwei Wochen später kehrte Estelle aus den Flitterwochen zurück. Sie freute sich auf ihre Arbeit. Männliche Gesellschaft war ja ganz nett, auch die des eigenen Ehemannes. Aber gegen die Erregung, die sie verspürte, wenn sie ein geniales Manuskript entdeckte und es bei einer Auktion verkaufte, kam sie nicht an.

Außerdem waren im Zusammenleben mit einem anderen Menschen immer wieder kleine Reibereien vorprogrammiert. Sie hatte sich dabei ertappt, an Peter herumzunörgeln, als er nach der Rückkehr vom Flughafen den Kofferinhalt einfach auf den Boden kippte, die schmutzige Wäsche dort liegen ließ und ihr vielsagende Blicke zuwarf, als sei sie diejenige, die sich darum zu kümmern hätte. Und als nach zwei Tagen die Socken und Hemden immer noch dort lagen, freute sie sich wirklich auf ihr Büro. Und so verließ sie am Montagmorgen das Haus noch zielstrebiger als sonst.

Im Büro kümmerte sie sich zunächst um die angesammelte Post. Die Durchsicht des Stapels unaufgefordert eingesandter Manuskripte verschob sie auf später. Wenn es so weiterginge, würde sie jemanden zum Lesen einstellen müssen. Da es im Jahr jedoch höchstens zwei oder drei unter diesen Manuskripten gab, die gut genug für eine Veröffentlichung waren, scheute sie die Kosten. Andererseits wäre es schade, wenn ihr tatsächlich etwas Originelles und Gewinnträchtiges entginge. Sie sollte mit Fiona darüber sprechen. Vielleicht konnte ihre Assistentin sich einmal in der Woche um die unverlangten Einsendungen kümmern. Die hoffnungslosen Fälle waren leicht zu erkennen und konnten schnell mit einer Standardablehnung an ihre Verfasser zurückgeschickt werden.

Das Telefon klingelte.

»Estelle Livingstone.« Sie genoss es, sich endlich wieder mit ihrem eigenen Namen zu melden, nachdem sie vierzehn Tage lang immer nur als »Mrs Hume« angesprochen worden war. Estelle lächelte in den Hörer. »Was kann ich für Sie tun?«

»Mein Name ist Todd Erwin. Ich wollte mit Ihnen über meinen Roman sprechen.«

»Sollte ich Sie kennen?«

»Bisher noch nicht.«

»Haben Sie mir Ihren Roman zugeschickt?«

»Auch noch nicht. Ich dachte, wir könnten uns zunächst treffen und über meine Ideen sprechen. Ich wüsste gern von Ihnen, ob ich auf dem richtigen Weg bin und was ich tun könnte, um mein Werk noch zu verbessern.« Er lachte. »Falls es überhaupt etwas zu verbessern gibt.«

»Ich gebe keine detaillierten Beurteilungen zu unaufgefordert eingeschickten Werken ab. Außerdem kann ich unfertige Manuskripte von Erstlingsautoren nicht berücksichtigen«, erklärte Estelle mit Bestimmtheit. »Besuchen Sie meine Homepage. Dort steht, wonach ich suche. Und wenn Sie Hilfe bei der Ausarbeitung brauchen, sollten Sie einen Experten für kreatives Schreiben kontaktieren. Es gibt da ein paar ausgesprochen gute Adressen.«

»Schon, aber diese Experten sind auch sehr teuer.«

»Sie bezahlen doch sicher auch Ihren Steuerberater und Ihren Personal Trainer, nicht wahr?«

»Also …«

Ihr wurde klar, dass Todd Erwin weder das eine noch das andere hatte. »Oder den Mann, der Ihre Waschmaschine repariert. Sie können nicht erwarten, dass Leute, die sich um Erstlingswerke kümmern, kein Geld dafür nehmen. So etwas kann sich niemand leisten.«

»Ich dachte, Menschen wie Sie würden aus reinem Vergnügen lesen.«

Estelle verschlug es für einen kurzen Moment die Sprache. Der Mann hatte vielleicht originelle Vorstellungen!

»Das bezweifele ich«, meinte sie schließlich. »Schreiben Sie Ihren Roman, und schicken Sie mir die ersten drei Kapitel mit einem Begleitbrief und einer Zusammenfassung. Und vergessen Sie bitte das Rückporto nicht, Mr ... äh ...«

»Erwin. Todd Erwin.«

»Der Name ist nicht gut gewählt. Sie sollten ihn ändern.«

»Aber ...«

»Vielen Dank für Ihren Anruf. Auf Wiederhören.« Estelle legte auf.

»Hi, Pete.«

Es gab nur einen Menschen auf der Welt, der diese Kurzform benutzte. »Hallo Myles. Wie geht's?«

»Ganz gut. Wie fühlt sich das Eheleben an?«

»Ich glaube, es ist noch zu früh für ein abschließendes Urteil.«

»So schlimm?« Myles lachte, um zu zeigen, dass er scherzte.

»Wie geht es Cathy und den Mädchen?«

»Alles im grünen Bereich.«

Peter hoffte, Myles würde endlich auf den Punkt kommen. Sicher gab es einen Grund für seinen Anruf. Peter überlegte, was geschehen würde, wenn er Myles bat, ihm Geld zu leihen. Jahrelang hatte er seinem Bruder immer wieder aus finanziellen Engpässen geholfen. Wäre es nicht an der Zeit, dass Myles ihm jetzt einmal einen Gefallen tat? Im Lauf der Jahre hatte er seinem Bruder sicher Zehntausende gegeben, aber mehr als die lausigen fünfzig Pfund Akontozahlung, wie Myles sich ausdrückte, hatte er nie zurückbekommen. Allerdings nannte Myles eine extravagante Ehefrau und zwei heranwachsende Töchter sein Eigen. Vermutlich war er selbst dann knapp bei Kasse, wenn seine Kanzlei ausgezeichnet lief.

»Könnten wir uns irgendwo auf ein Glas treffen?«, fragte Myles und zog Peters Aufmerksamkeit damit wieder auf das Gespräch. In seiner Stimme schwang Verzweifelung mit. Peter wurde hellhörig: Sicher hatte Myles wieder vor, ihn anzupumpen. Geld zurückbekommen würde er jedenfalls nicht.

»Stimmt etwas nicht?«

»Was sollte nicht stimmen? Nein, davon kann keine Rede sein. In jeder Ehe gibt es Hochs und Tiefs, nicht wahr?«

»Soll das heißen, dass Cathy und du in einer Krise steckt?«

»Ich kann jetzt gerade nichts dazu sagen, Peter.«

Myles brach ab. Peter hörte Schritte, die sich am anderen Ende der Leitung näherten und dann die Stimme seiner Schwägerin. »Mit wem telefonierst du da?«, keifte sie. »Wieder mit diesem Flittchen, das du in Oxford besucht hast?«

»Ich spreche mit meinem Bruder. Mit Peter.«

»Jetzt jammerst du ihm sicher die Ohren voll und breitest unsere dreckige Wäsche vor allen aus, die zuhören können.«

»Natürlich nicht.«

»Vielleicht sollten wir besser später telefonieren, Myles«, sagte Peter. »Ich lege dann mal auf.«

»Nein, warte. Wir müssen doch Ort und Zeit noch festlegen.«

»Halb sieben im The Plough?«

»Okay.« Myles musste fast schreien, um die Nörgelstimme im Hintergrund zu übertönen.

Sah so eine Ehe nach wenig mehr als zehn Jahren aus? Während Peter noch darüber nachdachte, ob er sich eine weitere Scheibe Toast gönnen solle, klingelte das Telefon erneut.

»Ja bitte?«

»Sind Sie Mr Livingstone?«

»Nein, mein Name ist Hume.« Peter bemühte sich, seine Stimme möglichst souverän klingen zu lassen.

»Oh!«, meinte der Anrufer enttäuscht. »Ich hätte gern mit Estelle Livingstone gesprochen. Wahrscheinlich habe ich mich verwählt.«

»Meine Frau ist schon auf dem Weg ins Büro. Sicher können Sie sie in ein paar Minuten dort erreichen.«

»In Ordnung.«

»Aber sagen Sie, wie sind Sie an ihre private Telefonnummer gekommen?«

»Ich habe im Telefonbuch nachgesehen.«

»Aha.«

»Auf Wiederhören!«

Als Peter auflegte, hörte er, wie die Post eingeworfen wurde. Schnell ging er nachschauen, welche Händlerkataloge diesmal dabei waren.

Es waren zwei Stück, die er sich gleich zum Durchblättern bereitlegte. Außerdem war ein handgeschriebener Brief für ihn gekommen – die üblichen »kleinen Anmerkungen« seiner Mutter. Das bringe ich lieber schnell hinter mich, dachte er und riss den Umschlag auf. Ja, es war genau das, was er erwartet hatte: *Lieber Peter, mir ist klar, dass auch du, wie so viele andere, nicht auf Rosen gebettet bist. Trotzdem hoffe ich, dass du deine arme Mutter nicht vergisst, zumal der Winter vor der Tür steht. Vor allem Strom ist schrecklich teuer geworden, findest du nicht?* Doch, das finde ich auch, dachte Peter. Ganz zu schweigen von den Rechnungen, die ständig eintrudelten. Geben wir wirklich so viel Geld aus? Und die Kreditkartenabrechnung für November steht auch noch ins Haus! Die Klage seiner Mutter setzte sich bis zum Ende der Seite fort. Sie listete eine Menge größerer und kleinerer Bedürfnisse auf. Nachdem er überschlagen hatte, wie weit er sein Konto noch überziehen durfte, setzte Peter sich hin und füllte einen Scheck aus. Sicher würde seine Mutter den Betrag kleinlich nennen, doch eine höhere Summe konnte er wirklich nicht erübrigen. Pflichtschuldig legte er einen nett formulierten Brief bei und steckte beides in einen Umschlag. Dann widmete er sich den beiden Katalogen. Wenn er zahlungsfähig bleiben wollte, musste er sich auf sein Geschäft konzentrieren. Er würde viel Geld verdienen müssen, wenn er Estelle in dieser Beziehung auf Augenhöhe begegnen wollte.

Um halb sieben saßen im The Plough außer Myles und Peter nur noch zwei weitere Gäste. Peter hatte gleich bei der Ankunft zwei Bier bestellt, aber Myles kam wie gewöhnlich zehn Minuten zu spät. Er beäugte das Bier, das auf dem Tisch stand, und sagte zu seinem Bruder: »Eigentlich solltest du inzwischen wissen, dass ich Gin Tonic bevorzuge.« Peter schwieg. »Trotzdem danke«, setzte Myles hinzu.

Nach mehreren Minuten, in denen sie an ihrem Bier nippten und die zerkratzte Tischplatte anstarrten, fragte Peter schließlich: »Was ist da bei euch los, Myles?«

»Tut mir leid, dass du den Ärger heute Morgen mitbekommen hast.«

»Ich weiß zwar, dass Cathy ein Morgenmuffel ist, aber das hörte sich ernster an als die übliche Nörgelei beim Frühstück.«

»Kann sein.« Wieder folgte eine lange Pause.

»Willst du mir sagen, warum du mich angerufen hast?«

Myles trank hastig sein halbes Glas leer.

»Es klemmt gerade an allen Ecken und Enden, Peter. Ich sitze ganz schön in der Tinte.«

»Wieder mal«, meinte Peter nur.

»Im letzten Jahr habe ich dich nicht um einen Penny gebeten, oder?«

»Freut mich zu hören, dass du flüssig warst.« Er verkniff sich die Bemerkung, dass Myles unter diesen Umständen daran hätte denken können, zumindest einen Teil des geliehenen Geldes zurückzuzahlen. »Wie viel brauchst du?«

»Ein paar Tausend. Zehn, wenn du so viel erübrigen kannst.« Myles sprach hastig, als könne er so seinen Worten die Wucht nehmen.

»Zehntausend Pfund?«

Die beiden anderen Gäste unterbrachen ihr Gespräch und blickten zu ihnen herüber. Peter senkte die Stimme. »Auch für mich läuft es im Augenblick nicht ganz rund, Myles. Was glaubst du wohl, wie viele Leute das bisschen Geld, das ihnen bleibt, für Secondhandbücher ausgeben?«

»Schon, aber die Hochzeit mit Estelle war doch ein großer Wurf, oder?«

»Glaubst du ernsthaft, ich lasse mich von meiner Frau aushalten?«

»Komm schon! Sie muss doch stinkreich sein. Hast du denn gar nichts davon?«

»Wir teilen alle Ausgaben fifty-fifty.« Er erwähnte nicht, dass das Teilen sämtlicher Rechnungen die Wurzel seines Problems war. Myles würde sich dadurch nicht von seiner Bitte abbringen lassen, sondern allenfalls verächtlich reagieren.

Myles hatte sein Glas geleert, Peters war noch halb voll.

»Soll ich Nachschub besorgen?«, fragte Myles.

»Nicht für mich, vielen Dank.«

Mit einem großen Gin und einer kleinen Flasche Tonic kehrte Myles von der Bar zurück.

»Du musst mir helfen, Peter«, kam er auf das Kernproblem zurück.

»Warum?« Seit fast dreißig Jahren half er seinem Bruder regelmäßig aus der Patsche und war seit dem Tod des Vaters immer für ihn und seine Mutter da gewesen. Kein Wunder, dass Myles seine Unterstützung für selbstverständlich hielt.

Als er keine Antwort bekam, fügte Myles hinzu: »Bitte, Peter. Cathy will mich verlassen. Sie nimmt die Kinder mit und hat die Bankkonten leergeräumt.«

»Das glaube ich nicht. Wo sollte sie hingehen? Sie muss doch mit den Kindern irgendwo wohnen.« Peter hätte seinen Bruder darauf hinweisen können, dass die Bankkonten angeblich doch ohnehin schon leer waren.

»Nun, um ganz ehrlich zu sein …«

Ehrlichkeit war noch nie Myles' Stärke gewesen. »Spuck es aus!«, forderte Peter ihn auf.

»Sie droht mir damit, mich hinauszuwerfen. Genau genommen hat sie mich schon vor die Tür gesetzt.«

In diesem Moment wurde Peter klar, dass die Geräusche, die er am Morgen durch das Telefon gehört hatte, die einer wütenden Frau gewesen waren, die die Habseligkeiten ihres Mannes säckeweise die Treppe hinunterwuchtete.

»Und wo willst du hin?« Die Vorstellung, Myles könne in Estelles makellosem Haus auftauchen und völlig betrunken auf ihrem schwarzen Ledersofa zusammensacken, ließ ihn schaudern. Nein, das durfte keinesfalls passieren. Estelle würde sich nicht scheuen, sie alle beide hinauszuwerfen.

»Ich habe ein Zimmer in … einem B&B gefunden. Es ist zwar über den Winter geschlossen, aber für mich haben sie eine Ausnahme gemacht.«

Irgendetwas in Myles' Stimme sagte Peter, dass B&B nicht ganz die korrekte Beschreibung für seine Unterkunft war. Handelte es sich vielleicht um die Wohnung einer Freundin? Cathy hatte doch von einem Flittchen in Oxford gesprochen. »Sei bloß vorsichtig, Myles. Du willst Cathy doch nicht noch mehr Scheidungsgründe in die Hände spielen. Liegt dir nicht daran, deine Ehe zu retten? Denk an die Mädchen.« Er hielt inne, um nicht noch mehr Allgemeinplätze von sich zu geben. »Wenn du Cathy gewähren lässt, nimmt sie dir das letzte Hemd ab«, fuhr er schließlich fort, um die Sache etwas pragmatischer anzugehen. Er machte sich keine Illusionen über seine Schwägerin.

»Keine Sorge, Peter. Immerhin bin ich Anwalt – schon vergessen?« Allerdings klang Myles alles andere als zuversichtlich. Früher hatte er einen wirklich scharfen Verstand gehabt, doch Peter fürchtete, dass dieser durch all den Alkohol, den sein Bruder im Laufe der Zeit in sich hineingeschüttet hatte, abgestumpft war.

»Und was willst du jetzt tun?«, fragte er.

»Zunächst einmal lasse ich die Sache laufen und konzentriere mich auf meine Arbeit.«

»Dann ist im Büro alles in Ordnung?«

»Im Augenblick ja.«

»Aber du verschweigst mir doch etwas.«

»Wenn ich zehn Mille hätte, gäbe es nicht das geringste Problem.«

Peter starrte seinen Bruder an. »Und wenn nicht, steckst du in der Scheiße? Kommst du vielleicht in den Knast?«

»Dazu wird es hoffentlich nicht kommen.« Myles sah jetzt aus wie damals mit acht Jahren, als er dabei ertappt wurde, wie er an einem Kiosk Comics klaute. Peters Argwohn wuchs.

»Ganz ehrlich, ich habe keine Ahnung, wie viel ich im Augenblick flüssig machen kann.«

»Mann, Pete, komm mir doch nicht mit Ehrlichkeit. Wie war das noch ...«

»Meine früheren Sünden gehen dich einen feuchten Kehricht an. Außerdem hat sich seit ein paar Wochen vieles verändert.«

»Estelle soll also nicht erfahren, was für ein Windhund du warst.«

»Jetzt übertreibst du aber. Halt einfach den Mund.«

Myles lachte. »Ich finde es witzig, wenn du den geizigen großen Bruder gibst.« Er deutete auf sein schon wieder leeres Glas.

»Ich will sehen, was ich tun kann«, erwiderte Peter matt und ging zur Bar, um seinem Bruder und sich einen weiteren Drink zu besorgen. Wenn es hart auf hart kam, konnte er seinen Bruder nicht untergehen lassen. Vielleicht hatte Myles ja recht. Möglicherweise konnte er Estelle überreden, ihm ein bisschen Geld zu leihen. Problematisch war nur, was sie als Gegenleistung verlangen würde. Sicher würde sie mehr Fragen stellen, als er beantworten wollte. Und keinesfalls durfte er riskieren, dass Myles ihr die Ohren mit übertriebenen Geschichten über den immensen Gewinn vollquatschte, den Peter angeblich mit Secondhandbüchern machte.

»Sieh mich an«, jammerte Myles und nahm einen großen Schluck aus seinem Glas. »In acht Jahren werde ich fünfzig und habe es zu nichts gebracht.«

»Du hast eine Familie, auf die du stolz sein kannst«, entgegnete Peter. »Das ist doch etwas, oder etwa nicht?«

»Ich habe eine teure Ehefrau und zwei verwöhnte Töchter«, erklärte Myles. Einen Augenblick hatte Peter den Eindruck, als wolle sein Bruder noch eine weitere Verpflichtung hinzufügen, doch Myles starrte nur stumm auf den Tisch.

Auf dem Heimweg hing Peter seinen Gedanken nach. Er rechnete aus, ob es sich lohnen würde, sein gesamtes restliches Kapital in neue Lagerbestände zu stecken und sich dann darauf zu konzentrieren, die Bücher so schnell und so profitabel wie möglich wieder loszuschlagen.

Doch auch so kam er nicht auf die Summe, die er benötigte.

Einige Tage später, als Peter dabei war, die Kataloge nach geeignetem Material zu durchforsten, hörte er, wie Post eingeworfen wurde. Auch dieses Mal war ein handgeschriebener Umschlag dabei, der jedoch zu seiner Erleichterung nicht von seiner Mutter stammte.

Er öffnete den Brief und entnahm ihm ein einzelnes Blatt aus schwerem, cremefarbenem Velinpapier.

Sehr geehrter Mr Hume,

vielleicht erinnern Sie sich noch an mich. Wir haben uns auf Estelles Hochzeit kennengelernt und sprachen kurz über Bücher. Ich möchte Sie nun bitten, mir in einer Angelegenheit zu helfen, die in Ihren Tätigkeitsbereich fällt und in der Sie sicherlich über größere Erfahrung verfügen als ich …

Peters Augen wanderten zu der spinnenartigen Unterschrift am Ende der Seite. *Adela Carston.* Er erinnerte sich. Eine fliederfarben gewandete ältere Dame mit einem leicht verkniffenen Mund. Hatte sie nicht vom Interesse ihres verstorbenen Mannes an Büchern gesprochen? Allerdings hatte sie dabei ein wenig verwirrt und müde gewirkt.

Normalerweise wäre ihr in höflichen Worten gehaltener Brief für Peter nicht weiter von Interesse gewesen. Da es ihm im Moment jedoch an anderweitigen Angeboten mangelte, konnte er sich ebenso gut einmal ansehen, was sie zu bieten hatte. Ein Instinkt, ein Näschen für ein gutes Geschäft, ein Kribbeln zwischen den Schulterblättern – irgendetwas lenkte seine Aufmerksamkeit zurück auf die altmodisch geschwungene Handschrift. Zwar war hier keine Rettung aus seiner Finanzmisere zu erwarten, doch die alte Dame wohnte in Oxford und damit höchstens eine Fahrstunde entfernt. Im Übrigen hatte Peter in Oxford zwei gute alte Bekannte, die er bei dieser Gelegenheit besuchen konnte – einer, der ihm vielleicht helfen konnte, Geld aufzutreiben, und eine, die möglicherweise sein verletztes Ego wieder aufmöbeln würde. Außerdem, so dachte er sehnsüchtig, kann ich auf dem Heimweg in meinem kleinen Cottage Station machen. Dort könnte er sich auf seinem alten, bequemen Sofa ausruhen und aus seiner Steingutkanne Kaffee trinken, in dem fettreduzierte Milch nichts zu suchen hatte. Nur allzu bald würden Estelle und ihr Architekt das Cottage heimsuchen und es so modernisieren, dass es nicht mehr wiederzuerkennen wäre.

Er griff zum Telefon und wählte die Nummer, die im Briefkopf angegeben war. Zehn Minuten später – nachdem er die alte Frau überzeugt hatte, ihn noch an diesem Morgen zu empfangen – zog er sich um. Für den Besuch bei Adela Carston wählte er ein Tweedjackett, um möglichst vertrauenswürdig zu wirken.

Er war bereits auf dem Weg zur Tür, als das Telefon klingelte.

»Ja bitte?«

»Mr Livingstone?«

»Hume. Mein Name ist Hume.« Nachdem sich Peter entschlossen hatte, nach Oxford zu fahren, wollte er sich nicht aufhalten lassen.

»Ich habe mehrfach versucht, Mrs Livingstone zu erreichen, aber sie scheint meine Anrufe nicht entgegennehmen zu wollen.«

»Sie wird ihre Gründe haben, Mr …«

»Erwin. Todd Erwin. Sobald ich zu sprechen beginne, schneidet sie mir das Wort ab. Sie sagt, sie habe zu viel zu tun und ruft nie zurück. Wenn ich sie darauf anspreche, schlägt sie mir vor, ihr zu schreiben.«

»Dann sollten Sie das machen, Mr Erwin. Mit den beruflichen Angelegenheiten meiner Frau habe ich nichts zu tun. Und jetzt müssen Sie mich bitte entschuldigen. Ich habe einen Termin und möchte nicht zu spät kommen.« Er musste Estelle unbedingt dazu bringen, sich entweder aus dem Telefonbuch löschen zu lassen oder zumindest ihren Ehenamen anzugeben.

»Schon gut. Aber wissen Sie, ich werde nicht aufgeben. Ich habe ihr die ersten drei Kapitel zugeschickt – jetzt muss sie wenigstens Notiz von mir nehmen. Mein Roman ist originell, wenn nicht sogar brillant. Das hat jemand gesagt, der viel von Literatur versteht und dem ich mein Buch zu lesen gegeben habe. Er erklärte mir auch, dass nur die absurden Strukturen des Buchhandels meinem Ruhm im Weg stehen. Ich werde also nicht dulden, dass Estelle Livingstone mich mit Allgemeinplätzen abspeist.«

»Sehr schön. Auf Wiederhören, Mr Erwin.« Der Mann klang ziemlich abgedreht. Peter war froh, als er auflegen konnte.

Wenige Minuten später befand er sich auf dem Weg zur M40.

Estelle war inzwischen in ihrem Büro angekommen. Nachdem sie ihren Mantel aufgehängt hatte, schaltete sie den Wasserkocher ein, warf einen Blick in den Posteingang und schluckte schließlich zwei Ibuprofen mit einem starken Kaffee. Ihre Kopfschmerzen ließen etwas nach. Der Tag würde anstrengend werden, und ihre Assistentin hatte frei. Als das Telefon klingelte, musste sie selbst abheben.

»Estelle Livingstone«, fauchte sie in den Hörer. Der Tonfall hätte selbst den unsensibelsten Anrufer abschrecken müssen.

»Hallo, ist dort die Literaturagentur?«

»Richtig, und ich bin Estelle Livingstone. Mit wem spreche ich?«

»Mein Name ist Cutter.«

»Was kann ich für Sie tun, Mr Cutter?«

»Ich habe Ihnen vergangene Woche die ersten drei Kapitel meines Romans zugeschickt und möchte wissen, was Sie von meinem Werk halten.«

Estelle schluckte eine unfreundliche Antwort hinunter, die ihr auf der Zunge lag. »Cutter sagten Sie? Jackson Cutter?«

»Genau der.«

»Ihre Einsendung war das erste Manuskript, das ich am Montag nach der Rückkehr aus dem Urlaub gelesen habe.« Sie brach ab.

»Und?«

Der Mann klang so unsicher, dass sie ihm etwas Positives sagen wollte. »Der Ansatz ist recht vielversprechend, und einiges hat mir ganz gut gefallen. Schicken Sie mir bei Gelegenheit doch bitte das ganze Buch zu, Jackson. Ich darf doch Jackson sagen? Jedenfalls werde ich es lesen und wieder auf Sie zukommen. Es kann allerdings ein paar Wochen dauern. Wir werden im Augenblick mit Manuskripten geradezu überschwemmt, und ich muss mich natürlich auch um die Autoren kümmern, die ich bereits unter Vertrag habe. Mit einem Monat Wartezeit müssen Sie mindestens rechnen.«

»Ich schicke Ihnen das ganze Werk gleich heute noch.«

»Ich freue mich darauf, Jackson.«

Estelle war über sich selbst überrascht. Eigentlich bemühte sie sich immer, keine ungerechtfertigten Hoffnungen zu schüren. Eine gewisse Ehrlichkeit schonte sowohl sie selbst als auch den Möchtegern-Autor. Aber Jackson Cutter hatte so verzweifelt geklungen, und seine ersten Kapitel waren wirklich nicht schlecht, wenngleich sie nichts wirklich Neues boten. Wahrscheinlich würde sie ihr Zuvorkommen später noch bereuen, wenn sie ihm irgendwann mitteilen musste, dass sie doch nicht mit ihm zusammenarbeiten würde. Aber falls es so weit kommen sollte, würde die Ablehnung ohnehin schriftlich erfolgen. Sie ließ sich nie auf telefonische Diskussionen mit unveröffentlichten Autoren ein.

Zum Trost griff sie zum neuesten Entwurf eines ihrer Lieblingsautoren. Dem Mann lag nicht daran, schnell reich zu werden. Estelle bezweifelte ernsthaft, dass Jacksons Geschichte ihr auch nur halb so viel Freude machen würde wie das, was sie gerade in Händen hielt.

Die Fensterscheiben sind schmutzig. Nicht aus Achtlosigkeit – ich lasse sie absichtlich so, weil die Vögel die Spiegelungen in glänzend polierten Fensterscheiben sonst für Büsche und Bäume halten und gegen das Glas fliegen. Das gilt sowohl für Türkentauben als auch für Sperlinge. Ich höre den Aufschlag von Kopf und Schnabel auf der Scheibe und finde anschließend einen zarten, grauen Abdruck auf dem Glas, der so fein ziseliert wirkt wie eine Metallgravur. Manchmal finde ich auch einen Vogel, der bewusstlos im Blumenbeet unter dem Fenster liegt. Eine Stunde später ist er fort. Ich weiß nicht, ob er sich wieder erholt hat oder ob er von einem Aasfresser geraubt wurde. Den Abdruck des Vogelkopfes wische ich nicht weg, sondern lasse ihn an der Scheibe, um die anderen, in diesem Zimmer lebenden Spektralformen zu erfreuen. Ich spüre, dass sie etwas verbindet: eine Gegenwart, die auf der Illusion von Leben aufbaut, ohne dessen Gewicht zu haben.

7

Peter verließ Adela Carstons Haus um kurz nach eins in Feierlaune. Mittagessen? Die Speisekammer seines Cottages war bis auf ein paar Dosen mit Bohnen leer. Außerdem brauchte man zum Feiern mindestens noch eine zweite Person – jemanden, der einen spüren ließ, wie clever, scharfsinnig, jung geblieben und gut aussehend man war. Doch die Rückkehr zu Estelles Haus würde über eine Stunde in Anspruch nehmen. Wieder einmal ermahnte er sich, es endlich als »unser« Haus zu bezeichnen. Mittagessen im Pub? Nein, er musste sparen. Wenigstens noch so lange, bis er genau wusste, ob seine positive Einschätzung sich bestätigte. Cathy hatte ihm nach ein paar Gläsern Hochprozentigem einmal anvertraut, dass Myles sich seine Kicks beim Online-Poker holte, und Peters bevorzugte Spekulationen konnten ebenso riskant sein.

Er beschloss, Emma Dolby zu besuchen. Bei ihr würde es sicher etwas zu essen geben; immerhin musste sie Dutzende von Kindern satt bekommen. Die gute alte Emma. Er würde einen Lichtblick in ihren Tag bringen, und sie würde ihn an die Zeiten erinnern, als er noch jünger, sehr erfolgreich und Single war. Wenn er die Stadtumgehung nahm, konnte er in zehn Minuten bei ihr sein.

Emma und er hatten sich zwar nicht unter den besten Voraussetzungen getrennt, aber sicher hatte sie ihm längst verziehen und erinnerte sich nur noch an die guten Zeiten und ihre gemeinsamen Theater- und Konzertbesuche. Ihr langweiliger Ehemann ging niemals mit ihr aus. Sie sollte also dankbar sein, dass er ein wenig frischen Wind in ihr Leben gebracht hatte, wenn auch nur kurzfristig. Während der Zeit ihrer kleinen Eskapade war Emma sichtlich aufgeblüht, obwohl ihr klar gewesen sein musste, dass dieses Arrangement nicht von Dauer sein konnte. Sie hatte einfach zu viele Kinder und wäre auch gar nicht bereit gewesen, ihren Mann zu verlassen.

Der Kies in der Auffahrt der Dolbys war wie üblich nicht geharkt. Unkraut sprießte zwischen den Steinen hervor. Auf der Veranda standen allerdings weniger Gummistiefel, und es gab dort keine Skateboards mehr. Peter klingelte.

»Du lieber Himmel, Peter, was willst du denn hier?«

Peter musste zugeben, dass er sich den begeisterten Willkommensgruß einer früheren Freundin anders vorgestellt hatte. »Ich war gerade in der Gegend. Darf ich reinkommen?«

»Meinetwegen«, sagte sie unsicher und trat einen Schritt zurück. »Komm in die Küche. Ich koche nämlich gerade«, fuhr sie fort und ging ihm voraus durch einen dunklen Flur. Er stellte fest, dass ihre Hüften ausladender waren als bei ihrem letzten Treffen. Ihre nackten Füße steckten in abgetragenen Latschen, und ihr Haar wuchs grau nach. Vielleicht hätte er vorher anrufen sollen, um ihr die Chance zu geben, sich auf seine Ankunft vorzubereiten.

»Schön, dich zu sehen, Emma«, bemerkte er. »Du siehst toll aus.«

Aus der offenen Küchentür drang der appetitliche Duft von Gebackenem. Nachdem sie sich ihren Weg durch die Dolby-übliche Unordnung gebahnt hatten, setzten sie sich an den verkratzten Küchentisch, auf dem eine Kiste mit Biogemüse stand. Ein weiteres verheißungsvolles Zeichen.

»Vermutlich hast du schon gegessen«, sagte Emma.

»Nein, noch nicht.« Er hätte sie darauf hinweisen können, dass es gerade erst viertel nach eins war, aber er nahm sich zusammen und setzte nur einen verletzten Gesichtsausdruck auf.

»Ach, wirklich?«

Eine kurze, peinliche Pause entstand. »Möchtest du vielleicht ein Sandwich?«, fragte Emma ohne große Begeisterung. »Ich bin heute Nachmittag im Bistro und muss noch zwei Quiches und einige Steak-und-Pilz-Pasteten zubereiten. Ich habe also nicht viel Zeit.«

»Du arbeitest doch hoffentlich nicht als Kellnerin?«

»Nein. Eine Freundin hat ein Café für Schriftsteller und solche, die es werden wollen, eröffnet. Irgendwann beschloss sie, dort kleine Gerichte anzubieten. Dabei helfe ich ihr. Ich beliefere sie mit Pasteten und Süßspeisen. Für uns ist wichtig, dass die Mahlzeiten günstig in der Herstellung sind und satt machen.«

»Klingt gut.« Peter war sich schmerzlich bewusst, dass Emma nicht die geringste Absicht hatte, ihm eine der Pasteten vorzusetzen.

»Wäre dir ein Käsebrot recht?«, fragte sie, strich Margarine auf zwei Scheiben und öffnete ein Päckchen mit gummiartigen Käsescheiben.

»Aber gern«, antwortete er. »Lieb von dir, Emma.«

Emma überhörte den Sarkasmus. »Von unseren berühmten ansässigen Autoren waren bisher noch keine im Literaturcafé. Aber wie es aussieht, gibt es eine ganze Menge angehender Schriftsteller, die alle sehr gern zu uns kommen und miteinander über ihre Arbeit diskutieren.«

»Sollten sie nicht besser zu Hause an ihren Computern sitzen und tippen?«

»Manche bringen ihre Laptops mit, setzen sich in eine ruhige Ecke und arbeiten.«

Oder sie tun nur so und spielen in Wirklichkeit Tetris, dachte Peter. »Wie heißt denn euer Bistro?«

»Zara hat lange über einen eingängigen Namen nachgedacht, aber letztendlich lief es dann doch auf *Literaturcafé* hinaus.«

»Hört sich doch gut an«, meinte Peter, den das Thema langweilte. Er dachte darüber nach, wie er Emma dazu bewegen konnte, ihm wenigstens eine Tasse Kaffee anzubieten. Das wenig appetitliche Sandwich wollte trocken nicht so recht rutschen.

»Ich glaube, ich habe noch Frühstückskaffee übrig«, sagte Emma, als habe sie seine Gedanken erraten. »Soll ich dir eine Tasse aufwärmen?«

»Danke, mach dir keine Mühe«, antwortete Peter. »Ich muss jetzt zurück nach London, und du hast heute Nachmittag sicher auch noch einiges zu tun.«

»Das ist zwar richtig, aber die Arbeit macht mir viel Freude. Es ist ein bisschen Abwechslung, weil ich mich ja sonst nur um die Kinder kümmere.«

»Wie geht es deinen Kindern überhaupt?«, erkundigte sich Peter lustlos. Wer konnte schon den Überblick über Emmas zahlreiche Nachkommenschaft behalten?

»Sie sind inzwischen alle ziemlich selbstständig. Bis auf die beiden Jüngsten. Aber auch Flora wird schon bald sieben. Ich glaube, wir sollten langsam aufhören, sie Baby zu nennen.«

Peter schluckte den letzten Bissen seines Sandwiches hinunter und stand auf. »Ich muss dann mal wieder.« Nein, er würde Emma nichts von den guten Neuigkeiten sagen. Sie hatte es nicht verdient. Auch einen Abschiedskuss hielt er für unangemessen. Er wandte sich zur Tür. Emma begleitete ihn nach draußen und spähte neugierig in den Kofferraum seines alten Peugeot-Kombis. »Was hast du denn da für ein Zeug drin? Handelst du etwa mit gebrauchten Möbeln? Gehst du auf Flohmärkte? Du hattest doch früher mit Büchern zu tun.«

»Das habe ich auch heute noch.«

»Das da drin sind aber keine Bücher.«

»Nein, heute transportiere ich etwas anderes. Zubehör, wenn du so willst.«

Emma rümpfte die Nase. Peter versuchte, sich nicht anmerken zu lassen, wie beleidigt er war. Wie hatte diese Frau sich in den letzten zwei Jahren verändert! Die Emma, die ihm immer wieder Mut gemacht und ihn unterstützt hatte, gab es nicht mehr.

»Ich hoffe doch sehr, dass bei dir alles in Ordnung ist, Peter«, sagte sie und klang dabei so, als wäre er im Begriff, sich in die Niederungen von Internetauktionen und Kofferraumverkäufen zu begeben.

»Mir geht es wirklich gut«, erklärte er. »Vor allem, seit ich verheiratet bin«, fügte er hinzu. »Meine Frau ist ein wahrer Schatz.« Erfreut stellte er fest, dass Emma auf seine Enthüllung mit Überraschung reagierte. Ehe er ins Auto stieg, betrachtete er sie noch einmal. Als sie damals miteinander ausgingen, hatte sie eigentlich ganz gut ausgesehen, inzwischen aber war aus ihr eine formlose Frau mittleren Alters geworden.

»Es war nett, wieder einmal mit dir zu reden, Emma«, sagte er. »Wir sollten das von Zeit zu Zeit wiederholen.«

Als er in den Rückspiegel blickte, sah er, dass sie schon wieder im Haus verschwunden war.

Wenigstens ist der größte Hunger gestillt, dachte Peter, während er den Wagen langsam die Auffahrt hinunter auf die Straße lenkte. Vielleicht sollte ich noch kurz bei Ben und Frances Akin vorbeischauen, wenn ich schon einmal in Oxford bin. Ben hat gute Kontakte, und vielleicht kann ich ihm ein paar Bücher verkaufen. Irgendwie muss ich schließlich an Bares kommen.

Er fuhr ins Stadtzentrum und bog in Richtung Kanal ab. Hinter dem Laden der Akins gab es einen kleinen Kundenparkplatz, zu dem man sich durch Gässchen schlängeln musste. Über einen schmalen Fußweg gelangte man von dort aus zur Buchhandlung.

»Hallo Frances«, grüßte Peter, als er das Geschäft betrat. Ben schien leider nicht anwesend zu sein.

»Peter! Schön, Sie zu sehen. Sind Sie schon wieder aus den Flitterwochen zurück?«

»Tja, die Arbeit tut sich leider nicht von selbst. Wir haben uns nur vierzehn Tage freigenommen.«

»Nochmals vielen Dank, dass Sie Ben und mich zu Ihrer Hochzeit eingeladen haben. Die alte Kirche war wirklich wunderschön und das anschließende Essen einfach fabelhaft.«

»Ich freue mich, dass Sie kommen konnten.« Peter versuchte verzweifelt, sich an das Hochzeitsgeschenk der Akins zu erinnern, doch die Dankesbriefe hatte er Estelle überlassen.

Er blickte sich um. Der Laden sah ein wenig armselig aus, doch wenn man mit gebrauchten Büchern handelte, war das vielleicht nicht einmal schlecht. Käme er je zu genügend Geld, wäre dies genau die Art Geschäft, die er sich selbst zulegen würde. Wenn die Kunden die Spinnweben zählen konnten, gingen sie gleich davon aus, dass es hier Bücher zum Schnäppchenpreis zu ergattern gab. Ben war allerdings lange genug im Geschäft, um seine Bestände keinesfalls unter Wert zu verkaufen. Frances wirkte meist etwas steif, es sei denn, sie gestattete sich ihr außergewöhnlich süßes Lächeln. Aber vielleicht erwartete man auch das in einer Buchhandlung wie dieser. Frances wirkte auf Außenstehende wie eine altmodische Akademikerin, doch auch das war, wie Peter wusste, eine Fehleinschätzung. Das feine, helle Haar, das ihr in die Stirn fiel, ihre hinter einem schlichten Brillengestell verborgenen Augen und der graue Tweedrock mit der blauen Bluse vermittelten potenziellen Kunden das Bild einer weltfremden, alten Jungfer, die für das gewünschte Buch niemals zu viel berechnen würde. Selbst wenn bei ihr zu Hause jede Menge Designerkleider im Schrank gehangen hätten, konnte sie nichts Besseres tun, als ihren hier im Laden gepflegten Kleidungsstil beizubehalten.

Frances blinzelte ihn durch ihre Brillengläser an. Peter fragte sich, ob sie auch schon in ihrer Jugend vom Buchhandel geträumt hatte. Hatte sie sich je nach einem glamouröseren Job oder einer Arbeit gesehnt, bei dem sie Kontakt mit interessanteren Leuten hätte? Doch dann fiel Peter ein, dass auch er sich für Buchauktionen einen besonderen Look zugelegt hatte: Lederflicken an den Ellbogen seiner Tweedjacke, kariertes Hemd und Cordhosen. So spielte jeder eine bestimmte Rolle.

»Ich war gerade in der Gegend und hatte gehofft, mit Ben reden zu können«, sagte er.

»Er ist unterwegs. Eine Privatbibliothek steht zum Verkauf. Es ist immer das Gleiche: Eine Witwe hofft, dass die Bücher ihres verstorbenen Mannes ihr dringend benötigtes Geld einbringen wird. Aber Sie kennen das ja sicher auch – meistens sind die Bücher in einem Zustand, in dem sie nicht mehr viel wert sind.«

»Allerdings. Lebt die Dame weit entfernt?«

»Drüben an der Grenze zu Gloucestershire. Ich erwarte ihn frühestens in zwei Stunden zurück. Und was ist mit Ihnen? Haben Sie hier in Oxford etwas Interessantes gefunden?« Ihre blauen Augen blinzelten diesmal nicht. Er würde sich vorsehen müssen, was er sagte. Noch waren seine Verhandlungen mit Adela nicht weit genug gediehen, um darüber sprechen zu können.

»Ach, es war eigentlich wie immer: Ich habe ein paar Bücher in Augenschein genommen, die ganz interessant sein könnten, aber die Leute haben wie so oft völlig überzogene Vorstellungen, was den Wert angeht.«

»Wem sagen Sie das? War es jemand, den wir kennen?«

»Eher nicht. Eine ältere Frau. Witwe. Ein wenig altersverwirrt, würde ich sagen.«

»Und was hat sie zu bieten? Angela Thirkell und C.S. Forester?«

»Ich sehe, Sie kennen sich aus. Und das Ganze auch noch ohne Schutzeinbände, mit Teeflecken und Eselsohren.«

Frances lächelte. »Wie wäre es mit einem Kaffee?«, schlug sie vor. »Möglicherweise habe ich sogar ein paar Kekse im Haus. Allerdings ohne Schokolade. Ben fürchtet, ich könnte irgendein wertvolles Buch ruinieren, wenn ich im Umkreis von hundert Metern um den Laden Schokolade esse.«

Zwar handelte es sich um Instantkaffee, wie Peter sofort feststellte, doch war er immer noch besser als der aufgewärmte Kaffeerest vom Frühstück, den Emma ihm angeboten hatte.

»Bei Ihrer Hochzeit saßen Ben und ich am gleichen Tisch mit Adela Carston«, erzählte Frances, als sie mit ihren Tassen im Hinterzimmer Platz genommen hatten.

»Adela? Ich fürchte, ich habe sie an diesem Tag höchstens ganz kurz gesprochen. Wie war sie?«

»Altersverwirrt, würde ich sagen.«

»Ja, auch sie wird nicht jünger.«

»Sie sind nicht zufällig heute Morgen bei ihr gewesen?«, fragte Frances.

»Wie kommen Sie denn darauf?« Zu spät bemerkte Peter, wie nervös seine Antwort klang.

»Sie sprach beim Mittagessen über die Bücher ihres Mannes, und ich dachte, dass sie vielleicht ein paar davon verkaufen wollte.«

»Ich glaube, an diesem Tag hatte ich ganz andere Dinge im Kopf.« Peter lächelte. »Und als ich mit ihr sprach, hat sie mich nicht einmal erkannt.«

»Ja, das passiert ihr dann und wann. Vor allem, wenn sie müde ist. Trotzdem glaube ich, dass sie meistens sehr genau weiß, was sie tut. Ben besucht sie ziemlich regelmäßig, um nach ihr zu sehen.«

»Ach wirklich? Hat sie denn keine Angehörigen?« Peters Instinkt hatte ihn also nicht getrogen: Ben schnüffelte um Victors Sammlung herum. Gut, dass er Frances nichts von seinem Besuch bei Adela erzählt hatte.

»Sie hat zwar eine Tochter und einen Enkel, trotzdem schauen wir ab und zu nach ihr«, antwortete Frances. »Zwar war Victor kein regelmäßiger Kunde, aber die Geschäftsverbindung bestand sehr lang.«

»Dann haben Sie sicher eine Liste der Bücher, die er bei Ihnen gekauft hat, oder?«

»Die meisten Käufe fanden vor meiner Zeit statt. Leider kann ich Ihnen nicht weiterhelfen, falls Sie sich für seine Sammlung interessieren. Er hielt seine Bücher immer streng unter Verschluss und sprach mit niemandem darüber. Übrigens saß auch Edgar Livingstone mit uns am Tisch. Er war der Meinung, dass Victor im Grunde keine Ahnung von Büchern hatte.«

»Soviel ich weiß, war Victor ein ziemlich selbstherrlicher Mensch. Ich bezweifele, dass er sich guten Ratschlägen zugänglich zeigte.«

»Auf jeden Fall hat er die arme Adela ganz schön herumkommandiert.«

»Ich finde es sehr nett von Ihnen und Ben, dass Sie sich um die alte Dame kümmern.« Peter bemühte sich, jeglichen Sarkasmus aus seiner Stimme herauszuhalten. »Ich muss jetzt wieder los. Vielen Dank für den Kaffee und einen schönen Gruß an Ben. Schade, dass ich ihn nicht angetroffen habe, aber ich versuche es einfach später noch einmal telefonisch. Glauben Sie, dass er am späten Nachmittag zu erreichen ist?«

»Rufen Sie lieber morgen Vormittag an.«

Peter fiel auf, dass während der ganzen Zeit kein einziger Kunde in den Laden gekommen war. Auch das Telefon hatte nicht geklingelt. Wie schafften es die Akins nur, unter diesen Umständen zu überleben? Wahrscheinlich haben sie geerbt, die Glücklichen. Und ihre Mutter hat ihnen vor einigen Jahren ein großes Haus in North Oxford hinterlassen. Peter vermutete, dass sie es verkauft, den Erlös aufgeteilt und sich davon jeder eine kleine Wohnung oder ein Reihenhäuschen gekauft hatten.

Er freute sich, als er endlich in sein Cottage zurückkehren konnte. Dann würde er eben warten, bis er sicher sein konnte, dass es wirklich etwas zu feiern gab.

8

Bei ihrer Rückkehr freute sich Estelle schon auf den Gin, den ihr Peter sicherlich bereits eingeschenkt hatte. Doch das Wohnzimmer war leer, und auch aus der Küche kam ihr kein appetitlicher Duft entgegen. Dafür hörte sie aus dem grünen Schlafzimmer in der oberen Etage Schritte.

»Was machst du da oben, Peter? Komm und leiste mir Gesellschaft bei einem Drink.«

Estelle schenkte sich ein großzügiges Glas ein. Peters Anteil fiel etwas weniger generös aus. Allmählich gewöhnte sie sich daran, die Freude und den Ärger ihres Arbeitstages mit jemandem zu teilen und vermisste Peters Anwesenheit und Aufmerksamkeit. Was machte er bloß dort oben? Nachdem er zehn Minuten später immer noch nicht aufgetaucht war, ging sie nachsehen.

»Bin schon unterwegs«, sagte Peter, ohne aufzublicken, als sie das Zimmer betrat.

»Ich wundere mich nur ein bisschen.«

»Ja?«

»Über die Holzkästen unten im Flur. Die können wirklich nicht dort bleiben.«

»Schon klar. Ich wollte sie im großen Schrank im grünen Schlafzimmer unterbringen.«

»Das halte ich für keine gute Idee. Das Zimmer soll doch zu einem Ankleidezimmer mit angeschlossenem Bad für dich umgebaut werden.«

»Ist das denn unbedingt notwendig?«

»Aber sicher. Die Pläne sind längst fertig. Der Umbau beginnt innerhalb der nächsten vierzehn Tage. Es ist dir bestimmt angenehmer, exakt eingepasste Regale und eine sinnvolle Aufhängevorrichtung für deine Kleidung zu haben. So kannst du viel leichter Ordnung halten.«

»Wenn es dir nichts ausmacht, würde ich meine Bürosachen fürs Erste trotzdem gern hier oben unterbringen.«

»Aber höchstens für ein, zwei und auf keinen Fall mehr als drei Tage.«

»Einverstanden«, sagte Peter.

Sie sah, dass er den kleinen Beistelltisch als Schreibtisch benutzte. Er saß auf einem so niedrigen Hocker, dass seine Knie beinahe sein Kinn berührten, und durchstöberte eine ganze Sammlung von Katalogen und Indexkarten. Auf seinem Laptop flimmerte eine langweilige Website, und er machte sich Notizen auf einem linierten Schreibblock.

»Was machst du da?«, erkundigte sie sich neugierig.

»Ich arbeite.«

»Gut«, gab sie zurück, obwohl ihre Neugier längst noch nicht gestillt war. »Aber bitte, in Zukunft möchte ich keine alten Holzkästen mehr hier im Haus sehen. Wir sind hier schließlich nicht in einer Lagerhalle. Und wo wir gerade dabei sind: Wie lange fährst du deinen Wagen eigentlich schon?«

»Den Peugeot? Höchstens zehn Jahre«, antwortete er. Estelle bemühte sich, ihn ihre Bestürzung nicht merken zu lassen. »Er war damals ein echtes Schnäppchen: drei Jahre alt, keine Hunderttausend auf dem Tacho und groß genug, um einen ganzen Kleiderschrank zu transportieren.«

»Sag bitte nicht, dass du vorhast, auf Flohmärkte zu gehen.«

»Aber nein, natürlich nicht.«

Jetzt hatte sie ihn verärgert, das spürte sie und wollte die

Scharte wieder auswetzen. »Würde es bei deinen Kunden nicht einen besseren Eindruck machen, wenn dein Auto ein wenig neuer und sauberer wäre?«

»Sie würden denken, dass ich zu viel Profit aus meinen Büchern schlage. Aber ich kann den Wagen gerne um die Ecke parken, wenn es dir unangenehm ist, dass er vor dem Haus steht.«

»Nun sei doch nicht gleich beleidigt. Ich dachte nur, du würdest dich über ein etwas schickeres Auto freuen. Einen Neuwagen zum Beispiel.«

Während sie noch sprach, dämmerte es Estelle, dass Peter wohl noch nie einen Neuwagen gekauft hatte. Und nach seinem trotzigen Gesicht zu schließen, hatte er auch nicht die Absicht, es je zu tun.

»Wenn es dich glücklich macht, fahre ich ihn gern durch die Waschanlage.« Er wandte seine Aufmerksamkeit wieder dem Bildschirm zu.

Seltsam, wie schnell das Internet zu einer Art Sucht werden kann, dachte Estelle. Kaum fängt man an, nach etwas zu googeln, wird man von einem Link zum anderen geführt, und im Handumdrehen ist ein Nachmittag vorüber, ohne dass man etwas zu Ende gebracht hat. Im Gegensatz zu Peter war sie sehr konsequent im Umgang mit dem Internet, sah nur alle zwei Stunden nach neuen E-Mails und googelte höchstens einmal am Tag. Sie würde bei Gelegenheit mit ihm reden müssen, um ihm klarzumachen, dass die intensive Nutzung des Netzes der Konzentration abträglich und unterm Strich reine Zeitverschwendung war. Außerdem war die Bildschirmarbeit nicht gut für die Haut und sorgte für steile Falten zwischen den Augenbrauen, aber das würde sie für sich behalten.

»Bleib nicht zu lange hier oben«, sagte sie.

»Bin schon unterwegs«, entgegnete Peter und gab einen neuen Suchbegriff ein.

Zwei Tage später kam Estelle von der Arbeit heim und fand das Haus in tiefster Dunkelheit. Es war weder das Klirren von Eiswürfeln in Gläsern zu hören, noch war gekocht worden, denn Peter war überhaupt nicht zu Hause.

Das setzte dem Ganzen nun wirklich die Krone auf! Estelle gönnte sich einen besonders großen Gin Tonic. Sollte sie etwa nach einem harten Arbeitstag auch noch selbst für ihr Abendessen sorgen? Plötzlich musste sie unwillkürlich lächeln. Schließlich zeigte ihre Reaktion, wie sehr sie sich seit ihrer Hochzeit bereits an Peters Kochkünste gewöhnt hatte. Sie beschloss, ihm noch zwanzig Minuten zu geben, ehe sie den Notstand ausrufen und sich in der Gefriertruhe auf die Suche nach einem Fertiggericht machen würde.

Gerade als sie die traurigen Relikte in der untersten Schublade der Tiefkühltruhe durchforstete, hörte sie den Schlüssel im Haustürschloss. Peter rief: »Bin wieder da!«

Sie lief ihm entgegen und fragte: »Wo warst du? Ich habe mir Sorgen gemacht.«

»Wirklich?« Er klang erfreut. »Es wird dir gefallen zu erfahren, dass ich den ganzen Tag hart gearbeitet habe, um nicht zu sagen: Ich habe richtig rangeklotzt.«

»Hätte ich mir ja eigentlich denken können.« Sie hielt inne und hauchte einen flüchtigen Kuss in Richtung seines Gesichts. »Magst du einen Gin?«

»Gern, aber lieber nur einen kleinen. Wenn ich es richtig einschätze, erwartet mich noch Arbeit an der Küchenfront.«

Sie betrachtete sein staubverschmiertes Gesicht. »Du solltest dir vorher lieber kurz Hände und Gesicht waschen.«

»Ehrliche Arbeit, ehrlicher Schweiß.« Er grinste.

Der ereignisreiche Tag hatte ihn ganz offensichtlich in beste Laune versetzt.

»Wie wäre es mit einem schnellen Omelett?«, schlug er vor. »Im Kühlschrank ist noch ein Rest Cheddar, den könnte ich darüberreiben. Und alles Nötige für einen Salat haben wir auch im Haus.«

Estelle sah enttäuscht aus.

»Wir könnten italienisches Brot toasten und mit Biobutter dazu essen«, bot er an.

Als Estelle an ihrem dritten Gin nippte, drangen zwar Düfte aus der Küche, doch sie waren weniger einladend als gewöhnlich.

»Mist!«

Es war Samstagmorgen. Peter und Estelle saßen am Frühstückstisch. Peter las die Zeitung.

»Was ist los?«, fragte Estelle. Sie aß ihr Brot ungetoastet, weil Peter in letzter Zeit nur noch wenig Zeit für die Küchenarbeit erübrigte.

»Diese blöden Zeitungsfritzen! Hier steht ein fehlerhafter Bericht über etwas, worüber man am besten überhaupt nichts geschrieben hätte«, schimpfte er. »Wie zum Teufel haben die Kerle Wind davon bekommen?«

»Leider habe ich keine Ahnung, worum es geht, und kann dir daher auch nicht weiterhelfen.« Estelle strich noch etwas mehr Butter auf ihr Brot und spülte den Bissen mit köstlich duftendem weißen Tee hinunter.

»Ich muss herausfinden, wie das passieren konnte«, grummelte Peter, stand auf und nahm seine Kaffeetasse und ein Marmeladenbrot mit.

»Bitte nicht krümeln!«, rief Estelle hinter ihm her.

Sie griff nach der Zeitung, weil sie wissen wollte, was ihn derart aufgebracht hatte, fand aber nichts von Bedeutung und wandte sich daher den Buchbesprechungen zu. Hier gab es einen Grund zur Freude: einen Artikel über das letzte Werk einer ihrer Autoren.

Am gleichen Abend wandte sich Gaby an Austin: »Bist du damit durch?«, fragte sie und zeigte auf die letzte Wochenausgabe der *Oxford Times*.

»Ich hatte zu viel um die Ohren und bin nicht zum Lesen gekommen. Aber gib sie her, dann werfe ich einen kurzen Blick hinein, ehe du sie wegwirfst.«

Beinahe wäre ihm die kurze Nachricht entgangen.

»50 000 Pfund!«, rief er verblüfft.

»Wie bitte?«

»Hier steht es: fünfzig Mille für ein Buch!«

»Hat jemand seinen Roman für so viel Geld verkauft? Mensch, du könntest als Jackson Cutter vielleicht ein Vermögen verdienen!«

»Nein, jemand hat 50 000 für ein *altes* Buch bezahlt.«

»Bei dem Preis muss es sich ja um eine echte Antiquität handeln«, meinte Gaby.

»Eigentlich war es gar nicht mal *so* alt«, sagte Austin. »Es geht um eine Ausgabe von *Der Herr der Ringe*. Wurde die Geschichte nicht sogar verfilmt?«

»Das würde einiges erklären. Hollywood zahlt doch horrende Summen für Schauspieler, Drehbücher und so etwas. War *Der Herr der Ringe* nicht dieser Film, bei dem ich nach zwanzig Minuten eingeschlafen bin, und als ich nach einer Stunde wieder wach wurde, hatte ich nichts verpasst?«

»Kann schon sein«, erwiderte Austin.

Und wie Gaby feststellen musste, blieb er während des restlichen Abends sehr nachdenklich.

Am Tag vor den Weihnachtsferien freute sich Estelle, dass sie im Büro bereits um drei Uhr Schluss machen konnte. Zu Hause war noch eine Menge vorzubereiten, ehe sie und Peter am nächsten Morgen in die Karibik fliegen würden. Als sie ihren Mantel holte, war ihr Schreibtisch tatsächlich leer. Da klingelte das Telefon. Haben die Leute eigentlich kein Zuhause, schimpfte sie innerlich und warf einen Blick auf die Uhr. »Estelle Livingstone«, bellte sie in den Hörer.

»Oh ja, hallo! Hier ist Todd Erwin. Ich möchte mit Ihnen über meinen Roman sprechen.«

»Müsste ich Sie kennen? Haben Sie mir ein Manuskript geschickt?«

»Ja, und zwar im November, als Sie mich am Telefon darum baten.«

»Richtig, jetzt fällt es mir wieder ein. Sie wollten, dass ich Ihren Erstlingsroman beurteile.«

»Man hatte mich im Vorfeld bereits gewarnt, dass Agenten neue Autoren manchmal etwas kühl behandeln. Ich nehme es Ihnen nicht übel, Mrs Livingstone.«

»Und warum rufen Sie jetzt an?«

»Ich wollte mich lediglich vergewissern, dass mein Werk nicht unter die Räder gekommen ist, wenn Sie den Ausdruck gestatten. Ich hatte gehofft, schon längst wieder von Ihnen zu hören.«

»Wie lautet der Titel?«

»Das Buch heißt *Die Drehung der Daumenschraube* und ist von mir. Von Todd Erwin.«

»Ging es nicht darum, wie Sie richtig reich werden wollen?«

»Ich? Oh, ich bin alles andere als reich. Nein, es geht um einen jungen, dreiundzwanzigjährigen Mann, der von seinen Eltern nie richtig verstanden wurde und …«

»Ja, auch das klingt vertraut. Ja, da ist es. Das Manuskript trägt den Eingangsstempel vom zwölften November. Heute kann ich leider nichts mehr für sie tun, aber nach Neujahr melde ich mich bestimmt.«

»Können wir nicht am Telefon kurz das Wichtigste besprechen?«

»Dazu habe ich jetzt leider keine Zeit, Mr Erwin. Aber wie gesagt: Nach Neujahr melde ich mich.«

»Das, was ich geschrieben habe, ist um Längen besser als der Mist, den man im Fernsehen vorgesetzt bekommt«, bemerkte Todd Erwin mit anklagender Stimme.

»Nun, wir werden sehen. Aber ich muss jetzt weitermachen, und Ihnen geht es sicher ähnlich. Auf Wiederhören. Und frohe Weihnachten!« Damit legte Estelle auf.

9

Als das neue Jahr eine Woche alt war, fand Kate, dass sie genug am Entwurf für ihren neuen Roman herumgefeilt hatte. Sie rief Estelle an, um ihr mitzuteilen, dass sie Lesestoff für sie hatte.

»Schicken Sie mir Ihren Entwurf doch einfach als E-Mail. Ich schaue ihn mir dann gleich an.«

»In Ordnung, wird sofort erledigt.«

»Ich lese ihn am Wochenende. Gleich Montagmorgen hören Sie von mir.«

Kate wusste, dass sie sich auf ihre Agentin verlassen konnte. Am Montag würde Estelle sie anrufen, das war so sicher wie das Amen in der Kirche. Sie mailte die ersten bereits fertigen Kapitel und eine peppige Zusammenfassung. Anschließend machte sie sich endlich einmal daran, das Haus in Ordnung zu bringen.

»Du weilst ja wieder unter uns.« Jon grinste, als er am Abend von der Arbeit kam und Kate in der Küche vorfand.

»Ja, aber nur kurz. Ich warte nur auf Estelles Urteil und ihre Änderungsvorschläge. Danach kann ich gleich weitermachen.«

»Dann sollten wir vielleicht zusehen, dass wir alle Gespräche der kommenden zwei Monate in zwei Tage quetschen.«

Ehe Kate darauf antworten konnte, klingelte das Telefon. Es war ihre Mutter.

»Roz? Ich wollte dich gerade anrufen. Wie geht es dir bei diesem Wetter?«

»Mittelmäßig. Du weißt ja, dass ich bei Schnee und Eis nicht Auto fahre.«

»Soll ich dich irgendwo hinbringen? Mir wäre morgen recht? Wo soll es überhaupt hingehen?«

»Mir würde Freitag besser passen.«

»Gut, dann hole ich dich am Freitagmorgen ab.«

»Danke, Kate.«

Nach einigen Minuten zusammenhangloser Konversation beendete Roz das Gespräch. Kate fragte sich beunruhigt, was mit ihrer sonst so selbstständigen Mutter los war. Normalerweise hätte Roz jede Hilfe erst einmal vehement abgelehnt.

Am Freitagmorgen fuhr Kate zum Haus ihrer Mutter in East Oxford.

»Wo fahren wir hin?«

»Ich will mich bei einem guten Metzger mit Vorräten eindecken, und ich muss in den Feinkostladen.« Sie blickte in Kates verständnisloses Gesicht. »Natürlich zu dem in diesem Dorf in der Nähe von Chipping Norton.«

»Natürlich«, murmelte Kate und ging nicht näher darauf ein, dass der Ort mehr als dreißig Kilometer entfernt lag. »An einem Tag wie heute macht die Autofahrt sicher Spaß.«

Die Sonne strahlte, aber es war immer noch bitterkalt. Reif glitzerte auf Gras und Bäumen. Kate drehte die Heizung auf.

Als sie durch Woodstock fuhren, begann Roz, in ihren Erinnerungen an ein Leben in wärmeren Klimazonen zu schwelgen.

»Denkst du wieder einmal daran, weiterzuziehen?«, fragte

Kate. »Mir ist durchaus bewusst, dass der graue Winterhimmel von Oxford einem schon manchmal aufs Gemüt schlagen kann.«

»Ich glaube, der Trubel eines Umzugs wäre mir zu viel.« Roz starrte verdrossen auf skelettartige Baumkronen und öde Felder. Bereifte Spinnweben hingen wie zerlumpte Spitze an den Hecken.

Kate bog von der A44 ab. Die Straße schlängelte sich über die Hügel der Cotswolds und durch hübsche, aber menschenleere Dörfer, bis sie schließlich auf einem Weg voller Schlaglöcher landeten, der in das von Roz beschriebene Dorf führte. Links und rechts zeigten die Terrassen kleiner Steincottages direkt auf den schmalen Bürgersteig, und vor den beiden Frauen erhob sich der gedrungene Turm einer normannischen Kirche. Dann wurden die Häuser größer. Sie erreichten die Toreinfahrt eines Bauernhofs. »Hier zu leben kann sich kein Mensch leisten, es sei denn, er ist ein Popstar oder ein Banker. In diesem Dorf wohnen leider nur noch Zugereiste. Aber zumindest sorgen sie dafür, dass es hier ein paar wirklich ausgezeichnete Läden gibt.«

Kate parkte vor dem Feinkostladen und öffnete die Wagentür. Sie fühlte sich ein wenig erleichtert, dass es überhaupt noch etwas gab, was die volle Zustimmung ihrer Mutter fand.

Was ist bloß mit ihr geschehen, dachte sie später auf dem Rückweg nach Oxford. Meine lebhafte, optimistische, unkonventionelle Mutter ist so anders geworden. Zwar wusste Kate, dass ältere Menschen gerne einmal über das moderne Leben schimpften, aber Roz hatte so etwas bisher noch nie getan.

Am Montagmorgen arbeitete Kate im Haus. Sie hoffte auf einen frühen Anruf von Estelle. Gern wäre sie eine Runde gejoggt, aber sie wollte ihre Agentin nicht verpassen. Sie räumte ihren Schreibtisch auf und lief eine Weile ziellos in ihrem Arbeitszimmer hin und her. Schließlich setzte sie sich in den Lehnstuhl und las zwei Seiten über viktorianisches Theater, ehe sie wieder aufsprang, nach unten ging, eine weitere Tasse Kaffee aufbrühte und sich mit einem Kochbuch an den Küchentisch setzte.

Um halb drei klingelte das Telefon, doch es war nur jemand, der ihr einen Breitbandanschluss verkaufen wollte.

Als Jon gegen sieben nach Hause kam, fand er Kate in der Küche.

»Himmel, was hast du denn vor? Erwarten wir noch jemanden zum Abendessen?«

Kate blickte sich um, als wäre sie gerade erst aufgewacht. Auf jedem Quadratzentimeter Arbeitsfläche standen Schüsseln und Teller. Löffel, Schneebesen und Hackbretter lagen herum. In der Spüle stapelten sich Pfannen. Jon öffnete die Spülmaschine – auch sie war bis oben hin voll.

»Hast du Hunger?«, fragte Kate.

»Glücklicherweise ja. Was ist denn hier los?«

»Estelle hat mir versprochen, mich wegen des neuen Buches anzurufen, aber sie hat sich bis jetzt nicht gemeldet.«

»Vielleicht ist ihr etwas Wichtiges dazwischengekommen, und sie ruft erst morgen an. Rot- oder Weißwein?«

»Lieber rot«, sagte Kate und fügte hinzu: »Trotzdem ist das nicht ihre Art.«

»Mach dir keine Sorgen. Könntest du mir bitte ein etwas kleineres Stück abschneiden?«

»Oh, ich hatte ganz vergessen, dass es drei Gänge gibt.«

»Alle selbst gemacht?«

»Natürlich.«

»Nennt man so etwas in der Psychologie nicht Affektverschiebung?«

Am folgenden Morgen schob Kate den Gedanken an Estelle beiseite, brachte ihre Abrechnungen auf Vordermann und beantwortete ihre aufgelaufenen E-Mails. Nach dem Mittagessen erledigte sie ihre gesamte Wäsche, bügelte alles, was liegen geblieben war, und ging zu Fuß zum Bäcker, um Kuchen zu holen.

Von Estelle hörte sie nichts.

Sie schickte ihr eine E-Mail, erhielt aber keine Antwort. Noch nicht einmal eine Abwesenheitsnotiz. Um drei Uhr rief sie an, landete aber sofort auf dem Anrufbeantworter. »Rufen Sie mich bitte an«, sagte sie.

Um halb vier versuchte sie es auf Estelles Handy, aber das war ausgeschaltet.

Um vier Uhr schließlich rief sie bei Estelle zu Hause an und war auf eine Schimpftirade vorbereitet.

»Hallo?« Ein Mann meldete sich.

»Peter?«

»Ja.« Seine Stimme klang erschöpft.

»Ich bin Kate Ivory, eine von Estelles Autorinnen.«

»Richtig, ich erinnere mich. Sie waren auf unserer Hochzeit.«

»Seit zwei Tagen bemühe ich mich um einen Kontakt zu Estelle, aber sie hat weder auf meine E-Mail noch auf meine Nachrichten auf dem AB geantwortet. Ist alles in Ordnung? Es geht ihr doch gut, oder?«

»Sie brauchen sich keine Sorgen zu machen. Es ist alles im grünen Bereich. Warum auch nicht? Estelle geht es gut.«

»Aber sie geht auch nicht an ihr Handy. Es scheint ausgeschaltet zu sein.«

»Vielleicht ist es leer.«

Die Estelle, die Kate kannte, hätte niemals vergessen, ihren Akku aufzuladen.

»Und warum ist sie nicht im Büro?«

»Sie ist … äh … sie hat sich ein paar Tage freigenommen.«

»Sie hat bitte was? *Estelle* hat sich freigenommen?«

»Ja, ganz genau.«

»Wann erwarten Sie sie denn zurück?«

»Habe ich etwa behauptet, sie wäre weggefahren?«

»Nicht wörtlich. Aber da sie nicht ans Telefon geht, muss ich es schließlich annehmen.«

»Sie ist … äh … sie ist in der Stadt. Zum Shoppen. Ja, sie ist shoppen und trifft sich mit einer Freundin zum Mittagessen. Und zum Tee.« Peter war ein miserabler Lügner.

»Verstehe. Können Sie sie vielleicht bitten, mich anzurufen, sobald sie zurück ist?«

»Ich will es versuchen, aber ich weiß ziemlich genau, dass sie nicht gestört werden möchte.« Er klang, als ob er sehr zufrieden mit dieser letzten Lüge wäre.

Nachdem Peter aufgelegt hatte, starrte Kate noch mehrere Sekunden lang den Hörer in ihrer Hand an. Was zum Teufel war da los? Befanden sich die beiden etwa schon in der ersten Ehekrise? Hatten sie vielleicht einen handfesten Krach gehabt?

Nachdem Kate um fünf Uhr noch immer nichts von ihrer Agentin gehört hatte, aber davon ausgehen konnte, dass Estelle inzwischen sowohl vom Shoppen als auch vom Tee zurück sein musste, rief sie erneut bei ihr zu Hause an. Dieses Mal nahm niemand ab. Sie stellte sich vor, wie Peter Hume vor dem Apparat saß, ihn anstarrte und sich nicht zu antworten traute.

»Allmählich mache ich mir Sorgen um Estelle«, sagte sie zu Jon, der sich zu ihr in die Küche gesellt hatte, während sie das Abendessen zubereitete. »Diese Unzuverlässigkeit passt so gar nicht zu ihr. Nicht nur, dass sie sich nicht wie versprochen zu meinem Entwurf geäußert hat, sondern sie antwortet auch nicht auf meine Anrufe und E-Mails. Und dabei ist sie normalerweise so produktiv und geschäftsmäßig, dass manche Leute sie schon beängstigend finden.«

»Könnte sie zu einer Buchmesse gefahren sein?«

»Für Frankfurt ist es zu spät, für London zu früh«, antwortete Kate. »Ich habe auch probiert, sie auf dem Handy zu erreichen. Ohne Erfolg. Ich konnte ihr nur eine Nachricht hinterlassen. Dann habe ich es bei ihr zu Hause versucht. Peter war dran, nicht etwa Estelle. Er hat behauptet, es ginge ihr gut, und sie hätte sich ein paar Tage freigenommen. *Estelle*! Sie und sich freinehmen – ich glaube das einfach nicht!«

»Deutest du da nicht ein bisschen zu viel hinein?«

»Er wollte mir weismachen, sie wäre unterwegs zum Shoppen und wolle sich mit ein paar Freundinnen zum Essen treffen.«

»Hört sich doch ganz vernünftig an.«

»Nein, es klang vielmehr nach einer absolut plumpen Lüge! Ich habe es am späten Nachmittag noch einmal bei ihr zu Hause versucht, aber niemand ging ran. Was hältst du davon?«

»Komm erst mal runter. Sie ist gerade mal zwei Tage nicht im Büro gewesen. Sicher setzt sie sich mit dir in Verbindung, sobald es ihr möglich ist.«

»Und wenn ihr nun etwas passiert ist?«

»Überleg mal: Sie ist erst seit Oktober verheiratet. Vielleicht hat sie einfach nur Lust, mehr Zeit mit ihrem Mann zu verbringen.«

»Warum hat sie dann nicht ihre Vertretung informiert?«

»Ich dachte, sie arbeitet allein.«

»Sie hat eine Assistentin, die normalerweise zwei Tage in der Woche kommt, die aber auch immer dann das Büro besetzt hält, wenn Estelle unterwegs ist.«

»Ach übrigens, wann essen wir eigentlich?«

»Ich brauche noch zehn Minuten. Und wechsele nicht das Thema.«

Kate wusch Salatblätter in einer Schüssel mit Wasser. »Zurück zu Estelle«, erklärte sie entschlossen, während sie den Salat in ein sauberes Küchentuch legte.

»Ich dachte, wir hätten diese Angelegenheit erschöpfend behandelt.« Jon brach ab, weil ein kurzer Sprühregen über ihm niederging. »Musst du den Salat so über deinem Kopf schleudern?«

»Entschuldige.«

Schweigend rührte Kate die Vinaigrette zusammen. Jon hatte sich in eine sichere Ecke verzogen. »Estelle hätte den Empfang einer E-Mail auf jeden Fall bestätigt, auch wenn sie sich tatsächlich ein paar Tage freigenommen hat«, fuhr Kate schließlich fort.

»Mag ja sein.« Er klang unsicher. Welcher Gegenstand mochte als Nächstes quer durch die Küche in seine Richtung fliegen? »Aber selbst wenn du recht haben solltest, verstehe ich nicht, warum du dich so aufregst.«

»Weil ich wissen möchte, was sie von meinem Entwurf hält, damit ich endlich mit meinem Buch weiterkomme.«

»Herrgott noch mal, es ist doch nur ein Roman!«

Sofort breitete sich eisiges Schweigen in der Küche aus.

»Tut mir leid«, murmelte Jon schließlich zerknirscht. »Das hätte ich nicht sagen dürfen. Was kann ich tun, um dir zu helfen?«

Kate wartete, bis ihr Ärger einigermaßen verraucht war, ehe sie antwortete: »Ich hatte gehofft, dir käme vielleicht eine deiner genialen Ideen.«

Jon dachte einen Moment nach. »Hast du ihre Adresse?«

Kate, die gerade dabei war, Balsamico und Olivenöl miteinander zu verrühren, unterbrach ihre Tätigkeit. »Klar. In meinem Adressbuch.«

»Dann fahr doch einfach nach London und statte ihr einen kurzen Besuch ab. Nimm dein Manuskript mit. Vielleicht habt ihr Zeit, es kurz zu besprechen.«

»Eigentlich will ich ja nur wissen, ob es ihr gut geht.«

»Nun gut, dann fahr eben ohne das Manuskript nach London.«

»Jetzt sofort?«

»Vielleicht besser morgen Vormittag.«

»Du hast recht.«

»Sollen wir uns heute Abend einen netten Film anschauen?«, fragte er.

»Gute Idee.«

»Ich muss nur noch kurz telefonieren, dann suche ich uns etwas aus.«

Seltsam, dass er nicht deutlicher wurde, aber sie fragte nicht, wen er anrufen wollte.

»Mein Name ist Estelle Livingstone.« Sie sprach die Worte laut in die Dunkelheit. »Ich habe ein Haus, einen Ehemann und ein erfolgreiches Unternehmen. Ich kann nicht einfach so verschwinden. Irgendjemand wird es bemerken.« Die Worte hallten durch den spärlich möblierten Raum. Estelle kämpfte verbissen um ihr schwindendes Selbstvertrauen.

Alle Statussymbole ihres Lebens hatte man ihr fortgenommen, und im Zimmer gab es nicht einmal einen Lichtschalter. Sie schwor sich, elektrisches Licht nie wieder als Selbstverständlichkeit anzusehen, wenn sie wieder freikam. Selbst am hellen Tag drang nur wenig Licht von draußen ins Zimmer. Um diese Jahreszeit wurde es außerdem schon früh dunkel. Um viertel nach vier ging die Deckenbeleuchtung an und blendete sie. Um zehn Uhr aber wurde das Licht wieder ausgeschaltet, und dann blieb ihr nichts anderes übrig, als sich hinzulegen und zu schlafen – oder es zumindest zu versuchen. Es gab weder Fernseher noch Tageszeitung oder Bücher. Glücklicherweise hatte man ihr die Armbanduhr gelassen, sodass sie sich waschen, die Zähne putzen und ins Bett legen konnte, ehe das Licht pünktlich um zehn Uhr ausging.

Der Mann kam nur kurz mit dem Essen und vergewisserte sich, dass sie noch da war. Als er wegging, schrie sie ihm nach, dass sie verrückt würde, wenn sie den ganzen Tag nichts zu tun hätte. Bei der nächsten Mahlzeit brachte er ihr dann etwas zu lesen mit, obwohl es nicht unbedingt das war, was sie sich selbst ausgesucht hätte. Wenn sie nur wüsste, was in der Welt draußen vor sich ging!

Frustriert stapfte sie durch das Zimmer, stieß gegen einen Stuhl und stolperte daraufhin gegen eine Wand. »Mist!«

Es war längst Montag. Wo blieb Peter? Was tat er, um ihr

zu helfen? Immerhin hatte er zwei Tage Zeit zum Handeln gehabt. Die Sache war doch einfach nur lächerlich, und sicher konnte Peter ihr helfen. Estelle wünschte sich nur, sie hätte mit ihm reden und ihm ein paar schlaue Tipps geben können. Wäre die Situation umgekehrt, hätte sie längst alle Hebel in Bewegung gesetzt, und Peter müsste seine Zeit nicht in diesem Rattenloch vergeuden.

10

Es war Kate gelungen, das Thema Estelle während des restlichen Abends ruhen zu lassen. Nachdem Jon am folgenden Morgen zur Arbeit gegangen war, machte sie sich jedoch sofort auf den Weg zum Bahnhof und stieg in den nächsten Zug nach London. Um kurz nach elf stand sie vor Estelles Haustür.

Sie klingelte.

Keine Antwort.

Sie klingelte erneut und wartete. Allmählich wurde sie wirklich nervös! Sie legte den Finger auf den Klingelknopf und behielt ihn unhöflich lang dort. Als sie kurz unterbrach, näherten sich drinnen zögernd Schritte, denen sie mit mehreren kurzen Klingelsalven Mut zu machen versuchte. Endlich wurde die Tür einen Spaltbreit geöffnet.

»Peter?« Sie sah ein schmales Stück seines Gesichts, das sehr blass war und unter dem Auge tiefe Schatten zeigte.

»Kennen wir uns?«

»Ich bin Kate. Kate Ivory. Wir haben gestern miteinander wegen Estelle telefoniert.«

»Stimmt.« Er machte keine Anstalten, die Tür weiter zu öffnen.

Weil ihr Peter irgendwie merkwürdig erschien, sprach sie besonders langsam und deutlich. »Ich bin extra aus Oxford gekommen, um mit Ihnen zu sprechen. Dürfte ich vielleicht einen Augenblick reinkommen?«

Nach einer kurzen Pause wurde die Tür widerwillig geöffnet. Vor Kate stand eine zerzauste, sichtlich schwankende Gestalt.

»Peter?«

Wacklig trat er einen Schritt zurück, um sie einzulassen. Nein, der Mann war nicht verwirrt. Er war schlicht betrunken! Und das um elf Uhr vormittags. Im Haus herrschte Dämmerlicht, weil sich offenbar noch niemand die Mühe gemacht hatte, die Vorhänge zu öffnen. Kates Augen brauchten einen Moment, um sich an die Dunkelheit zu gewöhnen. Sie drehte sich zu Peter um, der sich unsicher am Türpfosten des Wohnzimmers festhielt.

»Was ist hier los?«, fragte sie scharf.

Er zuckte zurück. »Was meinen Sie?«

»Man braucht sich doch hier nur umzusehen, um zu wissen, dass Estelle nicht nur mit einer Freundin zum Mittagessen gegangen ist. Sie ist schon mehrere Tage fort, nicht wahr?«

Peter fuhr zusammen. »Hören Sie um Himmels willen auf, so zu schreien.«

Dabei hatte Kate keineswegs geschrien, sondern lediglich mit Nachdruck gesprochen. Sie durchquerte den Raum und öffnete die Vorhänge. Es roch nach schalem Whisky und kalten Pizzaresten, und im Zimmer herrschte ein furchtbares Durcheinander. Und das in Estelles Haus, der erklärten Minimalistin!

»Estelle hat Sie verlassen, nicht wahr?«

»Wie kommen Sie darauf?«

»Weil ich Estelle kenne, und zwar seit Jahren. Sie ist ausgezeichnet organisiert und sehr ordentlich. Geradezu penibel! Ein solches Chaos würde sie niemals dulden.«

Peter blickte sich um, als sähe er den Raum zum ersten Mal. »Stimmt, es ist ganz schön zugemüllt hier. Aber unsere

Mrs Trench kommt diese Woche nicht. Sobald sie wieder da ist, ist im Handumdrehen alles wieder sauber.«

»Und wann kommt Estelle zurück?«

»Was geht Sie das an? Ich weiß überhaupt nicht, was Sie hier wollen. Was Estelle und ich tun, geht Sie absolut nichts an.«

»Und ob es mich etwas angeht, wenn meine Agentin plötzlich ohne ein Wort verschwindet! Ausgerechnet zu einer Zeit, in der ich dringend ihre Hilfe benötige.« Kate sah geflissentlich über die Tatsache hinweg, dass sie sich im Privathaus der Livingstones befand und nicht etwa in Estelles Büro. »Wo ist die Küche?«

»Warum?«

Aber Kate stellte bereits schmutzige Tassen und Teller zusammen und sammelte fettige Pizzakartons von Couch und Tisch. »Ich dachte, eine Tasse Kaffee könnte uns beiden guttun.« Wenn sie ein paar einigermaßen vernünftige Sätze aus Peter herausbekommen wollte, musste sie zunächst dafür sorgen, dass er nüchtern wurde.

Etwas, was einem Lächeln ziemlich nah kam, huschte über Peters Gesicht. Er ging Kate voraus in die Küche, die aussah, als wäre jeder Teller und alles im Haus befindliche Besteck benutzt, aber nicht gespült worden. Auf der Anrichte war Kaffeepulver verstreut, und rings um den Toaster lag ein ganzer Krümelberg. Daneben stand eine leere Whiskyflasche. Instantkaffee? Toast und Whisky zum Frühstück? Kate brauchte mehrere Minuten, um die Espressomaschine notdürftig zu reinigen, ein Päckchen Kaffee zu öffnen und eine großzügig bemessene Menge in die Maschine zu füllen. Sie stellte zwei Espressotassen unter die Tülle, spülte ein Glas und füllte es mit kaltem Wasser.

»Trinken Sie das«, sagte sie zu Peter. »Wenn Estelle zurückkommt und Sie in diesem Zustand vorfindet, ist sie sofort wieder weg.«

»Ich dachte, Sie wollten Kaffee machen.« Er klang schon wieder bockig.

»Zuerst müssen Sie viel Wasser trinken.« Sie hätte ihm Fruchtsaft gegeben, aber im Kühlschrank war keiner.

Die Espressomaschine erwachte zum Leben, fauchte und spie zwei schmale Rinnsale einer schwarzen Flüssigkeit in die Tassen. Zufrieden stellte Kate fest, dass Peter sein Glas geleert hatte und füllte es erneut.

»Haben Sie zufällig Aspirin dabei?«, fragte Peter jammernd.

»Leider nicht.«

Im Wohnzimmer hielt Kate Ausschau nach einem freien Plätzchen, wo sie die Tassen abstellen konnte. Peter wischte drei leere Chipstüten, eine schmutzige Tasse und zwei Bierdosen vom Sofa und warf eine auseinandergefaltete Zeitung in die Ecke.

»Dieser Mistkerl von einem Journalisten! Ein echtes Käseblatt!«, schimpfte er dabei. »Es geht doch wirklich niemanden etwas an, wie viel ein Käufer für ein Buch bezahlen will.«

Auf dem Couchtisch lagen eine Menge zerknittertes, braunes Papier, Wellpappe und ein Stapel alter Bücher herum. Peter ließ sie, wo sie waren. Stattdessen leerte er einen kleinen Glastisch, indem er alles, was darauf lag, einfach auf den Boden kippte. Den Tisch stellte er vor Kate. »Nehmen Sie den hier.« Aus einer dunklen Ecke zog er einen verblichenen Lehnstuhl heran, der den Abdruck seines Körpers trug. Dankbar sank er in die abgenützten Polster und schloss die Augen.

Kate wartete so geduldig, wie es ihr unter den gegebenen

Umständen möglich war. »Und?«, fragte sie schließlich mit lauter Stimme. Schließlich konnte Peter schon wieder eingedöst sein. »Hier ist sie jedenfalls nicht. Und in ihrem Büro ist sie auch nicht. Also?«

Peter antwortete nicht.

»Ich hege auch begründete Zweifel daran, dass sie mit Freunden zum Mittagessen ist oder mit einer alten Tante Tee trinkt.«

»Vermutlich haben Sie recht.«

»Seit wann ist sie fort?«

»Seit Samstag.« Er presste den Mund zu einem schmalen Strich zusammen, als bereue er, zu viel verraten zu haben.

»Natürlich geht es mich nichts an, ob Estelle und Sie Streit hatten, und darüber will ich auch gar nichts wissen. Aber Estelle ist meine Agentin, und sie hat mir versprochen, einen Entwurf mit mir zu besprechen, den ich ihr vergangene Woche geschickt habe. Deshalb will ich auch nur wissen, wie ich Kontakt mit ihr aufnehmen kann.«

Peter holte tief Luft und schüttelte den Kopf. »Da gibt es ein gewisses Problem.« Er sprach noch immer mit schwerer Zunge, obwohl er jetzt etwas wacher wirkte als bei Kates Ankunft. Sein zweites Glas Wasser hatte er nicht geleert, aber der Kaffee schien ihm gutzutun. »Ich weiß nämlich selbst nicht, wo sie ist. Meine Anrufe hat sie ebenfalls nicht beantwortet. Nicht, dass Sie glauben, wir hätten Streit gehabt. Absolut nicht. Doch als ich Samstagabend nach Hause kam, war sie nicht da.«

Kate hob ihre Kaffeetasse und starrte Peter über den Rand hinweg an. Er sprach jetzt ruhiger und zusammenhängender, trotzdem glaubte sie ihm nicht. »Wollen Sie etwa behaupten, dass sie einfach so verschwunden ist, ohne eine Nachricht zu hinterlassen? Nicht einmal einen kleinen Zettel?«

»Nichts. Ich habe diese Möchtegern-Autoren im Verdacht, die sie dauernd mit ihren unsäglichen Romanen bombardieren. Einige rufen sogar hier zu Hause an oder kommen mit ihren Manuskripten an die Haustür. Sie haben ja keine Ahnung, wie hartnäckig und fordernd Ihre Kollegen sein können.«

»Aber ich werde doch längst verlegt«, protestierte Kate. »Estelle ist seit zehn Jahren meine Agentin. Außerdem wollte *sie* mit *mir* reden. Jetzt fangen Sie nur nicht an, mich mit ihrem Verschwinden in Verbindung zu bringen.« Sie starrte ihn an, bis er ihren Blick erwiderte.

»Nun, vielleicht nicht Sie persönlich. Aber Estelle wurde immer wieder von irgendwelchen Schreiberlingen bedrängt, die fest daran glauben, Estelle könne sie im Handumdrehen reich und berühmt machen. Einer hat sogar mit Selbstmord gedroht, falls sie ihn ablehnen würde.«

»Ich bin sicher, es steckt mehr dahinter als ein übereifriger Möchtegern-Autor. Estelle hat schon seit Jahren mit solchen Leuten zu tun und wird sich nicht plötzlich von ihnen stören lassen. Haben Sie die Polizei informiert?«

»Das ist wohl nicht nötig.«

»Ihre frisch angetraute Ehefrau verschwindet ohne ein Wort, und Sie haben vier Tage später noch nichts unternommen?« Kate wartete. Sie hoffte immer noch, Peter würde ihr endlich anvertrauen, was wirklich geschehen war. »Sie wirken nicht einmal besonders beunruhigt«, fügte sie hinzu.

»Natürlich mache ich mir Sorgen. Aber ich habe nichts Falsches getan und sehe nicht ein, warum ich ...« Er schlug sich die Hand vor den Mund, als wolle er die Worte zurückholen, die er gerade ausgesprochen hatte.

»Sie haben mir noch längst nicht alles gesagt, nicht wahr? Was haben Sie getan?« Sie überlegte kurz, ob sie mehr aus

Peter herausbekommen würde, wenn sie ihm einen großen Whisky einschenkte. Doch sie schob den Gedanken beiseite, nahm ihm die leere Kaffeetasse weg und hielt ihm das noch fast volle Wasserglas hin.

»Ich mag das Zeug nicht«, murrte er. »Und ich habe ihnen schon mehrmals gesagt, dass es Sie nicht im Mindesten etwas angeht, wo Estelle geblieben ist. Ich weiß nicht, warum sie verschwunden ist. Auf mich wirkt es fast so, als hätte sie für ihn Partei ergriffen.«

»Für wen?«

»Ich habe ihr gesagt, dass das nun mal mein Job ist. Ich kaufe und verkaufe Bücher. Das ist doch ganz einfach zu verstehen, oder?«

»Sicher!« Kate hatte keine Ahnung, worauf er hinauswollte.

»Mein Vater ist einfach viel zu früh gestorben. Aber welche Folgen das für mich hatte, interessiert anscheinend niemanden! Ich musste mich um meine Mutter und meinen kleinen Bruder kümmern. Und obwohl das alles schon Jahrzehnte her ist, hat sich keiner der beiden die Mühe gemacht, so erwachsen zu werden, dass er Verantwortung für sich selbst übernehmen kann. Im Gegenteil, mit den Jahren wird es immer schlimmer.« Peter starrte in Selbstmitleid versunken seine Hände an.

Kate brachte die Kaffeetasse in die Küche.

»Es ist sicher nicht leicht für Sie, wenn Estelle mit der Art Ihres Broterwerbs nicht einverstanden ist«, erklärte sie dann und setzte sich wieder zu ihm. »Aber sie kann doch deshalb nicht auf Dauer fortbleiben, oder?«

»Weiß der Himmel. Das Ganze ist ein Riesendurcheinander. Und ich werde ihm keinesfalls geben, was er von mir verlangt.«

»Von wem sprechen Sie?«

»Von niemandem.«

Sie bewegten sich im Kreis. Kate zog ihre Jacke an und griff nach ihrer Tasche. Zeit zu gehen. »Irgendwann muss sie doch zurückkommen, oder?«

»Keine Ahnung. Vielleicht auch nicht.«

»Oh doch, sie wird zurückkommen. Die Frage ist bloß, *wann* sie es tut. Sie können mich ja anrufen, wenn Sie etwas erfahren.«

Sie hatte eben die Haustür erreicht, als das Telefon klingelte. Peter blickte sich hektisch um, fand das Telefon und drückte überstürzt mehrere Knöpfe, ehe er den richtigen fand.

»Estelle? Bist du das?« Er brach ab und lauschte. »Nein, sie ist nicht da. Wer spricht da bitte?«

Kate strengte sich an, um etwas zu verstehen, doch Peter hielt den Hörer fest an sein Ohr gepresst.

»Ich sagte Ihnen doch, sie ist nicht da«, fauchte er. »*Sie* müssen doch wissen, wo sie ist, nicht ich!«, fügte er mit ungehaltener Stimme und unnatürlich rotem Gesicht hinzu. »Nein, sie hat heute noch nicht angerufen.«

Die nächste Pause dauerte länger. Peter hörte dem Anrufer zu.

»Nein. Es gehört mir. Ich habe es rechtmäßig erworben. Halten Sie sich da raus! Sie gehörten ihr, nicht Ihnen. Sie bekommen keinen müden Penny.« Und dann plötzlich: »Und wo ist sie? Sagen Sie ihr, sie soll zurückkommen, wo sie hingehört.« Wutentbrannt warf er das Telefon auf den Tisch.

Kate wartete auf eine Erklärung. Erschrocken sah sie, dass sich Peters Augen mit Tränen füllten. »Sie hat heute Morgen um halb sieben sein Haus verlassen«, jammerte er. »Angeblich wollte sie nach Hause, um mit mir zu reden. Aber sie ist nicht gekommen und hat auch nicht angerufen.«

Kate blieb ruhig. »Viereinhalb Stunden«, stellte sie nach einem Blick auf die Uhr fest. »Wo ist sie aufgebrochen?«

»Ich habe keine Ahnung.«

»Wer war denn der Anrufer?«

»Ich weiß nicht.« Er hatte eine trotzige Miene aufgesetzt. Sein Blick irrte durch das Zimmer. Er weiß es sehr wohl, dachte Kate, aber er sagt es mir nicht.

»Aber Sie müssen doch wissen, mit wem Sie gesprochen haben.«

»Nein, ich habe keine Ahnung.« Mühsam stand er auf. Trotz des Kaffees schwankte er noch immer. Mit unsicheren Schritten ging er auf ein Sideboard in der gegenüberliegenden Ecke zu. Zu spät bemerkte Kate, dass er das Tablett mit den Flaschen im Visier hatte. Gin und Whisky schienen leer zu sein, aber in der Flasche mit dem Brandy entdeckte sie noch etwa zwei Zentimeter Flüssigkeit.

»Ich glaube, das ist keine besonders gute Idee«, wandte sie ein, als er den Rest Brandy in ein schmieriges Glas schüttete.

»Schnauze.« Er kippte den halben Inhalt des Glases hinunter, ehe er sich wieder an Kate wandte. »In meinem Haus kann ich trinken, soviel ich will.«

In *Estelles* Haus, dachte Kate. Der Kerl säuft offenbar, seit sie weg ist. »Ich glaube kaum, dass sie freiwillig für ganze vier Tage mit einem völlig Fremden verschwindet«, sagte sie, um ihn wieder auf das eigentliche Problem zurückzubringen.

Ihr Blick fiel auf das Durcheinander auf dem Couchtisch. Zwischen allerlei Krimskrams lag ein handgeschriebener Brief. Kate konnte nur wenig entziffern. Die Unterschrift lautete *Adela Carston*, und in der ersten Zeile stand: *Vielleicht erinnern Sie sich noch an mich. Wir haben uns auf Estelles Hochzeit kennengelernt und sprachen kurz über Bücher.* Auch, dass der Briefkopf eine Adresse in Oxford trug, konnte sie erkennen. Sie erinnerte sich an ein fliederfarbenes Kleid mit passendem Hut. Hatte die dazugehörige Dame nicht mit ihnen am Tisch gesessen und über die guten alten Zeiten gesprochen? Kate wusste noch, dass die alte Dame ein wenig unklar geredet und gegen Ende der Veranstaltung eindeutig verwirrt gewirkt hatte. Was mochte sie Peter geschrieben haben?

Peter hatte sein Glas geleert, griff hastig nach dem Brief, faltete ihn zusammen und steckte ihn ein. »Sie sollten jetzt gehen«, sagte er. »Es gibt hier nichts für Sie zu tun.«

»Er glaubt, dass Sie etwas haben, was eigentlich ihm gehört, nicht wahr?«, fragte Kate. »Oder gehört es Estelle?«

»Es gehört mir, und ich habe ihm unmissverständlich klargemacht, dass er es nicht bekommen wird. Und Lösegeld zahle ich schon gar nicht.«

»Lösegeld?«

»Was? Halten Sie um Himmels willen den Mund, und gehen Sie endlich!«

»Warum rufen Sie nicht die Polizei?«

»Was glauben Sie wohl, was die davon hält? Meine Frau geht mit einem Mann auf und davon, bleibt vier Tage bei ihm und verschwindet dann erneut. Die Polizei würde mich doch auslachen! Was würden *Sie* denken, wenn Sie Estelle nicht kennen würden?«

»Es klingt tatsächlich ein bisschen seltsam.«

»*Seltsam*?«

»Machen Sie sich denn keine Sorgen um Estelle?«

»Was glauben Sie wohl?«

»Tut mir leid. Natürlich sind Sie beunruhigt.« Kate bemühte sich um einen freundlich mitfühlenden Tonfall. »Hören Sie, Peter, jedenfalls müssen Sie mit der Angelegenheit ab sofort nicht mehr allein zurechtkommen. Ich kann Ihnen sicher helfen, Estelle zu finden und sie davon zu überzeugen, wieder nach Hause zu kommen. Ehe ich allerdings damit anfange, müssen Sie mir wirklich alles erzählen.«

»Sie?« Peter starrte sie an und lächelte dann zum ersten Mal an diesem Morgen. »Was könnten Sie schon tun?«

»Ich habe schon früher Leuten in schwierigen Situationen geholfen.« Sie hätte ihm erzählen können, dass sie sich dabei in ihrem Eifer mehrmals in Lebensgefahr gebracht hatte, doch dafür schien ihr nicht der richtige Zeitpunkt zu sein.

In diesem Augenblick piepste Peters Handy. Er blickte auf das Display. »Eine SMS.«

»Von Estelle?«

»Von einer Nummer, die ich nicht kenne.«

»Und was steht drin?«

Sie trat auf ihn zu und versuchte, ihm über die Schulter zu blicken. Er zog sich zurück, doch sie blieb hartnäckig.

»*Geben Sie mir, was Sie mir schulden, und E…*« Peters Hand verdeckte den Rest.

»Von wem kommt das?«, bohrte Kate nach.

»Keine Ahnung. Die ganze Geschichte ist ein wahrer Albtraum.«

»Überlegen Sie sich mein Angebot, Peter. Ich könnte Ihnen helfen, Estelle zu finden.«

»Auf Drohungen reagiere ich grundsätzlich nicht. Und Sie gehen jetzt!«

Ich weiß noch genau, wie dieses Gefühl in mir wuchs, von der Außenwelt abgeschnitten zu sein.

Es war kurz vor meinem vierten Geburtstag. Ich stand auf Zehenspitzen am Fenster, um besser hinaussehen zu können. Obwohl ich noch sehr jung war, nahm ich alle Einzelheiten genau auf und konnte mich an sie erinnern, als hätte ich sie wie Fotos in ein Album geklebt. Manchmal glaube ich, dass die Bilder meiner Erinnerung genauer und lebendiger sind, als es ein Foto nach so vielen Jahren sein könnte. Bei anderen Erinnerungen hingegen frage ich mich, ob ich nicht unabsichtlich einzelne Details verändert habe. Vielleicht werden die winzigen elektrischen Impulse, aus denen unsere Erinnerung besteht, mit den Jahren schwächer. Möglicherweise verlieren sie auf ihrem verworrenen Weg durch unser Gehirn manche Informationen, oder sie nehmen einzelne Fragmente aus einer anderen Zeit auf. Ich erinnere mich zum Beispiel an sehr viel Blut, an dunkelrote Pfützen, die im Laternenlicht fast schwarz wirkten. Dabei weiß ich genau, dass es nicht so gewesen sein kann.

Es war im Winter. Schon um fünf Uhr ging der trübe Nachmittag in völlige Dunkelheit über. Vor den Fenstern waren die Vorhänge zugezogen. Nur die Straßenlaternen warfen Lichtkegel auf die finstere Straße. Ein regnerischer Samstag. Die Menschen saßen zu Hause, tranken Tee, hörten Radio oder sahen fern. Niemand nahm wahr, was auf der Straße geschah.

Ich hatte den Vorhang ein paar Zentimeter zurückgeschoben und war auf einen Stuhl geklettert, weil ich wissen wollte, was draußen vor sich ging. Ich lehnte meine Stirn gegen die Fensterscheibe. Sie war kalt und feucht und roch nach Zigaretten. Ich wickelte mich in den schweren Vorhang. Seine Farbe war ein langweiliges Rostrot mit einem erhabenen Muster. Am Saum hatte er eine Borte, und er war so staubig, dass Spuren davon auf meinem Ärmel zurückblieben.

Wegen der kühlen Witterung war das Fenster geschlossen. Die Straßengeräusche drangen nur gedämpft zu mir herauf. Ich fühlte mich sicher an meinem Standort, von dem aus ich das Drama auf dem Bürgersteig draußen beobachtete. Auch jetzt höre ich wieder den schrillen Ton, den ich immer an dieser Stelle der Geschichte vernehme. Es ist ein knirschendes, schabendes, nicht nach Mensch klingendes Geräusch, von dem ich nicht weiß, wo es herkommt. Es verursacht mir Zähneklappern, und da zu diesem Zeitpunkt außer mir niemand wusste, was geschehen war, konnte niemand geschrien haben. Noch nicht.

Mir ist, als müsste ich meinen Standort verlassen und meine Hände waschen. Dabei trifft mich nicht die geringste Schuld. Warum auch? Aber irgendetwas klebt trotzdem an meinen Fingern: der Geruch von gekochtem Kohl, der klebrige Nikotinfilm des Fensters, der Staub des Vorhangs. Rostrote Vorhänge. Die Farbe verblichener, eingetrockneter Blutflecke. Das Blut aber, das ich an jenem Abend sah, hatte sich als schwarze Lache auf dem Bürgersteig ausgebreitet. Nur unter der Straßenlaterne zeigte sich ein dunkelrotes Glühen.

11

»Und das war's dann«, endete Kate, nachdem sie Jon abends von ihrem Ausflug nach London berichtet hatte. »Mir blieb nichts anderes übrig, als zu gehen.«

»Und welche Erklärung hast du mit deiner blühenden Fantasie für die Vorgänge gefunden?«

»Ich bin verwirrt. Ich habe keine Ahnung, was da los sein könnte, spüre aber ein deutliches Unbehagen. Und du?«

»So, wie es sich anhört, ist sie am Samstag freiwillig mit diesem unbekannten Mann weggegangen. Warum sie das tat und mit wem sie wohin verschwunden ist, geht uns nichts an. Wenn der besagte Mann allerdings der gleiche war, der Peter heute Morgen angerufen hat, dann ist es sehr merkwürdig, dass sie erneut verschwunden sein soll. Wohin ist sie gegangen, nachdem sie seine Wohnung verlassen hat? Und warum hat sie sich nicht gemeldet?«

»Vielleicht hat sie ihre Pläne geändert und ist zu diesem Mann zurückgekehrt.«

»Warum hätte sie ihn dann zunächst verlassen? Außerdem hat er vier Stunden später bei ihr zu Hause angerufen und wollte sie sprechen. Vielleicht wollte sie allein sein, um nachzudenken. Für mich wäre das die wahrscheinlichste Erklärung. Sollte meine Theorie stimmen, wird sie sicher bald wieder auftauchen und sich an ihre Arbeit machen. Du musst nur abwarten und dich noch ein wenig gedulden.«

»Und die SMS?«

»Du hast nur einen Teil von ihr gesehen, daher können wir uns kein Urteil erlauben. Sie könnte sogar von Estelle selbst gewesen sein.«

»Wieso hat er dann die Nummer nicht erkannt?«

»Sie könnte zum Beispiel ihr Telefon verloren und ein billiges Prepaid-Gerät gekauft haben.«

»Was ist mit den Dingen, die Peter davor gesagt hat? Dass *es* nicht seine Schuld wäre, sondern die seiner Eltern. Und wenn er sich nichts hat zuschulden kommen lassen, wieso wird dann Lösegeld von ihm gefordert?«

»Vielleicht meinte er das im übertragenen Sinn. Nach dem zu urteilen, was du mir erzählt hast, hat er seit Estelles Verschwinden zu Hause gesessen, zu viel getrunken und über sämtliche Ungerechtigkeiten nachgedacht, die ihm je im Leben widerfahren sind.«

»Bleibt immer noch die Tatsache, dass Estelle verschwunden ist und Peter sich weigert, etwas herauszurücken, was ihm offenbar nicht gehört. Und dass er sich mehr Sorgen um das Zweite als um das Erste zu machen scheint.«

»Kate, mehr kannst du wirklich nicht unternehmen. Hab Geduld. Bestimmt ist Estelle morgen früh schon wieder da. Aber nach einem so aufregenden Tag hast du sicher einen Riesenhunger. Soll ich das Essen auftragen?«

»Sehr gern. Eine Flasche Wein dazu?«

»Ich denke, die haben wir uns verdient.«

Als sie nach dem Essen bei einem Glas Wein im Wohnzimmer zusammensaßen, drehten sich Kates Gedanken erneut um ihre verschwundene Agentin.

»Ich glaube, dass Estelle nach Hause gehen wollte, als sie heute Morgen um halb acht die Wohnung dieses unbekannten Mannes verließ. Unverständlich ist allerdings, was anschließend geschah. Wir reden hier von Estelle, das dürfen wir nicht vergessen. Nach vier Tagen wird sie ein ausgedehntes Bad mit teurem Badeöl genießen, ihre edlen Gesichtscremes benutzen und sich endlich umziehen wollen. Und sicher steht ihr der Sinn nach einem großen Gin Tonic. Wo gibt es das alles? Natürlich bei ihr zu Hause.«

Jon seufzte. »Vielleicht hat sie einen Freund oder eine Freundin getroffen und ist mit ihm oder ihr heimgegangen. Wir können nur spekulieren. Einfacher wäre es, wenn wir wüssten, wo sich diese Wohnung befindet, in der sie war.«

»Sie muss nicht einmal unbedingt in London sein.«

»Du könntest Peter morgen noch einmal anrufen. Falls Estelle dann immer noch nicht zurück ist, fragst du ihn, ob er nach dem Anruf daran gedacht hat, die 1471 für die Rufnummernrückverfolgung anzurufen.«

»Wird gemacht. Es gibt auch noch eine andere Spur, der ich nachgehen möchte. Auf dem Couchtisch lag ein Brief, den Peter vor mir zu verstecken versuchte, aber ich habe genug erkennen können, um zu wissen, dass er von Adela Carston stammt. Erinnerst du dich an sie? Sie saß beim Essen mit uns am Tisch. Ich werde sie ausfindig machen und sie fragen, um was es geht.«

»Aber das muss nicht unbedingt mit Estelle zu tun haben. Würdest du auf mich hören, wenn ich dich bäte, die Sache endlich auf sich beruhen zu lassen?«

»Ehrlich gesagt: eher nicht.«

Am Donnerstagmorgen kam die Post etwas früher als gewöhnlich. Jon wollte gerade zur Arbeit aufbrechen. Er trug sie ins Wohnzimmer, zog einen blauen, handbeschriebenen Umschlag aus dem Stapel, öffnete ihn und überflog den Inhalt des Briefes.

»Der ist von meinem Freund Craig«, sagte er zu Kate. »Er will uns für ein paar Tage besuchen.«

»Ach ja? Und wann?«

»Er kommt am Montag.«

»Für wie lange?«

»Ich habe jetzt keine Zeit, dir alles zu erzählen. Lass uns heute Abend darüber sprechen.«

Mit diesen Worten verließ er das Haus.

Weil es keinen Sinn machte, sich über diesen Besuch den Kopf zu zerbrechen, vergaß Kate ihn kurzerhand und wählte stattdessen Estelles Privatnummer. Insgeheim erwartete sie fast, dass Estelle selbst abheben und sich maßlos über Kates Besorgnis wundern würde. Doch es war Peter, der den Anruf entgegennahm. Nein, er hatte nichts von Estelle gehört, und die 1471 hatte er auch nicht angerufen. Wie hätte er auch daran denken sollen? Er hatte schließlich ganz andere Dinge im Kopf gehabt. Seine Erklärungen konnten Kate nicht wirklich überzeugen, aber sie drängte nicht weiter.

»Gab es vor Estelles Verschwinden merkwürdige Anrufe?«, fragte sie schließlich. »Oder irgendetwas anderes, was Ihnen aufgefallen ist?«

»Während unseres Weihnachtsurlaubs wurde in unser Haus eingebrochen, aber nichts gestohlen. Eine ziemlich seltsame Aktion. Ach ja, Estelle ist auch davon überzeugt, dass irgendjemand heimlich während einer Mittagspause in ihrem Büro gewesen ist. Allerdings glaube ich, dass sie sich das nur einbildet.«

»Ist sie da sicher?«

»Ziemlich sicher.«

»Neue SMS?«

»Nein.«

Kate war mit dem Ergebnis des Gesprächs alles andere als

zufrieden und machte sich auf die Suche nach Adela Carston. Im hellen Tageslicht erschien die Spur längst nicht so vielversprechend wie am Abend zuvor. Hätte Peter den Brief nicht so hastig gefaltet und wieder in den Umschlag gesteckt, wäre Kates Neugier wohl gar nicht erst geweckt worden. Sie kramte in ihren Erinnerungen nach Adela Carston. Die alte Dame war klein, ein bisschen verwirrt und sprach entweder über ihre Romanze in London während des Krieges oder über die Bücherleidenschaft ihres verstorbenen Mannes.

Kate begann mit dem Telefonbuch. Glücklicherweise war Carston kein sehr häufiger Name. Unter den wenigen Trägern fand sich tatsächlich der Eintrag *Carston, A*. Die zugehörige Adresse lautete: Cornbury Close, Oxford. Kate googelte und stellte fest, dass es sich um eine Sackgasse in der Nähe der Woodstock Road in North Oxford handelte. Sie konnte von Jericho dorthin laufen.

Zunächst überlegte sie, ob sie sich telefonisch anmelden sollte, ehe sie bei Adela klingelte, doch dann entschloss sie sich dagegen. Die alte Dame erinnerte sich vielleicht nicht, oder sie würde Kate aus irgendeinem Grund nicht sehen wollen. Kate war sicher, dass sie bei einem persönlichen Treffen größere Chancen hätte, ins Haus gelassen zu werden. Zu einer Zeit, von der sie annahm, dass alle Damen in Adelas Alter den Wasserkessel aufsetzten, um sich eine Tasse Tee zu machen, zog sie sich um. Sie entschied sich für ihre konservativste schwarze Hose, einen hochgeschlossenen Pullover und eine dicke Jacke und machte sich auf den Weg zur Woodstock Road.

Cornbury House 17 war ein weiß verputztes Puppenhaus mit bleigefassten Bogenfenstern, einem Ziegeldach und vielen Sträuchern im Vorgarten, das aus den zwanziger oder dreißiger Jahren des letzten Jahrhunderts zu stammen schien.

Eine rote Katze mit einem zerfledderten Ohr kam aus einem Schneeball-Busch, begrüßte Kate und begleitete sie zur Haustür. Kate klingelte. Die Katze schmiegte sich an ihre Beine und hinterließ ganze Büschel rötlicher Haare an der schwarzen Hose.

»Clement, du schlimmer Junge! Hast du dich wieder draußen herumgetrieben?«

Die Katze schoss an ihr vorbei ins Haus. Kate stand vor einer kleinen, weißhaarigen Person, die sie fragend anblickte.

»Guten Tag, Mrs Carston.«

»Guten Tag, meine Liebe. Kennen wir uns?« Ihre Stimme klang fragend. Sie schien daran gewöhnt zu sein, manchmal sowohl Namen als auch Gesichter zu vergessen.

»Mein Name ist Kate Ivory. Wir saßen bei Peters und Estelles Hochzeit am gleichen Tisch. Vielleicht erinnern Sie sich.«

»An Estelle erinnere ich mich natürlich. Ihr Vater ist ein sehr lieber alter Freund von mir. Wir haben uns während des Krieges kennengelernt. Estelles Ehemann scheint ein wirklich sympathischer Mann zu sein. Bei dieser Hochzeit wurden mir sehr viele Menschen vorgestellt, daher muss ich leider gestehen, dass ich nicht alle Namen und Gesichter behalten habe.«

»Wir haben uns am Tisch hauptsächlich über Bücher unterhalten. Wir waren drei Autoren, ein Geschwisterpaar, das eine Buchhandlung betreibt, und Sie, die uns von der Büchersammlung Ihres Mannes erzählten. Irgendwann im Lauf des Tages schlugen Sie vor, ich solle doch einmal auf eine Tasse Tee bei Ihnen vorbeischauen. Und da bin ich nun.«

Adela blickte sie zweifelnd an.

»Du liebe Zeit, Sie haben mich vergessen, nicht wahr? Soll ich lieber wieder gehen?«

»Ich fürchte, mein Gedächtnis ist nicht mehr so gut wie früher.« Sie warf einen prüfenden Blick in Kates Gesicht. Offenbar fand sie dort nichts Beunruhigendes, denn sie fuhr fort: »Kommen Sie doch ins Haus. Hätten Sie denn Lust auf eine Tasse Tee?«

»Sehr gern«, antwortete Kate und folgte ihr in den Hausflur. Clement, der rote Kater, kratzte an einer der cremefarben lackierten Türen. Mrs Carston öffnete sie einen Spalt breit und ließ ihn hinein. Kate erhaschte einen Blick auf ein pelziges Gewimmel. Ein Katzenzimmer.

Mrs Carston öffnete eine weitere Tür, die in ein Zimmer mit Sesseln und Sofas mit fadenscheinigen Chintzbezügen führte. Auf sorgfältig polierten Tischen standen Porzellanfigürchen und kleine Emailledosen. An den Wänden hingen Landschaftsaquarelle, und auf den Sofas lagen bestickte Kissen. Aus einem Silberrahmen blickte ein erfolgreich aussehender Mann mittleren Alters. Sein Haar war dicht und leicht ergraut, die Nase sprang fast aggressiv aus seinem schroffen Gesicht, und seine Augen hatten einst genau in die Kamera gestarrt.

»Das ist mein verstorbener Mann Victor«, erklärte Adela.

»Er sah sehr gut aus«, meinte Kate. Aber sein Gesicht war nicht freundlich. Hatte Edgar Livingstone nicht gesagt, er sei ein Tyrann gewesen? Nun, dem Foto nach zu urteilen konnte er damit durchaus richtigliegen. Ein gewisser Zug um Victors Mund und die Geringschätzung der Welt, die aus seinen Augen sprach, verrieten ihn.

»Sehr hübsch hier«, lobte Kate. »Von hier aus hat man einen guten Blick in Ihren wunderbaren Garten.« Der Garten mochte einst tatsächlich schön gewesen sein, aber jetzt hätten die Pflanzen dringend eines Rückschnitts bedurft. Der Rasen war im Oktober offenbar nicht mehr gemäht worden. Zerrupfte Büschel wuchsen bis zu einer hohen Buchenhecke an der Grundstücksgrenze. »Die Katzen sind sicher gern dort draußen«, fügte Kate hinzu.

»Mag sein, aber ich sehe zu, dass sie die meiste Zeit im Haus bleiben. Der freche Clement entwischt mir manchmal, wenn ich ihnen ihr Futter bringe.«

Sie gingen weiter in die Küche. Kate sah, dass ein Teetablett für eine Person vorbereitet war. Mrs Carston schaltete den Wasserkessel noch einmal ein, holte eine Tasse nebst Untertasse aus dem Schrank und öffnete eine Dose mit losem Tee. Teebeutel kamen für Mrs Carston nicht infrage.

»Ich bin so weit«, sagte sie, als der Tee fertig war. »Würde es Ihnen etwas ausmachen, das Tablett zu nehmen? Ich öffne Ihnen die Türen.«

Sie machten es sich im Wohnzimmer bequem, und Kate überlegte, wie sie den Brief an Peter am besten ansprechen könnte.

Mrs Carston nahm auf der Kante eines Sessels Platz und betrachtete ihre Besucherin.

»Entschuldigen Sie, meine Liebe, wie heißen Sie noch?«

»Kate. Kate Ivory. Wir haben uns bei der Hochzeit von Estelle und Peter kennengelernt. Haben Sie die beiden seither wiedergesehen?«

»Estelle hat immer viel zu tun, aber Peter hat mir sehr geholfen. Er ist sehr zuverlässig, auch wenn Austin etwas anderes behauptet.«

»Austin?«

»Mein Enkel. Ich finde, er ist nur eifersüchtig. Dabei hat er nichts zu befürchten. Er sollte sich nur allmählich darauf konzentrieren, ein nettes Mädchen zu finden und sesshaft zu werden. Diane wünscht sich schon lange ein Enkelchen.«

»Wer ist Diane?«

»Meine Tochter. Austins Mutter. Sie hat sich große Mühe gegeben, ihn allein großzuziehen. Ich glaube, Austin hat es Victor nie gedankt, dass dieser sich nach Olivers Tod so für ihn einsetzte.«

»Oliver?«

Langsam verlor Kate den Überblick über Adelas Familie.

»Dianes Mann. Mein Schwiegersohn. Austins Vater.«

»Ah, ich glaube, ich verstehe. Dann ist Oliver also gestorben, als Austin noch ein Kind war, und Victor ist sozusagen als Vater eingesprungen.«

»Er hat dem Jungen in seinem Testament auch eine gewisse Summe vermacht.«

»Was Austin aber nicht genügte.« Allmählich blickte Kate durch. »Sammelt Ihr Enkel ebenfalls Bücher?«

»Oh nein. Austin ist im Immobiliengeschäft, allerdings habe ich den Eindruck, dass es im Augenblick finanziell nicht so gut läuft.«

»Ist er Makler?«

»Er nennt sich Bauunternehmer, was immer das bedeuten mag. Wenn er tatsächlich so viele Immobilien besäße, wie er immer behauptet, müsste er mich nicht ständig um Geld angehen.«

»Wohnen sie hier in Oxford?«

»Wen meinen Sie, meine Liebe?«

»Diane und Austin.«

»Ja, aber natürlich nicht zusammen. Trotzdem bin ich froh, sie in meiner Nähe zu haben. Erst kurz vor Weihnachten waren sie hier bei mir. Ich hatte sie eingeladen. Das tue ich jedes Jahr. Aber ich habe Austin erklärt, es würde allmählich Zeit für ein paar Kinder. Dann könnte ich zu Weihnachten wieder Plätzchen backen. Aber er war schlecht gelaunt und hat überhaupt nicht zugehört. Er sprach immerzu nur von Victor und davon, dass man ihm noch etwas schulde. Ganz anders als sonst.«

»Haben Sie Peter in letzter Zeit noch einmal gesehen? Ich spreche von Estelles Ehemann.«

»Das ist wohl schon eine Weile her.«

»Kam er Ihnen irgendwie besorgt vor?«

»Nein, meine Liebe. Wieso?«

»Ach, nichts Besonderes.«

So würde Kate nicht weiterkommen. Sie blickte sich um und stellte fest, dass zwar sämtliche freien Oberflächen mit Nippsachen vollgestopft waren, überall Kissen herumlagen und ein ganzes Regal vor Zeitschriften fast überquoll, aber dass es nirgends Bücherregale gab und sich auch sonst kein einziges Buch im Raum befand. Sie dachte an ihr eigenes Haus, wo die Wände mit Bücherregalen geradezu tapeziert waren und neben jeder Sitzgelegenheit Bücherstapel lagen.

»Wo bewahren Sie Ihre Bücher auf?«, erkundigte sie sich.

»Das Buch, das ich mir gerade aus der Bibliothek geliehen habe, liegt auf meinem Nachttisch«, sagte Adela.

»Hatten Sie nicht erwähnt, dass Ihr Ehemann ein Sammler war?«

»Victor hätte mir nie gestattet, seine Bücher zu lesen.«

»Tatsächlich? Wie merkwürdig!«

»Er war sehr penibel damit.«

»Ich hatte Vitrinenschränke voll ledergebundener Bücher erwartet.«

»Nein, sie werden im Keller aufbewahrt.«

»Ich würde sie sehr gern einmal sehen.«

»Leider können wir nicht hinuntergehen. Meine Knie machen das nicht mehr mit.«

Wenn es dort unten wirklich wertvolle Bücher gab, hoffte Kate, dass sie sich außer Reichweite der Katzen befanden. Kate mochte Katzen, aber nicht in Rudeln. Sie dachte an die zierliche, rote Susanna, die auf ihren Knien gesessen und freundschaftlich geschnurrt hatte, die abends miauend ins Arbeitszimmer gekommen war und sich die Krallen an ein paar wichtigen Manuskriptseiten geschärft hatte, wenn sie fand, dass es Zeit für ihr Abendessen war – diese Katze hatte sie wirklich geliebt. Die Vorstellung, dass ganze Bücherberge in einem feuchten Keller vor sich hin moderten und von einem Trupp Katzen als Toilette benutzt wurde, verursachte ihr jedoch Unbehagen. Bücher waren dazu da, unter Menschen gebracht und gelesen zu werden.

»Peter ist sicher wegen dieser Bücher bei Ihnen gewesen?«

»Wie bitte?« Adela warf Kate einen misstrauischen Blick zu. »Warum stellen Sie mir diese Fragen? Haben Sie es etwa auf meine Bücher abgesehen? Anscheinend will sie jeder in seinen Besitz bringen, aber das lasse ich nicht zu!« Ihre Hände zitterten, und auf ihren Wangen zeichneten sich rote Flecke ab.

»Aber nein, alles ist in bester Ordnung. Ich habe weiß Gott genug Bücher und denke nicht im Traum daran, Ihnen Ihre zu nehmen.«

Zeit zu gehen, dachte Kate.

Auf dem Heimweg machte sie einen kleinen Umweg, kaufte griechische Oliven und eine Flasche Wein und kehrte auf einer anderen Strecke nach Hause zurück. Auf der North Parade fiel ihr eine glänzende, schwarze Tür mit einer polierten Messingplatte und der Aufschrift *Anwaltskanzlei John, Haffney & Hume* auf. Ein paar Hundert Meter weiter kam sie an einem noch unfertigen Neubau vorbei, der offenbar aufgegeben worden war. Sie blieb stehen. Das Namensschild hatte sie neugierig gemacht. *Austin Brande, Bauunternehmer.* Hume? Brande? Diese Leute schienen sie ja geradezu zu verfolgen! Oder war das nur ein Zufall? Aber warum sollte Austin Brande nicht Adelas Enkel sein? Zu dumm, dass sie Adela nicht nach seinem Nachnamen gefragt hatte.

»Und das war alles«, beendete Kate ihren Bericht. Sie hatte Jon von ihrem nachmittäglichen Ausflug erzählt. »Ich habe nichts Wissenswertes erfahren und glaube auch nicht, dass Adela Carston etwas mit Estelles Verschwinden zu tun hat. Sie sagt, dass Estelle immer beschäftigt ist und dass sie sie seit der Hochzeit nicht mehr gesehen hat. Allerdings brachte sie auch Ereignisse der jüngeren Vergangenheit durcheinander. Man darf ihre Worte also nicht unbedingt auf die Goldwaage legen.«

»Du hast wirklich alles getan, was möglich ist, Kate. Du solltest jetzt aufhören.«

»Aber warum verschwindet Estelle ohne ein Wort?«

»Nicht einmal eine kleine Notiz?«

»Nichts.«

»Wenn sie nichts hinterlassen hat, geht sie wahrscheinlich davon aus, dass Peter weiß, wo sie ist und warum sie sich dort aufhält.«

»Ich bin ganz sicher, dass er es nicht weiß. Sie verschwand an einem Samstag. Sie hätte ihren Koffer packen und einen Brief mit einer Erklärung schreiben können, warum sie geht, wohin sie geht und wann sie wiederkommt. Das hätte zu Estelle gepasst. Da sie es nicht getan hat, gehe ich davon aus, dass irgendein Fremder sie überredete oder zwang, mit ihm zu gehen. Er rief Peter an und sagte ihm, er solle sich keinesfalls einmischen – okay, das ist jetzt reine Spekulation –, und ein paar Tage später rief er erneut an, um sich zu erkundigen, ob Estelle wieder zu Hause angekommen sei. Hört sich das für dich nach Ehekrach an?«

»Warum gehst du von einem fremden Mann aus? Es könnte doch auch jemand gewesen sein, den Estelle kennt und dem sie vertraut. Stell dir vor, Estelle wäre freiwillig gegangen. Zum Beispiel mit einem alten Freund aus früheren Tagen oder sogar einem ehemaligen Liebhaber, der möglicherweise ihre Hilfe braucht. Vielleicht hat Peter nur voreilige Schlüsse gezogen, als er sich in seiner Wohnung vergraben, betrunken und die schlimmsten Sachen ausgemalt hat. Er glaubt, Estelle habe ihn betrogen, und sie will nicht nach Hause zurückkehren, ehe er sich nicht entschuldigt hat. Möglicherweise hatte auch einer ihrer Autoren ein Problem, oder es gab irgendeinen Notfall.«

»Welche Art von Notfall? Eine Schreibblockade? Ein Streit über eine Passage in einem Vertrag?«

»Ich habe gehört, dass Autoren manchmal sehr launisch sein können.«

»Aha!«

»Es muss ja kein Autor gewesen sein. Es könnte ja auch ein – ich weiß auch nicht, irgendwer anderes gewesen sein.«

»Adela kam übrigens wieder vom Hölzchen aufs Stöckchen und sprach über ihren Enkel – erinnerst du dich, wie sie bei der Hochzeitsfeier war? Jedenfalls habe ich den Enkel kurz gesehen, als er gegen Ende der Veranstaltung kam und seine Großmutter und deren Freundin abholte. Eigentlich ein ganz normaler Typ, der sehr nett mit ihr umging. Allerdings scheint Adela zu glauben, dass er hinter irgendetwas aus ihrem Besitz her ist. Es hat wohl mit den Büchern ihres verstorbenen Mannes zu tun.«

»Handelt es sich dabei um die ganz normalen Wahnvorstellungen älterer Herrschaften?«

»Schon möglich. Aber stell dir doch einmal vor, Adela hätte ein Buch – ein wertvolles Buch, falls sie so etwas überhaupt besitzt – an Peter verkauft. Austin jedoch ist der Meinung, dass das Buch ihm gehöre und dass sie es nicht hätte verkaufen dürfen. Er will das Buch zurückhaben. Er ruft Peter an, der aber nicht mit sich handeln lässt. Also wendet er sich an Estelle.«

»Na ja, könnte sein. Kennst du seinen Nachnamen?«

»Nein, aber auf dem Heimweg kam ich an einer Baustelle vorbei. Auf dem Schild Stand Austin Brande, Bauunternehmer. Adela hat mir erzählt, dass er beruflich etwas in der Richtung macht.«

»Warum sollte er sich für alte Bücher interessieren, wenn er mit Immobilien zu tun hat?«

»Auf der Baustelle wurde nicht gearbeitet. Sie sah verlassen aus. Vielleicht will er sich verändern.«

»Du wirst mir doch jetzt nicht erzählen, dass du Austin Brande anrufen und ihn fragen willst, ob er Estelle entführt hat?«

»Ich muss zugeben, dass sich eine solche Frage nur sehr schwer in einem zwanglosen Telefonat unterbringen lässt.«

»Mir scheint, Estelles Verschwinden hat nichts mit deiner zerstreuten alten Dame zu tun. Und nachdem wir weder wissen, warum Estelle weg ist, noch wo sie ist oder ob sie allein ist, weiß ich nicht, wo du anfangen willst, nach ihr zu suchen.«

»Was sollte ich deiner Meinung nach als Nächstes tun?«

»Da gibt es nicht mehr viel zu tun.«

»Vielleicht fahre ich noch mal nach London und versuche, mehr aus Peter herauszubekommen. Er weiß ganz bestimmt mehr, als er mir gesagt hat.«

»Pass bloß auf. Nicht, dass du auch noch verschwindest wie Estelle. Außerdem glaube ich nicht, dass er dich nach eurer letzten Begegnung noch einmal ins Haus lässt.«

»Da magst du wohl recht haben. Ich kann ihn mir genau vorstellen, wie er in diesem Ungetüm von Lehnstuhl kauert, auf die Türklingel horcht und sich nicht von der Stelle rührt. Der Mann kann ganz schön störrisch sein.«

»Dann hast du ja dein Pendant gefunden.«

»Ich gebe trotzdem nicht auf.«

»Wie sieht es übrigens mit Abendessen aus?«

»Es brutzelt im Backofen. Das Gemüse habe ich auch schon vorbereitet. Wenn du magst, bin ich in zehn Minuten fertig.«

»Dann haben wir ja noch Zeit für ein Glas Wein zur Entspannung.«

»Stimmt. Wenn du das Gemüse aufsetzt, schenke ich ein.«

»Erzähl mir doch von deinem Freund Craig«, sagte Kate, als sie am Tisch saßen. »Ich kann mich nicht erinnern, dass du ihn früher schon einmal erwähnt hast. Ist er einer deiner Segelkumpel?«

»Das nicht. Wir waren zusammen auf der Schule und haben seither losen Kontakt gehalten.«

»Was macht er beruflich?«

»Er ist im Lehrkörper einer Universität im Norden. Er gönnt sich gerade ein Sabbatjahr und will einige der Oxforder Bibliotheken besuchen. Es hat irgendetwas mit einer Abhandlung zu tun, an der er zurzeit arbeitet.«

»Was für eine Abhandlung?«

»Etwas Juristisches. Kriminologie, soviel ich weiß.«

»Und wie lang wird er bleiben?«

»Höchstens eine Woche. Er kann im Gästezimmer schlafen. Ich glaube nicht, dass er stören wird.«

»Gut. In Ordnung.« Solange Estelle nicht wieder auftauchte, konnte sie sich ohnehin nicht auf ihre Arbeit konzentrieren. »Was ist er für ein Typ?«

»Ziemlich ruhig und schrecklich intelligent. Er schafft das Kreuzworträtsel im *Guardian* in weniger als fünf Minuten.« Kate gähnte demonstrativ. »Tut so, als hätte er mit Sport nichts am Hut, ist aber ein ausgezeichneter Squash-Spieler. Er ist ein zuverlässiger Freund, jemand, den man bei Streitigkeiten gern an seiner Seite weiß.«

»Also eine Mischung aus Clark Kent und Superman«, stellte Kate fest. »Aber er kehrt doch hoffentlich irgendwann an seine Uni zurück, oder?«, hakte sie nach. Plötzlich fürchtete sie, dieser Craig könne sich monatelang bei ihnen einnisten, sich auf ihre Kosten durchfuttern und einfach immer *da sein.*

»Ja, natürlich. Ich muss ihn noch anrufen. Wäre dir recht, dass er schon morgens kommt?«

»Nicht zu früh, wenn es geht«, sagte Kate, die keine Lust hatte, den gesamten Tag mit einem Unbekannten zu verbringen. Aber vielleicht dachte sie dann wenigstens nicht ständig an Estelle. Und möglicherweise konnte sie ja seinen hochgelobten Intellekt anzapfen. Zumindest hätte sie jemanden, mit dem sie reden und ihren Ideen freien Lauf lassen konnte. Unter Umständen hätte er für ihre Sorgen sogar mehr Verständnis als Jon. Es sei denn, er verschwand sofort in die Bibliothek und tauchte erst zum Abendessen wieder auf.

»Ich habe Peter heute Morgen noch einmal angerufen«, erzählte sie.

»Und? Gibt es Neuigkeiten?«

»Er behauptet nein, aber irgendwie kann ich ihm nicht ganz glauben. Ich habe ihn gefragt, ob es vor Estelles Verschwinden merkwürdige Anrufe oder SMS gegeben habe – oder sonst irgendetwas, was ihm außergewöhnlich vorkam. Angeblich wurde zweimal bei ihnen eingebrochen, ohne dass der Einbrecher etwas mitgenommen hätte, und Peter schien sich sicher, dass das nichts mit Estelle persönlich zu tun hat. Ich wünschte, ich hätte ihn gefragt, wie ich seinen Bruder kontaktieren kann, und was es mit Charley Hisper auf sich hat.«

»Mit wem?«

»Das war der Mann, der auf der Hochzeit so betrunken war und Myles beleidigt hat.«

»Ich wage zu bezweifeln, dass dieser Vorfall etwas mit Estelle zu tun hat. Der Kerl kann sich inzwischen sicher nicht mehr an seinen Fauxpas erinnern. Und warum willst du wissen, wo Peters Bruder wohnt?«

»Ich würde gern mit Myles Hume und seiner Frau sprechen. Wenn es nämlich ein Familienstreit war, wissen die beiden vielleicht, um was es ging und wohin Estelle verschwunden sein könnte. Möglicherweise löst sich die ganze Sache dann sehr schnell in Wohlgefallen auf.«

»Sicher nicht. Ich halte das für keine gute Idee.«

»Was ist daran nicht gut?«

»Ich fürchte, es bringt mehr Schaden als Nutzen, wenn du in Peters Familienangelegenheiten herumstöberst. Und woher willst du überhaupt wissen, wie Myles auf eine solche Einmischung reagiert? Hast du bei der Hochzeit mit ihm gesprochen?«

»Nein.«

»Nun, er wird wohl kaum mit einer völlig Fremden über das Familienleben seines Bruders reden.«

Dem konnte Kate kaum widersprechen. »Aber vielleicht weiß seine Frau mehr als die beiden Männer.«

»Estelle macht mir nicht den Eindruck, als hielte sie gern ab und zu bei Kaffee und Kuchen ein Schwätzchen mit ihrer Schwägerin.«

»Aber ich muss etwas tun, um sie zu finden, sonst werde ich noch verrückt. Gleich morgen früh mache ich einen Plan.«

»Morgen? Ich dachte, du bereitest das Gästezimmer für den Besuch von Craig vor, denkst dir ein paar ausgesuchte Gerichte aus und gehst zum *Covered Market*, um die Zutaten zu kaufen.«

»Frische Handtücher hinzuhängen und ein kurzer Einkaufstrip kosten mich höchstens eine Stunde. Aber danach konzentriere ich mich darauf, meine Agentin ausfindig zu machen.«

»Eine Sache wundert mich allerdings«, sagte Jon plötzlich nachdenklich.

»Was denn?«

»Wenn Estelle tatsächlich freiwillig mit diesem mysteriösen Unbekannten weggegangen ist, hätte sie nicht ihre Autoren wissen lassen, dass sie ein paar Tage nicht erreichbar ist?«

»Ganz genau. Das ist eine der Fragen, die mir Kopfzerbrechen bereiten.«

12

Am folgenden Morgen war Kate gerade dabei, den starken italienischen Kaffee aufzubrühen, den sie so liebte, als Jon sagte: »Ich habe mit Craig telefoniert. Er kommt am Nachmittag an, und zwar über Paddington.«

Kate brauchte zehn Minuten, um das Gästezimmer vorzubereiten. Dann machte sie sich auf den Weg in die Stadt und kaufte ein. Eine Stunde später hatte sie alles erstanden, was sie brauchte, plus eine kurzärmelige seidene Strickjacke in einem warmen Goldton.

Um elf kam ein höflicher Anruf von Craig Jefferson, der ihr mitteilte, er nähme einen Zug, der um fünfzehn Uhr fünfzig in Oxford eintreffe. Kate bot ihm an, ihn am Bahnhof abzuholen, doch er meinte, er wolle ihr keine Unannehmlichkeiten bereiten, zumal er wisse, dass sie zu Hause arbeite und Unterbrechungen bestimmt nicht schätze.

»Das stimmt nur teilweise«, wandte Kate ein, doch er bestand darauf, ein Taxi zur Cleveland Road zu nehmen.

Es galt also, noch vier Stunden totzuschlagen. Da Kate nicht weiterarbeiten konnte, solange Estelle nicht zurück war, rief sie noch einmal bei Peter an.

»Gibt es etwas Neues?«, erkundigte sie sich.

»Nein.«

»Kein Wort von Estelle?«

»Nichts.«

»Und auch keine SMS mit so etwas wie ... na ja, einer Aufforderung, Geld zu zahlen?«

»Nein.« Dieses Mal kam die Antwort schnell und verärgert.

»Haben Sie etwas unternommen, um sie zu finden?«

»Wollen Sie wissen, ob ich mit der Polizei gesprochen habe?«

»Genau.«

»Natürlich habe ich das nicht getan.«

Kate war entschlossen, sich nicht abwimmeln zu lassen. »Was ist mit den beiden Einbrüchen? Sind Sie wirklich ganz sicher, dass sie nichts mit Estelle zu tun hatten? Erzählen Sie mir darüber.«

»Was wollen Sie? Miss Marple spielen?«

»Ich spiele überhaupt nichts. Ich versuche nur, meine Agentin zu finden, ehe eine weitere Woche ins Land geht. Also erzählen Sie schon von den Einbrüchen.«

»Na schön.« Peter seufzte. »Einer war bei uns zu Hause, der andere in Estelles Büro. Es ist absolut nicht verschwunden, deshalb waren wir der Meinung, dass vielleicht Jugendliche dahinterstecken, die schon mal für später üben wollten.« Er stieß ein wenig überzeugendes Lachen aus.

»Wann war das genau?«

»Bei uns zu Hause wurde eingebrochen, als wir im Weihnachtsurlaub waren. Wir haben es bei unserer Rückkehr festgestellt.«

»Und der zweite Einbruch?«

»Vor ungefähr zehn Tagen hatte Estelle den Eindruck, dass jemand in ihrem Büro gewesen war. Aber die beiden Vorfälle können eigentlich nichts miteinander zu tun haben.«

»Ich will sämtliche Einzelheiten wissen«, forderte Kate mit fester Stimme. »Fangen Sie mit dem Tag an, als Sie aus dem Urlaub zurückgekommen sind.«

»Meine Arbeit tut sich nicht von selbst«, protestierte

Peter. »Ich kann nicht den ganzen Vormittag damit verbringen, mit Ihnen zu plaudern.«

»Ich muss auch arbeiten«, konterte Kate. »Aber ich kann nicht weitermachen, ehe Estelle nicht zurück ist. Also machen Sie schon. Fangen Sie mit dem Einbruch zu Weihnachten an.«

»Na schön. Ich war nach der langen Reise müde und wollte mich nur noch mit einer anständigen Tasse Tee in meinen Lehnstuhl zurückziehen«, begann er.

»Endlich daheim!«, rief Estelle, stieß die Tür weit auf und betrat den Flur. Ich folgte ihr mit den Koffern. »So herrlich es in der Sonne auch war – zu Hause ist es immer noch am schönsten!«

»Wie wahr!«, stimmte ich zu.

»Bist du nicht auch froh, dass wir nicht nach Devon gefahren sind?«

»Du hattest wirklich recht mit deiner Entscheidung.«

»Und jetzt freue ich mich auf eine schöne Tasse ...« Sie brach ab, blieb an der Tür zum Wohnzimmer stehen und starrte auf den Anblick, der sich bot.

Die Couchkissen, die sonst immer ordentlich aufgereiht sind, waren auf den Boden geworfen worden. Mein Lieblingssessel lag umgekippt in einer Ecke. Die Bücher lagen wild durcheinander in den Regalen, und Estelles abstrakte Metallskulpturen waren überall auf dem Boden verstreut.

»Da waren wohl Einbrecher am Werk«, stellte Estelle fest.

»Dann sollten wir besser nichts anfassen. Nicht, dass wir wertvolle Hinweise zerstören.«

»Du machst wohl Witze! Lass die Koffer im Flur stehen.

Ich will erst wissen, was alles fehlt.« Und damit betrat Estelle das Wohnzimmer. »Fernseher und Videorekorder sind noch da«, bemerkte sie. Sie ging im Raum umher und kontrollierte ihre Besitztümer.

»Soweit ich feststellen kann, fehlt nichts. Zumindest nicht in diesem Zimmer.« Das ist einer der Vorteile, dass sie es so minimalistisch liebt, dachte ich, während ich die glänzenden, meist leeren Flächen betrachtete. Bis mein Blick auf den gläsernen Couchtisch fiel.

»Unser Hochzeitsfoto ist zerbrochen.«

»Wahrscheinlich wollte der Dieb den Rahmen mitnehmen. Er ist immerhin aus Silber.«

»Aber das Bild scheint das Einzige zu sein, das zerbrochen ist.« Ich stellte meinen Sessel wieder auf die Füße, richtete die Sofakissen und ging in die Küche. »Nein, es hat auch eine meiner Geranien erwischt. Die Ärmste. Der Topf ist zerbrochen. Warum um alles in der Welt attackiert jemand eine harmlose Geranie?«

»Mach dich nicht lächerlich, Peter. Niemand hat versucht, deine Geranien zu ermorden. Der Mann wurde offenbar gestört, bevor er etwas Wertvolles mitnehmen konnte. Wahrscheinlich hat er den Wert meiner Gemälde nicht erkannt, sonst hätte er sie bestimmt mitgenommen. Da haben wir noch mal Glück gehabt.«

Wir kehrten ins Wohnzimmer zurück.

»Aber du musst zugeben, dass es doch merkwürdig ist«, sagte ich und blickte mich um. »Ein zertrümmertes Foto und ein kaputter Blumentopf, aber sonst? So, wie es aussieht, hat hier jemand einen Wutanfall gehabt.«

»Mein Schmuck ist auch noch da, aber alles, was auf dem Schreibtisch lag, hat der Kerl auf den Boden geworfen«, berichtete Estelle, die im oberen Stockwerk nachgeschaut hatte.

»Hat er deinen Schreibtisch aufgebrochen?«

»Er ist abgeschlossen, und es gibt nicht das geringste Anzeichen, dass jemand versucht hat, ihn zu öffnen. Alles was auf ihm stand, diente eigentlich nur zur Zierde: ein Tintenfass, ein Federhalter und ein paar Ansichtskarten.«

»Meinst du, wir sollten die Polizei rufen?«

»Verlorene Liebesmüh! Was sollen sie wegen eines zerbrochenen Fotos und einer toten Geranie unternehmen?«

»Wahrscheinlich hast du recht.«

»Eine Sache ist allerdings komisch«, fuhr Estelle fort und blickte sich erneut um. »Wie ist der Einbrecher ins Haus gekommen? Die Haustür war verschlossen, und die Fenster sind alle noch ganz.«

»Ich habe meine Schlüssel hier bei mir. Und du?«

»Sie sind in meiner Handtasche.«

Ich dachte an Estelles etwas nachlässiges Verhältnis zu Schlüsseln. »Wie viele gibt es sonst noch?«

»Judy Trench hat einen, aber sie ist schon seit Jahren bei mir. Wir verstehen uns ausgezeichnet, und ich kann mir nicht vorstellen, dass sie vorbeikommt, um mein Haus zu verwüsten.«

Wir blickten einander an, ehe wir fortfuhren, die herumliegenden Sachen wieder an ihren ursprünglichen Platz zu stellen. Als wir fertig waren, schlug ich vor, die Koffer nach oben zu bringen und uns einen Tee zu machen.

»Vergiss den Tee. Wie wäre es mit einem ordentlichen Drink? Zum Beispiel einem schönen Whisky?«

Als ich einschenkte, läutete es an der Tür.

»Ich geh schon«, sagte Estelle. »Obwohl ich hoffe, dass heute niemand mehr etwas von uns will.« Sie öffnete die Tür. »Oh, hallo Hilda«, hörte ich sie sagen.

»Ich sah Sie gerade mit dem Taxi vorfahren. War der Urlaub schön?« Es war die fröhliche Stimme unserer Nachbarin von nebenan.

»Ist hier irgendetwas vorgefallen, während wir fort waren?«, fragte Estelle, die wie üblich gleich zum Kern der Sache kam.

»Allerdings. Und es war so merkwürdig, dass ich es Ihnen lieber gleich erzählen wollte.«

Ich gesellte mich zu den beiden und reichte Estelle ihren Whisky. »Peter, das ist unsere Nachbarin Hilda Benwick«, stellte Estelle vor. »Sie war so freundlich, während unserer Abwesenheit ein wenig auf das Haus zu achten.«

»Ich wollte Ihrer Frau eben erzählen, dass etwas Seltsames passiert ist, als Sie fort waren.« Ihre Stimme passt zu ihrem Äußeren. Sie ist eine hochgewachsene Frau mit einem sauberen, besorgten Gesicht. Nachlässig rot gefärbtes, drahtiges Haar steht von ihrer hohen Stirn ab, und ihre Stimme ist scharf und laut. Ich bot ihr ebenfalls einen Drink an, obwohl ich sie nicht länger als unbedingt notwendig im Haus haben wollte.

»Sehr freundlich. Vielen Dank. Ich hätte gern einen Gin Tonic, wenn das möglich ist.«

Nachdem ich Hilda ihren Drink gemixt hatte, setzte ich mich zu Estelle auf das Sofa. Ich muss zugeben, dass wir einen großen Schluck Whisky tranken, ehe wir Hilda erwartungsvoll ansahen.

»Es passierte am Tag nach Ihrer Abreise«, begann sie. »Zufällig blickte ich aus dem Fenster und sah diesen Mann, der zu Ihrer Haustür ging und klingelte. Natürlich machte niemand auf, aber anstatt fortzugehen, blieb er stehen und starrte die Tür an, als könne er sie mit seinen Blicken öffnen. Dann ging er langsam um das Haus herum, als suche er nach einer Möglichkeit, hineinzugelangen. Als er um die Ecke bog, konnte ich ihn nicht mehr sehen. Doch er kam zurück. Ich gehe also davon aus, dass alles verschlossen war.«

Estelle und ich blickten uns an. »Ja, ich habe die Hintertür vor der Abreise kontrolliert«, bestätigte ich.

»Weil ich wusste, dass Sie verreist waren, habe ich ihn angesprochen und gefragt, was er will.«

»Das war wirklich sehr aufmerksam von Ihnen, Hilda«, lobte ich.

»Wie sah der Mann aus?«, wollte Estelle wissen.

»Ganz normal.«

»Groß? Klein?«

»Mittel, würde ich sagen.«

»Jung? Alt?«

»Jetzt im Winter ist so etwas schwer festzustellen, weil jeder sich in Schals und Mützen einmummelt. Alt war er sicher nicht, aber besonders jung auch nicht. Irgendwo dazwischen.«

»Eben ganz normal«, sagte ich.

»Genau.«

Estelle begann, ungeduldig zu werden. »Mehr wissen Sie nicht?«, hakte sie nach.

»Eigentlich nicht. Er sagte, er wolle Mr Hume sprechen, aber ich erklärte ihm, dass Sie für eine Woche verreist wären.«

Estelle stöhnte auf. Da hätten wir auch gleich allen Dieben der Umgebung verkünden können, dass das Haus eine Woche lang leer steht, dachten wir.

»Er sagte, er würde nach Weihnachten wiederkommen, und verschwand.«

»Hatte er ein Auto dabei?«, fragte Estelle.

»Ich habe keines gesehen.«

»Dann war er vielleicht aus der Gegend.«

»Möglicherweise hat der Vorfall gar nichts zu bedeuten«,

warf ich ein. »Wahrscheinlich hat dieser Mann überhaupt nichts mit dem zu tun, was hier passiert ist. Schließlich haben Sie ihn nicht bei einem Einbruch ertappt.«

Hilda hatte den Gin Tonic so schnell hinuntergestürzt, dass ich ihr noch einen anbot. »Ausgesprochen nett von Ihnen.« Sie strahlte. »Das *wirklich* Merkwürdige allerdings passierte erst viel später an diesem Abend«, fuhr sie fort, als wolle sie mich für meine Aufmerksamkeit belohnen.

»Wie schon gesagt, ich wusste ja, dass niemand im Haus sein konnte, weil Sie in der Karibik waren, aber irgendwann gegen Mitternacht hörte ich komische Geräusche.«

»Was meinen Sie mit komisch?«, wollte ich wissen.

»Jemand schien zu schimpfen oder zu heulen. Ich hatte gerade von Wölfen geträumt und saß kerzengerade im Bett. Mein Herz klopfte zum Zerspringen. Ich hatte ganz schön Angst. Das Heulen schien eine Ewigkeit zu dauern, aber in Wirklichkeit mögen es höchstens ein, zwei Minuten gewesen sein. Ich warf den Bademantel über, schlüpfte in meine Pantoffeln und ging nach unten. Zwar heulte zu diesem Zeitpunkt niemand mehr, aber ich wollte doch lieber nachsehen, was passiert war. Immerhin hätte ja auch ein Verletzter da draußen liegen können. Und dann hörte ich es krachen.«

»War es vielleicht eher wie das Klirren von Glas? Und danach das Geräusch eines Blumentopfs, der in tausend Stücke zerbricht?«, fragte ich.

Estelle runzelte die Stirn. Ihrer Meinung nach nahm ich die Angelegenheit nicht ernst genug.

»Achten Sie nicht auf ihn, Hilda«, sagte sie. »Was haben Sie gehört?«

»Aber es hätte genau das sein können, was Peter eben beschrieben hat. Ich war an der Haustür, als ich das zweite

Krachen hörte. Also klingelte ich, rief durch den Briefkastenschlitz und fragte, wer da wäre.«

»Das war sehr mutig von Ihnen«, sagte ich. »Und sehr umsichtig.«

»Danke. Nachdem ich mich bemerkbar gemacht hatte, wurde es sofort still. Kurz darauf hörte ich Schritte, die sich entfernten. Wer immer es war, er muss durch die Hintertür verschwunden sein.«

Ich ging nach hinten und sah nach. »Richtig. Die Hintertür ist nicht verschlossen, obwohl ich genau weiß, dass ich sie vor unserer Abreise kontrolliert habe. Der Schlüssel steckt noch. Er hat ihn also nicht mitgenommen.«

Ich fand, dass es Zeit war, sich bei Hilde zu bedanken und sie nach Hause zu schicken. »Vielen Dank, dass Sie sich so aufmerksam verhalten haben. Sie haben uns mit Sicherheit vor schlimmeren Verlusten bewahrt.«

»Möchten Sie vielleicht noch einen Drink?«, fragte Estelle ziemlich überflüssigerweise, wie ich fand.

»Danke, aber ich muss wieder nach Hause. Die Katze fragt sich sicher schon, wo ihr Abendessen bleibt. Nicht, dass sie am Ende noch Rabatz macht.«

Wir begleiteten Hilda Benwick zur Tür und sahen einander an. »Eine wirklich mehr als merkwürdige Geschichte«, sagte ich. »Glaubst du, dass der Besucher bei Tag derselbe war wie der nächtliche Einbrecher?«

»Das werden wir wohl nie erfahren. Und so, wie Hilda ihn beschrieben hat, kann es wirklich jeder gewesen sein. Trotzdem sollten wir ihr ein kleines Dankeschön zukommen lassen. Wie es aussieht, wäre eine Flasche Gin genau das Richtige«, erklärte Estelle, räumte Hildas leeres Glas vom Tisch und stellte es in die Spülmaschine. »Die Sache hätte für uns deutlich schlechter ausgehen können, wenn sie nicht gekommen wäre und durch den Briefkastenschlitz gerufen hätte.«

»Wahrscheinlich hat der arme Kerl den Schreck seines Lebens bekommen.«

»Von wegen ›armer Kerl‹!«

»Ich frage mich, wieso er namentlich nach mir gefragt hat.«

»Hast du irgendwelche Feinde?«

»Ganz bestimmt. Allerdings würden die bestimmt nicht zu solchen Mitteln greifen.«

»Vielleicht ist es ja auch jemand, der uns beide nicht leiden kann«, sagte sie und betrachtete das zerbrochene Glas des Hochzeitsfotos.

»Wahrscheinlich hat es uns nur zufällig getroffen, und wir kennen den Mann nicht einmal. Mach dir keine Sorgen. Es könnte ja sein, dass er gerade von seiner Frau verlassen wurde und dass das Hochzeitsfoto eines glücklichen Paares ihn in Rage versetzt hat.«

»Komm, wir nehmen unsere Drinks mit nach oben, schauen uns im Bett noch einen netten Film an und vergessen die ganze Geschichte«, schlug Estelle vor.

»Gute Idee. Aber zunächst muss ich dringend noch kurz meine Schwägerin anrufen. Ich komme sofort nach.«

»So ist es gelaufen, Kate. Und deshalb sehe ich auch keinen Zusammenhang mit Estelles Verschwinden.«

»Allein die Tatsache, dass da auf den ersten Blick keine Verbindung zu erkennen ist, heißt noch lange nicht, dass es keine gibt. Wie war das mit dem Einbruch in Estelles Büro?«

»Geben Sie eigentlich niemals auf?«

»Offenbar nicht.«

Peter seufzte, entschloss sich aber doch zu antworten. »Dabei ist sogar noch weniger passiert. Mir tut bereits leid, dass ich es überhaupt erwähnt habe.«

»Wann war das?«

»Freitag vor einer Woche. Estelle kam von einem Geschäftsessen zurück und stellte fest, dass die Bürotür nicht verschlossen war.«

»Das war alles?«

»Beinahe. Okay, ich werde Ihnen wiederholen, was sie mir an jenem Abend erzählt hat – jedenfalls soweit ich mich erinnere. Dann entscheiden Sie selbst, ob es Ihnen weiterhilft.«

Estelle kam von der Arbeit und verkündete bereits an der Tür, dass sie einen besonders großen Drink nötig hätte.

»Was ist passiert?«, fragte ich.

»Jemand ist in mein Büro eingebrochen, während ich mit einem Verleger essen war.«

Es war sicher ein langes Essen, dachte ich. Mindestens zwei Stunden. »Ist viel gestohlen worden?«

»Das ist ja das Merkwürdige: Soweit ich feststellen kann, fehlt nichts.«

»Aber woher willst du dann wissen, dass überhaupt jemand eingebrochen ist?«

»Die Tür zum Büro war zwar zu, aber nicht abgeschlossen. Das ist mir als Erstes aufgefallen.«

»Du musst aber zugeben, Estelle, dass du mit Schlüsseln immer ein kleines Problem hast.«

»Wie soll ich das verstehen?« Bei der leisen Kritik wurde ihre Stimme sofort kalt.

»Was ist zum Beispiel mit dem Schlüssel, der für die Putzfrau unter der Fußmatte liegt?«

»Das mache ich doch nur, damit Mrs B ihn nicht verliert.«

»Und der andere …?«

»Okay, okay, es ist natürlich richtig, dass ich in den vergangenen Jahren ein oder zwei Schlüssel verloren habe, aber das hat doch nichts mit diesem Einbruch zu tun.«

»Hat der Einbrecher einen Schlüssel benutzt?«

»Schon möglich.«

»Ach ja?«

»Na ja, ziemlich wahrscheinlich sogar«, gab Estelle zu. »An der Tür waren keine Anzeichen von Gewaltanwendung zu entdecken.«

»Hat er sehr schlimm herumgewütet?« Es war Zeit, dass ich etwas mehr Mitleid zeigte. »Es muss ein ziemlicher Schock für dich gewesen sein.«

»Glücklicherweise hielt es sich in Grenzen. Ich hätte nicht gemerkt, dass sich etwas verändert hat, wäre nicht die Tür unverschlossen gewesen. Erst später entdeckte ich, dass ein paar Dinge auf meinem Schreibtisch anders lagen als zuvor und dass eine Schublade des Aktenschranks ein wenig offenstand. Außerdem roch das Zimmer anders.«

»Inwiefern anders?«

»Einfach anders. Ich nehme an, ich bin daran gewöhnt, mein eigenes Parfüm, meine Seife und sogar das übliche Putzmittel zu riechen, das im Büro benutzt wird. Aber als ich nachmittags die Räume betrat, hatte sich das Aroma irgendwie verändert.«

»Männlich oder weiblich?«

Sie dachte einen Augenblick nach. »Männlich.«

»Ich glaube, du kannst dich wieder beruhigen. Wahrscheinlich hast du dir das alles nur eingebildet. Schließlich fehlt nichts. Oder aber irgendeine neugierige Person hat zufällig bemerkt, dass die Tür nur angelehnt war. Sie warf einen kurzen Blick ins Büro und ging dann weiter. Die Schublade des Aktenschranks könntest du auch selbst offengelassen haben.«

»Schon möglich.« Sie klang nicht sehr überzeugt.

»Du solltest in Zukunft lieber immer noch einmal nachsehen, ob die Tür auch wirklich abgeschlossen ist.«

Estelle warf mir einen ungeduldigen Blick zu und trank ihr Glas in einem Zug leer.

»Was gibt es zum Abendbrot?«, fragte sie dann übergangslos.

»Und? Sind Sie jetzt zufrieden?«, fragte Peter.

»Aber was den Einbruch in Ihrem Privathaus betrifft sieht es doch ganz danach aus, als hätte jemand nach etwas ganz Bestimmtem gesucht, finden Sie nicht?«, meinte Kate.

»Dann müsste es jemand sein, der sowohl Estelles Büro als auch ihre Privatadresse kennt. Auf keinen Fall ein Einbrecher, der das Haus zufällig gewählt hat.«

»Richtig. Und wenn der nächtliche Eindringling der gleiche war, der schon tagsüber um das Haus geschlichen ist, dann kannte er Sie mit Namen. Er wollte etwas von Ihnen, Peter, nicht von Estelle.«

»Aber es steht doch absolut nicht fest, dass es sich jeweils um ein und dieselbe Person handelt. Mir kommt das sehr unwahrscheinlich vor.«

»Trotzdem besteht die Möglichkeit. In diesem Fall könnte man davon ausgehen, dass irgendjemand etwas ganz Bestimmtes von Ihnen will. Etwas, von dem er vielleicht denkt, dass es ihm gehört.«

»Und warum hat er dann unser Hochzeitsfoto zerbrochen?«

»Sie haben doch selbst gesagt, dass er vielleicht ein Problem mit glücklichen Paaren hat.«

»Das war aber doch ein Scherz.«

»Okay. Wie wäre es damit: Entweder war es ein Versehen, oder er ist der Meinung, dass Estelle ihm und nicht Ihnen gehört. Möglicherweise ein ehemaliger Liebhaber.«

»Aber ich bin seit über zwei Jahren mit Estelle zusammen. Bisher hat noch niemand irgendwelche Ansprüche geltend gemacht. Die ganze Idee ist absurd.«

»Vielleicht hat er gerade erst erfahren, dass sie verheiratet ist.«

»Vielleicht reden Sie auch ziemlichen Blödsinn.«

»War Estelle früher schon einmal verheiratet?«

»Nein.« Er brach ab. »Ich glaube nicht. Sie hätte mir sicher davon erzählt.«

»Stimmt, das denke ich auch.« Kate dachte nach. »Es ist viel wahrscheinlicher, dass der Eindringling nach etwas suchte – etwas ganz Gewöhnlichem –, von dem er denkt, dass es nicht Ihnen gehört. Ein Buch zum Beispiel.«

»Wie kommen Sie ausgerechnet auf ein Buch?«

»Sowohl in Ihrem Haus als auch in Estelles Büro stehen jede Menge Bücher. Bücher sind etwas, was Sie beide verbindet, nicht wahr?«

»Ich weiß wirklich nicht, warum ich Ihnen noch zuhöre. Meine Arbeit macht sich schließlich nicht von allein.«

»Nur noch eines: Besitzen Sie noch das Cottage, in dem Sie vor Ihrer Ehe mit Estelle wohnten?«

»Ja.«

»Haben Sie schon nachgesehen, ob auch dort eingebrochen wurde?«

Peter schwieg zwei Sekunden. »Auf Wiederhören, Kate«, sagte er dann und legte auf.

Es ist früher Samstagabend, wenige Wochen vor meinem vierten Geburtstag. Draußen wird es bereits dunkel. Die Straßenlaternen zeichnen trübe Lichtflecke in den dichter werdenden Novembernebel.

Meine Mutter steht in der Küche und beschäftigt sich mit den Dingen, die Mütter damals zu tun pflegten. Mein Vater sitzt linkisch und steif neben mir am Tisch. Er sieht es nicht als seine Aufgabe an, auf ein kleines Kind aufzupassen. Ich nörgele an meinem Essen herum und schiebe das Gemüse auf dem Teller hin und her. Insgeheim hoffe ich wohl, dass es verschwindet, ehe ich gezwungen bin, es zu essen. Ich frage mich, warum er mich nicht mit einem Spiel ablenkt. Alles läuft ganz anders ab als zu den Mahlzeiten, bei denen meine Mutter sich um mich kümmert.

Der Tisch ist recht lang. Mein Vater sitzt ein gutes Stück entfernt von mir. An einer Ecke liegt ein weißes Tuch mit einer Stickerei, die einen Teddy mit einem Lätzchen zeigt. Auf diesem Tuch liegt mein Kinderbesteck neben meinem blau-weiß gestreiften Teller. Auf dem Teller befinden sich in kleine Stücke geschnittene Möhren und Weißkohlstreifen. Das Gemüse ist weder gewürzt noch mit einer Soße verfeinert.

Auf der Anrichte wartet mein Nachtisch, eine Erdbeercreme mit Ananasstückchen. Selbst heute noch bekomme ich bei der Erinnerung an die lebhaften Farben Appetit. Aber ich darf erst von diesem Nachtisch kosten, wenn ich zuvor die Möhren und das andere Gemüse aufgegessen habe.

Unter dem unerbittlichen Blick meines Vaters stecke ich

mir einen vollen Löffel in den Mund. Der Kohl wird in meinem Mund zu einer trockenen Pampe, die Möhren zerfließen zu Schleim. Jeglicher Geschmack verschwindet, nur Pampe und Schleim bleiben übrig. Ich versuche zu schlucken und muss würgen. Ich stochere in dem restlichen Gemüse auf meinem Teller.

Plötzlich liegen Möhren und Kohl auf dem Boden. In Streifen geschnittene, grüne Blätter vermischen sich mit dem grünen Muster des Teppichbodens, kleine Karottenwürfel verzieren die eingewebten, goldenen Chrysanthemen. Einen Moment lang gefällt mir der künstlerische Gesamteindruck. Und dann spucke ich ohne nachzudenken die geschmacklosen Reste in meinem Mund auf den Tisch.

Drohend beugt sich mein Vater über mich. Ich werde aus meinem Kinderstuhl gehoben und unsanft auf dem Boden abgesetzt. Er schlägt mich schmerzhaft auf meine nackten Beine. Patsch, patsch, einmal links, einmal rechts.

Ich bin empört. Ich habe mir nichts zuschulden kommen lassen. Erst steht der Teller auf dem Tisch, dann liegt er plötzlich auf dem Boden. Aber das hatte nichts mit mir zu tun.

Das Gefühl der Empörung ist mir bis heute im Gedächtnis geblieben. In diesem Augenblick hasste ich meinen Vater so sehr, dass ich mir wünschte, er würde für immer verschwinden. Ich hätte ihm den Tod gewünscht, hätte ich damals schon gewusst, was dieses Wort bedeutet. Ich glaubte, dass ich ihn durch meine Willenskraft getötet hatte, was ich übrigens bis heute tue.

Und dann hörte ich diesen Schrei.

13

Das Taxi hielt vor der Haustür. Kate beobachtete, wie der Fahrer ausstieg, um den Wagen ging, den Kofferraum öffnete und einen großen Koffer herauswuchtete. Er war ein großer, breitschultriger Mann. Als er den Koffer auf den Bürgersteig stellte, verstellte er die Sicht auf seinen Fahrgast, der eben aus dem Fond stieg. Kate trat aus dem Haus, um Jons Freund zu begrüßen. Er bezahlte den Fahrer und wandte sich zu ihr um.

»Schön, Sie kennenzulernen«, sagte er mit einem Akzent, der weder schottisch noch nach dem Süden Englands klang. »Sie müssen Kate sein.«

»Die bin ich. Kommen Sie rein«, antwortete sie. Das Taxi schoss in einer Wolke bläulicher Auspuffgase davon.

Nach Jons Beschreibung habe ich allerdings etwas ganz anderes erwartet, dachte Kate, als sie seine kleine, weiße Hand schüttelte und in kurzsichtige blaue Augen blickte, die sich auf gleicher Höhe mit ihren eigenen befanden. Bisher ähnelte Craig deutlich mehr Clark Kent als Superman.

»Darf ich Ihnen helfen?«, fragte sie, als er sich mit seinem großen Koffer und einem kleinen Rucksack durch das Gartentor kämpfte. Er war zwar ein Mann, aber er wog sicherlich weniger als sie, und sie traute ihm auch kein Krafttraining mit Gewichten zu, wie sie es selbst oft machte.

»Nein danke, ich komme schon zurecht«, sagte er und folgte ihr ins Haus.

Kate führte ihn ins Gästezimmer, das nach Möbelpolitur roch.

»Ein wirklich hübsches Zimmer«, erklärte Craig.

»Ich setze schon mal Teewasser auf«, verkündete Kate auf ähnlich höfliche Weise. »Kommen Sie in die Küche, sobald Sie hier fertig sind. Haben Sie Hunger?«

»Ja, ein wenig.«

Kate füllte den Kessel mit Wasser und schnitt einen Früchtekuchen auf. Dabei dachte sie über den Mann nach, der oben im Gästezimmer vermutlich gerade auspackte.

Sie trug flache Schuhe und war nur wenige Zentimeter größer als eine durchschnittliche Frau, doch Craig überragte sie kaum. Seine blauen Augen bestaunten die Welt durch dicke Brillengläser, er war blass, hatte Sommersprossen, und sein undefinierbar hellbraunes Haar zog sich bereits um eine U-förmige Glatze herum zurück. Seine Kleidung wirkte so zusammengewürfelt, dass Kate argwöhnte, sie könne aus einer Kleiderkammer stammen.

Sie ahnte, dass Jon seinem Freund eine ziemlich übertriebene und vermutlich nicht sehr schmeichelhafte Beschreibung ihres Geisteszustandes gegeben haben musste. Sollte Craig etwa ein Auge auf sie geworfen haben? Hatte Jon ihn gewarnt, dass Kate ihre Entschlüsse gern von jetzt auf gleich umwarf und manchmal recht gewöhnungsbedürftige Theorien über Entführungen und Lösegeldforderungen verbreitete? Jedenfalls stellte sie erleichtert fest, dass Jons Freund sie sicher an keiner ihrer Ideen würde hindern können. Es schien, als säße er lieber gemütlich in einem Sessel und diskutierte die strukturellen Feinheiten seines Lieblingsromans, als etwas Anstrengenderes zu unternehmen. Nun würde sie ihn also mit Tee und Kuchen verwöhnen und dabei versuchen, seine Geheimnisse aus ihm herauszukitzeln.

Nur Minuten später betrat Craig die Küche. »Früchtekuchen!«, freute er sich mit einem Blick auf den Tisch. »Der sieht ja fantastisch aus«, fügte er hinzu und zog sich einen Stuhl heran.

Trotz seiner zierlichen Erscheinung aß er, als habe er seit vierzehn Tagen keine anständige Mahlzeit mehr bekommen. Dazu trank er drei Tassen Tee. Kate musste sogar nach dem Zucker suchen, den sie für Notfälle irgendwo hinten im Schrank verstaut hatte. Gebannt sah sie zu, wie er drei Teelöffel Zucker in jede Tasse rührte.

Nachdem sie gemeinsam die Spülmaschine eingeräumt hatten, führte Kate ihn ins Wohnzimmer und bot ihm den bequemsten Sessel an.

»Nach dem, was Jon erzählt hat, kennen Sie beide sich schon seit langer Zeit.«

»Ja, fast dreißig Jahre.«

»Aber in den letzten Jahren muss der Kontakt ein wenig lockerer geworden sein. Seit Jon und ich zusammen sind, hat er Sie meines Wissens noch nie erwähnt.«

»Sie kennen doch Jon: Er spielt gern mit verdeckten Karten.«

Kate fiel auf, dass auch Craig in diesem Spiel recht gut mithalten konnte. Sie versuchte einen anderen Weg.

»Er hat mir erzählt, dass Sie die meiste Zeit in der juristischen Fachbibliothek verbringen wollen.«

Craig warf Kate einen überraschten Blick zu. »Ach wirklich? Hat er das gesagt?«

Kate lächelte. »Er sagte, dass Sie an einer Abhandlung arbeiten und Material aus der juristischen Fachbibliothek brauchen. Hat er da vielleicht etwas missverstanden?«

»Zumindest ist es ein wenig übertrieben. Mir gefiel die Aussicht auf ein paar Tage in Oxford, und Jon ...«

»Jon hat Sie gebeten, mich von meinem Vorhaben abzulenken.«

»Er erwähnte, dass Sie herauszufinden versuchen, was mit Ihrer Agentin geschehen ist. Und er bat mich, Ihnen dabei zu helfen.«

»Sind Sie Detektiv?«

»Ich bin ein zweites Paar Augen und Ohren und habe im Augenblick auch etwas Zeit zur Verfügung.«

»Geben Sie es ruhig zu: Er hat Sie gebeten, mich von meiner Suche nach Estelle abzubringen. Wahrscheinlich hat er es nicht ganz so drastisch ausgedrückt, aber er meinte sicher, dass ich übertreibe und einen Riesenwirbel um ein nicht existentes Problem mache. Vielleicht hat er Sie sogar gebeten, mir klarzumachen, dass mein geplantes Buch nicht das Wichtigste in meinem Leben sein sollte.«

»Er war allenfalls besorgt, dass Sie sich auf eine Sache einlassen könnten, die Sie später bereuen.«

»Er glaubt also, dass ich auf dem Holzweg bin?«

»Ihm ist bewusst, dass Sie offenbar über eine sehr lebhafte Fantasie verfügen.«

Beide schwiegen für einen Moment, während sie über das Gesagte nachdachten.

»Jedenfalls bin ich froh, dass diese Sache zwischen uns geklärt ist«, sagte Kate schließlich.

»Soll ich lieber wieder nach Hause fahren?«

»Aber nein! Schließlich habe ich für heute Abend etwas ausgesprochen Leckeres geplant.«

»Oh, das freut mich.«

»Soll ich noch einmal Tee aufbrühen?«

»Gern.«

Mit lockerem Smalltalk überbrückte Kate die nächsten zehn Minuten, bis sich beide ein wenig entspannt hatten.

Immerhin war es nicht Craigs Schuld, dass Jon ihn auf eine aussichtslose Mission geschickt hatte. Und vielleicht konnte er ja sogar etwas zu ihrer Suche nach Estelle beitragen.

»Erzählen Sie mir, was Sie über den Vorfall wissen«, forderte sie ihn auf.

»Von Jon weiß ich, dass Ihre Agentin Estelle Livingstone ziemlich plötzlich von zu Hause verschwand, ohne irgendwem Bescheid zu sagen. Und dass sie nach einigen Tagen mehr oder weniger auf dem Heimweg erneut verlorenging. Sie als betroffene Autorin möchten natürlich wissen, wo sie ist und wann Sie wieder mit ihr rechnen können.«

Es klang zwar deutlich weniger dramatisch, als sie selbst es dargestellt hätte, doch sie stimmte zu: »Das kommt ziemlich genau hin.«

»Jon sagte allerdings auch, dass es vermutlich eine ganz einfache Erklärung für den Vorfall gibt, dass Sie aber nicht bereit wären, das zu akzeptieren.«

»Weil das alles so gar nicht ihrem Charakter entspricht. Estelle ist einer der verlässlichsten Menschen, die ich kenne. Und ihre Arbeit ist für sie das Wichtigste im Leben – zumindest war es das bis zu ihrer Hochzeit. Ich habe ihr einen Romanentwurf geschickt und warte seither auf ihre Beurteilung. Sie versprach, mich am Montag anzurufen. Und die Estelle, die ich kenne, hätte mich niemals hängen lassen.«

»Und jetzt fürchten Sie, dass ihr irgendetwas zugestoßen sein könnte.«

»Ganz genau. Hinzu kommt, dass Estelles Ehemann Peter mir nicht die Wahrheit sagt. Zumindest verschweigt er etwas.«

»Sie haben also mit ihm gesprochen?«

»Ja. Zunächst am Telefon. Da wollte er mir weismachen, Estelle sei mit einer Freundin beim Lunch. Später bin ich dann nach London gefahren und habe bei einem persönlichen Gespräch etwas mehr Informationen aus ihm herausbekommen.«

»Haben Sie je daran gedacht, die ganze Sache auf sich beruhen zu lassen und zu warten, bis Ihre Agentin irgendwann von selbst wieder auftaucht?«

»Jetzt hören Sie sich genau wie Jon an.«

»Ja und?«

»Ich will endlich weitermachen und diesen Roman schreiben.«

»Was hat Estelles Ehemann Ihnen erzählt?«

Kate berichtete von den beiden Einbrüchen und von dem Anruf und der SMS, die Peter während ihrer Anwesenheit erhalten hatte. Craig unterbrach sie nicht und versuchte auch nicht, sie davon zu überzeugen, dass sie eine allzu blühende Fantasie habe.

»Was halten Sie davon?«, fragte sie, nachdem sie geendet hatte. Es gefiel ihr, dass er sich weder über sie lustig machte noch hastig das Thema wechseln wollte.

»Mein erster Gedanke war, dass Estelle und Peter einen Streit gehabt haben. Estelle stürmte wütend aus dem Haus, wäre aber spätestens nach ein, zwei Tagen zurückgekommen. Auch wenn beide über vierzig und vermutlich nicht daran gewöhnt sind, einem anderen Menschen nachzugeben.«

»Das macht durchaus Sinn, allerdings nicht, wenn man Estelle kennt. Und noch viel weniger, wenn man weiß, wie Peter tickt. Sie ist absolut nicht die Art Frau, die ohne ein Wort wie eine beleidigte Leberwurst verschwindet. Und er lügt so schlecht, dass man es sofort bemerkt.«

»Vielleicht sollten wir uns etwas zum Schreiben besorgen«, meinte Craig. »Natürlich nur, wenn Sie mich an Ihren Rettungsplänen beteiligen wollen.«

»Ich brauche unbedingt Hilfe«, sagte Kate und ging Papier und Stifte holen.

»Gut, dann wollen wir mal sehen, was ich tun kann. Wann genau haben Sie zuletzt mit Estelle gesprochen?«

»Am Freitagmorgen. Das war – warten Sie – der 9. Januar. Sie sagte, sie würde die fertigen Kapitel übers Wochenende lesen und sich am Montag melden.«

»Das wäre dann der zwölfte gewesen«, sagte Craig und machte sich eine Notiz. »Und normalerweise ist sie zuverlässig?«

»Absolut.«

»Dann ist sie also irgendwann zwischen Freitagnachmittag und Montagmorgen verschwunden.«

»Laut Peter war es am Samstag.«

»Dem 10.«

Beide schrieben sich das Datum auf.

»Hatten die beiden Streit? Ging sie, ohne ein Wort zu sagen? War er die Zeitung holen und fand das Haus bei seiner Rückkehr leer vor?«

»Darüber hat er nichts gesagt, aber wir sollten ihn unbedingt danach fragen. Ich hatte den Eindruck, dass er fast den ganzen Tag unterwegs war.«

»Sie wollen ihn noch einmal besuchen?« Craig sah bei dieser Vorstellung alles andere als glücklich aus.

»Aber ja!«

Craig wandte sich wieder seinen Notizen zu. »Estelle verließ das Haus mit einem Mann – mit oder ohne ihr Einverständnis – und wird jetzt seit sechs Tagen vermisst. Vor zwei Tagen, am 14. Januar, rief gegen Mittag jemand bei Peter an. Möglicherweise handelte es sich um den Mann, mit dem Estelle weggegangen ist. Dieser Mann war der Meinung, dass Estelle schon wieder zu Hause wäre, nachdem sie früh morgens aus seiner Wohnung aufgebrochen war.«

»Wenn er bis zu dem Anruf viereinhalb Stunden gewartet hat, kann sich seine Wohnung nicht in London befinden, oder?«

»Was sagte Peter, als Sie ihn nach dem Anrufer fragten?«

»Nur, dass es ein Mann war und dass Estelle morgens aufgebrochen sei und sich auf dem Heimweg befinden müsse. Und außerdem, dass sie etwas mit ihm zu bereden hätte.«

»Was mag das wohl gewesen sein?«

»Er wollte sich nicht dazu äußern, aber irgendwie bin ich der Überzeugung, dass es etwas mit Büchern zu tun hat. Vielleicht sogar nur mit einem einzigen Buch.«

Craig kaute auf seinem Stiftende herum. »So unwahrscheinlich es auch scheinen mag: Hier liegen offenbar zwei voneinander unabhängige Entführungen vor, falls Entführung überhaupt der richtige Ausdruck ist. Die erste dauerte von Samstag bis Mittwochmorgen, die zweite fand statt, als Estelle die Wohnung des Mannes verließ.«

»Ich denke, der Anrufer war der Meinung, dass Peter etwas erworben oder vielleicht sogar gestohlen hat, das eigentlich ihm gehört. Es muss etwas Wertvolles sein. Möglicherweise ein Buch, denn Peter handelt mit Büchern.«

»Hört sich vernünftig an.«

»Auf Peters Couchtisch lagen Wellpappe und Packpapier.«

»Aber Sie sagten ja, dass er mit Büchern handelt.«

»Außerdem lag da noch ein Brief, den er schnell fortnahm, als er sah, dass ich …«

»Ihn las?«

»Unabsichtlich in seine Richtung blickte.«

»War er interessant?«

»Ich kam nicht über den ersten Absatz hinaus. Er stammte

von Adela Carston, einer alten Freundin von Estelles Vater, die bei der Hochzeit an Jons und meinem Tisch saß. Sie erinnerte Peter in diesem Brief daran, dass sie an jenem Nachmittag miteinander geplaudert hatten. Und zwar über *Bücher.*«

»Eine eher dünne Verbindung zu Estelle.«

»Aber wir kommen immer wieder auf dieses Thema zurück. Peter und Bücher. Estelle und Bücher. Verpackungsmaterial und Bücher.«

»Mittelklassebürger mit Regalen voller Bücher«, meinte Craig.

»Auf dem Tisch lag eine aufgeschlagene Zeitung. In einem Artikel, der zu sehen war, ging es ebenfalls um Bücher«, erinnerte sich Kate. »Peter schimpfte über Journalisten, während er die Zeitung zusammenfaltete und weglegte.«

»Wissen Sie, um welche Zeitung es sich handelte?«, fragte Craig.

»Ich bin mir nicht ganz sicher. Vermutlich die *Times* oder der *Independent.*«

»Möglicherweise auch der *Guardian.* Haben wir noch Zeit, in die Zentralbibliothek zu gehen, ehe sie schließt?«

»Klar. Sie hat bis sieben Uhr geöffnet.«

Kate holte ihre Jacke, und zwei Minuten später waren sie und Craig auf dem Weg in die Innenstadt.

»Am besten fangen wir mit den Artikeln von gestern an und arbeiten uns dann zurück«, schlug Craig vor.

Sie teilten die Zeitungen zwischen sich auf.

»Also, im *Guardian* finde ich nichts über Bücher«, sagte Kate.

»Was halten Sie von dieser Nachricht im *Independent*?

Eine Erstausgabe von Tolkiens *Der Herr der Ringe* wurde für über 50 000 Pfund an einen privaten Sammler verkauft.«

»Das kann einen Kollegen schon ganz schön neidisch machen.« Kate nickte. »Aber warum schimpfte er so über den Reporter und das Blatt?«

»Vielleicht hat er versucht, etwas Ähnliches anzukaufen, und durch die Nachricht wurde der Preis so in die Höhe getrieben, dass er nicht mehr mithalten konnte.«

»Hier in der *Oxford Times* steht auch etwas über den Deal«, sagte Kate. »Schauen Sie.«

»Der Artikel ist fast der gleiche. *Der hohe Preis beruht auf dem außergewöhnlich guten Zustand und der lückenlos dokumentierten Herkunft der vom Autor signierten Bände.*«

»Aber kein Wort darüber, wer der Käufer oder der Verkäufer ist. Wenn es allerdings in der *Oxford Times* steht, gibt es bestimmt eine Verbindung zur Stadt oder Umgebung.«

»Nun, die Verbindung könnte Tolkien selbst sein. Er stammte doch aus Oxford, oder nicht?«

»Ja, das stimmt.«

Fünf Minuten später schlug Kate vor, zurück in die Cleveland Road zu gehen. »Wir könnten noch ein wenig im Internet recherchieren. Hier finden wir wahrscheinlich nichts mehr.«

Nach zehn Minuten am Computer überließ Kate Craig das Feld. Er wollte nach weiteren Einzelheiten zum Verkauf der Tolkien-Trilogie suchen, während sie die Vorbereitungen für das Abendessen traf.

»Nichts zu finden. Weder über den Käufer noch über den Verkäufer«, berichtete er, als er schließlich in die Küche kam. »Die Artikel sind einander so ähnlich, dass sie wahrscheinlich alle von der gleichen Agenturnachricht stammen. Außerdem habe ich einen weiteren Bericht gefunden, der bereits vor Weihnachten erschienen ist.«

»Jetzt haben wir uns erst einmal ein Glas Wein verdient«, erklärte Kate. »Wissen Sie, um Estelles zweites Verschwinden haben wir uns überhaupt noch nicht gekümmert. Sie verlässt die Wohnung am frühen Morgen, ist anscheinend auf dem Weg nach Hause, kommt aber nie dort an. Seither hat sie weder eine SMS geschickt noch telefoniert. Während ich bei Peter war, bekam er allerdings eine SMS, in der es möglicherweise um Estelle ging. Wo sollen wir bloß anfangen?«

»Vielleicht sollten wir …«

In diesem Augenblick hörten sie, wie die Haustür geöffnet wurde, und Jon trat in den Flur. In schweigender Übereinkunft wechselten sie das Thema, ehe er die Küche betrat.

Jon und Craig begrüßten einander auf eine eher kühle Art, wie Männer es häufig taten.

»Wir wollten gerade eine Flasche italienischen Rotwein öffnen«, verkündete Kate. »Wenn du dich um die Getränke kümmerst, decke ich den Tisch, und ihr habt ein wenig Zeit, miteinander zu plaudern.«

Nachdem die beiden Männer die Küche verlassen hatten, spitzte Kate die Ohren. Sie hätte eine angeregte Konversation erwartet, hörte jedoch nur lange Monologe von Jon und kurze, sporadische Antworten von Craig. Es klang weniger nach dem fröhlichen Treffen zweier alter Freunde, die sich lange nicht gesehen hatten, als vielmehr nach einer Art Verhör. Aber vielleicht würden die beiden sich nach einigen Gläsern Rotwein und ihrem ausgezeichneten Essen doch noch ein wenig entspannen.

14

»Du und Craig, ihr könnt euch doch sicher beschäftigen, während ich heute Morgen unterwegs bin, oder?«, fragte Jon am nächsten Morgen.

»Aber sicher.«

»Entschuldige mich bei Craig. Als er sein Kommen für dieses Wochenende ankündigte, war mir völlig entfallen, dass ich Adam versprochen habe, ihm mit der Dachrinne zu helfen.«

Es war kalt und windig, aber wenigstens schneite es nicht. Langsam schmolz der Reif unter ein paar zögernden Sonnenstrahlen.

»Um uns brauchst du dir keine Sorgen zu machen«, sagte Kate, die längst wusste, was sie und Craig unternehmen würden. Als Craig die Treppe hinunterkam, reichte sie ihm eine Tasse Kaffee und sagte: »Ich denke, wir statten Adela Carston einen Besuch ab. Sie wohnt nur zehn Minuten entfernt. Ich war bereits letzte Woche dort, aber ich glaube, ich habe nicht die richtigen Fragen gestellt.«

»Glaubst du, dass es *ihr* Tolkien war, der für 50 000 Pfund verkauft wurde? Möglicherweise an Peter?« Seit dem Vorabend duzten sie sich.

»Ich kann mir nicht vorstellen, dass er so viel Geld flüssig hat. Auf mich wirkt er immer, als lebe er von der Hand in den Mund. Aber wer weiß, vielleicht hat er sich von Estelle etwas geborgt.«

»Aber solche Fragen kann man ihm beim besten Willen nicht stellen.«

»Nein, das geht wirklich nicht. Aber wir könnten die Informationen von Adela bekommen. Sie ist zwar manchmal ein bisschen verwirrt, aber ich glaube, dass sie sich an etwas so Wertvolles wie diesen Tolkien sicher erinnern würde.«

»Vielleicht war Peter auch sauer, weil sie das gute Stück nicht an ihn, sondern an jemand anderen verkauft hat.«

»Oder sie hat es tatsächlich an ihn verkauft, aber ein anderer Händler wollte es auch und ist gekränkt, dass Peter es ihm vor der Nase weggeschnappt hat.«

»Und dann hat dieser andere Händler Estelle entführt und will Peter zwingen, sie mit dem Tolkien auszulösen? Hört sich irgendwie unwahrscheinlich an. Hast du die SMS gesehen?«

»Nur ganz kurz und bruchstückhaft. Die ersten Worte lauteten: *Geben Sie mir, was Sie mir schulden, und E...* Und ganz hundertprozentig sicher bin ich mir da leider auch nicht.«

»Darauf sollten wir also nicht bauen. Die Nachricht mag einen ganz anderen Hintergrund haben.«

Kate stand auf. »Trink deinen Kaffee aus, und bemühe dich schon mal, harmlos und anständig auszusehen. Wir werden Adela Carston überzeugen, uns alles zu sagen, was sie weiß.«

»Aber wir können doch gar nicht sicher sein, dass sie wirklich eine Ausgabe der Tolkien-Trilogie besaß – ganz zu schweigen von einer Ausgabe in neuwertigem Zustand und mit einwandfreiem Herkunftsnachweis.«

»Jedenfalls hat sie Katzen, und zwar gefühlt mindestens hundert. So einwandfrei die Herkunft ihrer Bücher auch sein mag, ich würde nicht für ihren tadellosen Zustand garantieren. Können wir?«

»Ich bin mir zwar ziemlich sicher, dass du problemlos

jede Info aus ihr herausquetschen wirst, aber ist dir bewusst, dass es noch nicht einmal halb neun ist?«

»Tatsächlich? In Ordnung, dann warten wir bis um zehn.«

Dieses Mal war es schlimmer. Sie konnte ihr Selbstbewusstsein noch nicht einmal dadurch stärken, dass sie laut mit sich selbst sprach und sich daran erinnerte, wer sie war.

Es kam ihr vor, als müsse sie mit jemandem verhandeln, der entweder sehr betrunken oder völlig bekifft war: Nichts drang zu ihren Peinigern durch, und nichts konnte sie von ihrer Besessenheit abbringen. Man konnte nicht einmal an ihr Gewissen appellieren und hoffen, dass ihnen die Situation leidtat. Sie besaßen keine Gefühle.

Wenigstens fühlte sie sich etwas besser, nachdem sie ein heißes Bad genommen und die verschwitzten Kleider gewechselt hatte. Doch das, was man ihr geliehen hatte, schien aus einem Sack der Kleidersammlung zu stammen. Und mehr als fünfzig Pence hätte man sicher für kein Teil bekommen.

Ihr Handy hatte man ihr weggenommen, ebenso wie alles andere, was an Praktischem in ihrer Handtasche gewesen war. Im Raum gab es keinen großen Spiegel, in dem sie sich betrachten konnte, aber wenn sie auf das ehemals weiße, formlose T-Shirt, die ausgeleierte Jogginghose und die zwei Nummern zu großen Flip-Flops hinunterblickte, wusste sie auch so, dass sie wie eine Obdachlose aussah. Zumindest besaß sie noch ihr großes Wolltuch, das sie sich gegen die Kälte um die Schultern legen konnte.

15

Gegen zehn Uhr gingen Craig und Kate die Woodstock Road hinauf zum Cornbury House. Unmittelbar nachdem Kate geklingelt hatte, wurde die Tür geöffnet, aber es war nicht Adela Carston, die vor ihnen stand. Die Dame zählte etwa fünfzig Jahre, war größer und stämmiger als Adela und wirkte recht herrisch. Sie musterte Craig und Kate sehr genau.

»Ja bitte?«

Kate setzte ein strahlendes Lächeln auf. »Wir wollen Mrs Carston besuchen. Mein Name ist Kate Ivory, ich bin eine Freundin.«

»Sie hat meines Wissens noch nie von Ihnen gesprochen. Warten Sie bitte hier, ich muss meine Mutter fragen.«

»Sagen Sie ihr, dass ich erst vor wenigen Tagen hier bei ihr war. Wir haben uns auf Estelle Livingstones Hochzeit kennengelernt und unsere gemeinsame Liebe zu Büchern entdeckt.« Kate hatte das Gefühl, dass Adela einen Anhaltspunkt brauchte, wenn sie sich an sie erinnern sollte.

»Bücher?« Die vierschrötige Gestalt drehte sich mit neuem Argwohn um. »Sind Sie etwa an den Büchern meiner Mutter interessiert?« Sie fixierte Kate aus kurzsichtigen grauen Augen. Sie hat absolut nichts von ihrer Mutter, dachte Kate. Eher ähnelt sie dem Foto von Victor. »Wollen Sie etwa welche mitnehmen?«

»Um Himmels willen nein. Ich habe zu Hause selbst genug Bücher, von denen viele noch darauf warten, gelesen zu werden. Ich brauche wirklich nicht noch mehr.«

Die Tür wurde vor ihrer Nase geschlossen. Kate und Craig mussten mehrere Minuten warten, ehe sie hörten, wie sich entschlossene Schritte näherten. Als die Tür erneut geöffnet wurde, schoss eine rote, ziemlich feuchte Katze zwischen ihren Beinen hindurch ins Haus. Ein Schwall warmer Luft schlug ihnen entgegen.

»In Ordnung, treten Sie ein. Ist das Ihr Freund?«

»Darf ich vorstellen? Craig Jefferson, ebenfalls ein Büchernarr.«

Die Frau nahm Craig noch einmal intensiv in Augenschein. »Mein Name ist Diana Brande«, stellte sie sich schließlich vor. »Wie schon gesagt bin ich Mrs Carstons Tochter. Nennen Sie mich bitte Diane.« Ihre Prüfung schien befriedigend ausgefallen zu sein, denn sie lächelte ihnen zu und trat einen Schritt zurück, um sie einzulassen.

Mit einem gewissen Gefühl des Triumphs hatte Kate den Familiennamen der Frau registriert: Brande. Ihre Vermutung war also richtig gewesen: Austin Brande, der Bauherr der verlassenen Baustelle in Jericho, war Adelas Enkel.

»Ist Mrs Carston da?«, erkundigte sie sich. »Geht es ihr gut?«

»Hallo, meine Liebe«, ertönte in diesem Augenblick eine vertraute Stimme hinter Diane Brandes breitem Kreuz. »Mir geht es sehr gut. Diane, würdest du diese netten Leute bitte ins Wohnzimmer bitten? Ich kenne sie gut, und ich habe dir schon früher gesagt, dass du nicht immer so misstrauisch sein sollst.«

Dianes Stirn kräuselte sich kurz, doch schon war der Moment vorüber. Sie führte die Gäste ins Wohnzimmer.

»Ich muss mich entschuldigen«, sagte Adela freundlich. »Meine Tochter hat einen ausgeprägten Beschützerinstinkt, wenn es um mich geht. Wie geht es Ihnen, Kitty?«

»Kate«, korrigierte Kate sie sanft. »Darf ich Ihnen einen Freund vorstellen? Craig Jefferson.«

Sie setzten sich. Clement war ins Katzenzimmer verschwunden, und Kate war froh, dass ihr der Anblick des Katzengewusels dieses Mal erspart blieb.

»Ich habe gerade Tee für meine Mutter gemacht. Möchten Sie auch eine Tasse?« Sowohl Kate als auch Craig lehnten ab. Diane setzte sich neben ihre Mutter und wandte sich an die Besucher. »Wohnen Sie hier in der Nähe?«, fragte sie.

»In Jericho«, antwortete Kate.

»Wie genau kommt es zu Ihrem Interesse an Büchern?«

»Ich lebe davon«, antwortete Kate.

»Ach wirklich? Dann sind Sie also im An- und Verkauf tätig?«

»Nein, darum kümmere ich mich nicht persönlich.«

»Mir scheint, Sie hatten in letzter Zeit Probleme mit aggressiven Händlern«, mischte Craig sich nun ein.

»Es gibt Leute, die der Meinung sind, meine Mutter wäre ein leichtes Opfer für Betrüger«, sagte Diane. »Aber dass sie allmählich in die Jahre kommt, heißt noch lange nicht, dass sie schutzlos ist. Immerhin hat sie mich.« Sie legte eine kurze Pause ein, um Kate und Craig Gelegenheit zu geben, ihre respekteinflößende Autorität zur Kenntnis zu nehmen. »Dann sind da noch ihr Enkel sowie einige weitere Familienmitglieder.«

Mrs Carston lächelte und nickte. »Diane kann sehr ungehalten werden, wenn sie glaubt, dass jemand an mein Geld will. Und Austin ist ein wirklich schlauer Junge. Er kauft und verkauft Häuser. Viele Häuser. Unsere Familie ist zwar nicht besonders groß, aber wir stehen einander sehr nah. Erst kürzlich hat sich Diane die Leute von der Stromversorgung vorgeknöpft, nicht wahr, Liebes?«

»Ja«, bestätigte Diane.

»Und jetzt macht sie sich Sorgen wegen dieses netten Herrn. Peter Hume. Sie erinnern sich doch sicher an ihn, nicht wahr, Kitty? Er hat die Tochter meines Freundes Matthew geheiratet. Estelle.«

»Oh ja, ich erinnere mich sehr gut.«

»Er mag ja sehr charmant sein, aber abgesehen von der Tatsache, dass er Matthews Tochter geheiratet hat, weißt du nichts über ihn«, wandte Diane ein.

»Aber Matthews Familie ist sehr respektabel und nicht unvermögend. Estelle würde sich keinesfalls mit einem zweifelhaften Menschen einlassen.«

»Du hast mir selbst erzählt, dass er Lederflicken an den Ellbogen seines Blazers hat. So etwas tragen nur Glücksritter«, begehrte Diane auf.

Kate konnte der Logik dieser Bemerkung nicht folgen. »Ich kenne Peter Hume ebenfalls und halte ihn für absolut integer. Er verdient sich seinen Lebensunterhalt mit dem An- und Verkauf von Büchern. Und ich glaube, es gibt Tweedjacken, bei denen Lederflicken einfach dazugehören.«

»Kennen Sie ihn gut?« Dianes Stimme wurde eine Spur schärfer.

»So gut auch wieder nicht.«

»Aber Sie wissen, wo er wohnt?«

»Er und Estelle besitzen ein Haus in London.«

»Hat er noch weitere Immobilien?«

»Das weiß ich nicht.«

»Wo wohnte er vor seiner Ehe?«

»Soweit ich weiß, in einem Cottage in den Chilterns.«

»Warum interessieren Sie sich so für ihn?«, wollte Craig von Diane wissen. »Will er Ihrer Mutter etwa ein ganz besonders wertvolles Buch abkaufen?«

»Aber nein«, mischte sich Adela ein, ehe Diane antworten konnte, »das ist längst alles unter Dach und Fach.«

»Damit habe ich nichts zu tun«, grummelte Diane.

»Ich habe eben seinen dritten und letzten Scheck bei meiner Bank eingelöst«, sagte Adela. »Jetzt gehören alle Bücher ihm. Ich brauche mich nie mehr um sie zu kümmern und kann auch meine Stromrechnung endlich bezahlen.«

»Aber er hat nicht ansatzweise genug bezahlt«, erklärte Diane.

»Er hat nicht nur das bezahlt, was ich gefordert habe, sondern sogar noch etwas draufgelegt, weil die Preise seit Victors Tod gestiegen sind.«

»Sie sprechen von *allen* Büchern. Wie viele waren es überhaupt?«, fragte Craig.

»Eine ganze Menge. Ich habe vergessen, wie viele genau. Ich bin nicht mehr die Jüngste, wissen Sie.« Traurig starrte sie in ihre Teetasse.

»Ich würde gern mit Peter Hume darüber sprechen«, sagte Diane. »Aber der Mann scheint vom Erdboden verschwunden zu sein.«

Nun nahm auch Adela wieder am Gespräch teil. »Victor hat mir gesagt, wie viel die Bücher wert sind. Er hat es mir sogar aufgeschrieben. Aber Mr Hume erklärte mir, dass die Preise in letzter Zeit gestiegen wären und dass er es für richtig hielte, mir mehr dafür zu geben. Er hat mir mein Leben sehr erleichtert.«

»Das sagst du jedes Mal«, wendete Diane ein. »Aber solche Art von Betrügern sind *immer* nette Männer. Damit verdienen sie ihr Geld. Sie beschwatzen Leute wie dich mit viel Charme, ihnen wertvolle Dinge für ein Taschengeld zu überlassen.«

»Sie haben ihm einen Brief geschrieben, nicht wahr, Mrs

Carston?«, fragte Kate. »Haben Sie ihn eingeladen, einen Blick auf Ihre Bücher zu werfen?«

»Ja, und er kam sofort. Ich fand es sehr freundlich von ihm.«

»Durchtrieben, würde ich sagen«, konterte Diane. »Er hat sich hier eingeschlichen und meine Mutter überzeugt, ihm die Bücher für einen Bruchteil ihres tatsächlichen Wertes zu verkaufen.«

»Aber gerade das hat Peter Hume doch offenbar nicht getan«, meldete sich Craig mit seiner milden Gelehrtenstimme zu Wort. »Wenn ich alles richtig verstanden habe, hat Ihre Mutter die Bücher Ihres Vaters an einen seriösen Händler verkauft, der ihr mehr als den geforderten Preis dafür gab. Er hat zu keinem Zeitpunkt versucht, sie in irgendeiner Weise zu nötigen. Er kam auch nicht unaufgefordert, sondern auf Einladung Ihrer Mutter und war kein Klinkenputzer. Ehrlich gesagt verstehe ich nicht, warum Sie so gereizt auf ihn reagieren.«

»Das haben Sie alles ganz richtig gesagt«, lobte Mrs Carston.

»Hast du auch andere Händler eingeladen, sich die Bücher anzuschauen?«, wollte Diane wissen.

»Aber natürlich, Liebes. Aber einer hat überhaupt nicht geantwortet, und die anderen haben sich erst gemeldet, als es schon zu spät war. Ich sagte ihnen, dass die Bücher bereits verkauft wären, und es schien sie nicht weiter zu ärgern.«

Diane beruhigte sich. »Vielleicht hast du ja recht«, sagte sie deutlich sanfter. »Vielleicht waren diese Bücher ja auch nicht besonders interessant für Händler. Trotzdem würde ich mich gern mit Peter Hume über den genauen Ablauf des Geschäfts unterhalten.

»Ein solches Treffen können wir leicht in die Wege leiten«, meinte Kate.

»Sagen Sie. Ich fürchte nur, dass es nicht ganz so einfach ist. Er gab meiner Mutter zwar eine Visitenkarte, aber er geht seit zwei Tagen nicht ans Telefon. Wir haben keine Ahnung, wo er sich aufhält.«

»Ist er verschwunden?«, fragte Kate bestürzt.

»Sie sagen zwei Tage? Dann ist er vielleicht auf Geschäftsreise. Sagen Sie, Mrs Carston, hat er alle Bücher mitgenommen, oder sind noch einige hier, die er später abholen wollte?«

»Erst hat er nur einige mitgenommen. Und das Register natürlich.« Sie versuchte, aus ihrem Sessel aufzustehen, und fuhr aufgeregt fort: »Nach Weihnachten kam er wieder und nahm weitere Bücher mit. Ich glaube, jetzt sind alle fort. Für mich ist es eine wahre Erleichterung. Ich weiß genau, dass seine Visitenkarte auf meinem Schreibtisch liegt.«

»Bleiben Sie sitzen. Ich hole sie Ihnen.« Nun stand Craig auf.

»Beruhige dich, Mutter«, beschwichtigte Diane die alte Dame. »Hast du heute schon deine Tabletten genommen?«

»Ich glaube schon, Liebes.«

»Nun, auf deine Erinnerung allein können wir uns nicht verlassen. Ich sehe mal eben in deinem Pillenspender nach.« Damit verließ Diane den Raum.

Nachdem sie die Tür hinter sich geschlossen hatte, spürte Kate, wie die Atmosphäre sofort unbeschwerter wurde. Sie lächelte Adela an. »Ich bin sicher, dass alles in Ordnung ist. Machen Sie sich bitte keine Sorgen.«

»Diane nimmt alles so ernst, und ich kann mich nicht immer an alle Leute erinnern, mit denen ich in der letzten Zeit gesprochen habe.«

»Hier ist Peter Humes Karte«, sagte Craig, der an Adelas Schreibtisch stand. »Handynummer und Adresse stehen darauf. Ebenso wie die Festnetznummer. Mal sehen, ob wir ihn für Sie finden können.«

Er schien sich alle Daten aufzuschreiben, obwohl er wissen musste, dass Kate sie bereits besaß. Aber Adela schien erfreut, dass er sich so viel Mühe machte, und Kate ging davon aus, dass Craig genau das beabsichtigte.

Diane kam wieder ins Zimmer. In der Hand hielt sie eine Plastikdose. »Alles in bester Ordnung. Du hast deine Tabletten genommen«, sagte sie. »Ich lege die Dose jetzt in die Küche, gleich neben den Wasserkessel. Dann vergisst du sie auch morgen nicht.«

Kate spürte, dass sie allmählich gehen sollten. Trotzdem gab es noch etwas, was ihr auf der Seele brannte. »Wissen Sie, ob unter den Büchern, die Peter mitgenommen hat, eine Ausgabe von *Der Herr der Ringe* war?«

»Ich weiß nicht recht.« Dianes Anwesenheit hatte die alte Dame wieder ängstlicher werden lassen.

»Denk doch mal nach, Mutter. Es könnte sehr wichtig sein.«

»Ich weiß es nicht.« Dianes herrischer Tonfall machte es Adela unmöglich, sich zu erinnern.

»Das Werk ist von J. R. R. Tolkien«, half Craig ihr sanft auf die Sprünge. »Und es sind drei Bände.«

»Früher wurde doch alles in drei Bänden geschrieben, oder?«, meinte Adela. »Ich weiß wirklich nicht, ob ich von diesem Buch je gehört habe.«

Die blauen Augen wurden trüb, und ihre Augenlider senkten sich. Kate begriff, dass Adela Carston sehr müde war. Sie war nicht daran gewöhnt, so viel Besuch zu haben.

»Das ist nicht weiter schlimm«, sagte Craig. »Aber wir müssen jetzt wirklich gehen.«

»Ich fände es schrecklich, wenn Mr Hume etwas Unangenehmes zugestoßen wäre. Aber heutzutage gibt es so viele böse Menschen, dass man sich nie sicher sein kann.«

»Ich bin sicher, dass es ihm gut geht.«

»Und wenn Sie ihn finden, richten Sie ihm doch bitte aus, dass er hier jederzeit willkommen ist. Jederzeit! Ich habe sogar einen Vorrat seiner Lieblings-Ingwerplätzchen angelegt.«

Diane begleitete sie zur Haustür. »Ich hoffe, Ihre Vermutung ist richtig, und er kommt zurück«, sagte sie. »Was glauben Sie, wie lang sollen wir ihm noch geben, ehe wir weiterreichende Maßnahmen ergreifen?«

»Zwei Wochen sollten Sie schon noch warten«, antwortete Craig.

Jetzt war sicher nicht der richtige Augenblick, Diane mitzuteilen, dass Peter Humes Frau ebenfalls verschwunden war, und daher hielt Kate den Mund.

»Es tut mir wirklich leid, dass ich mich immer so aufrege«, entschuldigte sich Diane. »Aber ich werde wirklich ärgerlich, wenn die Leute meine Mutter ausnutzen wollen. Sie ist ein ausgesprochen vertrauensseliger Mensch und auf mich angewiesen, wenn es um praktische Dinge geht. Ich werde die Sache jedenfalls mit meinem Sohn besprechen und hören, was er dazu sagt.«

»Kate und ich halten Ausschau nach Peter Hume. Falls wir irgendetwas hören sollten, lassen wir es Sie sofort wissen.«

Kate und Craig schlenderten die Woodstock Road hinunter und dachten über die Dinge nach, die sie gerade gehört hatten.

»Ich glaube, Diane hat den Bericht über den Verkauf der Tolkien-Ausgabe gelesen«, sagte Kate. »Sie wollte jedenfalls wissen, ob ihre Mutter die Bücher an Peter Hume verkauft hat und wie viel er dafür bezahlt hat. Mich hingegen interessiert, wer die anderen Händler waren? Leute aus der Gegend vielleicht?«

»Ich habe ihre Namen und Adressen in meinem Notizbuch«, entgegnete Craig. »Einer kommt aus Gloucestershire, einer aus North Oxford und der dritte aus der Innenstadt. Mit den Namen kann ich natürlich nichts anfangen, aber du kennst sie vielleicht.«

»Also das war es, was du dir bei der Suche nach Peters Visitenkarte aufgeschrieben hast.«

»Ich muss zugeben, dass ich mir recht genau angesehen habe, was sich auf ihrem Schreibtisch sonst noch befand.«

»Ausgezeichnet. Hast du noch mehr nützliche Dinge gefunden?«

»Einen Haufen Rechnungen, die Adela handschriftlich als *bezahlt* gekennzeichnet hat. Das passt zu dem, was sie erzählt hat.«

Als sie die Walton Street erreichten, fiel Kate etwas ein.

»Lass uns einen anderen Weg gehen. Ich möchte mir noch einmal ein Namensschild ansehen, das mir vor ein paar Tagen aufgefallen ist.«

Sie gingen noch ein Stück weiter Richtung Innenstadt und bogen dann nach rechts in eine schmale Straße ab. An der nächsten Ecke waren sie am Ziel.

»Sieh dir das an«, forderte sie Craig auf.

Sie standen vor einer verschlossenen Baustelle. Eines der davor hängenden Schilder war größer als die anderen: *Austin Brande, Bauunternehmer.*

»Und Dianes Sohn heißt Austin«, stellte Craig fest.

»Adela sagte, dass ihm viele Häuser gehören. Ich denke, sie meinte dies hier.«

»Wohnungen«, sagte Craig, der über den Zaun spähte. »Allerdings ist auf der Baustelle alles ruhig. Viel wird hier nicht gearbeitet.«

Sie gingen um den Zaun herum und fanden eine Lücke, die zwar zu schmal war, um hindurchzusteigen, aber groß genug, um eine bessere Sicht auf die Baustelle zu bekommen. Warnschilder mit Hinweisen auf Wachhunde hingen herum, aber man sah und hörte nichts von ihnen. Trotzdem hatte Kate nicht die Absicht, es darauf ankommen zu lassen.

»Aufgegeben. Allerdings wächst noch kein Gras durch den Beton. Allzu lang kann es nicht her sein, dass hier gearbeitet wurde.«

»So, wie es aussieht, ist nur die Musterwohnung fertig. Ich denke, er hat gehofft, mehrere Wohnungen noch während der Bauphase zu verkaufen, um so an Geld für die restlichen Arbeiten zu kommen.«

»Offenbar ist Austin Brande in ziemlicher Geldnot.«

»Und weil die Banken ihm keinen Kredit eingeräumt haben, hoffte er wahrscheinlich auf eine großzügige Leihgabe seiner Großmutter.«

»Er bat um einen Vorschuss auf sein Erbe, und zwar mit einem so selbstverständlichen Anspruchsdenken, dass Adela ärgerlich wurde.«

In diesem Augenblick begann es zu regnen. Kate und Craig schlugen die Mantelkrägen hoch, senkten die Köpfe und liefen hastig zur Cleveland Road. Beide ärgerten sich, dass sie nicht an einen Schirm gedacht hatten.

»Ich hole uns ein paar Handtücher«, sagte Kate, während sie kurz darauf im Flur die Schuhe auszog und ihren triefenden Mantel in die Küche hängte.

Nachdem sie sich einigermaßen abgetrocknet hatten, setzten sie sich mit einem heißen Kaffee ins Wohnzimmer.

»Lass uns einen Blick auf die Notizen werfen, die du dir zu den Buchhändlern gemacht hast«, schlug Kate vor.

»Hier.« Craig griff nach dem Block. »Sie sind zwar ein bisschen feucht, aber noch lesbar.«

»Mich würde interessieren, wer von ihnen welcher ist.«

»Wie meinst du das?«

»Einer antwortete gar nicht, die anderen zu spät. So ähnlich drückte es Adela aus.«

Craig reichte ihr seine Aufzeichnungen.

»Oh, diesen hier kenne ich!«, rief Kate aus, als sie die Namen las. »Ben Akin und seine Schwester führen ein Antiquariat und saßen bei Estelles Hochzeit mit uns am Tisch. Soweit ich mich erinnere, fragte einer der beiden Adela nach den Büchern ihres Mannes. Ich hatte den Eindruck, dass sie sich kannten.«

»Wie sind sie so?«

»Groß, blond, gebildet, altmodisch. Sehr englisch.«

»Wie ich sehe, befindet sich ihr Geschäft auch hier in Oxford.«

»Ich hätte gedacht, dass sie geantwortet hätten, selbst wenn sie nicht interessiert waren.«

»Und was ist mit den anderen Namen?«

»Diesen hier kenne ich nicht. Der Laden ist in Worcestershire. Dieser hier ist zwar in Oxford, aber der Besitzer hat sich im vergangenen Jahr zur Ruhe gesetzt. Das Geschäft ist seitdem geschlossen. Das würde erklären, warum er nicht geantwortet hat. Ich denke, die Akins sind unsere beste Option.«

»Es sei denn, sie wussten, dass die Bücher in einem feuchten Keller aufbewahrt und von Adelas Katzen als Toilette missbraucht wurden.«

»Hast du die Katzen gesehen?«

»Das nicht, aber es roch eindeutig nach ihren Hinterlassenschaften.«

»Ich habe mich wahrscheinlich bei meinem letzten Besuch schon daran gewöhnt. Dieses Mal ist mir kaum etwas aufgefallen.«

»Man fragt sich, in welchem Zustand die Bücher von Adelas Mann sind. Wann ist er gestorben?«

»Ich glaube, das ist schon eine Weile her. So etwa zehn, elf Jahre.«

»Ganz gleich, wie gut die Sammlung war, inzwischen hat sie sicher ziemlich gelitten.«

»Glaubst du, dass wir mit Adela auf der falschen Spur sind?«

»Ich fürchte ja. Sie hat sich weder mit Peter noch mit Estelle gestritten. Ich kann mir auch nicht vorstellen, dass sie bei den beiden in London aufkreuzt und Estelle überredet, mit ihr wegzugehen. Kannst du es?«

»Nein. Außerdem war der Anrufer, den ich mitbekommen habe, eindeutig männlich.«

»Hast du seine Stimme gehört?«

»Nein, aber Peter hat gesagt ...«

»Ganz richtig. Und wie groß ist unser Vertrauen in Peter?«

»Aber selbst wenn es eine Frau war, kann es kaum Adela gewesen sein. Kannst du dir vorstellen, dass sie jemanden anruft und bedroht?«

»Nein, das ist richtig. Also sollten wir uns möglichst bald diesen Ben Akin vorknöpfen.«

»Gute Idee. Wir können jetzt gleich hingehen. Das Geschäft ist in Jericho, gerade mal fünf Minuten von hier.«

»Hier steht, dass von ein bis zwei Uhr geschlossen ist. Uns bleibt also noch etwa eine Stunde«, sagte Craig.

»Aber wir müssen auch unbedingt bei Austin Brande vorbeischauen. Ich habe ihn bei Estelles Hochzeit kennengelernt und würde ihn mir gerne noch einmal näher ansehen.«

»Wie war dein erster Eindruck von ihm?«

»Eigentlich ganz positiv. Er liebt seine Großmutter und ist ihr gegenüber offenbar sehr aufmerksam: Er hat ihr Komplimente gemacht und ihr gesagt, wie gut sie aussieht. Mehr habe ich in den zehn Sekunden, die ich ihn gesehen habe, nicht erfahren können.«

Craig lachte. »Das ist aber gar nicht schlecht, selbst für dich.«

Mein Vater. Im Grunde war nichts Besonderes an ihm – nichts, was ihn zum Opfer gemacht hätte. Er war einfach nur ein ganz normaler Mann, der in einer ganz normalen, ruhigen, baumbestandenen Straße wohnte, in der Autos parkten. Die Häuser lagen ein Stück zurück und versteckten sich hinter wuchernden Gärten vor den Blicken neugieriger Nachbarn.

Er war kein Mann, der tiefe Gefühle besaß, oder sie zeigte, falls es doch so war, aber es gab einen Gegenstand, dem er eine wahrhaft leidenschaftliche Liebe entgegenbrachte: sein Auto. An Sonntagen verbrachte er die Zeit, die andere dem Lob Gottes widmeten, mit dem Waschen und Polieren seines Wagens. Er erlaubte mir nie, ihm dabei zu helfen, denn ich war noch zu jung und hätte dem Schmutz, der sich seit dem letzten Sonntag angesammelt hatte, meine Fingerabdrücke hinzufügen können. Den Sommer hindurch beobachtete ich meinen Vater vom Garten aus bei seinen geheiligten Riten, im Winter stand ich am Fenster, weil die Sicht nicht mehr durch Blätter eingeschränkt wurde.

Sein geliebtes Auto. Er fuhr mit einem weichen Tuch über die Windschutzscheibe, er reckte sich über das Dach und bemühte sich, die schwarzen Flecke zu entfernen, die von der Linde darüber stammten und wie Klebstoff am Lack hafteten. Niemals putzte er heftig. Er war so sanft wie eine Mutter zu ihrem Baby, streichelte jede Rundung, wischte vorsichtig über jeden Schmutzfleck und hinterließ eine saubere, spiegelglatte Oberfläche. Ich sah zu, wie er die Dose mit der Chrompolitur schüttelte und von den Stoßstangen sorgfältig die kompakten Überbleibsel von Fluginsekten beseitigte. Er putzte Front- und Heckscheinwerfer, polierte Nummernschilder und wienerte die Seitenspiegel.

Mein Vater fegte das Wageninnere, nahm die Fußmatten heraus und entfernte Schmutz und welke Blätter, die sich im Fußraum angesammelt hatten. Ich sah, wie er mit einem feuchten Tuch über das Armaturenbrett wischte, das Lenkrad desinfizierte und den Schaltknüppel polierte. Mir widmete er sich nie mit so viel Hingabe, und ich bezweifele, dass er meiner Mutter so viel Liebe entgegenbrachte wie seinem Auto. Sein sonst strenges, ja hartes Gesicht, dessen Linien nie von einem Lächeln gemildert wurden, schien bei der Berührung von schimmerndem Metall und Chrom sanft zu schmelzen. Um seine Augen und seinen Mund lag dann ein Ausdruck, den ich sonst nie bei ihm erlebte. Ich nehme an, es war Liebe – reine, vollkommene Liebe, die keine Bedingungen stellt.

Aber was geschah später an diesem Tag? Was sah ich, als ich die Vorhänge zur Seite schob und in den dunklen Samstagabend hinausspähte? Vielleicht haben Sie es schon erraten. Es war eine Gruppe von Jugendlichen, die das einzige Objekt der Begierde meines Vaters zerstörte. Auf der einen Seite stand dieses Auto, auf der anderen befanden sich fünf junge Männer, die mein Vater sicher als Rowdys bezeichnet hätte. Er hasste lange Haare bei Männern, und beim Anblick von Militärutensilien, die als Modeaccessoire in Secondhandläden verkauft wurden, traf ihn fast der Schlag. Mein Vater differenzierte nicht. In seinen Augen handelte es sich samt und sonders um Hippies und Rowdys.

Wo sie herkamen? Sie hatten ein Auto gestohlen und waren in unserer Straße gelandet. Sie leerten ein paar Flaschen billigen Schnaps und sahen sich anschließend nach etwas Unterhaltung um. Dabei entdeckten sie das frisch polierte Auto meines Vaters, dessen Windschutzscheibe im Licht der Straßenlaterne wie ein Diamant funkelte.

Die Liebe, die mein Vater all die Jahre hindurch seinem Wagen gewidmet hatte, interessierte sie nicht. Für sie zählte nur die Freude an der Zerstörung mit einer Brechstange. Und dann kam mein Vater dazu. Kein Wunder, dass ich jemanden schreien hörte. Nachdem sie getan hatten, was sie offenbar tun mussten, drängten sie sich alle in den gestohlenen Wagen und fuhren davon. Das Auto fand man später auf einem Rastplatz etwa anderthalb Kilometer entfernt. Es war angezündet worden, um alle Spuren zu verwischen.

Die jungen Männer wurden nie gefunden und deshalb auch nicht zur Rechenschaft gezogen.

Der Gedanke, dass solch verabscheuungswürdige Menschen das Werkzeug der Gerechtigkeit sein könnten, ist merkwürdig.

Rowdybanden gelten generell als bösartig. Dem würden Sie doch sicher auch zustimmen, oder? Ich jedoch, das kleine Kind, sah sie als meine Retter und meine Helden. Sie kämpften gegen die Ungerechtigkeit, die den Kleinen, Hilflosen und Unschuldigen widerfährt. Sie behandelten meinen Vater so, wie ich es getan hätte, wäre ich nur stark genug gewesen, um eine Brechstange zu schwingen.

Sicher fragen Sie sich, wo meine Mutter während dieser Zeit war. Nun, sie werkelte in der Küche, und das Summen, Fauchen und Pfeifen ihrer Küchengeräte hinderte sie daran, zu hören, was auf der Straße vor sich ging. Ich glaube, es war ihr ganz recht so. Die Küche war ihr Königreich und der einzige Ort, wo sie Macht besaß und Entscheidungen treffen durfte. Bis heute weiß ich nicht, ob sie ahnte, was draußen vor sich ging, und ob sie für die Erlösung aus ihren Fesseln eine Art Dankbarkeit verspürte. Ich habe sie nie danach gefragt.

Die Schreie, das wilde Gebrüll – sie hörte es nicht. In ihrem Gedächtnis würde nicht das Bild des großen, jungen Mannes eingebrannt sein, der beim Zertrümmern der Windschutzscheibe aufblickte, mit seiner Brechstange ausholte und sie auf den Schädel meines Vaters niedersausen ließ.

Gleich danach war alles vorbei. Die Jugendlichen verschwanden und ließen meinen reglosen Vater in einer Blutlache liegen, die sich immer weiter ausbreitete.

Einen Augenblick lang fühlte ich mich wie losgelöst von allem, ehe mich ein wahres Hochgefühl erfasste. Ich war der Junge, der die Brechstange geschwungen hatte. Endlich war mir die Kraft vergönnt, die ich brauchte. Mein Vater hatte bekommen, was er verdiente, und er war für das, was er mir angetan hatte, bestraft worden.

Sie finden das zu hart? Nicht in den Augen eines Kindes, das kann ich Ihnen versichern. In meinem Kopf war beides ebenbürtig. Die Ungerechtigkeit, die mir durch meinen Vater widerfahren war, beschäftigte mein gesamtes Denken. An etwas anderes konnte ich nicht denken. Er hatte mich geschlagen – sie schlugen ihn. Jetzt war die Welt zur Normalität zurückgekehrt, und mir war Gerechtigkeit zuteilgeworden. Der Ernst dessen, was ich beobachtet hatte, war mir natürlich nicht klar. Ich erwartete, dass sich mein Vater nach einer Weile erheben und reuevoll und gedemütigt ins Haus zurückkehren würde. Als er dies nicht tat, verließ ich meinen Posten und ging in die Küche. »Mama, komm«, sagte ich und zerrte sie in Richtung Eingangstür. Seufzend legte sie die Kartoffel weg, die sie gerade schälte, und folgte mir.

An der Tür blieb ich stehen und sah ihr nach, wie sie durch das Gartentor trat. Ich lauschte. Zunächst geschah nichts. Vielleicht ging es meinem Vater wieder besser, und meine Mutter half ihm auf die Füße. Ich wusste noch nicht, dass der Tod immer von Dauer ist.

Doch dann begann meine Mutter zu schreien. Der Schrei wurde immer schriller, bis ich das Gefühl hatte, er wäre eine Stahlklinge und bohre sich in meinen Schädel. Und er dauerte an, nur dann und wann unterbrochen von einem japsenden Luftholen.

Die Häuser in unserer Straße lagen ein Stück zurück, und niemand hatte den Angriff gesehen. Doch jetzt traten unsere Nachbarn an Fenster und Gartentore, und schon bald rief jemand einen Krankenwagen.

Mein Vater lag fünf Tage im Koma, ehe er starb.

»Wie tapfer du bist«, sagten die Leute, weil ich nicht weinte. »Ein wirklich braves Kind!«

16

»Frances«, sagte Kate, als sie vor dem kleinen Antiquariat standen. »Gerade ist mir wieder eingefallen, dass Ben Akins Schwester Frances heißt.«

Der Laden lag in einer schmalen Seitenstraße etwa hundert Meter abseits der Haupteinkaufsstraßen von Jericho. Die Gebäudefront war schmal, aber drei Stockwerke hoch. Durch die Fenster konnte man erkennen, dass die oberen Etagen mit Regalen und Bücherstapeln vollgestellt waren.

»Ein ziemliches Stück entfernt von den Einkaufsstraßen«, meinte Kate. »Die Laufkundschaft ist hier sicher nicht sehr zahlreich.«

»Wahrscheinlich können sie sich die Miete näher am Zentrum nicht leisten«, überlegte Craig. »Allerdings sehen die Häuser in der Umgebung aus, als wohnten hier jede Menge Intellektuelle. Also potenzielle Kundschaft.«

»Wie kommst du darauf?«

»Solide Häuser mit alten Gardinen und ungepflegten Vorgärten. Die Autos sind mindestens sieben Jahre alt, und nirgends sieht man Satellitenschüsseln. Die Leute hier geben ihr Geld offenbar lieber für Bücher aus.«

Kate lachte. »Wie gut, dass du keine Vorurteile hast!«

»Ich verlasse mich auf meine gute Beobachtungsgabe. Haben wir uns übrigens auf einen Buchtitel geeinigt?«

»Wozu?«

»Wir brauchen doch eine Ausrede, weshalb wir hier sind und Fragen stellen.«

»Wie wäre es mit *Der Herr der Ringe*?«

»Wenn sie es haben, musst du es vielleicht kaufen.«

Kate verzog das Gesicht. »Lass uns einfach stöbern und so mit ihnen ins Gespräch kommen.«

Als sie eintraten, klingelte eine Türglocke. Aus einem Hinterzimmer kam ihnen eine Gestalt entgegen, um sie zu begrüßen. Sekundenlang war sich Kate nicht sicher, wen von den beiden Geschwistern sie vor sich hatte. Die Gestalt war groß, hatte das blonde Haar aus dem Gesicht gekämmt und trug eine graue Hose und einen blauen Blazer. Die Beleuchtung in der Buchhandlung war trüb, und nach der hellen Sonne draußen musste Kate zunächst blinzeln, ehe sie sagte: »Hallo Frances.«

»Kate Ivory?« Frances sah überrascht aus, aber auch erfreut. Sie lächelte, und Kate begriff, dass ihr reserviertes Verhalten eher auf Schüchternheit als auf Gleichgültigkeit beruhte.

»Darf ich Ihnen Craig Jefferson, einen guten Freund, vorstellen?«

»Schön, Sie zu sehen. Was verschlägt Sie hierher?«

»Ich wohne ganz in der Nähe und kann gar nicht begreifen, dass mir Ihr Laden nicht schon früher aufgefallen ist.«

»Wir sind jetzt seit fünf Jahren in diesen Räumen, aber ich muss zugeben, dass es ein wenig ab vom Schuss liegt.« Frances runzelte die Stirn, als denke sie an etwas Unangenehmes. »Ehe wir herzogen, besaß unsere Familie siebzig Jahre lang ein großes Ladenlokal an der North Parade. Damals kannte uns jeder oder doch zumindest die Leute, die sich für Bücher interessieren.«

»Dann handelt es sich also um ein Familienunternehmen?«

»Genau. Mein Großvater hat es gegründet und an meinen

Vater und dessen Bruder weitergegeben. Wir sind jetzt die dritte Generation. Leider hat sich seit der Zeit unseres Großvaters Vieles zum Nachteil verändert. Und alles nur, weil ... Ach, ich will Sie nicht mit unserer Pechsträhne langweilen. Im Grunde können wir uns nicht beklagen. Ben und ich sind mit einer Liebe zu Büchern aufgewachsen, die uns über alle schlechten Zeiten hinweghelfen wird. Als wir Kinder waren, gab es bei uns keinen Fernseher, aber dafür Regale voller Bücher im ganzen Haus. Ich glaube, Ben würde am liebsten ein Feldbett hier im Büro aufstellen, um ganz in der Nähe seiner erklärten Lieblinge zu leben.«

»Eine unabhängige Buchhandlung hat es sicher nicht leicht zu überleben.« Kate ließ ihren Blick durch den vollgepackten Laden gleiten.

»Eigentlich läuft es gar nicht mal so schlecht. Wir mussten eben mit der Zeit gehen. Seit einiger Zeit erledigen wir viele Geschäfte online. Wenn jemand nach einem vergriffenen Titel sucht, tut er das im Internet. Wir verlassen uns nicht mehr auf die Laufkundschaft, bleiben aber selbstverständlich in ständigem Kontakt mit unseren Stammkunden, ebenso wie mit Sammlern und Spezialisten. Und wenn Ben zum Beispiel weiß, dass ein Kunde Krimi-Erstausgaben sammelt, dann hält er auf seinen Geschäftsreisen selbstverständlich Ausschau nach passenden Angeboten.«

»Dann müssen Sie sich über die Jahre ja ein ungeheures Wissen angelesen haben.«

Frances lächelte. »Nett, dass Sie das sagen. Ich glaube tatsächlich, dass es so ist. Suchen Sie eigentlich nach etwas Bestimmtem, oder möchten Sie nur stöbern?«

»Ich würde gern ein wenig herumstöbern«, antwortete Kate. »Ich glaube, in Ihren Regalen werden mir ein paar gute alte Bekannte begegnen.«

»Schauen Sie sich gerne auch oben um. Hier im Erdgeschoss finden Sie Erzählliteratur, Sachbücher stehen eine Etage höher, Kartenmaterial und seltenere Stücke ganz oben. Die Preise stehen in den Büchern. Wenn Sie etwas wissen wollen, rufen Sie einfach. Ach ja, in ungefähr zehn Minuten mache ich Kaffee. Hätten Sie Lust, im Hinterzimmer eine Tasse mit mir zu trinken?«

»Sehr gern.«

Erneut huschte ein Lächeln über Frances' Gesicht. »Wissen Sie, dahinter verbirgt sich eine nicht ganz uneigennützige Absicht.«

»Ach wirklich?« Einen verrückten Moment lang fragte sich Kate, ob Frances ihr die Entführung von Estelle Livingstone beichten wolle.

»Ich habe hier einige Ihrer Bücher und würde mich freuen, wenn Sie sie signieren könnten.«

»Selbstverständlich gern.« Sie warf Craig einen raschen Blick zu. Hier ergab sich eine großartige Möglichkeit, mit Frances über Tolkien, Peter Hume und Adela Carston zu sprechen. Erst recht, wenn sie ihre übliche Signiergeschwindigkeit ein wenig bremste.

»Wechseln Sie und Ben sich hier im Laden ab?«, erkundigte sie sich, während Craig bereits auf dem Weg zu den Regalen mit den Secondhandthrillern war.

»Ben kümmert sich hauptsächlich um den Einkauf und ist viel unterwegs. Ich hingegen erledige den Papierkram, was ich ganz gut hier im Geschäft tun kann. Im Moment ist Ben auf Einkaufstour. Jemand hat ihn gebeten, sich einmal die Sammlung seines Vaters anzuschauen. Sollte nichts Interessantes dabei sein, dürfte er um die Mittagszeit zurückkommen.«

»Ich nehme an, viele Leute verkaufen die Bücher ihrer

Eltern nach deren Tod«, meinte Kate. »Mir scheint, mit jeder Generation verändert sich auch der Buchgeschmack, oder?«

»Ben weiß genau, was sich verkaufen lässt und was nicht, und ich kann ihm mit meinen Kenntnisse über die Vorlieben und Abneigungen unserer Kunden behilflich sein. Manchmal aber muss er den Verkäufern sämtliche Bücher abnehmen, um das eine zu bekommen, an dem er interessiert ist.«

»Um Himmels willen, wo lagern Sie die denn alle?«

»Wir haben für solche Zwecke eigens einen kleinen Anbau erstellen lassen, wo wir die eingehenden Bücher sortieren und Versandaufträge und Internetbestellungen erledigen.«

»Ich wusste gar nicht, dass Sie so gut im Geschäft sind.«

»Ach was, wir sind eigentlich ganz kleine Fische. Der Anbau ist nichts anderes als ein besserer Verschlag, in dem allerdings Temperatur und Feuchtigkeit einer ständigen Kontrolle unterliegen. Außerdem halte ich ein Auge auf unsere Bestände. Wenn jemand nach einem speziellen Buch sucht, weiß ich genau, wo ich es finde. Aber jetzt überlasse ich Sie Ihrem Vergnügen«, fügte Frances hinzu und ging zurück ins Hinterzimmer.

»Toll, hier ist eine Ariana Franklin, die ich noch nicht gelesen habe«, freute sich Kate und nahm ein Taschenbuch aus dem Regal.

»Ich sehe mich mal oben um«, erklärte Craig und ging zur Treppe. »Ich mag Biografien«, fügte er hinzu.

Wenige Minuten später gesellte Kate sich wieder zu ihm, nachdem sie das Taschenbuch recht preiswert erstanden hatte.

»Ich habe keine Ahnung von seltenen Büchern«, sagte Craig und fuhr mit dem Finger an einem Regal entlang, »aber die hier halte ich nicht für besonders wertvoll.«

»Du meinst: nicht so wie den dreibändigen Tolkien?« Kate öffnete nacheinander mehrere Bücher und warf einen Blick hinein. »Die hier kosten alle zwischen zwanzig und fünfzig Pfund.«

»Nun ja, Bücher für 50 000 Pfund würden vielleicht auch nicht hier im Regal stehen, wo sie jeder heimlich in die Tasche stecken kann, oder?«

Von unten drang Frances' Stimme zu ihnen herauf. »Der Kaffee ist fertig!« Kate und Craig stiegen die schmalen Stufen hinunter und gesellten sich im Hinterzimmer zu Frances.

17

Erleichtert stellte Kate fest, dass Frances' Kaffee ziemlich schwach geraten war. Eine weitere Tasse ihres eigenen, starken Gebräus hätte ihr für den Rest des Tages Nervenflattern verursacht. Dies ist einer der Nachteile des Detektivdaseins, dachte sie. Man ist gezwungen, mindestens die doppelte Koffeinration als üblich in sich hineinzuschütten, ob man nun will oder nicht.

Frances hatte ungefähr ein Dutzend von Kates Büchern auf einen kleinen Tisch möglichst weit entfernt von den Kaffeetassen gestapelt. Hier konnte Kate in aller Ruhe signieren. Sie klappte das erste Buch auf und setzte ihren Namen weitaus sorgfältiger als sonst auf die Titelseite. »Vor einigen Tagen habe ich Adela Carston wiedergesehen und musste dabei an Sie und Ben denken. Und weil ich für Craig gerade die Stadtführerin durch Oxford spiele, fiel mir ein, dass ich Sie ja einmal besuchen könnte.«

Klang das etwa an den Haaren herbeigezogen? Frances warf ihr einen zweifelnden Blick zu, ehe sie wieder ihr Lächeln aufsetzte. »Ich finde es sehr nett, dass Sie an uns gedacht haben. Schreiben Sie ebenfalls, Craig?«

»Allenfalls dann und wann einmal einen Zeitungsartikel. Jedenfalls nichts, womit man reich werden kann.«

»Wie geht es der guten Adela?«, wandte sich Frances an Kate. »Bei Estelles Hochzeit fiel mir auf, wie alt sie doch geworden ist. Je länger das Fest dauerte, desto mehr spürte man es.«

»Ja, das habe ich auch gedacht. Wenn sie müde wird, neigt sie dazu, alles durcheinanderzubringen.«

»Haben Sie auch ihre Tochter kennengelernt?«

»Ja«, antwortete Kate, öffnete das zweite Buch und signierte es.

»Ich habe den Eindruck, dass Diane ihr nicht guttut. Sie ist so dominant, dass die arme Adela in ihrer Nähe nur noch verwirrter wird«, stellte Frances fest. »Ich glaube, je älter man wird, umso wichtiger ist es, die Kontrolle über das eigene Leben zu behalten. Worum wollte Diane sich denn dieses Mal kümmern?«

»Sie sprach von Victor Carstons Büchersammlung und hat Adela beschuldigt, sie für einen Spottpreis verkauft zu haben.«

»Ich habe ebenfalls gehört, dass Adela einige Bücher veräußert haben soll, und möglicherweise hat Diane nicht ganz unrecht. Ich glaube kaum, dass Adela den Wert ihrer Bücher einschätzen konnte.«

»Ja, wissen *Sie* denn, wie viel sie wert waren?« Die kühne Frage blieb einen Moment im Raum stehen, während Kate ihr drittes Buch in Angriff nahm.

»Nicht wirklich. Ben und ich haben die Sammlung nie gesehen. Ich weiß zwar, dass sie ziemlich umfangreich war, aber niemand hat je genau erfahren, was Victor besaß und wo und wie er die Bücher lagerte. Er war ein Geheimniskrämer und hielt alles streng unter Verschluss. Ich stelle mir vor, wie er ganz allein in diesem Zimmer saß und mit diebischer Freude seinen Schatz hütete. Im Erdgeschoss konnte ich nie etwas entdecken, und als ich Adela einmal danach fragte, fiel die Antwort sehr unbestimmt aus.«

»Sie erwähnte den Keller«, warf Kate ein.

»Um Himmels willen!« Frances lachte mitleidig auf.

»Dann sind Ihnen die Katzen also auch bekannt?« Schon hatte Kate das vierte und fünfte Buch in ihrer üblichen Geschwindigkeit signiert.

»Nie würde ich eine Katze auch nur in die Nähe eines wertvollen Buches lassen. Das alles hört sich nicht sehr gut an«, meinte Frances.

»Ärgern Sie sich nicht, dass Peter Hume die Sammlung gekauft hat?«

Mit einem Mal wurde es sehr still. »Wie kommen Sie darauf?«, fragte Frances schließlich. »Sind Sie sicher, dass er sie bekommen hat?«

»Es hörte sich ganz danach an«, nahm Craig den Gesprächsfaden auf. »Ich könnte mir vorstellen, dass die Antiquare der Umgebung großes Interesse daran hatten, zumindest die vielversprechenden Bücher nach Victors Tod zu kaufen.«

»Mag schon sein, aber niemand hat es je geschafft, Victors Katalog einzusehen. Und im Lauf der Jahre gerieten Victor und seine Bücher zunehmend in Vergessenheit.« Frances klappte jetzt die Bücher für Kate auf, um das Signieren zu beschleunigen. »Um ganz ehrlich zu sein: Wenn die Bücher tatsächlich in einem schlechten Zustand sind, hätten wir sie ohnehin nicht haben wollen, und falls sie so gut erhalten und so zahlreich sind, wie die Gerüchte behaupten, hätten wir sie wahrscheinlich gar nicht bezahlen können.«

»Haben Sie Peter noch einmal gesehen, nachdem er die Sammlung gekauft hat?«

»Im November kam er einmal kurz vorbei und wollte Ben sprechen«, sagte Frances langsam. »Mein Bruder war aber an diesem Tag in Gloucestershire, um sich die Sammlung eines Verstorbenen anzusehen. Ich erinnere mich noch, dass er unverrichteter Dinge zurückkehrte. Peter erwähnte nicht, dass er mit dem Gedanken spielte, Victors Bücher zu kaufen, aber vielleicht hatte er es ja auch schon getan. Zumindest schien er an jenem Tag sehr zufrieden mit irgendetwas zu sein, aber natürlich weiß ich nicht, um was es dabei ging.«

»Wollte er mit Ben über etwas Bestimmtes sprechen?«

»Wenn ich es mir rückblickend überlege, startete er offenbar einen Versuchsballon. Er sprach über Adela Carston, ihr Alter und dass sie knapp bei Kasse zu sein schien. Ich kann das nicht so recht glauben, denn Victor hatte gut für sie vorgesorgt, das wusste jeder. Peter schien sich für unsere Beziehung zu Adela zu interessieren. Damals ging ich davon aus, dass er nur Smalltalk machte, aber jetzt bin ich mir da nicht mehr so sicher.«

»Wie gut kennen Sie Adela?«, erkundigte sich Kate, während sie die Bücher ordentlich aufeinanderstapelte und ihren Füller in der Handtasche verstaute.

»Nicht besonders gut. Unser Vater war näher mit Victor bekannt, aber das war in der Zeit, als wir noch hauptsächlich neue Bücher verkauften. Ben besucht Adela dann und wann, um nach ihr zu sehen. Er sagt, dass sie ihn manchmal kaum erkennt.«

»Vielleicht kam Peter in den Laden, weil er ein Buch hatte, von dem er wusste, dass ein Kunde von Ben danach suchte.«

»Wenn er es geschafft hat, Adelas Sammlung zu einem vertretbaren Preis zu kaufen, kann ich ihn nur beglückwünschen. Ich kann ein Lied davon singen, wie schwer es heutzutage ist, sich im Buchhandel über Wasser zu halten, und ich gönne es ihm, wenn er beim Verkauf einen guten Profit einstreicht.«

Frances stand auf und räumte die Kaffeetassen ab. »Sie

müssen mich jetzt bitte entschuldigen, aber die Buchführung ruft.«

»Wir müssen auch allmählich weiter«, entgegnete Kate. »Danke für das interessante Gespräch.«

»Sie müssen bald einmal wiederkommen. Jetzt wissen Sie ja, was wir zu bieten haben.«

Sie hatten die Tür noch nicht erreicht, als sie aufgerissen wurde und Frances' Bruder Ben mit einem Schwall kalter, feuchter Luft den Laden betrat.

»Hallo! Sie sind doch Kate Ivory, nicht wahr?«

»Und dies ist unser Freund Craig. Wie geht es Ihnen, Ben? Hatten Sie Erfolg?«

Ben Akin verzog das Gesicht. »Wie man's nimmt. Es war nichts Großartiges dabei, aber die Verkäuferin hatte einen so moderaten Preis angesetzt, dass wir schließlich doch noch handelseinig wurden.« Er wandte sich an Frances. »Ich bringe die Bücher gleich ins Lager und sortiere sie heute Nachmittag. Gibt es etwas zu essen?«

»Eigentlich wollte ich nur ein Sandwich machen, aber ich kann gerne auch eine Dose Suppe öffnen.«

»Danke Frances, lieb von dir.« Er sah Kate und Craig an. »Haben Sie gefunden, wonach Sie suchen?«

»Eigentlich haben wir nur herumgestöbert, aber tatsächlich sind wir fündig geworden«, antwortete Kate. »Es ist schier unmöglich, eine Buchhandlung zu verlassen, ohne nicht mindestens ein Buch gekauft zu haben, finden Sie nicht?«

»Wenn doch nur alle Leute so dächten!«

»Es ist wunderbar, seinen Lebensunterhalt mit etwas zu verdienen, was man wirklich liebt«, sagte Frances. »Nicht wahr, Ben?«

»Anderen Kunden gegenüber solltest du mit solchen Äußerungen vorsichtig sein.« Ben grinste. »So etwas benutzt man gern als Argument, um uns Händler unter die Armutsgrenze zu drücken, nicht wahr, Kate?«

»Keine Sorge, das sehe ich ganz anders.«

Kate und Craig verabschiedeten sich mit dem Versprechen, bald einmal wiederzukommen. An der Straßenecke blieben sie stehen und überlegten, ob sie gleich in die Cleveland Road zurückkehren oder noch einen Umweg über Summertown machen sollten. Die Erwähnung von Sandwiches und Suppe hatte sie daran erinnert, wie hungrig sie waren. Während sie noch dort standen, sahen sie Ben und Frances aus dem Laden kommen und nach Norden in Richtung Banbury Road gehen.

»Glaubst du, sie wohnen zusammen?«, überlegte Kate. »Unzertrennlich seit Kindertagen?«

»Ich denke eher, dass sie in Frances' Wohnung gehen, denn sie ist diejenige mit einem Regal voller Suppen und Schinken und Käse im Kühlschrank.«

»Wahrscheinlich hast du recht. Ich stelle mir vor, dass sie in einer kleinen, ordentlichen Wohnung in einem dieser großen Häuser lebt, die vor vielen Jahren in Apartments für alleinstehende Frauen aufgeteilt wurden.«

»Auch für alleinstehende Männer«, wandte Craig ein, was Kate überlegen ließ, ob sie wieder einmal ins Fettnäpfchen getreten war. Vermutlich lebte Craig ebenfalls in einer kleinen Wohnung in einem jener anonymen Häuser, wo man seinen Nachbarn höchstens zunickte, wenn man sie auf der Treppe traf, ohne sie je wirklich kennenzulernen. »Weißt du Näheres über die beiden?«

»Leider überhaupt nichts.«

Craig lachte. »Wie ich dich kenne, wüsstest du am liebsten alles über jeden deiner Bekannten, richtig?«

»Geht es nicht jedem so?«

»Schon möglich. Aber nicht jeder ist so geschickt wie du, wenn es darum geht, anderen Leuten Intimitäten zu entlocken.«

»Was hältst du von den beiden?«, wollte Kate unterwegs wissen. Sie hatten sich für den Umweg über Summertown entschieden.

»Eigentlich ein ganz nettes Paar. Unter ihrer freundlichen Fassade wirkte Frances allerdings recht angespannt. Ist sie immer so?«

»Ich kenne sie nicht gut genug, um dir das beantworten zu können. Aber wir waren über eine halbe Stunde dort, ohne dass ein anderer Kunde den Laden betrat. Geschäfte wie das der Akins schließen jede Woche. Ich glaube, so etwas würde jeden Geschäftsmann unter Druck setzen. Abgesehen davon sagte sie ja gleich zu Beginn, dass sie schlechte Zeiten hinter sich haben.«

»Sie erwähnte, dass sie viele Geschäfte im Internet abwickeln. Aus Erfahrung weiß ich, dass ich zuerst im Internet nachschaue, wenn ich nach einem vergriffenen Buch suche, und mich nicht erst auf den Weg durch die Antiquariate mache.«

»Ich nehme an, dass sie an diesem Laden hängen. Er ist ein Relikt aus ihrer Kindheit.«

»Und eine Erinnerung an vergangenen Erfolg.«

»Glaubst du, Frances weiß, dass sich Adela auch an Ben gewandt hat?«, überlegte Kate.

»Vermutlich schon, aber das hätte sie zwei fast fremden Leuten, die in ihrem Laden aufkreuzen, sicher nicht einfach so erzählt.«

»Mich überrascht nur, dass Ben nicht wenigstens einmal

bei Adela vorbeigeschaut hat, um sich den Nachlass anzuschauen. Wenn er sie dann und wann besucht, muss er doch sicher einer der Ersten gewesen sein, mit dem sie sich in Verbindung gesetzt hat.«

»Vielleicht ging er davon aus, dass die Bücher in schlechtem Zustand und unverkäuflich sind. Oder er und seine Schwester hätten sich die Sammlung ohnehin nicht leisten können. Oder Peter war einfach schneller als die anderen.«

Craig blieb vor einer schwarz lackierten Tür stehen und zeigte auf das gravierte Messingschild: »Ist Hume in dieser Gegend ein häufiger Name?«

»Nicht unbedingt. Aber auch nicht ungewöhnlich. *»John, Haffney Hume«*, las sie laut. »Das Schild ist mir vorige Woche schon aufgefallen, aber ich ging davon aus, dass es ein Zufall sein muss. Denkst du, dass es sich bei diesem Hume um Peters Bruder handeln könnte?«

»Durchaus möglich. Aber anhand des Türschilds allein können wir natürlich gar nichts sagen. Wir müssten schon nachfragen. Schade, dass heute Samstag ist.«

»Zu Hause schaue ich nach, ob die Kanzlei eine Homepage hat.«

Gleich nach dem Mittagessen setzte Kate sich an den Computer. »Ich hab's«, verkündete sie schon bald. »Myles Hume wird als Partner der Sozietät geführt.«

»Steht auch seine Privatadresse dabei?«

»Zumindest kann ich sie hier nicht finden.«

Das Telefon klingelte. Kate nahm ab, während Craig ihre Teller in die Spülmaschine räumte.

»Hallo Kate.«

»Emma? Bist du das?«

»Tut mir wirklich leid, dass ich so lange nichts von mir habe hören lassen.«

»Nun, ich weiß ja, dass du immer viel zu tun hast«, sagte Kate. Sechs – oder waren es sieben? – Kinder würden jeden auf Trab halten, selbst wenn einige von ihnen inzwischen auf ein College entschwunden waren. Doch auch als Studenten brachten sie wahrscheinlich regelmäßig ihre schmutzige Wäsche und mitunter vermutlich auch ihre gebrochenen Herzen nach Hause. Emmas Aufgabe bestand darin, dann wieder alles ins Lot zu bringen. Darin war sie im Lauf der Jahre Spezialistin geworden.

»Sag mal, erinnerst du dich an meine Freundin Zara?«, fragte Emma.

Kate dachte einen Moment nach. »Ich bin mir nicht ganz sicher«, sagte sie. Seit ihre Kinder aus dem Gröbsten heraus waren, hatte Emma angefangen, eine Reihe verkrachter Existenzen unter ihre Fittiche zu nehmen, um ihrem eigenen Leben wieder Sinn zu geben. War diese Zara eine von ihnen?

»Sie ist eine Kollegin, ebenfalls Schriftstellerin«, erklärte Emma. »Zumindest wird sie es sein, sobald ihr Roman fertig ist.«

»Und was ist mit dir? Schreibst du inzwischen wieder?«

Vor Jahren war Emma eine sehr erfolgreiche Kinderbuchautorin gewesen.

»Irgendwie bekomme ich in letzter Zeit nichts mehr auf die Reihe. Ich kann mich einfach nicht konzentrieren. Das ist insofern merkwürdig, als dass die Kinder jetzt älter sind und ich viel mehr Freizeit habe. Aber darüber wollte ich nicht mir dir sprechen, Kate. Erinnerst du dich, wie wir früher Pläne geschmiedet haben? Wir wollten ein Café eröffnen, wo sich Autoren treffen, miteinander diskutieren und bei einer Tasse Kaffee auch schreiben können. Einen Ort, an dem sich literaturinteressierte Menschen austauschen können.«

»Gut, dass wir den Plan nie verwirklicht haben. Der finanzielle Ruin wäre uns sicher gewesen«, meinte Kate heiter. »Stell es dir doch einmal bildlich vor: ein Café voller Möchtegern-Autoren. Mit etwas Glück hätten wir am Tag zwölf Tassen Kaffee und zwei Teilchen verkauft, was für die Mieten hier in Oxford sicher nicht gereicht hätte.«

»Ich habe immer von Donuts geträumt«, seufzte Emma, deren Hüften sich deutlich gerundet hatten, seit sie ihrem Heißhunger auf Süßes immer öfter nachgab.

»Wie kamen wir jetzt darauf?« Kate hatte den Faden verloren. »Hättest du vielleicht Lust, auf einen Plausch vorbeizukommen?«

»Ich würde dich gern bei Zara treffen«, sagte Emma. »Das ist auch der Grund für meinen Anruf. Zara hat nämlich das getan, wovon wir vor Jahren nur geredet haben.«

»Sie hat ein Café eröffnet?«

»Für Autoren. Und Literaturfans. Eigentlich für jeden, der sich für Bücher interessiert.«

Für Kate klang die Vorstellung noch immer nach einem finanziellen Desaster. Trotzdem fragte sie: »Und wo?«

»In Headington, ganz bei mir in der Nähe. Ich bin heute Nachmittag dort und helfe in der Küche. Hast du nicht Lust zu kommen?«

»Wir haben gerade einen Freund zu Besuch. Darf ich ihn mitbringen?«

»Gern, solange er Kaffee trinkt und Teilchen isst.«

»Die Teilchen, die du selbst machst?«

»Ja, die gibt es dort auch.«

»Hervorragend! Die Autoren der Gegend werden euch vermutlich die Tür einrennen.«

»Zara hat vor der Eröffnung bei allen Literaturgruppen und Schreibseminaren Reklame gemacht. Im Anfang waren die Leute noch ein bisschen schüchtern und wollten nicht verraten, dass sie angehende Schriftsteller sind, aber das hat sich inzwischen gegeben. Die Kunden bringen ihre Laptops mit und tauschen Tipps und Erfahrungen aus, was man tun muss, um veröffentlicht zu werden.«

»Hört sich toll an«, sagte Kate, dachte aber insgeheim, dass es sich eher nach einer guten Ausrede anhörte, um sich vor ernsthafter Arbeit zu drücken. »Aber ich frage mich wirklich, wie du das alles noch in dein Leben hineinzwängst. Apropos, wie alt ist jetzt eigentlich das Baby?«

»Wir sollten sie wirklich nicht mehr Baby nennen, sonst bekommt das arme Kind irgendwann noch einen Komplex. Sie ist sieben, geht inzwischen in die Schule und ist ausgesprochen unabhängig. Sie lässt mich kaum noch an sich heran.«

Emma hörte sich an, als trauere sie den vergangenen Zeiten nach, als zahllose kleine Kinder an ihrem Schürzenzipfel hingen und ihr Leben mit zerbrochenem Spielzeug und ungelenken Zeichnungen anfüllten. Eigentlich ist es nicht schlecht, dass Emma ein Hobby – pardon, einen Job – gefunden hat, der sie ausfüllt, dachte Kate. Offenbar hatte Emma ihre neue Bestimmung darin gefunden, die Ersatzmutter und Muse aller Autoren mit Schreibblockade und aller Möchtegern-Schriftsteller der Stadt zu sein. Wenn jemand sich wegen der soundsovielten Absage ausweinen wollte, war Emma genau die richtige Adresse.

Emma beschrieb ihr den Weg zum Literaturcafé. Nachdem sie aufgelegt hatte, teilte Kate Craig mit, dass sie sich an diesem Nachmittag zwei Stunden von ihrer Suche nach Estelle freinehmen würden.

»Emma war vor einigen Jahren einmal sehr eng mit Peter Hume befreundet«, erzählte sie. »Ich habe sie nie gefragt, wie eng, denn immerhin war sie damals schon verheiratet und Mutter von mindestens einem halben Dutzend Kindern. Aber sicherlich weiß sie mehr über ihn, als wir es tun.«

»Ich persönlich freue mich besonders auf die selbstgebackenen Teilchen«, sagte Craig.

»Oh, ich auch.«

»Dabei fällt mir auf, dass wir der Tatsache, dass Estelle Literaturagentin ist, vielleicht zu wenig Beachtung geschenkt haben«, bemerkte er und hörte sich dabei an, als wolle er sich in eine lange, philosophische Analyse der Situation stürzen.

»Nun, gerade ich werde das wohl kaum vergessen«, konterte Kate.

»Ich meine es ernst.«

»Du bist also der Meinung, irgendwo da draußen gäbe es einen unzufriedenen Autor, der sie zwingen will, für ihn einen höheren Vorschuss auf seinen neuesten Roman auszuhandeln?«

»Ich könnte mir vorstellen, dass es eine ganze Reihe Möchtegern-Schriftsteller gibt, die von ihr enttäuscht sind und sich möglicherweise mit Gleichgesinnten verabreden.«

»So ganz bin ich nicht deiner Ansicht, aber wenn es so etwas gibt, dann sicherlich hier in Oxford. Sie treffen sich alle in Emmas Bistro und schütten sich gegenseitig ihr Herz aus. Und dann ist vielleicht einer dabei, der über die Stränge schlägt, Estelle am Mittwochmorgen um halb acht erkennt und sie in sein Auto zwingt.«

»Wenn du es so darstellst, klingt es irgendwie unwahrscheinlich.«

»Ich stelle mir den Übeltäter als freundlich aussehenden Mann mittleren Alters oder als ältere Dame vor.«

»Habe ich dir eigentlich je von meinem Roman erzählt?«

»Nein.« Kate bemühte sich, möglichst ablehnend zu klingen. Berichte von den unveröffentlichten Romanen anderer Leute fand sie mindestens so langweilig wie Erzählungen über Träume, nur dass die Romane viel, viel länger waren.

»Ich schrieb ihn mit zweiundzwanzig.« Craig schien wild entschlossen, zumindest einem Menschen klarzumachen, was die Welt versäumt hatte. »In meinem Roman, von dem ich wusste, dass er ein Werk von großer Originalität war, ging es um die unglückliche Kindheit, quälende Jugendzeit und die allmähliche Reife eines sensiblen, sehr eigenwilligen jungen Mannes, eines jungen, verkannten Genies.«

»Hast du ihn je vollendet?«

»Aber ja.«

Genauso hatte Kate Craig eingeschätzt. Er war mit Sicherheit ausgesprochen beharrlich, auch wenn es ihm wahrscheinlich an Originalität und Genie fehlte. »Und weiter?«

»Ich habe die ersten hundert Seiten ausgedruckt und sie an fünf sorgfältig ausgewählte Agenten verschickt.«

»Rein aus Interesse: Nach welchen Kriterien hast du diese Agenten ausgewählt?«

»Ich habe mir die Liste ihrer Autoren angesehen und die ausgesucht, die mit von mir bewunderten und natürlich reichen und berühmten Schriftstellern zusammenarbeiten.«

»Klar. Und wie ging es weiter?« Sie ahnte es bereits.

»Drei Agenten antworteten innerhalb einer Woche. Sie schickten mir mein Manuskript zurück, zusammen mit einem vorgefertigten Ablehnungsschreiben. Der vierte und fünfte Agent schickten mein Opus im Lauf der folgenden drei Monate zurück, schrieben in etwa dasselbe und außerdem meinen Namen falsch.«

»Das ist hart. Und wie ging es weiter?«

»Ich bot meinen Roman weiteren fünf Agenten und dann noch einmal fünf anderen an. Das Ergebnis war immer gleich.

Lediglich die Zeitspanne bis zur jeweiligen Rücksendung unterschied sich, ebenso wie die Schreibweise meines Namens. Der eine oder andere ließ mich überdies wissen, dass es derzeit so gut wie keinen Markt für neue Autoren gäbe.«

»Der übliche Satz, um jemanden abzuwimmeln.« Kate fragte sich, worauf Craig hinauswollte.

»Überraschend fand ich nur, wie sehr ich mich über die vielen Ablehnungen ärgerte«, fuhr Craig fort, als habe er Kates Gedanken gelesen. »Ich wurde richtiggehend wütend. Schließlich wusste ich genau, wie gut mein Buch war. Natürlich kapierte ich nicht, dass so gut wie jeder sensible, aber untalentierte junge Mann irgendwann einmal einen solchen Roman schreibt – und sei es auch nur, um seiner Familie heimzuzahlen, dass sie sein Genie immer verkannt hat.«

»Aha.«

»Ein paar Jahre später bei irgendeinem Umzug fiel mir mein Meisterwerk wieder in die Hände, und ich begann zu lesen.«

»Und?«

»Ich kam nicht über Seite fünf hinaus.«

»Das ist gar nicht so übel. Die Agenten kamen vermutlich nicht einmal über Seite zwei hinaus.«

»Wenn überhaupt. Jedenfalls packten sie das Ding so schnell wie möglich in den Rückumschlag, und ab damit in den Postausgang. Seit dieser Zeit verspüre ich manchmal so etwas wie Mitleid mit Agenten, die sich tagtäglich mit Hunderten solcher Ergüsse herumschlagen müssen.«

»Nun, zumindest hast du keine Schwierigkeiten mit Rechtschreibung und Interpunktion«, bemerkte Kate.

»Das Problem war nur, dass ich damals felsenfest überzeugt war, ein geradezu geniales Werk geschrieben zu haben und dass die Agenten mich aus reiner Bösartigkeit nicht an Ruhm und Reichtum teilhaben lassen wollten. Hätte ich einen von ihnen persönlich getroffen, hätte ich ihm sicher einen geharnischten Vortrag über sein mangelndes Urteilsvermögen gehalten. Und wäre er dann auch noch kleiner gewesen als ich, hätte ich ihm wahrscheinlich eins auf die Nase gegeben.«

»Mit anderen Worten: Du bist ernsthaft der Überzeugung, dass wir Ausschau nach einem aufgebrachten Möchtegern-Autor halten sollten?«

»Zumindest ist es eine Möglichkeit. Trägt Estelle unaufgefordert eingesandte Manuskripte in eine Liste ein? Weißt du, wie viele davon jeden Monat zusammenkommen?«

»Ja, sie notiert den Eingang jedes Manuskripts in einem besonderen Buch und vermerkt auch, wenn das Werk wieder zurückgeschickt wird.«

»Hervorragend.«

»Jede Woche kommen mehr als hundert Einsendungen.«

»Die aber sicher nicht alle abgelehnt werden, oder?«

»Estelle übernimmt höchstens ein bis zwei neue Autoren pro Jahr, die aber oft schon einmal woanders veröffentlicht wurden.«

Craig rechnete rasch nach. »Also über fünftausend abgelehnte Autoren im Jahr?«

»Vielleicht schicken einige von ihnen ihr Manuskript öfter als nur einmal.«

»Ich frage mich, ob sie eine Akte verstimmter Möchtegern-Autoren führt.«

»Durchaus möglich. Wie viele böse Briefe hast du an gefühllose Agenten geschrieben?«

»Keinen einzigen. Ich habe immer nur darüber nachgedacht, es zu tun.«

18

Kate und Craig gingen zu Fuß zum Plain und warteten auf den Bus nach Headington.

»Läufst du eigentlich immer?«, fragte Craig.

»Manchmal renne ich auch.«

Craig schüttelte sich.

»Allerdings kam ich in der letzten Zeit nicht so oft zum Joggen wie sonst, und daher laufe ich so viel wie möglich. Warum? Wärst du lieber mit dem Auto gefahren?«

»Oh nein, es macht mir nichts aus zu laufen.«

»Außerdem kann man beim Laufen prima nachdenken.«

Das Literaturcafé lag in einer Seitenstraße, nicht weit von der Bushaltestelle entfernt. Es war frisch gestrichen. Auf dem Bürgersteig standen zwei kleine Tische für unbelehrbare Raucher, neben der Tür lehnte eine Tafel mit den Menüvorschlägen des Tages. Kate und Craig versuchten, durch die Scheiben zu spähen, doch die waren so beschlagen, dass sie kaum etwas erkennen konnten. Nur, dass das Café ziemlich voll war. Sie traten ein und gingen zum Tresen im hinteren Teil des Lokals.

Etwa zwei Drittel der Tische waren besetzt. Weil es keine Zweiertische gab, sondern nur große Tafeln für sechs oder acht Personen, entschieden sie sich für einen Tisch am Fenster, an dem nur ein Stuhl besetzt war.

»Emma?« Die junge Kellnerin, die ihre Bestellung aufnahm, nickte, als Kate sie nach der Freundin fragte. »Die ist in der Küche. Ich sage ihr, dass Sie da sind.«

»Als ich jung war, habe ich immer nach so einem Café gesucht«, sagte Kate zu Craig. »Nach einem Ort, wo man Schriftsteller treffen und sich über Bücher und das Schreiben unterhalten kann. Und natürlich hoffte ich darauf, dort einen Seelenverwandten zu treffen, jemanden, der mein Talent sofort erkennen würde. Und wenn schon nicht das, dann wollte ich wenigstens eine Berühmtheit kennenlernen.«

»Hm.« Craig blickte sich um.

»Klar, dass die Realität einigermaßen enttäuschend war. Aber vielleicht sieht man in jüngeren Jahren auch nur das, was man sehen will.«

»Die meisten hier sind Kuchenliebhaberinnen mittleren Alters, die mit ihren Freundinnen über die Enkelkinder reden«, stellte Craig fest. »Nicht, dass die eine oder andere nicht auch Schriftstellerin sein könnte«, fügte er hastig hinzu.

»Aber einige Leute sehen auch vielversprechender aus.«

Die Kellnerin kam zurück und servierte ihnen den bestellten Tee und die Teilchen. »Emma kommt zu Ihnen, sobald sie in der Küche entbehrlich ist.«

Der junge Mann am anderen Ende ihres Tisches holte sein Notebook aus dem Rucksack und klappte es auf. Nachdem er einige Sätze getippt hatte, starrte er nachdenklich ins Leere. Zufällig lag Kates Gesicht genau in seinem Fokus. Als er schließlich feststellte, wohin er die ganze Zeit geschaut hatte, lächelte er ihr unsicher zu. Um ihm jede Peinlichkeit zu ersparen, konzentrierte sich Kate ganz auf ihr Schokoladenteilchen.

»Schön, dass du kommen konntest, Kate!«

Es war Emma, die plump und heiter in ihrer mit Textpassagen von Virginia Woolf dekorierten Schürze zu ihnen an den Tisch kam.

»Und? Wie findest du es?«

»Köstliche Teilchen«, antwortete Craig. »Und vorzüglicher grüner Tee.«

Kate stellte die beiden einander vor und lud Emma ein, sich zu ihnen an den Tisch zu setzen. Dabei sah sie, dass der versonnen blickende junge Mann zwei weitere Sätze in sein Notebook tippte, und fragte sich, ob er sich vielleicht Notizen über ihre kleine Gruppe machte.

»Leider habe ich nicht viel Zeit für euch«, sagte Emma. »Die Teilchen gehen heute weg wie warme Semmeln.«

»Glaubst du, dass zu eurer Kundschaft viele echte Autoren zählen?«, fragte Kate. »Wird hier viel über Literatur geredet?«

»Manchmal schon. Ich glaube, vormittags finden mehr intellektuelle Gespräche statt als nachmittags. Leute, die allein zu Hause arbeiten, wollen Gesellschaft haben. Und ab und zu reden sie auch über die Fortschritte ihrer Arbeit.«

»Das macht natürlich deutlich mehr Spaß, als am Schreibtisch zu sitzen und ernsthaft zu schreiben.« Kate grinste.

»Ich glaube, ich könnte der Versuchung kaum widerstehen, auf ein Schwätzchen hier hereinzuschauen.«

»Sind Sie ebenfalls Schriftsteller?«, erkundigte sich Emma.

»Ich schreibe lediglich Sachliteratur.«

»Sag mal, hast du in letzter Zeit Peter Hume wiedergesehen?« Kate wollte endlich mit der Suche nach Estelle weiterkommen.

»Allerdings. Und es war irgendwie merkwürdig. Zwei Jahre lang hat er nichts von sich hören lassen, und vor zwei Monaten stand er plötzlich aus heiterem Himmel vor meiner Haustür. Warum fragst du?«

»Wusstest du, dass er Ende letzten Jahres Estelle geheiratet hat?«

»Ja, davon habe ich gehört.«

»Also, ich mache mir im Moment einige Sorgen um Estelle und wollte von dir wissen, ob du mir etwas über Peter erzählen kannst. Ich weiß doch, dass ihr einmal gut befreundet wart.«

»Du meinst, ich soll ihn in den Dreck ziehen?«

Emmas Problem war, dass sie immer gleich den Finger in die Wunde legte.

»Ist er wirklich so, wie er auf den ersten Blick scheint? Was hast du gedacht, als du ihn kennengelernt hast?«, hakte Kate nach.

»Nach so vielen Jahren ist es schwierig, sich an den ersten Eindruck zu erinnern, aber ich glaube, ich sah in ihm einen konservativen, verlässlichen und gebildeten Mann, der sich für Theater und Musik begeistern konnte. Er war geradeheraus, manchmal ein bisschen oberlehrerhaft und absolut zuverlässig. Und du weißt ja, dass ich auf solche Männer geradezu fliege, Kate.«

»Ja, Sam ist tatsächlich ...«

»Zuverlässig und langweilig? Schon gut, du darfst es ruhig aussprechen. Ich habe in meinem Leben nie allzu großen Wert auf Hektik gelegt.«

»Aber später hast du herausgefunden, dass Peter in Wirklichkeit gar nicht so war?«

»Oh, er war genauso. Und zwar fast immer. Wenn ihm danach war, sollte ich vielleicht sagen. Aber natürlich hatte er, wie wir alle, auch eine andere Seite. Wenn wir neue Leute kennenlernen, verbergen wir gern unsere weniger angenehmen Eigenschaften. Aber Peter und ich sind so lange miteinander ausgegangen, dass ich manchmal durchaus bemerkt habe, wie es hinter der Maske aussah.«

»Und was verbarg sich dort?«, fragte Craig, als Emma nicht weitersprach.

In diesem Moment erschien eine junge, ziemlich nervöse Kellnerin an ihrem Tisch und beugte sich zu Emma hinunter. »Du wirst dringend in der Küche gebraucht«, flüsterte sie. »Bitte!«

Emma eilte davon.

»So ist Emma«, sagte Kate. »Sag ihr, dass man sie braucht, und sie ist zur Stelle.«

»Ich nehme an, dass Peter sich ebenso darauf verließ wie ihre Familie.«

Emma kam aus der Küche zurück. »Ich habe jetzt beim besten Willen keine Zeit zum Reden«, sagte sie. »Hättet ihr nicht Lust, später zu mir nach Hause zu kommen? Sam muss zu einem Meeting, und die Kinder gehen entweder zu einer Party oder sitzen vor dem Computer. Wir brauchen also keine Unterbrechungen zu befürchten. Wenn ihr mögt, backe ich uns ein paar Pasteten auf. Mit Hühnchen und Pilzen.«

»Oh, sehr gern.«

»Dann also um sieben.« Emma verschwand.

»Was ist mit Jon?«, fragte Craig. »Meinst du nicht, dass er mitkommen möchte?«

»Ich glaube, Jon freut sich, wenn er einmal einen Abend allein verbringen darf. Außerdem wird es nicht spät werden.«

»Sollen wir uns auf den Weg machen?«

Ehe Kate aufstehen konnte, räusperte sich jedoch jemand neben ihr, und eine schüchterne Stimme sagte: »Entschuldigen Sie bitte.«

Es war der Mann mit dem Laptop. »Sind Sie eine echte Autorin?«, fragte er Kate.

»Ich denke schon. Jedenfalls gibt es Bücher von mir.«

»Ich versuche schon eine ganze Weile, veröffentlicht zu

werden, aber bisher ist es mir noch nicht gelungen.« Seine Stimme klang näselnd und so voller Selbstmitleid, dass er Kate sofort unsympathisch war.

»Todd Erwin«, stellte er sich vor und streckte die Hand aus. »Darf ich Ihnen und Ihrem Freund noch eine Tasse Tee anbieten?«

»Wir wollten eigentlich gerade gehen.«

»Mein Problem ist, dass ich bereits drei Romane geschrieben habe, aber keinen Agenten finden kann, der sich dafür interessiert. Glauben Sie, dass ich mich vielleicht direkt an einen Verlag wenden sollte?«

»Suchen Sie sich lieber einen Agenten«, antwortete Kate und überlegte, ob sie ihm raten sollte, seine Geschichte noch einmal zu überarbeiten oder sein Ansinnen einfach aufzugeben und etwas zu tun, wofür er Talent hatte.

»Ich glaube, man muss erst die richtigen Leute kennen, ehe man überhaupt registriert wird. Ich bin mir nicht einmal sicher, ob Agenten die Einsendungen überhaupt vollständig lesen«, argwöhnte Todd.

»Eher nicht«, bestätigte Kate. »Ich nehme an, sie merken gleich nach den ersten Seiten, ob eine Geschichte etwas taugt oder nicht.«

»Aber das ist doch nicht fair«, begehrte Todd auf. »Ein Autor hat ein Recht darauf, ernst genommen zu werden. Wer ist Ihr Agent?«

»Nun«, sagte Kate zögernd, »ich weiß nicht recht, ob sie die Richtige für Sie wäre. Was genau schreiben Sie denn?«

»Ich glaube kaum, dass man mich in eine bestimmte Schublade pressen kann. Ich empfinde mich selbst als literarischen Romancier, als Stilist und Wegbereiter für die Welt der Fantasie in ihrer ganzen Bandbreite.«

»Dann sind Sie also ein Gefolgsmann von Joseph Campbell?«

»Selbstverständlich.«

»Ich glaube kaum, dass Estelle so etwas in ihr Programm aufnehmen würde.«

»Estelle? Meinen Sie Estelle Livingstone?«

»Kennen Sie sie?«

»Nicht persönlich. Aber ich habe ihr mehrere Auszüge aus meinem Werk zugeschickt, und wir haben öfter miteinander telefoniert. Sie scheint ganz gern auszuweichen, finden Sie nicht? Ich habe mich bemüht, Anregungen für mein zukünftiges Schaffen von ihr zu bekommen, aber das lehnt sie strikt ab.«

»Sie hat ungeheuer viel zu tun. Haben Sie erst kürzlich mit ihr gesprochen?«

»Nur mit ihrem Mann, doch der war auch keine große Hilfe. Aber ich weiß, wo sie wohnt. Vielleicht besuche ich sie irgendwann einmal. Dann wird sie sich kaum weigern können, wenigstens kurz mit mir zu reden.«

»Darauf würde ich mich nicht verlassen«, sagte Kate. Dann fiel ihr etwas ein. »Wie war noch Ihr Name?«

»Todd Erwin. Estelle gefiel der Name nicht, und sie meinte, ich müsse ihn ändern, aber es ist nun mal mein Name.«

Todd stand auf. »Ich glaube, ich sollte allmählich nach Hause gehen. Ich habe nämlich heute meine tausend Worte noch nicht geschafft. Danke für das interessante Gespräch.«

»Genau diese Art junge Männer nervt Agenten wie Estelle«, sagte Craig, als Todd gegangen war.

»So jemand wäre wahrhaftig ein guter Grund für sie zu verschwinden.«

Kate blickte aus dem Fenster. Der Januarnachmittag

neigte sich dem Ende zu. Es wurde dunkel und schnell kälter. Gegen die Fensterscheiben peitschte Regen, der zwei Menschen ohne Schirm sehr bald bis auf die Haut durchnässt haben würde. Sie setzte sich wieder.

Das Literaturcafé füllte sich allmählich mit Leuten, die herzhaftere Gerichte bestellten. Manche sahen aus, als könnten sie durchaus Schriftsteller sein. Ihre Gesichter waren bleich, weil sie zu viel Zeit in geschlossenen Räumen und vor dem Computer verbrachten, und sie trugen den ängstlichen Ausdruck von Menschen, deren Hoffnungen auch an diesem Tag wieder nicht erfüllt worden waren.

Ein nicht mehr ganz junges Paar ließ sich an ihrem Tisch nieder. Die beiden hatten einander nicht viel zu sagen. Wahrscheinlich sind sie verheiratet, dachte Kate, schob die Vorstellung aber schnell beiseite. Sie und Jon würden sicher nie so enden, oder? Das Paar konzentrierte sich auf seinen Karottenkuchen und die eigenen Gedanken.

»Darf ich mich dazusetzen?«, fragte plötzlich eine Stimme hinter Kates Schulter.

»Bitte sehr.«

Der Mann nahm Platz. Er war Anfang dreißig, hatte dunkles Haar, trug Jeans, eine Fleecejacke mit Reißverschluss und Turnschuhe. Kate hatte das Gefühl, ihm bereits begegnet zu sein, konnte sich aber nicht genau daran erinnern. Doch schließlich war Oxford keine Großstadt – man traf immer wieder auf Leute, die man schon einmal gesehen hatte, aber eigentlich nicht kannte.

»Die Teilchen sind fantastisch«, erklärte er und schnitt das Stück auf seinem Teller ordentlich in vier gleich große Teile. »Angeblich sogar selbstgebacken. Entschuldigen Sie, aber ich habe unwillkürlich Teile Ihres Gesprächs mit dem jungen Mann mitgehört. Sie sind also beide Autoren? Schön, wie sich hier allmählich eine Gemeinschaft bildet.« Er steckte sich eines der Kuchenviertel in den Mund.

»Und sie?«, fragte Craig.

»Ich habe meinen ersten Roman beendet und hoffe, schon bald einen interessierten Agenten zu finden. Ich heiße übrigens Jackson Cutter. Zumindest ist das der Name, den ich mir für die Schriftstellerei ausgesucht habe.«

Craig stellte Kate und sich halbherzig nur mit den Vornamen vor.

»Entschuldigt mich bitte kurz«, sagte Kate, stand auf und machte sich auf den Weg zu den Waschräumen. Auf dem Rückweg sah sie, dass Craig und Jackson Cutter sich angeregt unterhielten. Himmel, dachte sie, noch so ein eifriger Möchtegern-Autor. Für diesen Tag hatte sie wirklich genug davon, und so drückte sie sich vor einer weiteren, hoffnungslosen Geschichte, indem sie zum Tresen ging und ihre bescheidene Rechnung beglich. Als sie an ihren Tisch zurückkehrte, hörte sie, wie Jackson sagte: »Vielleicht treffen wir uns ja irgendwann wieder.« Da ist mein Timing ja genau richtig gewesen, dachte sie.

»Findest du nicht, dass wir allmählich gehen sollten?«, sagte sie dann zu Craig.

»Gern«, erwiderte dieser und sah so erleichtert aus, wie sie sich fühlte.

Sie traten vor die Tür. Es war jetzt stockdunkel, aber zumindest hatte der Regen aufgehört. Dafür war es bitterkalt geworden.

»Mit dem Bus nach Hause?«, schlug Craig vor.

»Auf jeden Fall«, stimmte Kate zu, schlug den Jackenkragen hoch und kramte eine Mütze aus ihrer geräumigen Handtasche. »Wie fandest du Todd und Jackson?«

»Estelle kann einem wirklich leid tun, dass ihr jemand wie

Todd an den Fersen klebt. Das gilt übrigens auch für jeden anderen Agenten.«

»Aber mit Jackson scheinst du dich gut verstanden zu haben.«

»Auch bei ihm ist der Wunsch der Vater des Gedanken. Ich hatte den Eindruck, dass du heute Nachmittag die einzige schon publizierte Autorin in diesem Laden warst.«

»Ich nehme an, die echten Profis sitzen zu Hause und arbeiten. Ich würde es ja auch gern tun, wenn nur ...«

»Ich bin sicher, sie taucht bald wieder auf.«

»Hoffentlich hast du recht. Aber irgendwie kann ich nicht so richtig daran glauben.«

»Jetzt freuen wir uns erst einmal auf das Abendessen mit Emma, einverstanden?«

»Da ist unser Bus!«, rief Kate. »Wenn wir uns beeilen, kriegen wir ihn noch.«

Jon freute sich zunächst auf die Aussicht, den Abend ohne Kate und Craig verbringen zu dürfen. Er wurde jedoch deutlich skeptischer, als er erfuhr, dass die beiden Emma über Peters Vergangenheit aushorchen wollten.

Kurze Zeit später stand Kate vor dem Wäschekorb und sortierte die Kleidungsstücke, die sie am nächsten Tag waschen wollte. Jon und Craig verzogen sich ins Wohnzimmer und schlossen die Tür hinter sich.

Kate hörte nur ein undeutliches, von Jons Stimme dominiertes Gemurmel. Warum schlossen die beiden Männer sie bei diesem Gespräch aus? Allmählich war sie die Heimlichtuerei wirklich leid. Sie beschloss, mit dem Auto zu Emma zu fahren und Craig unterwegs alles Wissenswerte aus der Nase zu ziehen.

Sie nahm sich vor, dabei behutsam zu Werke zu gehen.

»Warum habt ihr beide euch eigentlich gestritten?«, fragte sie, als sie ins Auto stiegen.

»Gestritten? Wir?«

»Du brauchst mir nichts vorzumachen. Du und Jon hattet eine größere Meinungsverschiedenheit.«

»Selbst wenn es so wäre, ist das unsere Angelegenheit.«

»Wahrscheinlich ging es um Estelle.«

Die Stille war fast greifbar.

»Sollten wir uns nicht endlich auf den Weg machen?«, meinte Craig schließlich. »Immerhin kocht Emma für uns.«

Kate ließ den Motor an, legte aber keinen Gang ein. »Irgendetwas läuft da zwischen Jon und dir, und ich will wissen, was es ist«, sagte sie.

»Können wir das vielleicht auf morgen verschieben?«

Mit aufjaulendem Motor brauste Kate schneller als sonst die Straße entlang. »Ich werde es nicht vergessen«, kündigte sie an.

19

Die Dolbys wohnten in einem ehrwürdigen viktorianischen Haus mit Erkern zu beiden Seiten des überdachten Eingangs. Emma führte sie in ein gemütliches Zimmer mit einem offenen Kamin und mehreren nicht mehr ganz neuen Sofas, deren Gebrauchsspuren Emma unter Überwürfen versteckte, die sie in Secondhandshops und bei Wohltätigkeitsveranstaltungen erstanden hatte. Der Tisch am Erkerfenster war für drei Personen gedeckt. Aus der Küche drang ein köstlicher Duft.

Emma musterte Kate und Craig eindringlich. »Ist alles in Ordnung bei euch?«

»Aber natürlich«, sagte Craig sofort.

»Alles perfekt«, fügte Kate hinzu.

»Wenn ihr miteinander verheiratet wärt, würde ich sagen, ihr hättet Streit gehabt«, erklärte Emma so direkt wie immer.

»Aber wir sind weder verheiratet, noch hatten wir Krach«, entgegnete Kate. »Oh, und das hier haben wir dir mitgebracht«, fügte sie hinzu und reichte Emma eine Flasche Rotwein.

»Soll ich uns gleich ein Glas einschenken?«, fragte Emma.

»Sehr gern.« Craig nickte.

»Danke, aber ich bleibe lieber bei Wasser«, sagte Kate. »Wir sind mit dem Auto da.«

Emma schenkte ein und reichte die Gläser herum. »Dann trage ich jetzt mal auf«, erklärte sie.

Nachdem sie das Zimmer verlassen hatte, wandte sich Craig an Kate. »Ich dachte, wir wollten mit unserem Streit bis morgen warten.«

»Einen Streit wird es wohl nicht geben. Ich will nur einige Punkte klären.« Kate nippte an ihrem Wasser, während Craig sein Weinglas gleich zur Hälfte leerte. Bis Emma mit einem Tablett voller duftender Hühner-und-Pilz-Pasteten zurückkehrte, war es ihnen gelungen, ihren Ärger hinunterzuschlucken und ihrer Gastgeberin heitere Gesichter zu präsentieren.

»Das riecht ja fantastisch!«, rief Kate begeistert. Alle setzten sich an den Tisch.

»Also, jetzt interessiert mich aber doch, worüber ihr mit mir genau reden wolltet.«

»Über Peter Hume«, antwortete Kate.

»Den Mann mit der Maske«, fügte Craig hinzu.

»Nehmt euch Gemüse«, forderte Emma sie auf, und einen Moment lang fürchtete Kate, sie würde an das berühmte »Fünfmal täglich« erinnern.

»Heute Nachmittag hast du uns erzählt, dass du ihn ziemlich gut kanntest«, erinnerte Kate sie und löffelte gehorsam Brokkoli und Möhren auf ihren Teller.

»Zuverlässig, geistvoll und charmant, aber manchmal auch ein ziemlicher Windhund«, half Craig Emma auf die Sprünge.

»Genau.« Emma nickte. »Er war der geradezu perfekte Begleiter für Theateraufführungen. Manchmal glaubte ich sogar, dass ... Aber das war natürlich dumm von mir, und eines Tages präsentierte er mir seine andere Seite. Damals war ich froh, dass ich nicht ... Es war auf einem unserer Ausflüge nach Stratford. Auf dem Weg dorthin wohnte jemand, der Bücher verkaufen wollte, und Peter hatte einen

Termin ausgemacht. Die Bücher gehörten einer alten Dame, deren Mann im Jahr zuvor gestorben war. Sie sah aus, als hätte sie seit Längerem nichts Vernünftiges mehr gegessen. Ich nehme an, dass sie dringend Geld brauchte. Peter gab sich sehr charmant – noch charmanter als sonst. Fast anbiedernd«, fügte sie mit geschürzten Lippen hinzu. »Er sah sich an, was sie zu verkaufen hatte, und lobte ihren Literaturgeschmack, obwohl ich persönlich nichts Besonderes daran finden konnte. Dann fing er an, ihr zu erklären, wie schwierig es heutzutage wäre, Leute für gute Literatur zu begeistern, und sagte, er wolle ihr einen Gefallen tun. Er würde die Bücher mitnehmen, und fragte, wie viel sie dafür haben wolle. Sie wirkte ziemlich verunsichert, doch schließlich sagte sie: ›Wie wäre es mit zweihundert Pfund?‹ Er blickte ihr tief in die Augen, schenkte ihr ein hinreißendes Lächeln und meinte, er würde gerne noch etwas drauflegen und gäbe ihr zweihundertfünfzig Pfund. Entzückt schlug sie ein. Er schrieb auf der Stelle einen Scheck aus, und wir luden die Bücher in seinen Kombi.«

»Ja und dann?«, hakte Kate atemlos nach.

»Er machte ihr noch ein paar Komplimente, verabschiedete sich, und wir fuhren weiter. Kaum waren wir um die Ecke gebogen und außer Sichtweite, fuhr er zu meiner Überraschung an den Straßenrand und begann zu jubeln.«

»Jubeln?«

»Er benahm sich wie ein Teenager, jauchzte und schrie. Ich dachte, er wäre verrückt geworden.«

»Er hatte gerade einen Riesendeal gemacht.« Craig nickte.

»Die meisten Bücher wären nichts wert, behauptete er, aber einige Stücke der Sammlung würden ihm gut und gern ein paar Tausend Pfund bescheren. Zwanzigmal mehr als das, was er ihr bezahlt hatte. Ich sagte ihm, dass wir zurückfahren sollten und dass er sie am Gewinn beteiligen müsse, wenn er die Bücher verkaufte.«

»Wie hat er auf den Vorschlag reagiert?«

»Er sah mich nur völlig verdattert an. Er hatte erwartet, dass ich ihn zu diesem gelungenen Coup beglückwünschen würde, und verstand überhaupt nicht, was ich von ihm wollte. Die Frau wäre doch wirklich dumm gewesen, redete er sich heraus. Natürlich hätte er ein Schnäppchen gemacht, aber nur, weil er wusste, wonach er zu suchen hatte. Er habe das Wissen und die Erfahrung, um ein gutes Geschäft zu erkennen, wenn es sich bietet. Daher stünde ihm der Gewinn auch rechtmäßig zu. Außerdem gäbe es Menschen, die von ihm abhängig seien, und um deren Wohl sorge er sich selbstverständlich als Erstes.«

»Hast du dagegengehalten?«

»Versucht habe ich es, aber er bestand darauf, dass er nichts Unrechtmäßiges getan habe. Die Frau sei sehr dumm gewesen und könne daher froh sein, dass er ihr zweihundertfünfzig gegeben habe. Ein anderer Käufer hätte es sicherlich bei den zweihundert belassen. Den restlichen Weg nach Stratford legten wir in ziemlich eisigem Schweigen zurück. Vor der Vorstellung spendierte er mir einen großen Drink und danach ein teures Essen. Er war ganz der Charmeur, den ich kannte, und nach einer gewissen Zeit fing ich an, mich für altmodisch und naiv zu halten. Wahrscheinlich bin ich es wirklich. Und er muss schließlich Geld verdienen, nicht wahr? Ich versuchte, mich davon zu überzeugen, dass Sentimentalität hier fehl am Platz wäre.«

»Glaubst du, Estelle kennt diese Seite an ihm?«

»Wahrscheinlich nicht. Später bereute er wohl, dass er mit seinem Erfolg derart geprahlt hat. Aber in diesem Moment schien er jemanden zu brauchen, der ihm zu seinem schlauen

Schachzug gratulierte, und deshalb zeigte er an diesem Nachmittag seine wahren Gefühle. Er hätte es sicher gern gehört, wenn ich sein Ego gestreichelt und ihm gesagt hätte, wie toll er ist. Leider habe ich seinen Erwartungen absolut nicht entsprochen, und er sah ein, dass er einen Fehler gemacht hatte. Ich kann mir kaum vorstellen, dass er ihn je wiederholt hat. Jedenfalls hat er gegen Ende des Abends deutlich zurückgerudert und behauptete, dass er bei der Aussicht auf seinen Gewinn ziemlich übertrieben habe. Abgesehen davon müsse er selbstverständlich auch noch den Auktionator und Steuern bezahlen, und bislang hätte er auch nur eine annähernde Vorstellung von dem, was er da gekauft habe. Es sei sehr dunkel im Haus der alten Dame gewesen, und er habe die Bücher auf Treu und Glauben gekauft und gedacht, er würde ihr damit in erster Linie einen Gefallen tun. Und so weiter und so fort. Es gelang mir, meine Zweifel beiseitezuschieben, aber nur, weil ich mir wirklich Mühe gab. Die Alternative wäre gewesen, unsere Nachmittage aufzugeben, unsere Ausflüge in Theater und die gemeinsamen Konzerte. Aber dazu war ich anfangs einfach nicht bereit. In diesen wenigen Monaten mit Peter fühlte ich mich nämlich plötzlich wieder jung und attraktiv, kaufte neue Kleider und ging zum Friseur. Ich war wieder mehr als nur eine Mutter.«

»Ich kann mich noch gut daran erinnern«, sagte Kate. »Du hast damals wirklich hübsch ausgesehen.« Sie brach ab und fügte hastig hinzu: »Natürlich siehst du immer noch hübsch aus, Emma.«

Emma lachte.

»Vergiss es! Wir wissen beide, dass man mir ansieht, dass ich mir das Haar selbst schneide und kein Interesse an schicken Klamotten habe.«

»Ich glaube, deine Kinder wollen dich auch gar nicht anders haben.«

»Mag sein, aber ich glaube, damals fanden sie es gar nicht schlecht, zur Abwechslung mal eine vorzeigbare Mutter zu haben. Komisch, aber bis heute habe ich diesen Nachmittag immer irgendwie verdrängt. Ich bin immer noch der Meinung, dass es nicht richtig war, was er getan hat. Inzwischen begreife ich, dass für Peter jeder Freiwild war, den er für weniger intelligent hielt als sich selbst. Hauptsache, er konnte Profit aus einem Geschäft schlagen. Dabei war es ihm gleich, ob die Leute alt, krank oder in irgendeiner anderen Weise verletzlich waren. Er war abgebrüht bis zur Gefühllosigkeit, was er aber mit seinem Charme und Humor zu überspielen vermochte. Irgendwann konnte ich dann nicht mehr darüber hinwegsehen und verzichtete lieber auf seine Gesellschaft.«

»Kennst du jemanden namens Charley Hisper?«, fragte Kate.

»Wen?«

Kate berichtete von dem Zwischenfall bei Estelles Hochzeit, und dass ein Betrunkener namens Charley Hisper Peter als »betrügerischen Mistkerl« beschimpft hatte. Natürlich war es durchaus möglich, dass Charley, betrunken wie er war, nicht Peter, sondern eigentlich Myles gemeint hatte.

»Ich kenne weder diesen Charley noch Myles. Manchmal erzählte Peter von seinem Bruder. Für mich klang es so, als geriete dieser immer wieder in finanzielle Engpässe. Myles ist Anwalt, da kann so etwas sicher zu ernsten Problemen führen.«

»Irgendwie kommt immer wieder das leidige Geld ins Spiel«, sagte Craig.

»Obwohl noch niemand eine Lösegeldforderung für Estelle gestellt hat«, platzte Kate ohne nachzudenken heraus.

»Lösegeld? Estelle? Was ist passiert?«, fragte Emma erschrocken.

»Bestimmt nichts Schlimmes«, versuchte Craig sie zu beruhigen. »Doch Estelle ist seit ein paar Tagen verschwunden, und niemand weiß, wo sie sich aufhält.«

»Aber ihr geht davon aus, dass sie entführt wurde?«

»Kate hat eine lebhafte Fantasie«, beschwichtigte Craig. »Wahrscheinlich gibt es eine ganz einfache Erklärung dafür.«

»Im Lauf der Jahre habe ich allerdings die Erfahrung gemacht, dass sich selbst Kates wildeste Fantasien häufig als richtig erwiesen«, behauptete Emma.

»Aber es gab sicher auch Ausnahmen«, warf Craig ein.

»Würdet ihr bitte aufhören, so zu reden, als wäre ich gar nicht da«, protestierte Kate.

»Ist es bei einer Entführung ähnlich wie bei einem Mordfall?«, fragte Emma. »Wird immer zunächst der Ehepartner verdächtigt? Habt ihr mir deshalb die vielen Fragen über Peter gestellt?«

»Wir glauben, dass er mehr weiß, als er zugibt«, erklärte Kate. »Allerdings sind wir nicht der Meinung, dass er es ist, der Estelle gefangen halten könnte.«

»Aber möglicherweise hat er etwas getan, womit er irgendjemand ziemlich vor den Kopf gestoßen hat, und dieser Jemand rächt sich jetzt, indem er Estelle festhält«, schlug Emma vor.

»Ich persönlich halte es für wahrscheinlicher, dass die beiden sich gestritten haben und Estelle deshalb verschwunden ist«, wandte Craig ein. »Und falls sie hinter Peters manchmal recht zweifelhaftes Geschäftsgebaren gekommen ist, hätten wir auch einen Grund für den Streit.«

»Was denkst du, Kate?«, erkundigte sich Emma.

»Estelle kann hart verhandeln und brutal kritisieren. Aber soweit ich sie kenne, ist sie absolut fair und sehr ehrlich.«

»Aber genau das ist ja der Punkt«, meinte Craig. »Wir glauben, Menschen zu kennen, aber im Grunde wissen wir nichts über sie. Jeder von uns zeigt seinen Mitmenschen nur ausgewählte Facetten von sich selbst.«

»Ich halte es für möglich, dass Estelle aus freiem Willen für zwei Tage verschwunden ist, sich dann aber entschlossen hat, zu Peter zurückzukehren, und dass ihr auf dem Weg nach Hause jemand aufgelauert hat«, sagte Kate, der es ganz und gar nicht gefiel, wie Craig den Ernst der Lage herunterspielte.

Emma lachte auf. »Also das klingt für mich nun wirklich völlig unwahrscheinlich, Kate. Craigs Erklärung erscheint mir sehr viel plausibler, auch wenn du in der Vergangenheit mit deinen Theorien oft recht behalten hast.«

»Aber wenn wir berücksichtigen, was du uns über den Vorfall auf dem Weg nach Stratford erzählt hast...«

»Wer weiß, ob das in dieser Härte nicht nur eine einmalige Sache war. Aber jetzt sollten wir Peter Hume für einen Moment vergessen und uns auf den Nachtisch konzentrieren. Nimmst du noch einen Schluck Wein, Craig?«

Craig schenkte sein Glas halb voll, während sich Kate auf die Zunge beißen musste. Das Thema Peter Hume und Estelle interessierte Emma offensichtlich längst nicht so brennend wie sie selbst. Außerdem brachte Emma gerade drei Schüsselchen mit noch warmem Pudding, der mit Schokoladensoße und Schlagsahne gekrönt war, ins Esszimmer.

»Ich finde, bei dermaßen kaltem Wetter braucht man etwas für die Seele«, verkündete sie. »Darüber hinaus scheinst du schon wieder dünner geworden zu sein, Kate. Also hau rein!«

»Das sieht ja wirklich super aus«, lobte Kate, die sehr genau wusste, dass sich ihr Gewicht schon seit Jahren nicht verändert hatte, aber gleichzeitig darüber nachdachte, dass eine morgendliche Joggingrunde über Port Meadow sicherlich kein Fehler wäre.

Einige Zeit später saßen sie auf den bequemen Sofas und tranken Kaffee, als Craig seine Neugier nicht mehr bezähmen konnte: »Würde es dir etwas ausmachen, Emma, uns zu erzählen, was Peter in Oxford zu tun hatte, als er dich besuchen kam?«

Emma leistete Craig bei einem letzten Glas Wein Gesellschaft, was sie nach ihrer großzügigen Portion Karamellpudding in eine friedfertige Stimmung versetzte.

»Schon gut, mir ist ja klar, dass ihr euch Sorgen um Estelle macht. Viel kann ich euch allerdings nicht erzählen. Zunächst dachte ich, Peter käme nur, um sich die Kosten für ein Mittagessen zu sparen. Er kreuzte gegen ein Uhr mit einem breiten Grinsen bei mir auf. Ich war gerade dabei, die Pasteten für Zaras Bistro zu backen, und nicht gerade glücklich, ihn zu sehen. Aber ich bat ihn in die Küche und machte ihm ein Käsebrot. So, wie er mich ansah, erwartete er vermutlich eher ein dreigängiges Menü, aber ich lasse mich längst nicht mehr so leicht um den Finger wickeln wie früher. Er verschlang das Sandwich und hoffte anscheinend auf einen Nachtisch, aber ich bot ihm lediglich an, den kalten Kaffee vom Frühstück aufzuwärmen. Das lehnte er aber ab. Ich habe mich ziemlich gemein verhalten, nicht wahr?«

»Nicht schlechter, als er es verdient hat – nach allem, was du erzählt hast.«

»Er hat mir nicht verraten, warum er sich in Oxford aufhielt, aber er wirkte genauso zufrieden mit sich wie damals. Aber was will man da hineindeuten? Vielleicht war er nur glücklich über seine Hochzeit. Ich begleitete ihn bis zu seinem Auto – es war tatsächlich der gleiche schmutzige Kombi wie damals zu Stratford-Zeiten – und konnte sehen, dass er hinten im Wagen etwas transportierte, was eher nach Mobiliar als nach Büchern aussah.«

»Mobiliar? Hast du eine Ahnung, warum?«

»Ich witzelte ein bisschen herum, ob er sich auf Flohmärkte verlegt hätte, aber er tat beleidigt und erklärte, er sei natürlich immer noch im Buchhandel tätig und was er da transportiere, sei Zubehör.«

»Möglicherweise hat es ja nichts zu bedeuten, aber um was handelte es sich genau?«

»Um eine Art Schrank. Die Klappen waren allerdings zu klein für einen Schuhschrank. Es sah eher aus wie eine Kartothek. Aber benutzt man nicht heutzutage Computer, um Karteien zu führen?«

»Das stimmt. Ich selbst kann mich kaum noch erinnern, wann ich zuletzt mit Karteikarten gearbeitet habe. Und bestimmt hat das alles auch nichts mit Estelles Verschwinden zu tun.«

»Schade, dass ich euch nicht weiterhelfen konnte«, bedauerte Emma. »Aber können wir jetzt vielleicht das Thema wechseln?«

»Natürlich.«

»Wäre es nicht allmählich an der Zeit, dass Jon und du endlich heiratet?«

20

Am folgenden Morgen frühstückten Kate und Jon allein.

»Ist Craig noch nicht wach?«, erkundigte sich Jon.

»Ich glaube, er will eher taktvoll sein und uns etwas Zeit für uns gönnen.«

»Nett von ihm.« Jon nahm sich noch eine Scheibe Toast. »Möchtest du noch Kaffee?«

»Nein, danke.«

»Ist es in Ordnung, wenn ich dich noch etwas mit Craig allein lasse? Ich muss beim Autohändler ein paar Ersatzteile besorgen, weil ich Tim versprochen habe, ihm mit seinem alten Chrysler zu helfen.«

»Oh, Craig und ich werden uns schon nicht langweilen.«

»Vielleicht können wir uns heute Abend gemeinsam einen Film ansehen.«

»Hast du eine Ahnung, wofür Craig sich interessiert?«

»Für dasselbe wie ich.«

»Gut, dann suche ich uns etwas aus.«

Nachdem Jon gegangen war, dachte Kate über das Gespräch nach. Wenn das alles war, was Jon und sie sich zu sagen hatten, hätte Craig keine Rücksicht zu nehmen brauchen. Sie ging in ihr Arbeitszimmer, schaltete den Computer ein, öffnete den Entwurf für ihren neuen Roman und begann zu lesen. Nachdem sie einige Worte verändert hatte, starrte sie schlecht gelaunt auf den Bildschirm, ehe sie das Dokument wieder schloss. Es hatte keinen Sinn: Sie brauchte jemanden, der ihre Ideen reflektierte, und Estelle war die Einzige, der sie in dieser Hinsicht vertraute.

Wenige Minuten später klopfte es, und Craig trat ein.

»Ich muss dir etwas gestehen«, sagte er und blieb an der halb offenen Tür stehen. Er sah aus wie ein kleiner Junge, der beichten wollte, dass er kurz vor Ankunft der Gäste vom Geburtstagskuchen seines Bruders genascht hatte. Überhaupt wirkte Craig mit seiner runden Brille und seiner zierlichen Statur eigentlich immer wie ein Schuljunge.

»Gut, gehen wir nach unten«, schlug Kate vor, weil sie ihn nicht in den Raum bitten wollte, wo sie ihre wildesten Fantasien hervorlockte.

Craig setzte sich an den Tisch, während sich Kate an der Kaffeemaschine zu schaffen machte.

»Toast?«, fragte sie.

»Lass nur, mach dir keine Mühe. Ich kann mich selbst um mein Frühstück kümmern.«

»Schon gut. Ich stecke ja nur zwei Scheiben Brot in den Toaster.«

Sie setzte sich zu ihm.

»Worüber wolltest du mit mir reden?«

»Ich weiß, dass du dich schon lange fragst, ob Jon mich auf dich angesetzt hat.«

»Um mich von der Suche nach Estelle abzuhalten, meinst du?«

»Er glaubt einfach nicht, dass du in irgendeiner Weise helfen kannst, und möglicherweise nimmt er deine literarischen Ambitionen auch nicht ganz so ernst, wie es dir vielleicht lieb wäre.«

»Das kannst du ruhig laut sagen.«

Die Kaffeemaschine begann so laut zu zischen, dass man sich kaum mehr unterhalten konnte. Kurz darauf schenkte

Kate zwei Becher voll ein und stellte Toast, Butter und Marmelade vor Craig auf den Tisch. Dann sprachen sie weiter.

»Und? Denkst du ebenso wie Jon?«

»Nein.«

»Schön, dass wir uns einig sind.«

»Jon und ich haben uns deswegen gestritten. Du hast es ja wahrscheinlich gehört.«

»Die Einzelheiten zwar nicht, aber den Tonfall.«

»Es ist mir ein bisschen peinlich. Jon hat mich eingeladen, damit ich dich ablenke. Nachdem ich aber jetzt mehr über Estelles Verschwinden weiß, glaube ich, dass du genau das Richtige tust. Und wenn du willst, helfe ich dir gern.«

»Gern. Vielen Dank.«

»Aber dann bleibe ich unter falschen Voraussetzungen bei euch.«

»Nun, das ist kein Problem. Sei mein Gast. Zum Teufel, dieses Haus gehört mir, und ich freue mich, endlich einmal jemanden hier zu haben, der auf meiner Seite ist.«

»Jon wünscht sich für euch beide auch nur das Beste.«

»Klar, ein Häuschen auf dem Land, Kinder, Hunde und ein gemütliches Familienleben.«

»Ehe ich dich kennengelernt habe, hatte ich dagegen auch nicht die geringsten Einwände.«

»Ist es eigentlich so, dass *er dich* angerufen hat? Du hast nicht etwa geschrieben und gefragt, ob du wegen eines düsteren Kapitels in deinem Leben eine Zeit lang bei uns bleiben könntest?«

»Nein. Hat er es etwa so dargestellt?« Craig presste die Lippen zusammen, als wolle er ein Lächeln unterdrücken. »Jon rief mich an und stellte die Situation natürlich so dar, wie er sie sah. Dann bat er mich, diesen Brief zu schreiben.«

»Wie konnte er nur! Entschuldige, Craig, ich sollte meinen Ärger nicht an dir auslassen. Schließlich ist es Jons Schuld. Er versucht, mich in seinem Sinn zu manipulieren und stiftet dich dazu an, mich zu hintergehen.« Sie starrte ihn an. »Dann hast du also alle deine ursprünglichen Pläne über den Haufen geworfen und innerhalb von zwei Tagen deinen Koffer gepackt? Wie hat er das denn fertiggebracht?«

»Oh, er erinnerte mich daran, dass ich ihm schon seit Langem einen Gefallen schulde. Und ich muss tatsächlich in der Fachbibliothek ein paar juristische Fakten recherchieren. Trotzdem tut es mir jetzt aufrichtig leid, dass ich auf seine Bitte eingegangen bin, Kate.« Craig nahm seine Brille ab und rieb sie mit einem gelben Tuch blank. Sie war ganz beschlagen, offenbar vor Scham.

»Jon ist ein Mistkerl. Im Moment würde ich ihm am liebsten die Sachen vor die Tür stellen und die Schlösser austauschen. Aber …«

»Aber du magst ihn trotz allem.«

»Richtig. Deswegen sollte ich mich erst wieder beruhigen, ehe ich mit ihm spreche. Würde es dir etwas ausmachen, vorerst nichts über unser Gespräch zu verraten? Ich will wenigstens einmal versuchen, nicht zu spontan zu reagieren. Ach ja, und weswegen schämst du dich – abgesehen davon, dass du meine Suche nach Estelle unterbinden wolltest?«

»Nachdem wir im Bistro waren, hast du dich mir gegenüber so wenig freundlich verhalten, dass ich es nicht über mich brachte, dir etwas möglicherweise Wichtiges zu sagen.«

»Nämlich?«

»Es geht um Jackson Cutter. Während du bezahlt hast, wurde er auf einmal sehr redselig. Ich glaube, es gefiel ihm, endlich mal mit einem männlichen Autor zu sprechen.«

»Autor? Hast du ihn etwa angeflunkert?«

»Eigentlich nicht. Er hat lediglich gesehen, wie ich etwas in mein Notizbuch schrieb und seine Schlüsse daraus gezogen.«

»Aber du hast ihn nicht über seinen Irrtum aufgeklärt. Ha, allmählich scheinst du dich zu einem echten Detektiv zu mausern.«

»Hoffentlich nicht. In diesem Fall hatte ich jedoch den Eindruck, er würde freier sprechen, wenn er von gemeinsamen Interessen ausgehen kann.«

»Wie kamst du darauf, dass er etwas Wichtiges zu sagen hätte? Er ist doch nur ein Träumer unter vielen.«

»Das stimmt zwar, aber er kennt Estelle und Peter.«

»Wirklich? Wie hast du das herausgefunden?«

»Er brachte das Thema selbst zur Sprache. Abgesehen von den eingefleischten Kuchenliebhabern sucht so ziemlich jeder in diesem Café nach einem Agenten. Es ist eigentlich das einzige Gesprächsthema, wenn jemand glaubt, einen Kollegen gefunden zu haben.«

»Kollegen?«

»Na ja, einen anderen Schriftsteller. Jackson Cutter schien zu glauben, dass er nur den Namen meines Agenten zu kennen brauche, um sofort von diesem übernommen zu werden. Ich zitiere: ›Es ist nicht leicht, einen Agenten zu finden, nicht wahr? Einige Leute hier im Bistro glauben, dass man sofort abgelehnt wird, wenn man auch nur einen Funken Originalität zeigt.‹ Offenbar verdächtigt man sämtliche Agenten, ausschließlich dazu da zu sein, talentierte Autoren abzuwimmeln. Immer wieder werden potenzielle Agenten genannt, aber bisher scheint niemand Glück gehabt zu haben.«

»Und da hast du gefragt, an wen er sein Manuskript geschickt hat?«

»Zunächst wollte er nicht so recht mit der Sprache herausrücken, weil er natürlich fürchtete, ich könne ihm mit meinem Werk bei irgendeinem Agenten zuvorkommen.«

»Mit deinem Werk?«

»Nun, ich habe vorsichtshalber nicht erwähnt, dass es sich lediglich um einen Artikel handelt, der in einer wissenschaftlichen Zeitschrift veröffentlicht wird und an dem auch der rührigste Agent nicht das geringste Interesse hat.«

»Er hat also einige Kapitel seines Ergusses an Estelle geschickt?«

»Er erzählte, er habe es bei einer Agentur namens Alpha probiert, die jedoch nicht interessiert war und sein Manuskript umgehend zurückgeschickt hat.«

»Alpha? Um bei denen anzukommen, muss man schon etwas ganz Besonderes vorweisen können oder bereits berühmt sein.«

»Als er sich im Bistro über das Verhalten von Alpha beschwerte, haben ihm wohl ein paar Kumpel gesteckt, dass Estelle Livingstone eine ganz hervorragende Nase für Bestseller hat. Er hatte ihren Namen bereits gehört, und so schickte er sein Manuskript gleich weiter. Zunächst schien sie ihm Mut gemacht zu haben, aber dann ließ sie ihn ohne nähere Erklärung abblitzen. Ich zitiere noch einmal: ›Ich war echt stinksauer.‹«

»Wann war das ungefähr?«

»Er erwähnte, dass die Zeit kurz vor Weihnachten nicht gerade glücklich gewählt sei, um einen jungen, vielversprechenden Autor abzulehnen. Angeblich hat er Estelle noch ein paarmal anzurufen versucht, konnte sie aber nicht erreichen.«

»Im Büro oder zu Hause?«

»Er sagte, ihre Nummer stehe im Telefonbuch, daher nehme ich an, dass er zumindest einmal bei ihr zu Hause angerufen hat. Er wollte mit ihr über sein Werk sprechen und ein paar Tipps bekommen, wie man am besten verlegt wird. Aber sie hat ihm keine gegeben.«

»Arme Estelle. Ich wusste nicht, dass sie von derartigen Spinnern geradezu verfolgt wird.«

»Dann wird es dich freuen zu hören, dass Jackson den Traum von einem eigenen Château in Frankreich noch nicht aufgegeben hat. Deshalb will er es bei zehn weiteren Agenten probieren.«

»Du hast aber in der kurzen Zeit eine Menge Informationen aus ihm herausbekommen!«

»Das war nicht mein Verdienst. Der Mann hörte einfach nicht auf zu reden.«

»Glaubst du ernsthaft, er könnte etwas mit Estelles Verschwinden zu tun haben?«

»Ich habe zumindest den Eindruck. Da gibt es nämlich noch etwas.«

»Und zwar?«

»Ich kenne den richtigen Namen von Jackson Cutter. Ich weiß, wer er ist und warum er dir bekannt vorkam.«

»Und wer ist er? Wo habe ich ihn kennengelernt?«

»Immer mit der Ruhe, Kate. Erinnerst du dich an unseren Besuch bei Adela? Ich habe mir die Fotos auf dem Schreibtisch sehr genau angesehen und bin dabei mehrmals auf etwas jüngere Versionen von Jackson Cutter gestoßen. Ich bin mir sicher, dass er Adelas Enkel Austin Brande ist.«

»Aber natürlich! Nach Estelles Hochzeit kam er Adela abholen. Jetzt erinnere ich mich. Er trug damals einen Anzug und nicht Jeans wie gestern. Ich hätte mir die Fotos wirklich genauer ansehen sollen. Wieso habe ich das eigentlich nicht getan?«

»Immer langsam. Das alles kann auch reiner Zufall sein. Irgendwie scheint mir, dass alle Welt heutzutage schreibt, und alle, die sich hier in der Gegend für begnadete Autoren halten, treffen sich nun mal in Emmas Literaturcafé. Jeder von ihnen könnte sich mit Estelle in Verbindung gesetzt haben und vor ihrer Haustür aufgekreuzt sein. Alle stacheln einander auf, sie hätten ein Recht auf Veröffentlichung, und ein paar dieser Leute schlagen sicher manchmal ganz ordentlich über die Stränge.«

»Schriftsteller gibt es hier in Oxford offenbar mehr als anderswo. Emma erzählte mir, dass Zara alle Literaturkreise der Umgebung und die örtlichen Schreibseminare kontaktiert hat, um ihnen mitzuteilen, dass sie ein Bistro für Gleichgesinnte eröffnet. Später hat sie auch Workshops und Leseabende organisiert. Mittlerweile treffen sich einige Buchclubs regelmäßig bei ihr. Kein Wunder, dass die unveröffentlichten Autoren sich untereinander kennen.«

»Heutzutage nennt man so etwas Netzwerk.«

»Estelle würde sicher Verfolgungsjagd dazu sagen.«

»Wir dürfen jedenfalls nicht vergessen, dass Austin Brande nicht der einzige Verdächtige ist, wenn wir von einem enttäuschten Möchtegern-Schriftsteller ausgehen.«

»Auf wessen Seite stehst du eigentlich? Oder folgst du jetzt wieder Jons Anweisungen?« Craig blickte so geknickt drein, dass Kate sofort wieder weich wurde. »Nein, das tust du sicher nicht. Entschuldige bitte. Ich meine doch nur, dass es so viele Verbindungen zwischen Austin, Estelle und Peter gibt, dass es eigentlich kein Zufall sein kann. Wir sollten uns die Sache auf jeden Fall näher anschauen.«

»Und du glaubst nicht, dass du vielleicht vorschnell urteilst?«

»Wenn ich das täte, würde ich darauf beharren, dass er der

Kidnapper ist. Allerdings sollten wir uns seine Adresse besorgen und ihm möglichst sofort einen Besuch abstatten.«

»Kidnapper hört sich so kriminell an! Wir wissen doch überhaupt nicht, ob Estelle abgesehen von einem Ehekrach überhaupt irgendetwas zugestoßen ist.«

»Jetzt klingst du wieder ganz wie Jon.«

»Entschuldige. Aber als wir bei Emma eingeladen waren, haben wir ein paar merkwürdige Dinge über Peter erfahren. Vielleicht hat Estelle zufällig Einblick in seine zwielichtigen Geschäftsmethoden bekommen und ist daraufhin enttäuscht davongelaufen.«

»In Ordnung. Dennoch halte ich es für ziemlich sicher, dass Austin etwas mit ihrem Verschwinden zu tun hat. Eigentlich ist es sonnenklar. Stell dir nur vor, er wollte sie zwingen, seinen Roman zu übernehmen.«

»Wie sollte er das bewerkstelligen?«

»Indem er sie in sein Gartenhaus einsperrte und sie nicht wieder hinausließ, ehe sie das Opus nicht von der ersten bis zur letzten Seite gelesen hatte.«

»Die Ärmste! Hoffentlich hat sie schnell gelesen. Und wie ging es dann weiter?«

»Er ließ sie laufen, nachdem sie fertig war, und sie versprach ihm, sofort nach London zu fahren und nach einem Verleger zu suchen.«

»Aber sie ist nie in London angekommen. Wie erklärst du das?«

»An der Stelle wird es tatsächlich knifflig. Trotzdem glaube ich noch immer, dass Austin genau ins Raster passt. Erst hielt ich ihn für einen hingebungsvollen Enkel, der sich vielleicht ganz selbstlos mit Peter über die Bücher seiner Großmutter gestritten hat. Aber jetzt wissen wir, dass er auch einer dieser verrückten Schriftsteller ist.«

Ihre Argumente schienen Craig nicht zu überzeugen. »Weißt du, wo er wohnt?«, fragte er.

»Ich hole das Telefonbuch.«

Sie legte den dicken Wälzer bei B geöffnet auf den Küchentisch.

»Brande, A.«, sagte Craig. »Da haben wir ihn schon. Wie weit ist das von hier entfernt?«

»Zehn Minuten zu Fuß. Höchstens eine Viertelstunde.«

»Jetzt am Sonntagmorgen wird er wohl im Bett liegen und die Zeitung lesen.«

»Nein, er überlegt sich, woher er Geld für die Fertigstellung seiner Bauprojekte bekommt. Und wenn nicht das, dann sieht er fern.«

Draußen hatte leichter Schneegriesel eingesetzt, was Kate nicht im Mindesten entmutigte. Sie und Craig zogen sich dicke Jacken, Schals und Mützen an. Wenige Minuten später fiel die Haustür hinter ihnen ins Schloss.

21

»Ich glaube, die Baustelle können wir uns sparen«, sagte Craig. »An einem Sonntagmorgen wird er sich wohl kaum dort aufhalten.«

»Aber wir wollen doch nach Spuren suchen, ob Estelle dort war.«

»Glaubst du ernsthaft, sie hat uns eine Nachricht hinterlassen. Etwas in der Art wie: Stelli war hier?«

»Hör auf, dich ständig lustig zu machen! Ich habe schon merkwürdigere Dinge erlebt.«

»Ist dir eigentlich nie kalt?« Craigs Kinn und Nase waren unter seinem Schal verschwunden.

»Du solltest dir überlegen, mit Jogging anzufangen. Ein bisschen Sport würde deinen Kreislauf in Schwung bringen.«

»Danke, lieber nicht.«

Schweigend gingen sie weiter zu der hinter einem Bretterzaun verborgenen Baustelle. Auf dem Baustellenschild klebte Schnee. Das Areal wirkte ausgestorbener denn je. Der Bauzaun war mit frischen Graffiti besprüht, doch auch diese ließen keine Rückschlüsse auf Estelle zu.

»Dann könnten wir doch jetzt zu Austin weitergehen«, schlug Craig vor, trampelte im Schnee herum und schlug die Arme übertrieben betont um sich, was Kate jedoch nicht im Mindesten beeindruckte.

Sie ging einmal um die Baustelle herum. An einer Stelle war der Bretterzaun durch Draht ersetzt worden und bot einen freien Ausblick auf das Gelände. Rechts befand sich ein dreigeschossiges Apartmenthaus, dessen Dach lediglich mit Plastikplanen abgedeckt war und an dessen Tür ein Schild mit der Aufschrift *Musterwohnung* prangte. Die Fenster im Erdgeschoss verfügten sowohl über Vorhänge als auch über Rollläden, die jedoch alle geschlossen waren.

»Wenn Austin dieses Schild hier aufgehängt hat, müsste die Musterwohnung eigentlich fertig sein«, überlegte Craig laut. »Er würde wohl kaum Leute hineinlassen, wenn nicht zumindest der Teppichboden verlegt wäre und ein paar Möbel darin stünden.«

Kate nickte. »Strom und Wasser gibt es vermutlich auch schon.«

»Und eine Heizung sicher auch«, fügte Craig hinzu. »Er wird sich hüten, potenzielle Käufer mit einer kalten, feuchten Wohnung in die Flucht zu schlagen.«

»Auf den Betten liegen neue Bettdecken, und in den Bädern hängen schneeweiße Handtücher.«

»Seife hätte sie allerdings mitbringen müssen«, ergänzte Craig nachdenklich.

»Und Espresso auch. Siehst du irgendeine Möglichkeit, da hineinzukommen?«, fragte Kate.

»Nein. Und ich bin auch gar nicht so sicher, ob ich das wirklich will«, meinte Craig und zeigte auf die Warnschilder, auf denen zähnefletschende Wachhunde abgebildet waren.

»Die Schilder besagen noch lange nicht, dass wirklich Hunde auf dem Gelände herumlaufen. Ich habe bisher noch keinen einzigen gesehen.«

Beide pressten die Gesichter an den Maschendraht und versuchten, so viel wie möglich von der Baustelle zu sehen. Plötzlich war das laute Bellen eines großen Hundes zu hören.

»Vielleicht ein Tonband«, sagte Kate.

»Willst du es darauf ankommen lassen?«

»Lieber nicht.«

»Okay, dann gehen wir jetzt zu Mr Brande«, erklärte Craig und machte sich entschlossenen Schrittes auf den Weg.

Auf dem Weg zur Banbury Road wehte ihnen feiner Schnee ins Gesicht. Bis sie in einer Seitenstraße das Reihenhaus der Brandes gefunden hatten, waren ihre Jacken und Mützen weiß.

»Wir könnten klingeln und ihm ein Weihnachtslied vorsingen«, schlug Kate vor.

»Im Januar dürfte es dafür ein wenig zu spät sein«, gab Craig zurück. Er liebte Musik und hatte bereits gehört, wie Kate ziemlich falsch vor sich hin summte. »Eigentlich hätte ich gedacht, dass ein erfolgreicher Bauunternehmer etwas luxuriöser wohnt«, fügte er hinzu und musterte die schmale, zugeparkte Straße. Die Vorgärten der Häuser waren winzig.

»Lass dich nicht täuschen«, antwortete Kate. »Wir sind hier ganz in der Nähe von Summertown. Die Preise dort treiben einem die Tränen in die Augen. Diese kleinen Häuser hier kosten mit Sicherheit doppelt so viel, wie du denkst.«

»Auf jeden Fall ist es hier schön grün.« Craig nickte.

»Sieh mal, da ist das Licht an. Vielleicht haben wir Glück.«

Der Tag war so düster, dass in fast allen Häusern Lichter brannten. Obwohl es bereits auf die Mittagszeit zuging, hatte sich die Straßenbeleuchtung noch nicht abgeschaltet.

Craig klingelte. Nur Sekunden später wurde die Tür geöffnet, und Austin stand vor ihnen.

»Ja, bitte?«

»Kate Ivory und Craig Jefferson. Wir haben uns auf der Hochzeit von Estelle Livingstone kennengelernt, und Craig und ich sind Freunde Ihrer Großmutter. Dürfen wir kurz reinkommen?«, bat Kate.

Ihr fiel auf, dass Austin bei Estelles Namen leicht zusammenzuckte. »Was wollen Sie?«, fragte er. Sein stämmiger Körper versperrte die Türöffnung. »Woher wissen Sie überhaupt, wo ich wohne?« Er musterte Craig und fügte hinzu: »Ich habe Sie doch gestern im Literaturcafé gesehen. Wir saßen am selben Tisch und haben uns unterhalten. Worum geht es?«

»Nur darum, dass wir uns Sorgen um Estelle Livingstone machen. Wir dachten, Sie könnten uns helfen herauszufinden, was mit ihr geschehen ist.« Craig sprach mit sanfter Stimme, um die Spannung aus der Situation zu nehmen. »Sie haben mir doch erzählt, dass Sie mit ihr über Ihren Roman gesprochen haben. Wir hatten gehofft, Sie könnten uns noch ein paar Einzelheiten darüber berichten.«

Austin zögerte noch kurz, schien sie dann aber doch für harmlos zu halten und bat sie ins Haus. Offenbar spürte er, dass er sie so leicht ohnehin nicht mehr loswerden würde.

Überrascht registrierten Kate und Craig, dass es in dem Haus offensichtlich Kinder gab. Überall lag Spielzeug und Kinderkleidung herum – ein Zustand, den Kate von Emmas Haus nur allzu gut kannte. Aber hatte sich Adela nicht beschwert, es würde allmählich Zeit, dass der Junge heiratete und eine Familie gründete?

»Wie viele Kinder haben Sie?«, erkundigte sich Kate und umrundete die Stolpersteine in gekonntem Slalom.

»Keines«, war die Antwort. »Wenn Sie es ganz genau wissen wollen: Die Kinder meiner Lebensgefährtin kommen uns von Zeit zu Zeit besuchen.«

»Aber jetzt scheinen sie nicht da zu sein.« Man hörte weder Kindergeschrei noch laute Spiele.

»Nein.« Austin hatte offenbar nicht die Absicht, das Thema zu vertiefen. »Was wollten Sie gestern im Literaturcafé?«, fragte er anklagend. »Warum verfolgen Sie mich?«

»Das tun wir doch überhaupt nicht! Wir waren dort, weil Emma Dolby, eine sehr gute Freundin von mir, Zara in der Küche hilft«, verteidigte sich Kate. »Es war purer Zufall, dass wir Sie dort getroffen haben. Andererseits haben wir alle mit Literatur zu tun, und da war unser Zusammentreffen vielleicht gar nicht so verwunderlich. Ja, und dann haben Sie Craig erzählt, dass Sie Estelle Ihren Roman geschickt haben, den diese aber abgelehnt hat.«

»Wieso interessieren Sie sich für Estelle Livingstone? Woher kennen Sie sie?«, fragte Austin, nachdem sie alle auf einem langen, schwarzen Ledersofa Platz genommen hatten.

»Sie ist meine Agentin«, klärte Kate ihn auf. Das Sofa war so glatt, dass Kate ins Rutschen geriet und mit dem Stiefel auf dem Teppich bremsen musste.

»Und Sie?«, wandte sich Austin an Craig.

»Ich kenne Estelle nicht persönlich. Ich habe Kate lediglich als Freund begleitet.«

»Und wie kommen Sie darauf, dass ich mehr über den Verbleib Ihrer Agentin wissen könnte als Sie?«

»Es war eine Vermutung. Wir wissen nicht, wo sie ist, und suchen nach ihr«, sagte Kate ganz offen.

»Aber ich habe Ihrem Freund doch bereits gesagt, dass ich ihr nur mein Manuskript geschickt habe und von ihr abgelehnt wurde. Glauben Sie etwa, sie würde sich hier bei mir aufhalten?«

»Sie waren vermutlich ganz schön sauer auf sie«, mutmaßte Craig. »Vor allem nachdem Sie herausgefunden haben, dass Estelles Ehemann bei Ihrer Großmutter war und einige der Bücher gekauft hat.«

»Ich glaube, er hat viel zu wenig dafür bezahlt«, antwortete Austin. »Aber woher wissen Sie überhaupt davon?«

»Ich sagte Ihnen doch bereits, dass ich mit Ihrer Großmutter befreundet bin. Sie hat mir alles erzählt. Sie freute sich sehr über den Verkauf der Bücher, aber ich fragte mich gleich, ob ihre Tochter und ihr Enkel ebenso zufrieden sind.«

»Meine Mutter und ich glauben, dass Adela über den Tisch gezogen wurde. Dieser Typ muss ein Gangster sein.«

»Estelle ist nicht dumm. Sie hätte Peter sicher nicht geheiratet, ohne etwas so Wichtiges über ihn zu wissen«, sagte Kate und hoffte, dass sie recht hatte.

»Bei Frauen weiß man das nie. Von einem Charmeur lassen sie sich nur allzu leicht hinters Licht führen.«

Wir sollten wieder auf das Wesentliche zurückkommen, dachte Kate. »Wissen Sie genau, aus welchen Büchern die Sammlung Ihres Großvaters besteht? Gibt es einen Katalog?«, fragte sie.

»Und wissen Sie vielleicht, ob die Bücher in einem guten Zustand waren?«, fügte Craig hinzu.

»Warum sollte ich Ihnen das alles beantworten? Es handelt sich hier um eine reine Privatsache. Eine Familienangelegenheit. Ich glaube, Sie gehen jetzt besser.«

»Nein, es ist keine Familienangelegenheit«, widersprach Craig und blieb sitzen. »Hier geht es um sehr viel mehr. Wir glauben nämlich, dass Sie Estelle Livingstone gegen ihren Willen mehrere Tage in Ihrer Musterwohnung festgehalten haben. Und wir werden mit unserem Verdacht zur Polizei gehen, sobald wir dieses Haus verlassen haben.«

»Es sei denn, Sie erzählen uns alles, was Sie wissen«, fügte Kate hinzu.

Austin blickte Kate und Craig nacheinander an und versuchte abzuschätzen, wie ernst es ihnen war und wie viel sie bereits wussten.

»Ich habe nichts Schlimmes verbrochen und ihr kein Härchen gekrümmt«, begann er schließlich.

»Das freut uns. Und die Polizei wird sicher ebenfalls zufrieden sein.«

Austin seufzte. »Okay. Ich erzähle Ihnen alles, was ich weiß. Danach gehen Sie. Und kein Wort zur Polizei, einverstanden?«

»Abgemacht«, versprach Kate. »Und wie war das jetzt mit dem Katalog?«

»Ja, es gibt einen. Eine altmodische Kartei in einem Holzschrank. Leider ist dieser verschwunden, deshalb wissen wir nicht genau, welche Bücher Adela verkauft hat. Auch über den Zustand der Bücher ist uns nichts bekannt, denn keinem Familienmitglied wurde je gestattet, sie auch nur anzuschauen. Wir sind uns allerdings ziemlich sicher, dass Victor – so hieß mein Großvater – sie auf die bestmögliche Weise aufbewahrte. Nach seinem Tod vor mittlerweile elf Jahren wurde die arme Adela leider immer tüdeliger, und wir können nur vermuten, wie die Bücher heute aussehen. Ich nehme an, Peter Hume wusste nicht wirklich, was er gekauft hat. Wahrscheinlich hat Adela ihm nur ein paar Ansichtsexemplare gezeigt, und er hat die Sammlung daraufhin auf gut Glück gekauft. Aber wieso interessiert Sie das?«

»Ich bin dabei, einen Roman zu schreiben. Estelle ist meine Agentin, und ich brauche dringend ihre Unterstützung«, sagte Kate. »Aber sie ist verschwunden. Und sobald ich versuche, etwas über ihren Verbleib zu erfahren, kommt immer wieder die Rede darauf, dass Peter Hume Adelas Bücher gekauft hat. Ich habe keine Ahnung, ob dieser Umstand tatsächlich irgendetwas mit Estelle zu tun hat, aber ich werde es herausfinden.«

»Wir glauben, dass Sie nach London gefahren sind, um mit Peter zu sprechen, dort aber auf Estelle gestoßen sind und sie überredet haben, mit Ihnen nach Oxford zu kommen. Am Mittwochmorgen wollte sie wieder nach Hause, wo sie jedoch nie ankam. Und nun weiß niemand, wo sie ist«, erklärte Craig.

»Und warum geht ihr Ehemann nicht zur Polizei?« Austins Stimme klang höhnisch. »Oder hat er einen *richtigen* Privatdetektiv beauftragt?«

Kate überhörte die unausgesprochene Beleidigung. »Gute Frage«, antwortete sie stattdessen. »Höre ich da etwa heraus, dass Sie ihn nicht besonders mögen?«

Austin lachte. »Sie haben recht, ich war in London. Ich war der Überzeugung, dass Peter den Katalog mitgenommen hatte, und wollte einen Blick hineinwerfen. Früher, als ich noch die Gelegenheit dazu gehabt hätte, habe ich das nämlich leider versäumt. Wobei ich gestehen muss, dass ich so gut wie nichts über wertvolle Secondhandbücher weiß. Ich entdeckte seine Adresse auf Adelas Schreibtisch und beschloss, ihn persönlich aufzusuchen. Das hielt ich für sinnvoller, als mit ihm zu telefonieren. Hätte ich seine Nummer gewählt, wäre mir vielleicht aufgefallen, dass sie mit der von Estelle identisch ist, aber so hatte ich keine Ahnung. Warum hat sie auch nicht seinen Namen angenommen? Das hätte alles einfacher gemacht.«

»Wann waren Sie in London? Etwa um die Weihnachtszeit?«, fragte Kate.

»Kann schon sein.«

»Als Estelle und Peter im Urlaub in der Karibik waren?«

»Wollen Sie mir etwa einen Diebstahl anhängen?«

»Aber ganz und gar nicht«, beschwichtigte Craig. »Aber schließlich wollten Sie unbedingt diesen Katalog sehen und mussten feststellen, dass Estelle und Peter auf unbestimmte Zeit verreist waren ...«

»... und nachdem wir außerdem alle wissen, wie unvorsichtig Estelle manchmal mit Schlüsseln umgeht«, fügte Kate hinzu.

»Ein Einbruch war gar nicht notwendig«, fuhr Craig fort. »Lediglich ein Blick unter einen Blumentopf, den Schlüssel umgedreht, die Tür aufgedrückt – und schon waren Sie in der Wohnung.«

»Ich wusste aber nicht, dass auch Estelle dort wohnte. Und ich wollte doch nur einen Blick in den Katalog werfen. In der Zeitung hatte ich gelesen, dass alte Bücher manchmal für Unsummen über den Ladentisch gehen. Nicht einmal richtige Antiquitäten, sondern durchaus auch solche, die höchstens fünfzig Jahre alt sind. Ich habe im Internet recherchiert und mir ein Dutzend Titel samt ihrer horrenden Preise aufgeschrieben.«

»Und dabei stießen Sie zum Beispiel auf eine dreibändige, vom Autor signierte Ausgabe von *Der Herr der Ringe*«, warf Kate ein.

»Genau. Darüber hatte ich in der Zeitung gelesen.«

»Und sie stand im Katalog?«

»Ich weiß es nicht. Ich habe ihn nicht gefunden. Er war nicht im Haus der Humes.«

»Vielleicht haben sie den Katalog auf den Speicher gebracht oder in einem Schrank verstaut?«

»Haben Sie ihn gesehen? Er ist drei Meter breit, mindestens ein Meter achtzig hoch und aus massivem Holz. Ein wirklich hübsches Stück. Meine Großmutter kannte kein Mitleid, wenn es um das Polieren der Messinggriffe ging.«

»Dann sind Sie also einfach auf Zehenspitzen wieder hinausgeschlichen und hinterließen alles so, wie Sie es vorgefunden hatten?«, fragte Craig.

»Nicht ganz«, gab Austin zu.

Kate und Craig warteten darauf, dass er weitersprach. »Ich wusste natürlich, dass Estelle im Oktober geheiratet hatte. Schließlich habe ich Adela und ihre Freundin Muriel nach der Feier heimgefahren. Aber ehrlich gesagt war mir nicht wirklich klar, *wen* Estelle da geheiratet hat. Muriel und Adela haben zwar den gesamten Heimweg darüber geschwatzt, aber ich habe schon nach den ersten paar Sekunden nicht mehr zugehört und natürlich alle Einzelheiten – wie zum Beispiel den Namen des Bräutigams – verpasst. Aber dann, in Estelles Wohnung, sah ich die beiden zusammen in einem Silberrahmen auf dem Kaminsims. Und da erkannte ich, dass sie es waren.«

»Ihr Hochzeitsfoto«, stellte Kate fest.

»Das war der Tropfen, der das Fass zum Überlaufen brachte. Ich muss zugeben, dass ich ein wenig die Kontrolle verlor.«

»Sie haben das Foto auf den Boden geworfen, und das Glas ging zu Bruch.«

»Woher wissen Sie das?«

»Nur geraten«, sagte Kate. »Ich nehme an, Sie waren ziemlich wütend.«

»Die beiden haben mein Leben ruiniert. Erst kauft dieser Peter Hume die Sammlung meines Großvaters für einen Bruchteil ihres Wertes, und dann lehnt seine Frau auch noch meinen Roman ab. Ich weiß, dass dieses Buch mich reich und berühmt machen könnte, wenn ich nur einen Agenten hätte. Estelle hat für ihre Ablehnung nicht einmal einen Grund angegeben, sondern nur eine kurze Notiz beigefügt, dass das Buch nicht in ihr Programm passe. Dabei hatte sie im Vorfeld noch gesagt, der Text wäre vielversprechend. So etwas schmerzt, wissen Sie? Sie machte mir Hoffnungen, um diese gleich darauf wieder zu zerstören. Das war wirklich nicht nett. Und dann kommt ihr Mann und schwatzt meiner Großmutter mein Erbe ab – ausgerechnet jetzt, da ich eine kleine Finanzspritze für mein Unternehmen bitter nötig hätte.«

»Ich glaube eigentlich nicht, dass er ihr die Bücher abgeschwatzt hat. Sie hat ihn angeschrieben, und er bot ihr mehr, als sie ursprünglich dafür haben wollte.«

»Aber ich sollte die Bücher erben.«

»Vielleicht brauchte Adela Geld.«

»Mag sein. Trotzdem hätte sie zuvor mit mir sprechen sollen.«

»Dann wurden Sie in Estelles Haus also wütend.«

»Ich gebe zu, dass ich mich noch einmal ordentlich umsah, nachdem ich das Foto gefunden hatte«, gestand Austin. »Waren Sie schon einmal dort? Wissen Sie, wie gut es den beiden geht? Allein die Küche muss ein Vermögen gekostet haben.«

»Haben Sie bei Ihrem Streifzug durch das Haus irgendetwas Brauchbares gefunden?«, fragte Craig.

Austin lachte auf. »Eine Flasche fünfzehn Jahre alten Malt-Whiskys, die in der Küche herumstand. Zunächst goss ich mir nur einen anständigen Schluck in einen Kristalltumbler – mir war klar, dass ich noch fahren musste –, dann steckte ich die ganze Flasche ein.«

»Und den Katalog haben Sie nicht gefunden?«

»Nein, verdammt! Wo zum Teufel kann dieser verfluchte Hume das Ding versteckt haben?«

»Keine Ahnung«, sagte Kate.

»Aber jetzt verstehen Sie, warum ich mit ihm reden wollte. Die beiden durften einfach nicht so davonkommen und dabei all meine Hoffnungen zerstören. Ich will doch wirklich nicht mehr als etwas von dem Geld, das mir zusteht, damit mein Bauvorhaben in Jericho wieder ins Rollen kommt. Danach hätte ich keine finanziellen Probleme mehr. Und wenn ich endlich einen Agenten finden könnte, würden meine Bücher sicher schnell zu Bestsellern. Mehr verlange ich doch gar nicht. Den beiden geht es so gut, dass ihnen sicher egal ist, für welchen Preis die Sammlung letztlich verkauft wird.«

»Ich glaube kaum, dass es Peter finanziell jemals wirklich gut ging«, entgegnete Kate. »Außerdem dürfte ihm inzwischen aufgefallen sein, dass Estelles Geschmack ziemlich kostspielig sein kann.« Ihre Meinung über Austins literarische Ambitionen behielt sie lieber für sich.

»Ich vermute, nach Weihnachten fuhren Sie ein weiteres Mal nach London, um Peter aufzusuchen«, fuhr Craig fort.

»Das war Samstag vor acht Tagen. Am Nachmittag. Peter war nicht da, aber Estelle war zu Hause. Ich erklärte ihr die Situation, öffnete ihr die Augen über das Geschäftsgebaren ihres Mannes und sagte ihr, wie tief mich ihre Ablehnung getroffen hatte. Ich mag vielleicht stark wirken, aber wenn es um meine Kunst geht, kann ich äußerst empfindsam sein. Wenn man so will, hat das Ehepaar Livingstone-Hume mich in jeder Hinsicht ruiniert.«

»Wie hat Estelle reagiert?«, erkundigte sich Kate interessiert.

»Zunächst war sie stinksauer. Sie sagte, dass sie keine Schreibkurse für Anfänger geben könne, und ich solle ihr dankbar sein, dass sie so ehrlich zu mir war, denn es mache keinen Sinn, unrealistische Ziele zu verfolgen. Wir stritten uns ein bisschen und kamen dann auf ihren verdammten Mann zu sprechen. Sie hat mir so interessiert zugehört, dass ich fast ein wenig überrascht war.«

»Inwiefern?«

»Ich habe ihr alles erzählt, was ich wusste. Für sie war es absolut neu, das konnte ich sofort erkennen. Er scheint ihr sein äußerst lukratives Geschäft verschwiegen zu haben.«

»Noch wissen wir nicht, ob es wirklich so lukrativ war«, wiegelte Craig ab. »Möglicherweise stellt sich der Ankauf ja auch als kapitaler Fehler heraus.«

»Ach ja? Ich konnte jedenfalls sehen, wie sie im Geiste zwei und zwei zusammenzählte. Einen Tag ist er ein ausgemachter Geizkragen, am nächsten bietet er ihr einen Urlaub in der Karibik und blättert einiges für einen Neuwagen hin. Sein letztes Auto hat er, wie sie mir sagte, sechzehn Jahre lang gefahren. Estelle ist eine intelligente Frau und verstand sofort, dass wir den Katalog brauchten, um feststellen zu können, wie viel er tatsächlich verdient hatte. Ich habe ihn ihr also beschrieben. ›Ach, das alte Ding‹, sagte sie. ›Ich dachte, es wäre irgendein gebrauchtes Möbelstück, das er mitgebracht hat, und gab ihm zu verstehen, dass ich es nicht hier im Haus will. Da hat er es weggeschafft.‹ Ich fragte sie, wo er den Schrank hingebracht hätte. Sie dachte einen Moment nach und meinte dann: ›Vielleicht in sein Cottage.‹ Wir beschlossen, ins Auto zu steigen und hinzufahren. Über die M40 ist es nicht weit bis in die Chilterns. Wir nahmen meinen Wagen.«

»Mussten Sie nicht befürchten, dass Sie Peter dort antreffen würden?«

»Sie rief ihn an, um das auszuschließen. Er war bei seiner Schwägerin, die ihn zum Abendessen eingeladen hatte. Sein Bruder wohnt offenbar in einem schicken, umgebauten Bauernhof mit gut gefüllter Tiefkühltruhe und einem nie versiegenden Vorrat an Alkohol. Peter würde uns also sicher nicht überraschen, wenn wir uns beeilten, meinte Estelle. Und so machten wir es dann auch. Sie hinterließ ihm weder einen Zettel noch sonst eine Nachricht, sondern nahm nur Mantel und Handschuhe, wickelte sich eine Art Schal um den Hals, und schon ging es los.«

Austin legte eine kurze Pause ein, als müsse er nachdenken, was später an diesem Samstag passierte. Kate vermutete, dass es ihm ein gutes Stück peinlicher war, den Rest der Geschichte zu erzählen, und dass er dabei vielleicht ein bisschen mehr lügen musste als bisher.

»Estelle hatte einen Schlüssel«, fuhr Austin schließlich fort. »Wir kamen also problemlos ins Haus. Das Cottage ist winzig und braucht dringend ein paar vernünftige Fenster und eine Dachluke über der Treppe. Estelle erzählte mir, dass sie bereits Handwerker beauftragt habe, das Häuschen nach ihren Vorstellungen zu modernisieren. Die Frau hat echt gute Ideen und Ahnung von Immobilien. Wenn sie mit dem Cottage fertig ist, hat sie es in ein schnuckliges kleines Ferienhäuschen verwandelt.«

»Hoffentlich sieht Peter das ebenso positiv«, bemerkte Kate trocken. Würden das Tweedjackett mit den Lederflicken und die Cordhosen zu Estelles Vorstellungen passen?

»Und der Katalog?«, hakte Craig nach.

»War nicht dort. Wie schon gesagt – das Häuschen ist winzig, und wir brauchten nicht lange, um alles abzusuchen. Wir haben sogar im Schuppen nachgesehen. Es gibt nicht viele Stellen, wo man einen Schrank dieser Größe verstecken kann. Zum Schluss waren wir wirklich sauer. Estelles Vokabular ist für eine so feine Dame übrigens bemerkenswert drastisch, finden Sie nicht?«

»Oh doch«, bestätigte Kate.

»Wie ging es weiter?«, wollte Craig wissen. »Haben Sie Estelle nach London zurückgefahren?«

»Wir hatten eine Diskussion«, gestand Austin.

»Eine recht lebhafte Diskussion, kann ich mir vorstellen.« Craig nickte.

»Das können Sie laut sagen. Estelle warf mir vor, ich hätte mir alles nur aus den Fingern gesaugt und ergriff Partei für ihren Mann. ›Fahren Sie mich sofort zurück nach London‹, forderte sie, als wäre ich ein Taxifahrer oder ihr Privatchauffeur. Aber ich hatte nicht vor, so schnell aufzugeben. Und außerdem ging sie mir ganz schön auf die Nerven – oh pardon, das hätte ich nicht sagen sollen.«

»Sie stiegen also ins Auto und fuhren nach Oxford«, half Kate ihm auf die Sprünge.

»Ich brachte sie in die Musterwohnung auf meiner Baustelle. Dort war alles, was sie brauchte. Sogar Kaffee in der Küche. Später am Abend fuhr ich noch einmal vorbei und brachte ihr ein paar Lebensmittel. Natürlich habe ich sie eingeschlossen. Raus konnte sie nicht, und gehört hätte sie dort auch niemand. Aber Sie können sich sicher vorstellen, dass ich die Tür ziemlich rasch schließen musste, als ich ihr die Lebensmittel brachte.«

»Und wie ging es am nächsten Tag weiter?«, erkundigte sich Craig.

»Ich rief Peter Hume an und sagte ihm, dass ich den Katalog wolle.«

»Und wie reagierte er darauf?«, fragte Kate.

»Er behauptete, nicht zu wissen, wo er ist.«

»Ziemlich unwahrscheinlich«, stellte Kate fest.

»Daraufhin erklärte ich ihm, dass ich die Bücher zurückfordere, weil er kein Recht gehabt hätte, sie aus dem Haus meiner Großmutter zu holen. Er sagte, das wäre nicht mehr möglich.«

»Wissen Sie, wo er die Bücher aufbewahrte?«

»Er wollte es mir nicht verraten. Auch wollte er nicht damit herausrücken, wie viele Bücher es waren. Ich sagte, wenn er sie schon nicht zurückgäbe, wolle ich wenigstens einen Anteil vom Umsatz, wenn er sie verkauft.«

»Vermutlich ging er darauf auch nicht ein, oder?«, mutmaßte Craig.

»Er hat nur gelacht und gesagt, dass er nichts Unrechtmäßiges getan hätte und dass es mir nicht zustehen würde, irgendwelche Forderungen zu stellen.«

»Was meinte er zu Estelle? War er nicht besorgt?«

»Er schimpfte ein bisschen, wollte aber nichts unternehmen, um sie zurückzubekommen.«

»Hat er zugegeben, dass er mit den Büchern einen dicken Profit machen kann?«

»Er hat überhaupt nichts zugegeben. Montag rief ich ihn erneut an und erklärte ihm, dass ich mich mit einer dreibändigen Ausgabe von Tolkiens *Der Herr der Ringe* zufriedengeben würde, falls er eine hätte. Er sagte nur: ›Zu spät, mein Freund!‹«

»Dann ist es also möglich, dass es tatsächlich Adelas Bücher waren, die für 50 000 Pfund verkauft wurden.«

»Haben Sie das auch gelesen?«

»Ja, und zwar sowohl in der *Oxford Times* als auch im *Independent*.«

»Es war ungefähr eine Woche vor Weihnachten. Er hat mehr daran verdient, als er Adela für die ganze Sammlung gegeben hat«, ärgerte sich Austin.

»Aber hat er Sie nur auf den Arm genommen oder tatsächlich zugegeben, dass er die Ausgabe Ihrer Großmutter für diese Summe verkauft hat?«, fragte Craig.

»Der Mistkerl hat überhaupt nichts zugegeben. Er wiederholte einfach nur ständig, dass Adela ihm eine Büchersammlung angeboten hätte, dass er sie gefragt habe, wie viel sie dafür wolle und dass er ihr schließlich freiwillig mehr bezahlt habe. Angeblich hat er nicht einmal Zeit gehabt, die Bücher alle zu sichten, sondern hat sie nur auf Verdacht erworben und damit ein großes Risiko in Kauf genommen. Und wenn er das eine oder andere Buch für einen guten Preis verkauft habe, läge das ausschließlich an seinem über die Jahre hinweg erworbenen Fachwissen. Er behauptet, sofort zu wissen, ob er Qualität vor sich habe oder nicht, und dass es durchaus sein könne, dass der Rest der Sammlung überhaupt nichts wert ist.«

»Wann haben Sie Estelle freigelassen?«, fragte Kate weiter.

»Mittwochmorgen, gleich in der Frühe«, antwortete Austin. »Ich konnte sie einfach nicht länger festhalten. Jeden Tag habe ich versucht, sie zu überzeugen, dass Peter Hume Adela hereingelegt hat, aber sie ließ sich nicht von ihrer Meinung abbringen. Außerdem versuchte ich, Hume zu einem Handel zu überreden, wenn er seine Frau unversehrt zurückhaben wolle, aber auch er ließ sich auf nichts ein. Schließlich dachte ich mir, dass sie ihm bei ihrer Rückkehr nach London sicher ein paar Takte sagen würde. Ich forderte sie auf, selbst nach der Wahrheit zu suchen und ihn dann zu überreden, das Richtige zu tun. Ich brauche nur ausreichend verkäufliche Bücher, um die Baustelle wieder ans Laufen zu bringen. Oder er soll mir einen Teil seiner bereits erzielten Erlöse überlassen. Ich weiß nicht, ob sie wirklich verstanden hat, worum es mir geht, aber ich musste sie gehen lassen. Selbst Peter Hume hätte irgendwann die Polizei alarmiert.«

»Hatten Sie keine Angst, dass Estelle gleich nach ihrer Freilassung zur Polizei gehen würde?«

»Es war offensichtlich, dass sie nicht wollte, dass die dubiosen Geschäftspraktiken ihres Ehemannes in der Öffentlichkeit breitgetreten werden. Immerhin hat sie einen Ruf zu verlieren.«

»Gegen Mittag haben Sie Peter dann erneut angerufen, nicht wahr?«, fuhr Kate fort.

»Genau. Woher wissen Sie das?«

»Ich war gerade bei ihm und habe mit ihm geredet. Sie dachten, dass Estelle inzwischen zu Hause wäre, doch das war nicht der Fall. Und seitdem hat niemand etwas von ihr gesehen oder gehört.«

»Haben Sie eine Ahnung, wohin sie gegangen sein könnte?«, fragte Craig.

»Ich bot ihr an, sie zum Bahnhof zu fahren, aber sie meinte, sie wolle lieber laufen, nachdem sie so lang eingesperrt war. Ich weiß wirklich nicht, wo sie hinging. Sicher kennt sie einige Leute hier in Oxford – Sie zum Beispiel«, fügte er hinzu und zeigte auf Kate.

»Nun, zu mir ist sie jedenfalls nicht gekommen, denn dann würde ich jetzt nicht nach ihr suchen. Um wie viel Uhr hat sie die Wohnung verlassen?«

»Ziemlich früh. Ungefähr um halb acht morgens.«

»Um diese Zeit muss es draußen noch stockfinster gewesen sein.«

»Schon, doch es waren bereits Leute unterwegs. Die Straßenbeleuchtung brannte, und von Jericho zum Bahnhof sind es keine zehn Minuten.«

»Was ist mit ihrem Handy?«

»Das hatte ich völlig vergessen. Sie aber auch. Erst später am Morgen stellte ich fest, dass es noch bei mir war. Ich wollte es natürlich nicht behalten und schickte es ihr per Post. Allerdings hätte es ihr ohnehin nichts genützt, weil die Batterie leer war. So, das war jetzt aber wirklich alles«, fügte

Austin hinzu. »Ich habe meinen Teil des Deals erfüllt und gehe davon aus, dass Sie es ebenso halten. Ich glaube, Sie sollten jetzt gehen. Tut mir leid, dass Estelle verschwunden ist, aber mit mir hat das nichts zu tun. Und wenn mir dieses Ekelpaket von Peter Hume jemals wieder über den Weg läuft, kann ich für nichts garantieren.«

Kate und Craig war bewusst, dass sie nicht mehr aus Austin herausbekommen würden. Sie dankten ihm für seine Hilfe und verabschiedeten sich.

»Ich kann bestätigen, dass einige seiner Aussagen wahr sind«, erklärte Kate auf dem Rückweg zur Cleveland Road. »Peter hat mir nämlich gesagt, dass Estelle am Mittwoch um halb acht aufgebrochen ist. Allerdings war es Austin, dem er diese Info verdankte. Und es war auch Austin, der ihn mittags anrief, obwohl mir Peter den Namen des Anrufers nicht verraten hat. Aber ich konnte aus dem Gehörten schließen, dass Estelle auf dem Heimweg war und dass es um einen Deal ging, den der Anrufer mit Peter aushandeln wollte.«

»Es muss interessant gewesen sein, als Austin Estelle schließlich freiließ. Ich stelle mir die Szene recht lautstark vor.«

»Wenn nicht gar handgreiflich«, unkte Kate. »Obwohl Estelle vielleicht einfach nur froh war, wieder frei zu sein.«

»Trotzdem könnte auf der Walton Street der eine oder andere Vorhang ein Stückchen zur Seite geschoben worden sein.«

»Willst du etwa bei den Leuten dort klingeln und fragen, ob sie etwas gesehen haben?«

»Nicht wirklich.«

In stummer Übereinkunft wählten sie den Weg, der an Austins Baustelle vorbeiführte, und blieben noch einmal stehen, um durch den Zaun zu spähen. Nichts hatte sich verändert. Ein kritischer Blick auf die umliegenden Häuser zeigte ihnen, dass die Nachbarn unmöglich mitbekommen haben konnten, was sich in der Musterwohnung abgespielt hatte.

»Morgens um halb acht sind alle Leute hektisch. Man muss zur Arbeit, macht die Kinder fertig für die Schule, schmiert Butterbrote und sucht nach den Sportklamotten. Kein Mensch kümmert sich darum, was auf der Straße vor sich geht.«

Sie folgten Estelles mutmaßlichem Weg die Walton Street entlang zum Bahnhof und passierten Geschäfte, die um die fragliche Uhrzeit vermutlich noch nicht geöffnet hatten. Die University Press, die Rückseite eines Colleges, ein paar Büros und Wohnblöcke – nichts, was so aussah, als würde es einen verrückten Entführer beherbergen.

»Wo mag sie nur hingegangen sein?«

Weder Kate noch Craig wussten eine Antwort auf diese Frage.

22

Kate und Craig hätten sich zum Mittagessen mit Brot, Käse und Obst begnügt und das karge Mahl am Küchentisch vor ihren geöffneten Laptops verzehrt. Jon jedoch, der mittags von seinem Freund Tim und der Arbeit an dessen Auto zurückkehrte, bestand auf einer ordentlichen Mahlzeit. Anschließend machten sie zu dritt einen Spaziergang über Port Meadow, bei dem Jon das Thema Estelle resolut aus allen Gesprächen ausklammerte. Stillschweigend kamen Kate und Craig überein, es bis zum folgenden Morgen, wenn Jon zur Arbeit ging, dabei zu belassen.

»Da ist noch etwas, was ich vergessen habe, dir zu erzählen«, begann Craig, nachdem die Tür hinter Jon ins Schloss gefallen war und das Motorgeräusch seines Wagens verklang. »Auch wenn ich nicht annehme, dass es uns tatsächlich weiterhilft – es ist nur ein Detail, das mir zufällig auffiel.«

»Und wo hast du dieses Detail entdeckt?«, fragte Kate.

»Bei Adela. Zufällig lag nämlich ein Kontoauszug auf ihrem Schreibtisch. Du weißt doch sicher noch, dass ich dort nach den Adressen der Buchhändler gesucht habe.«

»Und der Kontoauszug lag einfach so offen herum?«

»Na ja, ich musste schon noch den Hefter aufschlagen. Aber er war nicht eingeschlossen oder so.«

»Und? Was hast du gefunden?«, fragte Kate gespannt. Sie

hatte nicht die Absicht, sich mit Haarspaltereien über Recht und Unrecht in Bezug auf das Lesen fremder Kontoauszüge aufzuhalten. Immerhin ging es um das Verschwinden von Estelle Livingstone.

»Den ganzen Oktober hindurch war das Konto leicht überzogen«, berichtete Craig. »Anfang November erhielt sie dann einen Scheck über 8000 Pfund, einen Monat später einen weiteren über 12000 Pfund und Ende Dezember einen dritten über 20000 Pfund.«

»40000 Pfund! Heiliges Kanonenrohr! Von Peter, oder?«

»Neben den Summen stand lediglich eine Schecknummer. Aber die Zahlungen müssen von Peter gekommen sein. Ich nehme an, dass er sich mit Adela auf 40000 Pfund geeinigt hat, aber nicht sofort so viel Geld flüssig hatte. Daher nahm er nur ein paar wertvolle Bücher mit und zahlte ihr den Rest, als er diese verkauft hatte.«

»Man fragt sich wirklich, wie viele Bücher in dieser Sammlung sind.«

»Und was er damit gemacht hat. Wenn der Tolkien tatsächlich aus dieser Sammlung stammte, hat Peter schon jetzt den kompletten Kaufpreis raus. Und wenn es noch mehr Bücher dieser Art gibt, dann sitzt Peter auf einem ganzen Haufen Geld.«

»Könnte das ein Motiv für Estelles Entführung sein? Jemand will sich die Bücher unter den Nagel reißen und hält Estelle so lange fest, bis Peter ihm sagt, wo er sie versteckt hat?«

»Durchaus möglich. Und auch in diesem Fall wäre Austin unser Hauptverdächtiger.«

»Es sei denn, es gibt noch jemanden, den wir bisher übersehen haben.«

»Austin scheint verzweifelt genug zu sein, um als Verdächtiger infrage zu kommen, andererseits war er ehrlich überrascht, dass Estelle am Mittwochmorgen nicht wieder nach London zurückgekehrt ist.«

»Welche Möglichkeiten gibt es noch?«, überlegte Kate. »Er sagt, dass sie die Musterwohnung um halb acht verlassen hat. Um diese Zeit ist es noch dunkel, wird aber allmählich heller. Das Wetter war in der vergangenen Woche grau und trüb.«

»Schon, aber bringt uns das weiter?«

»Ich versuche nur, mich in Estelle zu versetzen. Ich frage mich, ob sie ein Frühstück bekommen hatte.«

»Denkst du, dass ihr so etwas in ihrer Situation wichtig war?«

»Stimmt. Jemand, der so schlank und elegant ist wie Estelle, trinkt zum Frühstück normalerweise höchstens eine Tasse schwarzen Kaffee. Es ist also kalt und frostig. Kaum ist sie draußen, spürt sie, dass sie Hunger hat. Sie geht rasch in Richtung Bahnhof, allerdings trägt sie schon seit Tagen die gleichen Schuhe – vermutlich die mit den Acht-Zentimeter-Absätzen.«

»Ihre Füße schmerzen«, setzte Craig hinzu. »Die Musterwohnung hat nur eine Dusche. Sie wünscht sich nichts sehnlicher als ein heißes, duftendes Schaumbad.«

»Ach wirklich? Ich wusste nicht, dass es in der Musterwohnung keine Badewanne gibt.«

»Ich versuche gerade, mich in ihre Gefühlswelt zu versetzen«, antwortete Craig.

»Okay, das kann ich nachvollziehen. Schmerzende Füße, leichtes Hungergefühl, zerknitterte Kleidung, Haare liegen nicht mehr richtig und Sehnsucht nach einem heißen Bad.«

»Vielleicht denkt sie aber auch nur daran, möglichst schnell den nächsten Zug nach London zu erwischen.«

»Zwischen halb acht und viertel nach acht fahren fünf Züge nach London. Länger als zehn Minuten musste sie also in keinem Fall warten.«

»Überfüllt. Dreckig. Nur Stehplätze.«

»Sie fährt sicher erster Klasse. Stell dir mal vor, jemand fährt mit dem Auto die Walton Street entlang, erkennt sie, wundert sich, dass sie so mitgenommen aussieht, hält an und bietet ihr an, sie mitzunehmen. Angesichts ihres desolaten Zustands lädt er sie zunächst auf eine Tasse Kaffee ein und stellt ihr schließlich freundlicherweise sein Bad zur Verfügung.«

»Könnte sein«, meinte Craig skeptisch.

»Die Alternative wäre, dass sie den Zug nahm und dann entweder in London verschwand oder unterwegs ausgestiegen ist – also in Reading oder Didcot.«

»Ich kann mir kaum vorstellen, dass Estelle ein Besuch von Didcot oder Reading besonders reizen würde.«

»Oh, Reading ist gar nicht so übel. Allerdings gibt es dort noch keinen *Harvey Nicks*, und ohne Luxuskaufhaus steigt Estelle sicher nicht aus dem Zug.«

»Die Idee, dass ihr jemand eine Fahrgelegenheit zum Bahnhof angeboten haben könnte, gefällt mir immer besser. Eine Dame in verzweifelter Lage und ein edler Ritter auf einem weißen Ross.«

»Das Ross muss ein BMW oder Mercedes gewesen sein«, sinnierte Kate. »Für einen Polo oder einen Fiesta wäre Estelle nie von ihrem ursprünglichen Plan abgewichen.«

»Dann hätten wir jetzt zumindest einen Ausgangspunkt für unsere weitere Suche.«

»Oxford. Die Stadt ist zwar deutlich kleiner als London, aber das hilft uns auch nicht viel weiter.«

»Es ist immer noch möglich, dass Austin uns angelogen hat. Vielleicht hat sie die Wohnung gar nicht um halb acht verlassen, sondern Austin hat sie beseitigt und ihre Leiche irgendwo verscharrt.«

»Hör bloß auf! Schließlich liegt es in seinem Interesse, dass es Estelle gut geht – zumindest, bis er die Bücher hat. Außerdem glaube ich kaum, dass er den Mumm zu einer solchen Tat hätte. Er gibt sich zwar gern als Macho, aber er liebt seine Großmutter, und seine Mutter hat ihn anscheinend ordentlich an der Kandare. Jede Wette, dass Diane ihn nervt, dass er endlich ein nettes Mädchen heiraten soll, das zu ihm passt? Seine Freundin gefällt ihr sicher nicht, weil sie erstens zu alt ist und außerdem Kinder hat, die nicht von Austin sind. Dabei glaube ich, dass Austin die Kinder gern hat. Er freut sich, wenn sie da sind. Sonst würden ihre Spielsachen nicht überall bei ihm herumliegen, sondern wären irgendwo verstaut.«

»Vielleicht ist er einfach nur unordentlich.«

»Angesichts der Baustelle kann ich das eigentlich nicht glauben.«

»Gut, dann lassen wir Austin einmal außen vor. Ich glaube auch nicht wirklich, dass er Estelle etwas angetan hat, und dass er sie ein zweites Mal eingesperrt hat, glaube ich auch nicht. Wenn er sie noch einmal in aller Öffentlichkeit entführt hätte, hätte sie wahrscheinlich Zeter und Mordio geschrien und ihm das Gesicht zerkratzt.«

»Vielleicht sollten wir durch Oxford streifen und Ausschau nach jemandem halten, der so aussieht, als hätte Estelle ihn verprügelt.« Kate grinste.

»Könnten wir Peter fragen, wen Estelle alles in Oxford kennt?«

»Es wäre zumindest einen Versuch wert, falls Peter inzwischen wieder aufgekreuzt ist. Immerhin waren auf der Hochzeit ziemlich viele Gäste aus Oxford.«

»Wenn wir ihre Namen wüssten, könntest du dich möglicherweise an sie erinnern.«

»Hältst du Beschreibungen wie ›pistaziengrünes Seidenkleid mit goldenem Kopfputz‹ für brauchbar? Oder ›champagnerseliger Mann in dunklem Anzug‹?«

»Apropos betrunkener Mann: Dabei fällt mir Charley Hisper ein. Den sollten wir uns vielleicht einmal näher ansehen.«

»Meinst du wirklich?«

»Unbedingt. Außerdem Peters Bruder und seine Schwägerin. Die wohnen auch hier, nicht wahr?«

»Von Emma wissen wir, dass Peter sich für Myles verantwortlich fühlt. Peter würde seinem Bruder sofort aus der Patsche helfen, sollte der irgendeine Dummheit anstellen oder etwas Illegales tun. Vielleicht rangieren für Peter die Interessen seines Bruders sogar über denen seiner Frau.«

»Myles' Büro befindet sich in North Oxford. Zwar ist halb acht ein bisschen früh, um mit der Arbeit zu beginnen, aber möglich ist es. Und wenn das Wetter sehr schlecht war, ist er vielleicht über Nacht in Oxford geblieben, anstatt nach Hause zu fahren.«

»Er und Cathy wohnen nur ein paar Autobahnkilometer entfernt.«

»Vielleicht sollten wir die Frage nach den Büchern für einen Augenblick außer Acht lassen. Mit Austin haben wir bereits gesprochen. Und ich glaube nicht, dass Adela oder Diane in der Lage wären, Estelle zu entführen, solange die an nichts anderes denken kann als einen schönen, starken Kaffee und ein heißes Bad.«

»Mir schwebte auch eher jemand Größeres und Stärkeres vor«, meinte Kate. »Ein junger Mann.«

»Denkst du an einen bestimmten Namen?«

»Nein. Obwohl ich gesehen habe, dass Charley Hisper das dicke Kind der Humes mit Leichtigkeit in die Luft geworfen hat.«

»Wir sollten auch andere mögliche Gründe für ihr Verschwinden nicht aus dem Blick verlieren.«

»Da wären zum Beispiel die abgelehnten Autoren.«

»Stimmt! Aber dafür brauchen wir deren Namen.«

»Ich rufe Peter an. Würdest du mir bitte inzwischen einen Kaffee machen«, bat Kate, räumte die Teller ab und stellte sie in die Spülmaschine.

»Ich glaube, ich sollte meinen Koffeinkonsum ein wenig einschränken.«

»Wie wäre es dann mit grünem Tee? Oder Kräutertee?«

Sie entschieden sich für grünen Tee und hofften, dass er die gleiche aufputschende Wirkung entwickeln würde wie ein starker Espresso.

Kate ging zum Telefon, kehrte aber ziemlich schnell zu Craig zurück. »Immer noch nichts. Und der Anrufbeantworter behauptet, Peter wäre nicht zu Hause. Keine Ahnung, wann er zurückkommt. Also müssen wir Estelles Verbindungen in Oxford auf andere Weise herausbekommen.«

Craig warf ihr einen misstrauischen Blick zu. »Du denkst doch nicht etwa an etwas Illegales, oder?«

»Ich finde, wir sollten kurz nach London fahren und nachsehen, ob wir in Estelles Büro etwas Nützliches finden. Sie hat sicher ein Adressbuch und eine Liste der Leute, deren Manuskripte sie abgelehnt hat.«

»Und wie sollen wir deiner Ansicht nach in das Büro kommen?«

»So wie jeder, der weiß, wie Estelle Türen abschließt. Der nächste Zug fährt in fünfzehn Minuten. Wenn wir laufen, bekommen wir ihn noch. Wie sieht das Wetter aus?«

»Es regnet und stürmt.«

Kate hüllte sich in einen Regenmantel, setzte eine Mütze auf, wickelte sich einen Schal um den Hals und griff nach ihrer geräumigsten Handtasche, in der sich alles befand, was man für einen Tagesausflug brauchte. Gemeinsam eilten sie zum Bahnhof.

»In welchem Stadtteil liegt Estelles Büro?«, wollte Craig wissen, als sie am Fahrkartenschalter anstanden.

»Kensington.«

»Hätte ich mir eigentlich denken können. Wo auch sonst?«

»Ich kaufe Tickets, die auch für die U-Bahn gelten. Dann nehmen wir die Circle Line zur Gloucester Road.«

23

Auch in London regnete es, doch es war ein paar Grad wärmer als in Oxford. Als sie die U-Bahn-Station verließen und sich in Richtung Brompton Road wandten, blies ihnen der Wind dicke Regentropfen ins Gesicht.

»Es ist nicht weit«, sagte Kate und bog in eine mit eleganten Häusern gesäumte Straße ab. Nach einer weiteren Abzweigung standen sie schließlich vor einem viergeschossigen, frühviktorianischen Reihenhaus, das hell gestrichen war.

»Estelles Büro liegt in der ersten Etage.« Kate zeigte auf ein großes Schiebefenster. Die Rollläden waren fast ganz heruntergelassen, sodass man nicht hineinschauen konnte.

»Sie scheint wirklich nicht zu geizen«, bemerkte Craig.

»Sie braucht eine vorzeigbare Adresse«, entgegnete Kate, drückte auf eine der vier Klingeln und wartete auf eine Antwort.

Nichts tat sich.

»Genau das, was wir erwartet haben.« Sie nickte.

»Aber wir geben doch jetzt nicht auf, oder?«, meinte Craig, dem der Trip nach London offenbar neuen Schwung gegeben hatte.

»Ganz bestimmt nicht.« Kate zeigte auf eine andere Klingel. »Bei dieser Firma hier bin ich auf dem Weg zu Estelle schon öfter vorbeigekommen. Es handelt sich um einen Büroservice, der an Besucher gewöhnt sein müsste.« Sie drückte auf den Klingelknopf.

Die Gegensprechanlage krächzte.

»Hier ist Kate Ivory. Ich möchte zu Estelle Livingstone«, meldete sich Kate.

»Das Büro ist ein Stockwerk höher. Aber ist schon gut, ich lasse Sie rein.«

Der Summer ertönte. Kate und Craig stießen die Tür auf und betraten das Treppenhaus.

»Danke!«, rief Kate, als sie an der Tür im Erdgeschoss vorüberkamen.

»Gut gemacht«, lobte Craig. »Aber wie kommen wir jetzt in Estelles Büro?«

»Du wirst schon sehen«, versprach Kate und stürmte die Treppe hinauf.

Craig stapfte hinterher. Oben standen sie vor einer vertäfelten Tür, auf der Estelles Name in geschwungenen schwarzen Buchstaben stand.

»Du könntest klingeln«, schlug Craig vor.

Kate tat es, doch nichts geschah. »Es ist sinnlos«, sagte sie.

»Und jetzt?«

»Estelle ist einer der vernünftigsten und ordentlichsten Menschen, die ich kenne. Aber sie legt noch immer einen Schlüssel für die Putzfrau unter die Fußmatte.«

»Lässt sie nicht von einem Reinigungsunternehmen putzen?«

»Nein, denn das ist ihr nicht gründlich genug. Zwar hat sie ihrer Putzfrau einen Schlüssel gegeben, aber die Gute hat ihn verloren. Und jetzt liegt immer einer unter der Fußmatte.«

»Woher weißt du das alles?«

»Irgendwann einmal habe ich sie besucht, und wir haben am Abend das Büro gemeinsam verlassen. Dabei habe ich es gesehen. Komisch, nicht wahr? Für einen so peniblen Menschen ist Estelle erstaunlich nachlässig, was den Umgang mit Schlüsseln angeht. Sie hält es für ein weniger großes Risiko, als wenn überall verlorene Schlüssel herumliegen.«

»Hört sich ziemlich verrückt an. Schauen wir also nach.«

Sie hatten Glück.

Kate drehte den Schlüssel im Schloss und drückte die Klinke. Nichts geschah.

»Merkwürdig«, sagte sie.

»Lass mich mal.« Craig probierte es ebenfalls. Zwei Sekunden später war die Tür offen.

»Wie hast du das gemacht?«

»Die Tür war nicht abgeschlossen. Du hast sie erst verschlossen, als du den Schlüssel gedreht hast.«

»Dann müssen wir also jetzt besonders vorsichtig sein, falls da drinnen jemand auf uns wartet. Hast du vielleicht zufällig eine Waffe bei dir?«

»Natürlich nicht! Ich glaube, du schaust zu viele amerikanische Krimiserien.«

In einer verglasten Kabine gleich am Eingang befand sich der Arbeitsplatz von Estelles Assistentin. Der Schreibtisch war aufgeräumt und sah aus, als wäre er eine ganze Weile nicht benutzt worden. Das eigentliche Büro konnten sie nicht einsehen, doch überall herrschte tiefstes Schweigen.

»Weißt du, wie die Assistentin heißt?«, wollte Craig wissen.

»Fiona.«

»Und der Nachname?«

»Keine Ahnung.«

»Wenn wir sie anrufen könnten, würde sie uns vielleicht sagen, ob sie in der letzten Woche Kontakt mit Estelle hatte.«

»Sie war immer nur die Stimme am Telefon«, sagte Kate.

»Eigentlich kenne ich sie gar nicht wirklich. Ich weiß nur, dass sie im Januar immer zwei bis drei Wochen freinimmt, um in Skiurlaub zu fahren.«

Craig zeigte Kate eine Haftnotiz, die am Monitor klebte. *Fi, ein Verrückter hat angerufen. Es geht um irgendeinen Bücherverkauf. Der Kerl hat gedroht, uns alle abzuschlachten! Hab richtig Angst bekommen!!! Gruß, Tracy*, stand da in großer Kinderschrift.

Kate pflückte den Zettel ab. »Tracy scheint die Vertretung zu sein, während Fiona in Urlaub ist. Wie es aussieht, hat sie so viel Angst, dass sie den Rest der Woche lieber frei macht.«

»Schade, dass sie weder ihren vollständigen Namen noch ihre Telefonnummer hinterlassen hat«, ärgerte sich Craig.

»Aber es zeigt, dass hier irgendetwas vorgefallen ist. Vielleicht war die SMS, die Peter bekommen hat, doch eine Lösegeldforderung.«

»Möglich. Aber jetzt komm. Lass uns dem Drachen die Stirn bieten.« Craig öffnete die Tür zum eigentlichen Büro.

Die Luft im Raum war abgestanden. Es roch nach Büchern – nach neuen, gerade frisch aus der Druckerei eingetroffenen und auch nach alten, verstaubten Büchern. Die zu drei Vierteln heruntergelassenen Rollläden sorgten für ein graues, wässriges Licht.

Kate ging zum Fenster und zog die Läden hoch. Unruhige Sonnenstrahlen tanzten auf dem blassblauen Teppich und den weiß getünchten Wänden. Kate blickte sich um, ob irgendetwas anders war als sonst, doch die Ablage mit den unverlangt eingesandten Manuskripten, alle noch in ihren Umschlägen, stand an ihrem üblichen Platz hinter der Tür. Auf dem Schreibtisch lagen ordentlich gestapelt zwei oder drei Manuskripte von Estelles Autoren. Der abgeschaltete

Computer stand auf der anderen Seite des Schreibtischs, sodass Estelle nur ihren Ledersessel drehen musste, um schnell eine kurze E-Mail zu tippen. Auf dem Telefon gleich daneben zeigte eine blinkende Zahl an, dass zwölf neue Nachrichten auf dem Anrufbeantworter warteten.

An der Garderobe hing kein Mantel, nirgends waren eine Handtasche oder ein Aktenkoffer zu sehen. Es gab nicht das geringste Anzeichen dafür, dass Estelle oder jemand anders in der vergangenen Woche dieses Büro betreten hatte.

»Du dachtest, sie könnte hier sein, nicht wahr?«, fragte Craig. »Entgegen aller Wahrscheinlichkeit hast du gehofft, dass sich alles nur als lächerliches Missverständnis herausstellen könnte, dass Estelle hier wäre, uns überrascht ansähe und vielleicht sogar böse über unser Eindringen wäre.«

»Ich fühle mich wie ein Dieb. Wir sollten nicht hier sein.«

»Jetzt machen wir auch weiter. Wir müssen ihr Adressbuch und die Akte finden, in der sie die unverlangt eingesandten Manuskripte vermerkt.«

Als Kate auf den Schreibtisch zuging, klingelte das Telefon. Kate zuckte zusammen. Wie gebannt lauschten sie und Craig der Ansage des Anrufbeantworters, auf die sich eine näselnde männliche Stimme meldete.

»Hier ist noch einmal Todd Erwin, Ms Livingstone. Ich wüsste gern, was mit meinem Manuskript ist. Sie hatten jetzt wochenlang Zeit, es zu lesen, und ich denke, Sie sind mir wenigstens eine Antwort schuldig. Und zwar bald.« In einem etwas sanfteren Ton fuhr er fort: »Bitte, gehen Sie doch ans Telefon. Ich habe wirklich viel Arbeit in diesen Roman gesteckt und halte ihn für mindestens ebenso gut wie manches Fernsehspiel.« Kurze Pause. »Nun gut. Auf Wiederhören.« Der Apparat schaltete sich aus.

Kate und Craig sahen sich an und mussten lachen. »Entwarnung!« Craig grinste.

»Todd Erwin. Das war doch der Typ aus dem Bistro. Sollen wir ihn gleich auf die Liste der Verdächtigen setzen?«

»Hältst du ihn für fähig, jemanden zu entführen?«

»Eigentlich nicht.«

»Vielleicht sollten wir uns die anderen Nachrichten auch anhören«, schlug Craig vor und zog sein Notizbuch und einen Stift aus der Tasche.

Kate drückte die Pfeiltaste.

Die ersten drei Nachrichten stammten von Frauen, die Kate als Estelles Autorinnen identifizieren konnte und die höflich um einen Rückruf baten. Als Nächstes kamen eine Anfrage nach den Filmrechten für ein Buch, das Estelle vertrat, dann die selbstbewusste Stimme einer Frau, die Büromaterial verkaufen wollte, ein Anrufer von der British Telecom, der einen Breitbandanschluss anbot, und ein weiterer Autor, dieses Mal ein Mann, der ebenfalls um einen Rückruf bat. Auch Todd Erwin war mit seiner weinerlichen Stimme noch zwei weitere Male zu hören.

»Ich denke, ich sollte mich um den Computer kümmern«, erklärte Craig. »Ihr Adressbuch dürfte dort gespeichert sein.« Er fuhr den Rechner hoch. »Sehr gut, es ist ein Mac. Und von Passwörtern scheint sie nicht viel zu halten.«

Craig steckte einen USB-Stick in den entsprechenden Anschluss und klickte mit der Maus herum. »Ich mache nur schnell eine Kopie von Estelles Adressbuch. Die Liste der unverlangten Manuskripte habe ich auch gefunden. Hier steht alles über die Romane, die in den letzten drei Monaten eingegangen sind. Ich glaube, weiter zurück brauchen wir nicht zu gehen.«

»Mein Gott! Was ist, wenn Estelle uns erwischt?«

»Wir werden sie mit Freudengeheul begrüßen und nach Oxford zurückkehren – glücklich, dass wir sie wiedergefunden haben.«

»Na, so positiv würde es wohl nicht ablaufen.«

»Ich sehe mir die Adressen zu Hause näher an. Vielleicht finden wir auch die von Myles darunter. Ich wüsste zu gern, was er mit Estelle zu besprechen hatte. Du nicht?«

»Na klar!«

»Sobald sie wieder da ist, solltest du Estelle übrigens unbedingt daran erinnern, ihre vertraulichen Dokumente mit einem Passwort zu schützen, Kate.«

»Was meinst du, sind wir hier fertig?«

»Wir sollten uns noch einmal gründlich umsehen, für den Fall, dass wir etwas vergessen haben. Könnte ja sein, dass Peter einige von Adelas Büchern hier untergebracht hat.«

Aber sie fanden nichts mehr. In Estelles Büro stapelten sich massenweise Manuskripte und Bücher, und an den Wänden hingen Probedrucke für die Umschlaggestaltung. Aber alles war penibel geordnet, und die Bücher stammten sämtlich von Estelles Autoren. Die sauber gespülten Kaffeebecher in der Küchenzeile standen gerade in einer Reihe, die Kaffeemaschine war betriebsbereit. Selbst die Geschirrtücher waren strahlend weiß und frisch gebügelt.

»Wir sind definitiv durch«, meinte Kate. »Lass uns gehen.«

»Ich fahre nur noch schnell den Computer runter.«

In diesem Moment polterte jemand gegen die Eingangstür.

Kate und Craig sahen einander an. Es klopfte erneut.

»Wir müssen auf jeden Fall öffnen.«

Craig wandte sich wieder dem Rechner zu, Kate ging zur Tür. Im Treppenhaus stand ein junger Mann in einem dunklen Anzug. Er war Mitte zwanzig und sah sehr entschlossen aus. Im Hintergrund hörte Kate, wie der Computer mit eincr Abfolge von Tönen herunterfuhr.

»Können Sie mir bitte sagen, wer Sie sind und was Sie hier zu suchen haben. Zwar hat unsere Empfangsdame sie hereingelassen, aber soweit ich weiß, war Ms Livingstone in der vergangenen Woche nicht im Büro.«

»Ich bin eine ihrer Autorinnen«, erklärte Kate und nannte ihren Namen.

»Weiß Ms Livingstone, dass Sie hier sind?«

»Nun ...«

»Wahrscheinlich nicht. Wie sind Sie überhaupt hineingekommen?«

»Ich besitze einen Schlüssel«, sagte Kate und zeigte ihn.

»Ich habe gerade nachgesehen. Ich glaube, es handelt sich um den Schlüssel, den Ms Livingstone für die Putzfrau unter der Fußmatte deponiert hat.«

Craig trat zu ihnen. »Stimmt etwas nicht?«, erkundigte er sich. Dabei bemühte er sich, ganz besonders harmlos und ungefährlich auszusehen.

»Allerdings. Wie es scheint, haben Sie das Büro widerrechtlich betreten. Sollten Sie mir keinen vernünftigen Grund für Ihre Anwesenheit nennen können, rufe ich die Polizei.«

»Wir sind auf der Suche nach Estelle Livingstone«, erklärte Craig. »Wissen Sie vielleicht, wo sie sich aufhält?«

»Ncin.« Neben Craig wirkte der junge Mann noch größer und stämmiger.

»Wir machen uns große Sorgen um sie und haben gehofft, hier etwas finden zu können, was ihre Abwesenheit erklärt.«

»Eben klang es so, als hätten Sie sich an ihrem Computer zu schaffen gemacht.«

»Keine Sorge, wir sind die Guten«, sagte Kate, was aber nur mit einem eisigen Blick quittiert wurde. »Wir machen uns Sorgen um Estelle und wollen sie wiederfinden. Wir wissen, wo sie letzten Mittwoch am frühen Morgen war, aber danach scheint sie sich in Luft aufgelöst zu haben.«

»Für mich klingt das so, als sollten Sie alles Weitere lieber der Polizei überlassen.«

»Sagen Sie das mal ihrem Ehemann«, erwiderte Kate. »Er ist absolut dagegen, die Polizei einzuschalten, und weigert sich, zu glauben, dass mit ihrem Verschwinden etwas nicht stimmt.«

»Möglicherweise würde sich die Polizei aber auch für Ihr Verhalten interessieren.«

»Genau genommen sind wir nicht eingebrochen«, behauptete Kate. »Und mitgenommen haben wir auch nichts. Wir haben nur nach Hinweisen auf Estelles Verbleib gesucht.«

»Sie sagen, Sie sind Autorin?«

»Richtig.«

»Wahrscheinlich schreiben Sie Krimis.«

»Nein.«

Der Mann schob sich an Craig und Kate vorbei in das Büro und blickte sich um, aber alles schien in Ordnung zu sein.

»Vielleicht sagen Sie ja tatsächlich die Wahrheit«, meinte er. »Lassen Sie mir trotzdem Ihre Namen und Ihre Adressen da, falls ich Sie noch mal kontaktieren muss. Und geben Sie mir den Schlüssel zurück.«

Kate drückte ihn dem Mann zusammen mit ihrer Visitenkarte in die Hand. Craig schrieb seinen Namen auf die Rückseite der Karte.

»Gut. Gehen Sie jetzt bitte.«

Er begleitete sie bis zum Ausgang. Sein misstrauischer Blick folgte ihnen auf ihrem Weg zur U-Bahn-Station.

»Wir hätten ihn auch nach seinem Namen fragen sollen«, sagte Kate. »Wer weiß, vielleicht ist er ja der Entführer.«

»Das wage ich zu bezweifeln«, entgegnete Craig. »Lass uns zurück nach Oxford fahren. Immerhin haben wir jetzt neues Material und können unsere nächsten Schritte planen.«

»Nachdem wir nun schon einmal hier sind«, widersprach Kate, »könnten wir doch auch noch einmal bei Estelle privat vorbeischauen.«

»Aber Peter ist nicht da. Niemand ist zu Hause.«

»Es ist nicht weit. Nur ein paar Stationen Richtung Westen. Vielleicht erfahren wir ja auch noch etwas über Peter, wenn wir uns bei ihm zu Hause umschauen.«

»Und wie sollen wir hineinkommen?«

Kate warf ihm nur einen stummen Blick zu.

»Glaubst du, dass auch dort ein Schlüssel unter der Fußmatte liegt?«

»Oder in einem Blumentopf. Ein Versuch schadet jedenfalls nicht.«

24

»Sollen wir zuerst klingeln und dann einbrechen, oder betätigen wir uns sofort kriminell?«, fragte Kate kurz vor Estelles Haustür.

»Wenn sie einen Schlüssel unter der Fußmatte oder in einem Blumentopf hat, brechen wir doch nicht wirklich ein, oder?«

»Hoffentlich hast du recht.«

»Hauptsache es sieht alles möglichst unverfänglich aus, falls uns irgendwelche Nachbarn beobachten.«

»Wir sehen doch beide aus wie ganz normale Mittelklassebürger, also alles andere als verdächtig.«

»Glaubst du nicht, dass jeder Einbrecher, der etwas auf sich hält, heutzutage so aussieht?«

»Sollen wir es mit diesem Blumentopf versuchen?« Kate zeigte auf eine blattlose, dürre Pflanze, deren kümmerliche Existenz keinen anderen Zweck zu haben schien, als einen Schlüssel zu verbergen. Und wirklich – als Kate die Pflanze aus dem Topf hob, fand sie einen Schlüssel.

»Das ist eine wirklich schlechte Angewohnheit von Estelle«, brummte Craig und steckte den Schlüssel ins Schloss. »Jemand sollte ihr das einmal sagen.« Mit einem leisen Klicken öffnete sich die Tür, zwei Sekunden später waren sie im Haus.

»Die Vorhänge der Nachbarn haben sich nicht bewegt«, verkündete Kate.

Der Gestank war noch schlimmer als beim letzten Mal

und kam offenbar von alten Essensresten, die Peter hatte herumliegen lassen.

Sie sahen sich um, fanden aber nichts, was auf Estelles oder Peters Verbleib hätte schließen können. Schließlich war es Craig, der vorschlug, das Telefon zu überprüfen.

»Sechs Nachrichten«, sagte er nach einem Blick auf die blinkende Anzeige. Er drückte auf den Abspielknopf.

Die ersten beiden Nachrichten boten nichts Interessantes, die dritte fesselte jedoch sofort ihre Aufmerksamkeit.

»Estelle? Hier ist Tracy.« Die Stimme klang jung und rauchig, der Dialekt stammte aus dem Südwesten. »Ich dachte, es wäre gut, wenn Sie Bescheid wüssten: Heute Morgen erhielt ich einen ziemlich merkwürdigen Anruf. Es war irgendein Verrückter, der sich über einen illegalen Bücherverkauf ausließ. Bestimmt hat er sich geirrt, und doch hat der Anruf mir große Angst gemacht. Das wollte ich Ihnen nur sagen.« Die Nachricht war am dreizehnten Januar um zwei Uhr fünfzehn nachmittags aufgezeichnet worden.

Kate und Craig sahen sich an. »Das war bestimmt die Tracy aus Estelles Büro«, stellte Kate fest.

»Und es ging um den Verrückten, den sie schon auf der Haftnotiz an Fiona erwähnte.«

»Ich wünschte, sie hätte sich ein wenig genauer ausgedrückt. Zum Beispiel wäre es hilfreich zu erfahren, ob dieser Verrückte ein Mann oder eine Frau ist.«

»Und um welchen Bücherverkauf es geht.«

Craig drückte erneut auf die Pfeiltaste.

»Pete? Hier ist Cathy. Bist du schon auf dem Weg zu uns? Ich weiß, ich habe dir versprochen, dass du die Scheune benutzen kannst, aber Myles will das Haus verkaufen. Er scheint ziemlich viele Schulden zu haben, und offenbar sind ihm deshalb ein paar üble Burschen auf den Fersen. Du musst also demnächst dein Zeug wieder abholen. Entweder das, oder du einigst dich mit Myles. Allerdings glaube ich, dass du ihn nur mit einer großzügigen Geldspritze umstimmen kannst. Melde dich doch bitte bei Gelegenheit.«

»Was mag er in ihrer Scheune abgestellt haben?«

Sie blickten einander an. »Das ist es, nicht wahr?«, fragte Craig.

»Das bekommen wir nur auf eine einzige Weise heraus. Cathys Adresse steht bestimmt in Estelles Adressbuch«, meinte Kate.

»Was glaubst du, sind wir hier fertig?«, wollte Craig wissen.

»Ich denke schon.«

Sie schlossen die Haustür ab und versteckten den Schlüssel wieder im Blumentopf.

»Seltsam, dass Estelle so vertrauensselig ist«, sagte Kate, während sie den Topf wieder so hinstellte, als wäre er nicht berührt worden.

»Vielleicht ist das die Erklärung«, grübelte Craig. »Als Agentin mag sie knallhart sein, aber wenn es um zwischenmenschliche Beziehungen geht, ist sie naiver, als wir dachten. Sie hat Peter blind vertraut, als sie ihn heiratete. Ich glaube nicht, dass sie auch nur ahnte, wie er in Wirklichkeit ist. Sie hat Austin vertraut, als er mit ihr in die Chilterns fuhr, und auf dem Weg zum Bahnhof hat sie offenbar noch jemandem vertraut, dessen Namen wir bisher nicht kennen. Jedenfalls stieg sie in sein Auto, vielleicht, weil er ihr einen Kaffee und ein heißes Bad versprach.«

»Für den letzten Teil gibt es allerdings keine Bestätigung«, meinte Kate.

»Aber ich bin mir fast sicher, dass es der Wahrheit ziemlich nahe kommt.«

In der U-Bahn zum Bahnhof Paddington sagte Craig plötzlich: »Wir haben noch immer nicht darüber nachgedacht, was wir Jon sagen wollen.«

»Können wir das nicht noch ein paar Tage verschieben?«

»Aber sicher.«

Auf dem Rückweg im Zug war Kate ungewöhnlich schweigsam, was Craig Gelegenheit verschaffte, über ihre letzten Entdeckungen nachzudenken.

Inzwischen lehnte er es ab, Kates Sorgen wegen Estelle herunterzuspielen, wie Jon ihn eigentlich gebeten hatte. Estelle war tatsächlich entführt worden. Zunächst nur halbherzig von Austin Brande, aber dann war sie auf dem Weg nach London erneut spurlos verschwunden. Jeder vernünftige und liebevolle Ehemann hätte längst die Polizei alarmiert, vor allem, wenn er tatsächlich eine Lösegeldforderung bekommen hatte. Doch Peter schien viel zu sehr damit beschäftigt, seine zweifelhaften Machenschaften zu verbergen, als dass er um Hilfe gebeten hätte. Was war das für ein Mann, der offenbar das Leben seiner Frau riskierte, um ein paar mehr oder weniger wertvolle Bücher zu verkaufen?

Vielleicht liegt genau darin unser Denkfehler, sinnierte er. Waren die Bücher möglicherweise doch deutlich zahlreicher und kostbarer, als sie bisher vermutet hatten? Was, wenn sie mehrere Hunderttausend Pfund wert waren? Welchen Preis würde Peter für Estelles Rückkehr zahlen?

Gab es vielleicht noch einen anderen Grund als einen vorübergehenden finanziellen Engpass, der Peter dazu bewegte, den warmen Geldregen auf jeden Fall mitzunehmen? Kate und er würden die Humes noch einmal genauer beobachten müssen, wenn sie Peters Motive verstehen wollten. Aber was auch immer dabei herauskam – Fakt blieb, dass Estelle unter ziemlich mysteriösen Umständen verschwunden war. Und diese Tatsache entsprang nicht nur einer von Kates fantasievollen Launen. Niemandem hatte Estelle eine geplante Abwesenheit angekündigt. Und alles, was er bisher über sie erfahren hatte, zeigte ihm, dass ihr ein solches Verhalten absolut nicht entsprach.

Zu Hause trennten sie sich. Kate ging in ihr Arbeitszimmer, Craig in sein Schlafzimmer. Später trafen sie sich in der Küche wieder.

»Ehe Jon zurückkommt, haben wir noch eine Stunde, in der wir uns ungestört unterhalten können«, sagte Kate.

»Okay.«

Craig hatte sein MacBook mitgebracht, legte es auf den Tisch und zeigte Kate, was er gefunden hatte.

»Wie zu erwarten enthält Estelles Adressbuch jede Menge beruflicher Kontakte«, begann er. »Aber es gibt auch ein paar persönliche Einträge. Sie hat das Adressbuch in unterschiedliche Rubriken aufgeteilt: Verleger, Autoren und zum Beispiel auch eine Liste für Weihnachtsgrüße. Manchmal hat sie alle Einzelheiten notiert, also Postadresse, E-Mail-Kontakt und Handynummer, und manchmal hat sie nur E-Mail-Adresse oder Telefonnummer aufgeführt. Todd Erwin habe ich leider nicht finden können.«

Kate blickte ihm über die Schulter. »Wenn wir seine Adresse brauchen, bekommen wir sie bestimmt über das Literaturcafé. Falls das überhaupt nötig sein sollte. Schauen wir uns doch einmal die Liste für Weihnachtsgrüße an«, fuhr sie fort. »Ich könnte mir vorstellen, dass Estelle dort sowohl ihre wichtigsten Geschäftsadressen als auch ihre Freunde abgespeichert hat.«

Craig klickte die Liste an.

»Du liebe Zeit, das sind ja Hunderte von Namen!«, rief Kate. »Verschickt sie wirklich so viele Karten?«

»Am besten, ich drucke sie aus. Dann können wir sie zwischen uns aufteilen. Darf ich den Drucker in deinem Arbeitszimmer benutzen?«

Mit zwei Listen machten sie es sich wieder am Küchentisch bequem und überprüften schweigend die Namen. Die interessanten Einträge markierten sie. Zehn Minuten später fragte Kate: »Hast du etwas gefunden?«

»Nicht viel. Von den meisten Leuten habe ich noch nie im Leben gehört. Sicherlich kennst du mehr von ihnen als ich.« Sie tauschten die Listen.

»Estelle und ich stehen uns nicht sonderlich nah. Aber ich kenne die Namen ihrer Autoren.« Sie schob ihre Liste in die Mitte, sodass beide sie einsehen konnten. »*Peter, Cottage*. Das sollten wir uns ansehen, meinst du nicht?«

»Unbedingt. Leider gibt es keine Telefonnummer. Und Peters Handynummer haben wir auch nicht.«

»Wahrscheinlich kennt Estelle sie auswendig und hat sie auf eine Kurzwahl gelegt.« Kate zeigte auf den nächsten Eintrag. »Myles und Cathy. Das sind Peters Bruder und seine Schwägerin.«

»Dachte ich mir.«

»Pamela Hume ist die Mutter von Peter und Myles. Allerdings glaube ich nicht, dass sie mehr weiß als wir.«

»Aber vielleicht versteckt Peter sich bei ihr.«

»Gut, behalten wir das im Hinterkopf. Bei dem Eintrag da unten, Matthew und Esmée, handelt es sich um Estelles Eltern.«

»Ah, das könnte uns weiterbringen. Ich wusste nicht, dass es sich um ihre Eltern handelt, weil kein Nachname dabeisteht.«

»Hast du zufällig eine passende Fiona gefunden? In der Weihnachtsliste war zwar eine, aber die wohnt in Hereford.«

»Wie wäre es mit dieser hier? Fiona Ellis. Sie steht in der allgemeinen Liste und wohnt in Westlondon. Mit der U-Bahn braucht sie bestimmt nicht lang bis zur Agentur.«

»Sollen wir sie anrufen?«

Kate griff bereits zum Telefon und wählte. »Hallo? Ist da Fiona Ellis? Guten Abend.«

Nachdem sie das Gespräch beendet hatte, wandte sie sich an Craig. »Es war tatsächlich die richtige Nummer. Fiona befindet sich noch im Skiurlaub. Für diese Zeit gibt es eine Aushilfe, und soweit ihre Mutter informiert ist, wollte Estelle währenddessen in der Agentur sein.«

»Das stimmt mit dem überein, was wir vermutet haben.« Craig griff erneut zu seinem Notebook. »Ich habe eine Liste der Leute gemacht, mit denen wir morgen Kontakt aufnehmen sollten. Charley Hisper steht ganz oben, weil sein Name immer wieder auftaucht und er gerade einmal dreißig Kilometer entfernt wohnt. Danach könnten wir zu Peters Cottage fahren und nachsehen, ob er sich dort verkrochen hat. Von dort aus fahren wir die paar Kilometer zu Myles und Cathy Hume und schauen nach, ob Peter seinen Katalog dort untergebracht hat. Danach habe ich noch Matthew und Esmée auf der Liste. Sie wohnen nicht weit entfernt von Myles. Wenn uns Zeit bleibt, können wir auch dort vorbeischauen.«

»Super. Aber jetzt sollten wir alles schnell wegräumen. Jon kann jede Minute hier sein.«

»Dann öffne doch schon mal den Wein und schenk ein.«

An diesem Abend sprachen Craig und Kate nicht über Estelle. Sie waren übereingekommen, Stillschweigen über ihren Ausflug nach London und die Raubkopie von Estelles Adressbuch zu bewahren. Als Jon fragte, womit sie sich an diesem Tag die Zeit vertrieben hatten, geriet das Gespräch kurzfristig ins Stocken. Beide hielten »Nichts Besonderes« für die beste Antwort. Kate war nicht ganz sicher, ob die schwammige Auskunft Jon wirklich zufriedenstellte.

25

»Hallo Pete? Bist du da? Dann nimm doch bitte ab. Warum ist dein Handy ausgeschaltet? Oder hast du nur vergessen, es aufzuladen? Hast du es gewusst? Ich nehme an, du hast es gewusst. Okay, ich rufe dann später noch mal an.«

»Hallo. Ich bin es schon wieder, Pete. Dein kleiner Bruder. Dein Handy ist immer noch abgeschaltet, daher bin ich sicher, dass du es weißt. Ich würde dir ja eine E-Mail schicken, aber du würdest sie ja doch nicht lesen. Wenn du mich hörst, nimm doch bitte ab!«

»Hallo! Warum antwortest du nicht? Stimmt etwas nicht? Ich bin es, Myles. Nimm ab, schließlich bin ich ein netter Kerl. Und wo zum Teufel treibt sich Estelle herum, wenn wir schon dabei sind? Habt ihr euch abgesetzt? Ha, ha, das war ein Scherz! Ich bin sicher, dass du da bist, und melde mich weiter, bis du antwortest.«

»Hallo? Allmählich gehst du mir auf den Keks! Warum meldest du dich nicht, Pete? Seit Wochen schleichst du jetzt herum und versuchst, etwas vor uns zu verbergen. Doch jetzt will ich endlich wissen, was los ist. Wenn du dich nicht meldest, komme ich nach London und nehme den Finger nicht vom Klingelknopf, bis du öffnest. Und wenn du das nicht tust, werfe ich deine Fensterscheiben ein. Im Ernst! Jetzt nimm endlich ab, verdammt noch mal!«

»Okay, Myles. Ich höre. Was willst du?«

»Alles in Ordnung mit dir, Pete? Du hörst dich schauderhaft an. Ist etwas passiert?«

»Schon möglich.«

»Was soll das heißen?«

»Weißt du was? Ich muss dringend mal hier raus. Können wir uns im The Plough treffen?«

»Klar. Wo bist du.«

»Das spielt keine Rolle. In einer halben Stunde bin ich da.«

The Plough befand sich in einem hübschen Pendlerdörfchen in den Chilterns. In der Zeit, als Peter noch in seinem Cottage gelebt hatte und Myles mit Frau und Kindern in einem größeren Haus in der Nähe wohnte, war der Pub für beide Brüder bequem zu erreichen gewesen. Er war angenehm anonym. Die meisten Gäste waren Männer mittleren Alters, die auf dem Heimweg von London auf ein Bier vorbeischauten. Im Sommer wurde die Terrasse geöffnet, wo man bei einem kühlen Bier sitzen und die bewaldeten Hügel betrachten konnte.

Wie spießig Myles und ich doch eigentlich sind, dachte Peter, während er die anderen Gäste in ihren dunklen Anzügen und mit ihren kurz geschnittenen, grauer werdenden Haaren betrachtete. Aber was kann man bei einem familiären Hintergrund wie unserem schon anderes erwarten? Sie hatten in einer Vorstadtvilla im Grünen gewohnt. Der Vater war Anwalt gewesen, die Mutter Krankenschwester, die jedoch nach der Geburt der Jungen ihren Beruf aufgegeben hatte, um sich nur noch um die Kinder zu kümmern. Hatte er sich als Kind eingeengt gefühlt? Wie den meisten Kindern war ihm sein Zuhause mit den beigefarbenen Möbeln und der täglich wiederkehrenden Routine selbstverständlich vorgekommen. Für rebellisches Teenagergebaren war wenig Raum gewesen, was vielleicht der Grund dafür war, dass sich Myles noch heute wie ein Halbstarker aufführte, während er selbst ... Nun ja, er widersetzte sich den Familienkonventionen auf seine Weise.

An diesem eher kühlen Abend saßen die Brüder in ihrer Stammecke im Schankraum. Peter besorgte Bier.

»Als Nächstes brauche ich einen Kurzen!«, rief Myles ihm zu.

Sie hatten mindestens eine Viertelstunde in der Kneipe gesessen, ehe Myles das Thema anschnitt, das beide beschäftigte.

»Du siehst gar nicht gut aus, Pete. Hast du Probleme?«

»Ich hatte eine ganze Menge um die Ohren.«

»Geldsorgen? Oder läuft es in der Ehe nicht so, wie du erwartet hast?«

»Das hört sich eigentlich eher nach deinen Problemen an. Aber zufällig muss ich beide Fragen bejahen.«

Myles stieß einen Pfiff aus. »Hast du Ärger mit Estelle? Hat sie dich etwa verlassen? Jetzt schon?«

Myles' Stimme klang so eifrig, dass Peter fast den Eindruck hatte, Schadenfreude herauszuhören.

»Nein, ganz so ist es nicht.«

»Wirklich nicht? Wenn sie auch nur ansatzweise so ist wie Cathy, lässt sie dir nicht mal das Schwarze unter dem Fingernagel und wirft dich aus dem Haus. Apropos Haus: Das Haus gehört doch ihr, richtig?«

Peter holte tief Luft. »Sie ist ganz anders als Cathy. Und es ist nicht ihr Fehler, dass sie weg ist. Es ist meiner.«

»Warum? Was hast du angestellt?«

»Ich glaube, ich hole mir etwas zu essen. Im Cottage ist mir das Brot ausgegangen. Soll ich dir etwas mitbringen?«

»Oh, für Chicken Pie bin ich immer zu haben.«

»Hier heißt das ›Biohähnchen aus der Region unter einer mit heimischer Butter selbstgemachten Blätterteigkruste‹. Möchtest du auch ›handgeschnittene, extragroße Pommes Frites‹ dazu?«

»Klar. Und Ketchup. Am liebsten eines aus der Plastikflasche, das nur aus Chemie und künstlichen Aromastoffen besteht.«

Der Pub war voller als bei ihrem letzten Treffen. Das allgegenwärtige Gemurmel von leisen Gesprächen sorgte dafür, dass niemand ihre Unterhaltung belauschen konnte, selbst wenn er daran interessiert gewesen wäre.

»Unsere Pies werden an den Tisch gebracht, sobald sie fertig sind«, sagte Peter.

Schweigend saßen sie einander gegenüber, bis das Essen kam. Sie zerschnitten die knusprige Teigkruste, krümelten auf ihre Hemden und genossen die zarte Pastete. Erst jetzt fühlte sich Peter in der Lage, offen mit seinem Bruder zu sprechen. Er legte Messer und Gabel beiseite.

»Erinnerst du dich, wie du mich gebeten hast, dir einen ziemlichen Batzen Geld zu leihen?«

»Es waren doch nur ein paar Tausend.«

»*Nur* ist gut! Du wolltest zehn, wenn ich mich recht erinnere.«

»Schon gut. Aber wenn *ich* mich recht entsinne, konntest du nicht einmal zweitausend erübrigen. Reden wir also nicht mehr darüber.« Myles klang gekränkt. »Das hat mir eine Menge Probleme beschert.«

Peter hätte all die anderen »paar Tausend« erwähnen können, die ihm Myles noch immer schuldete, doch er unterließ es. »Tut mir wirklich leid für dich, aber es ging beim besten Willen nicht. Auch die zweitausend, die Mutter haben wollte, konnte ich ihr nicht leihen. Aber irgendwie bin ich immer noch so dämlich, mich für euch verantwortlich zu fühlen, und deshalb habe ich etwas unternommen.«

Myles' Gesicht leuchtete auf. »Hast du etwa das Geld? Kannst du mir helfen?«

»Du musst dich schon selbst um dich kümmern, Myles. Leider kann ich niemandem helfen, noch nicht einmal mir selbst. Ich dachte, ich wäre auf der Gewinnerseite, aber das war ein Irrtum.«

»Trotzdem könntest du etwas für mich tun.«

»Ich sage dir doch gerade, dass ich kein Geld habe.«

»Schon kapiert. Aber ich wollte dich um etwas bitten, was dich keinen Penny kostet. Ich brauche eine Unterkunft für ein oder zwei Nächte. Könnte ich das Gästezimmer in deinem Cottage benutzen?«

»Zurzeit kann ich keinen Besuch gebrauchen.«

»Ich verschwinde am frühen Morgen und arbeite den ganzen Tag in der Kanzlei. Du wirst gar nicht merken, dass ich da bin.«

»Also gut, aber nur eine Nacht.«

»Danke, Pete. Du bist ein prima Kerl. So, und jetzt berichte von deinem Fiasko. Hat Estelles Abgang damit zu tun? Hast du etwa ihr Konto geplündert hast?«

»Natürlich nicht. Nein, ich habe ein Geschäft an Land gezogen, das sich zunächst richtig gut anließ, aber dann völlig aus dem Ruder gelaufen ist.«

»Nämlich?«

Peter schnitt noch ein Stück von seiner Pastete ab. Ihm fiel ein, wie lange er nichts Vernünftiges mehr gegessen hatte, und so ließ er es sich schmecken. »Diese Fritten sind köstlich«, erklärte er. Langsam kehrte Farbe in sein Gesicht zurück.

»Die nächste Runde geht auf mich«, verkündete Myles.

»Für mich nur ein kleines Bier«, sagte Peter. »Ich muss noch fahren.«

Als das frische Bier vor ihm stand, fuhr er mit seiner Geschichte fort.

»Erinnerst du dich an eine alte Dame, die bei der Hochzeit war?«

»An eine ganze Menge alter Damen sogar. Ich glaube, Estelle hat mehr Tanten als ein Hund Flöhe.«

»Diejenige, die ich meine, war keine wirkliche Tante. Eine kleine, etwas schusselige Lady in einem fliederfarbenen Kostüm mit passendem Hut.«

»Mit solchen Beschreibungen habe ich noch nie etwas anfangen können.«

»Ist ja auch egal. Die alte Dame ist Witwe, irgendwas um die achtzig. Sie ist eine alte Freundin von Matthew Livingstone und wohnt in North Oxford.«

»Na toll.«

»Quatsch. Das Tolle ist, dass ihr Mann, der viele Jahre älter war und schon vor einiger Zeit gestorben ist, ein Büchersammler war. Er hieß übrigens Victor.«

»Er sammelte Bücher? Hast du dich deswegen für sie interessiert?«

»Klar. Vor allem, als sie mir in einem Brief schrieb, dass sie daran denke, einige seiner Bücher zu veräußern. Ich vermutete, dass sie Geld brauchte. Auf Spareinlagen gibt es gerade mal noch ein halbes Prozent, und die Börse befindet sich im freien Fall. Ich hatte keine allzu großen Hoffnungen, was die Sammlung des alten Mannes anging. In Händlerkreisen wurde zwar immer mal wieder über seine Bücher spekuliert, aber das musste nichts bedeuten. Die meisten Leute glaubten, dass er seine Bücher in einem feuchten Keller aufbewahrte, wo sie als Katzenklo und Mäusefutter dienten. Trotzdem habe ich mich entschlossen, sie mir anzusehen.«

»Irgendwie sagt mir mein Gefühl, dass diese Geschichte kein Happy End hat. Sag mir nur, ob es auch etwas Positives zu berichten gibt, ehe wir uns dem traurigen Ende zuwenden.«

»Aber ja. Sehr positiv sogar. Als ich zu ihr nach Hause kam, wurde ich ins Wohnzimmer gebeten und musste eine Tasse Tee aus einer mit Rosen verzierten Porzellantasse trinken, bekam altbackene Ingwerkekse serviert und wurde über die Lebensgeschichten von mindestens einem halben Dutzend Katzen unterrichtet. Aber irgendwann kam sie dann auf die Bücher zu sprechen und führte mich in den Keller.«

»Hört sich an, als kämen jetzt gleich Gespenster und Vampire zum Einsatz.«

»Viel hätte nicht gefehlt: Wir gingen eine düstere, feuchte Treppe hinunter, die direkt in die Eingeweide der Erde zu führen schien. Die Glühbirne war durchgebrannt, und die alte Lady hatte es nicht fertiggebracht, eine neue hineinzudrehen. Ich bot ihr an, diese Aufgabe zu übernehmen – immerhin besser, als sich auf der unebenen Treppe das Genick zu brechen. Schließlich standen wir vor einer dicken Metalltür mit Schlössern und Riegeln wie in Fort Knox.«

»Du machst dich über mich lustig, Pete!«

»Kein bisschen! Der alte Victor Carston war ein Besessener. Er hatte sich im Keller ein komplett mit Metall ummanteltes Lager bauen lassen – der Himmel weiß, wie er an die Baugenehmigung dafür gekommen ist. Entweder hat er die Pläne eingereicht, ehe die Behörden so pingelig wurden, oder er hat es als Bunker für den Dritten Weltkrieg ausgegeben. Jedenfalls besaß das Ding eine Klimaanlage, und Feuchtigkeit und Temperatur wurden außerhalb des eigentlichen Lagers angezeigt und aufgezeichnet.«

»Und drinnen?«

»Jetzt kommt das Beste. Alle Bücher befanden sich in durchsichtigen Schutzhüllen, wurden in säurefreien Kästen aufbewahrt und waren sämtlich in allerbestem Zustand. Tausendmal besser als in einer Buchhandlung, wo die Leute mit ihren schmutzigen Fingern durch die Seiten blättern.«

»Und was waren das für Bücher? Immerhin weiß ich, dass die Ausgaben von Buchclubs nicht sehr viel wert sind, und ich kann mir auch nicht vorstellen, dass die Sammelbände von Readers Digest sehr gefragt sind.«

»Es gab weder Buchclubausgaben noch gekürzte Romane. Nur hochqualitative Literatur. Erstausgaben, und zwar signiert! Nur das Beste vom Besten, Myles.«

»Du weißt ja, dass ich kein großer Literaturkenner bin, Pete. Du wirst mir auf die Sprünge helfen müssen.«

»Victor Carston wurde in den achtziger Jahren des 19. Jahrhunderts geboren und starb 1987. Hast du eine Ahnung, wie viele große Autoren während dieser Zeit geschrieben haben? Selbst du dürftest schon einmal von Ernest Hemingway, Graham Greene, Evelyn Waugh und G. K. Chesterton gehört haben, oder?«

»Für mich hören sich diese Namen vor allem alt und unmodern an.«

»Du Banause! Nach Victors Tod hat seine Witwe der

Sammlung übrigens noch ein paar Bücher hinzugefügt. Sie hatte den Eindruck, dass Autoren wie J. K. Rowling und Philip Pullman und die – wie sie sich ausdrückte – flotteren, modernen Schriftsteller wie Sebastian Faulks, Kate Atkinson und Penelope Fitzgerald ebenfalls vertreten sein sollten.«

»Du hast dir also die ganzen Reichtümer angesehen und der alten Dame ein Angebot gemacht?«

»Nein, ich habe sie gefragt, ob sie wüsste, was die Bücher wert sind.«

»Und? Wusste sie es?«

»Sie erklärte, Victor hätte die Bücher auf 3700 Pfund geschätzt. Dann überlegte sie noch einmal und räumte ein, dass er vielleicht auch 37 000 gesagt haben könnte.«

»Ich hoffe, du hast bei der ersten Summe gleich akzeptiert.«

»Natürlich nicht. Ich bestätigte ihr, dass Victor sicher 37 000 Pfund gemeint hätte, und die bot ich ihr dann auch an, zuzüglich eines Inflationsaufschlags. Wir einigten uns auf runde 40 000.«

»Das ist eine ganze Menge Geld«, meinte Myles skeptisch. »Hast du wenigstens vorher überprüft, wie viele Bücher es genau waren?«

»Es sind Unmengen von Büchern«, entgegnete Peter. »Leider war das Licht nicht so hell, wie es hätte sein dürfen. Ein paar der Werke habe ich mir nach dem Zufallsprinzip herausgepickt und Adela dann nach dem Katalog gefragt. Dieser bestand aus altmodischen Karteikarten, die in den Schubladen eines Eichenschranks untergebracht waren, wie man sie vor zwanzig Jahren in jeder Bibliothek fand. Damals fuhr ich noch den Volvo Kombi. In zwei Fuhren konnte ich das ganze Teil nach London bringen. Ach ja, falls du dir Sorgen machen solltest: Ich wusste, dass mir die paar Bücher, die ich gesehen hatte, problemlos die 40 000 investierten Pfund einbringen würden. Falls ich noch auf weitere Schätze treffen würde, wäre das dann reiner Gewinn für mich.«

»Und wo willst du die Bücher aufbewahren, während du auf interessierte Kundschaft wartest?«

»Während der ersten beiden Monate ließ ich sie, wo sie waren, denn dort waren sie am besten aufgehoben. Nachdem ich den Katalog durchforstet hatte, nahm ich einige Bände mit, von denen ich wusste, dass ich sie für gutes Geld verkaufen konnte, und bezahlte Adela in drei Raten. Bis Weihnachten hatte ich die 40 000 beisammen und bezahlte die letzte Rate Ende Dezember. Zwischenzeitlich habe ich mit Adela vereinbart, die Bücher an Ort und Stelle zu lassen. Ich kümmere mich um sie und habe natürlich auch ein neues Schloss anbringen lassen. Für die Bücher, die ich gerade zum Verkauf anbiete, habe ich ebenfalls einen Platz gefunden. Das ist alles geregelt.«

»Dann hast du jetzt also Geld.«

»Nein.«

»Warum? Was zum Teufel ist schiefgelaufen?«

Peter zeichnete ein kompliziertes Muster aus einander überschneidenden Kreisen in eine der Bierpfützen auf dem Tisch, antwortete aber nicht.

»Nimmst du noch ein kleines Bier?«, fragte Myles.

»Ich bin dran«, entgegnete Peter und ging langsam zur Bar.

In den letzten zwei Wochen scheint er um Jahre gealtert, dachte Myles, als sein Bruder mit zwei doppelten Cognacs zurückkam.

»Du hast hoffentlich nicht vergessen, dass du noch fahren musst.«

»Ich fahre doch nur bis zum alten Cottage. Mach dir nicht ins Hemd.«

»Also? Was ist schiefgelaufen?«

»Jemand hat Wind von dem Deal bekommen, mich bei Estelle angeschwärzt und behauptet, ich hätte Adela um ein Vermögen geprellt.«

»Aber genau genommen hast du das doch auch.«

»Ich habe ihr gegeben, was sie verlangt hat. Sogar mehr. Sie hätte vielleicht noch andere Händler anschreiben sollen, um herauszufinden, was die Sammlung wirklich wert ist. Möglicherweise hat sie das sogar getan, aber anscheinend ist niemand über die Katzen und den düsteren Keller hinaus vorgedrungen. Du bist doch Anwalt, du müsstest doch wissen, dass ich mir nichts habe zuschulden kommen lassen.«

»Rein vom Gesetz her nicht. Was allerdings die moralische Seite angeht, bin ich etwas im Zweifel.«

»Und das muss ich mir ausgerechnet von dir anhören!«

»Kannst du nicht mit Estelle reden? Oder ihr ein teures Geschenk kaufen?«

»Ach, es ist alles viel komplizierter. Ich sitze auf einer Goldmine und kann sie nicht zu Geld machen. Wenn die Leute von einem weiteren Verkauf erfahren, dann ...«

Die Tür zum Gastraum wurde aufgerissen. Mit einem Schwall kalter Luft kam eine rotgesichtige Frau in einem Kamelhaarmantel und mit einer schneegesprenkelten grünen Baskenmütze herein.

»Da treibst du dich also herum!«, keifte sie, trat auf ihren Tisch zu und setzte sich auf einen der freien Stühle. »Eigentlich hätte ich es mir denken können.«

»Hallo Cathy«, grüßte Peter höflich.

»Was geht es dich an, wo ich mich mit meinem Bruder treffe?«, fuhr Myles sie an. Er ärgerte sich, dass Cathy sie ausgerechnet in dem Augenblick unterbrochen hatte, als Peter zum interessanten Teil der Geschichte kam.

»Wenn ihr euch Cognac gönnt, will ich auch etwas trinken. Hol mir einen Gin Tonic, Peter.« Gehorsam stand Peter auf und ging erneut zur Bar.

»Ich dachte, du wolltest nur noch über deinen Anwalt mit mir reden«, sagte Myles.

»Und ich dachte, du würdest für die Hypothek und das Schulgeld der Mädchen aufkommen«, erwiderte Cathy.

»Nun, auf keinen Fall bezahle ich weiter für dein Abo im Fitnessstudio. Bist du überhaupt jemals dort gewesen?«

»Ich rede vom Schulgeld«, beharrte Cathy. »Und von der Hypothek, die mindestens ebenso wichtig ist.«

»Bei mir herrscht momentan ziemlich Ebbe.«

»Ach ja, und deswegen schnorrst du wieder mal deinen Bruder an, nicht wahr?«

»Das ist jetzt wirklich nicht fair«, sagte Peter, der zurückgekommen war und Cathy ihr Glas reichte. Myles war froh, dass Peter nicht verriet, wie oft er ihm schon aus der Patsche geholfen hatte.

»Trink deinen Gin, und hör auf, so ein Theater zu machen«, fuhr Myles Cathy an. »Peter hat da eine Gaunerei laufen, die uns alle reich machen wird.«

»Ich dachte immer, du wärst der Hochstapler in der Familie. Schließlich sind wir immer noch dabei, uns finanziell von deinem letzten kleinen Glücksspiel zu erholen.«

Es hat keinen Sinn, sich auf ein Gespräch einzulassen, wenn sie in dieser Verfassung ist, dachte Myles und sah zu, wie sie ihren halben Gin mit einem einzigen Schluck hinunterspülte. Danach beruhigte sie sich etwas und wandte sich an Peter: »Erzähl doch mal!«

»Es handelt sich keineswegs um eine Gaunerei«, erklärte Peter, »sondern um ein ehrliches Geschäft, das leider ein wenig in die Hose gegangen ist. Daher werde ich wohl niemanden reich machen können – am wenigsten mich selbst.«

»Außerdem hat Estelle ihn verlassen!«, posaunte Myles heraus.

»Jetzt schon? Was hast du angestellt?«

»Sie hat mich nicht verlassen. Myles bringt wieder einmal alles durcheinander.«

»Darin ist Myles einsame Spitze. Wusstest du das nicht?«

»Ach ja, und du bist nur eine nette, unkomplizierte Frau und nicht etwa eine Zicke, deren Lebensinhalt darin besteht, Kreditkarten zu sammeln und sie innerhalb von vierundzwanzig Stunden bis ans Limit zu belasten«, knurrte Myles.

»Jetzt übertreibst du aber! So bin ich doch gar nicht, Peter, oder?«

»Ich habe jedenfalls nicht die geringste Lust, hier herumzusitzen und mich von euch als Blitzableiter missbrauchen zu lassen«, sagte Peter und stand auf. Auf unsicheren Beinen verließ er den Pub und schwankte zu seinem Auto.

»Nun«, sagte Cathy, nachdem die Tür hinter ihm zugeschlagen war. »Am besten, du erklärst mir jetzt gleich, was los ist.«

»Viel weiß ich nicht, denn wenn du dich erinnerst, bist du mitten in unser Gespräch geplatzt. Außerdem sollte ich Peter nach Hause bringen. Er kann beim besten Willen nicht mehr fahren.«

»In Ordnung. Aber sieh zu, dass du dabei den Rest der Geschichte aus ihm herausbekommst. Ich will alles wissen.

Wenn da irgendwelches Geld zu holen ist, käme uns das sehr gelegen.«

Die Tür fiel ein zweites Mal ins Schloss, und Cathy musste ihren Gin allein austrinken. Dabei fiel ihr ein, dass sie ja eigentlich nicht mehr mit Myles hatte reden wollen. Doch das hatte sie im Eifer des Gefechts völlig vergessen. Nun, hier saß es sich ebenso gemütlich wie zu Hause. Die Kinder waren bei der Großmutter, was ihr Gelegenheit bot, einen ungestörten Abend zu verbringen.

Sie dachte eben darüber nach, ob sie noch einen weiteren Drink riskieren konnte, ehe sie nach Hause fuhr, als sich jemand an ihren Tisch setzte.

Überrascht blickte sie auf. »Myles? Ich hatte nicht erwartet, dich so schnell wiederzusehen.«

»Ich habe Peter heimgefahren und dem Wirt erklärt, dass Peters Auto auf dem Parkplatz stehenbleiben wird. Morgen holen wir es dann ab. Warte, ich besorge dir etwas zu trinken.«

»Ich hätte gern ein Glas chilenischen Weißwein.«

Es ist wirklich einfacher, sich auf neutralem Gebiet zu begegnen, dachte er, als er sich ihr gegenübersetzte. Zwar stritten sie sich noch immer, aber nicht so heftig und so böse wie zu Hause.

»Könnte ich vielleicht ein paar Tage nach Hause kommen?«, fragte er. »Heute Nacht schlafe ich bei Peter, aber morgen ...«

»Die Tatsache, dass wir miteinander reden, heißt noch lange nicht, dass ich dich zurückhaben will«, sagte Cathy.

»Vermissen die Mädchen mich?«

»Jedenfalls vermissen sie das Geld, das du ihnen immer in die Hand drückst, wenn sie darum bitten.«

Sie sahen einander für einen Moment schweigend an.

»Wie war das jetzt mit Peter und Estelle?«, fragte Cathy. »Hat sie ihn wirklich verlassen? Und hast du den Rest der Geschichte herausbekommen?«

»Sie hat ihn nicht verlassen. Die ganze Sache ist viel komplizierter. Peter hat 40 000 Pfund für einen Haufen Bücher ausgegeben, die ein Vermögen wert sind. Aber jetzt hat sich jemand eingemischt, und Peter sitzt ganz tief in der Scheiße. Er kann die Bücher nicht verkaufen, sonst sieht er seine Estelle nicht wieder. Und der Bank schuldet er noch 15 000, die er ohne Bücherverkauf nicht hat.«

»Soll das heißen, dass Estelle entführt worden ist? Von wem?«

»Ich glaube, er weiß es wirklich nicht.«

»War er bei der Polizei?«

»Er scheint zu hoffen, dass er alles ohne sie regeln kann.«

»Kannst du irgendetwas für ihn tun?«

»Das weiß ich noch nicht. Aber wenn ich es schaffe, das Geschäft offiziell für legal zu erklären, könnte eine Menge für uns dabei herausspringen.«

»Himmel, ich wusste zwar, dass du gerne mal ein Risiko eingehst – aber die Geschichte hat es wirklich in sich.«

»Ich arbeite an einem Plan.«

»Lass dir bloß nicht zu viel Zeit.«

»Möchtest du noch etwas trinken?«

»Ich muss zurück. Gleich will noch ein Freund vorbeikommen.«

»Ein Freund?«

»Einfach nur ein Freund.«

Myles hätte gern Näheres gewusst, aber Cathy war bereits auf dem Sprung.

Zum Teufel mit den Frauen! Gäbe es auch nur die geringste Hoffnung, wieder mit Cathy und den Mädchen zusammenzuleben, würde er Ellie natürlich sofort den Laufpass geben. Aber wenn Cathy einen anderen gefunden hatte, sah er nicht ein, warum er auf die Bequemlichkeit verzichten sollte, die Ellie ihm in ihrem möblierten Zimmer in der Kingston Road bot.

26

Nachdem Jon am nächsten Morgen zur Arbeit gefahren war, wurde die Stimmung deutlich gelöster. Es war Kate und Craig nicht leichtgefallen, ihre Gedanken und Pläne vor ihm zu verheimlichen. Kate wusste, dass ihr unverbindliches Verhalten zu Problemen führen konnte, doch im Augenblick konnte sie das nicht ändern.

Bewusst schob sie die Vorstellung einer womöglich ohnmächtig in einem Keller liegenden Estelle beiseite und konzentrierte sich auf das, was sie und Craig an diesem Tag vorhatten.

»Nur knapp dreißig Kilometer«, sagte Craig, der über einer Karte brütete.

»Was denn?«

»Charley Hisper. Er wohnt relativ nah. Wir könnten mit ihm anfangen. Anschließend fahren wir in Bicester auf die M40 und besuchen die Livingstones und die Humes.«

»Einverstanden«, sagte Kate. Angesichts ihrer düsteren Befürchtungen, was Estelles Verbleib betraf, fühlte sie sich erleichtert, dass Craig die Flinte nicht ins Korn warf und obendrein die Tagesplanung übernahm.

»Noch eine Tasse Kaffee, dann bin ich bereit«, sagte sie. »Ich freue mich auf unseren Ausflug ins ländliche Oxfordshire. Laut Karte soll es eine Gegend von außergewöhnlicher Schönheit sein.«

»Unser Charley scheint ja ordentlich was auf der hohen Kante zu haben.«

»Sein Champagnerkonsum ist sicher auch nicht ganz preiswert.«

Kate fuhr die A44 hinauf. Nachdem sie Woodstock hinter sich gelassen hatten, ging es in die sanften Hügel der Cotswolds.

»Oben auf dem Hügel musst du links abbiegen«, sagte Craig.

Es war die gleiche Route, die Kate zehn Tage zuvor mit Roz genommen hatte. Die Schönheit der Landschaft nahm sie jedoch erst jetzt wahr, da das müde Aussehen ihrer Mutter sie nicht ablenkte. Selbst im Januar wirkte die Landschaft grün. Ein leichter Morgennebel verwischte die Konturen und dämpfte die Farben von Feldern und Bäumen. Die aus Naturstein erbauten und mit Schiefer gedeckten Bauernhöfe und Cottages passten sich diesen Farben an und wirkten wie fest in der Landschaft verwurzelt.

Eine mit Schlaglöchern übersäte Straße führte sie ins Dorf hinein und an der Kirche vorbei.

»Charleys Haus müsste sich gleich links befinden«, sagte Craig.

Kate sah eine Toreinfahrt, die zu einem Hof führte. Das Bauernhaus aus Naturstein und die dazugehörigen Wirtschaftsgebäude waren renoviert und luxussaniert worden. Sie fuhren bis zum Tor, stiegen aus und betraten den Hof. Eine Scheune zu ihrer Linken war zu einer Garage umgebaut worden, davor parkte ein Range Rover.

»Vermutlich ist er unterwegs«, meinte Kate und betätigte einen Türklopfer, der aussah, als stünde er unter Denkmalschutz.

Ihr Klopfen verhallte ohne Antwort. Das Haus blieb still und abweisend.

Neugierig näherte sich Kate der Lücke zwischen dem

Wohnhaus und den umgebauten Stallungen. »Komm, sieh dir mal diesen Ausblick an!«, rief sie und zeigte auf die Wiesen, die sich sanft zum Fluss hin erstreckten, und den dunklen Wald auf den weiter entfernten Hügeln.

Der Garten, die Pferdekoppeln und die Schafweiden der näheren Umgebung sahen so gepflegt aus, dass sie vermutlich ebenfalls Charley Hispers Grund und Boden waren.

»Weißt du was?«, meinte Kate nachdenklich. »Ich glaube, dieser Charley ist der Erste, dem wir bei unseren Nachforschungen begegnet sind, der nicht knapp bei Kasse ist. Abgesehen natürlich von Estelle.«

»Aber was hat er verbrochen, außer sich bei Estelles Hochzeit zu betrinken? Irgendwie scheint er mir höchstens eine Randfigur in der ganzen Geschichte zu sein.«

»Schon möglich. Trotzdem hätte ich mich gern einmal in seinem Haus umgesehen. Er besitzt bestimmt jede Menge Antiquitäten. Und Familienporträts. Oder glaubst du, dass er eher in hellem Holz und mit abstrakten Gemälden eingerichtet ist?«

»Keine Ahnung. Aber ich könnte mir vorstellen, dass er sowohl eine Alarmanlage als auch Bewegungsmelder hat, die unmittelbar mit der nächsten Polizeiwache verbunden sind. Ganz zu schweigen von riesigen Hunden, die jeden Eindringling sofort zerfleischen.«

»Was schlägst du vor?«

»Dass wir uns ins Auto schwingen und Peters bescheidenem Cottage einen Besuch abstatten.«

»Spielverderber! Aber wie so oft hast du recht.«

Im Auto beschäftigte Craig sich mit der Karte. »Es ist gar nicht so weit. Nur ein Stück die M40 hinunter. Vielleicht treffen wir ihn tatsächlich persönlich an oder finden zumindest Anzeichen seiner Anwesenheit. Er wird doch sicher keine kleine Freundin dort untergebracht haben, oder?«

»Kann ich mir nicht vorstellen. Andererseits habe ich mich schon früher in ihm geirrt.«

»Wir könnten ihn fragen, was er inzwischen unternommen hat und ob er irgendetwas in die Wege geleitet hat, um Estelle zu finden.«

»Irgendwie ist er aalglatt. Bei ihm weiß man nie, ob er ehrlich ist oder nicht. Jedes Mal, wenn ich ihn treffe, verhält er sich anders. Er scheint sich der jeweiligen Situation anzupassen.«

Kate wendete den Wagen auf Charleys Auffahrt und fuhr in Richtung A44. Craig lotste sie über die Autobahn und machte sie rechtzeitig auf die Ausfahrt aufmerksam. Auf ihrem Weg über die schmalen Landstraßen nahm die ansprechende Umgebung sie wieder gefangen. Auch hier war es wirklich schön, allerdings weniger ländlich als in dem Teil von Oxfordshire, den sie soeben verlassen hatten.

»Es muss hier irgendwo rechts sein«, verkündete Craig. »Gleich hinter der Post.«

»Die Karte muss alt sein«, stellte Kate fest. »In kleinen Dörfern wie diesem hier gibt es keine Postämter mehr.«

Und sie behielt recht. Zwar hing noch ein Briefkasten an der Ecke eines kleinen Tante-Emma-Ladens, aber das Schild mit der Aufschrift »Postamt« war verschwunden. Kate parkte in einer Parklücke wenige Meter weiter, gleich hinter einem mit Matsch bespritzten Audi A4. Nirgends sah man Menschen, und die beiden Autos waren die einzigen in der ganzen Straße. Der Kasten am windschiefen Pfeiler der einsamen Bushaltestelle enthielt keinen Fahrplan mehr.

»Ein Geisterdorf«, flüsterte Kate.

»Aber hübsche Cottages«, erwiderte Craig.

Obwohl es heller Tag war, waren die meisten Fensterläden geschlossen und die Vorhänge zugezogen.

»Wochenendhäuser«, stellte Kate fest. »Jede Wette: Wenn du dir die Namen dieser Häuser anschaust, findet du so etwas wie Zur alten Post oder Altes Schulhaus, und vielleicht findest du sogar ein Cottage Zum roten Löwen, wo früher einmal der Pub gewesen ist.«

»Hier ist Peters Haus«, sagte Craig und blieb vor einem weiß getünchten Cottage stehen. »Alte Meierei. Du hast recht. Wahrscheinlich ließ es sich hier vor ein paar Jahrzehnten nicht schlecht leben.«

»Ich verstehe, warum Estelle es renovieren will«, sagte Kate. »Wenn Peter hier nicht bald anstreicht, wird er die Fensterbänke sehr bald erneuern müssen.«

»Die Form des Daches gefällt mir ganz und gar nicht«, pflichtete Craig ihr bei.

»Es hängt durch. Das wird teuer.«

Sie folgten dem kurzen Backsteinpfad durch struppiges, feuchtes Gras. Kate klingelte. Das Echo klang durch das Haus, das sich leer anhörte.

»Weißt du, ob der Audi da draußen Peter gehört?«

»Soviel ich weiß, fährt er einen alten Volvo Kombi. Ich habe schon gehört, wie Estelle mit ihm geschimpft hat, weil der Wagen ihrer Meinung nach die ganze Straße verschandelt.«

»Ich probiere es noch einmal.« Craig klopfte, doch es kam keine Antwort.

»Vielleicht versteckt sich Peter hinter dem Sofa und hofft, dass wir schnell wieder verschwinden.«

»Es gibt noch einen Seiteneingang. Sollen wir es dort probieren?«

»Aber sicher.«

Das Gartentor war weder abgeschlossen noch verriegelt. Sie stießen es auf und betraten Peters Garten. Wie es aussah, war der Rasen seit letztem August nicht mehr gemäht worden. Zwischen bräunlichen Grasbüscheln wuchsen unbeschnittene Rosenbüsche.

»Der Rollladen ist hochgezogen«, stellte Craig fest, der neben der Hintertür stand und durch das schmutzige Fenster spähte.

»Kannst du irgendetwas erkennen?« Kate stellte sich neben ihn und rubbelte mit der bloßen Hand über die Scheibe.

»Keiner da. Aber auf dem Tisch stehen eine Milchtüte, eine Packung Müsli, zwei Schalen und zwei Kaffeebecher. Die Schalen sehen benutzt aus.«

»Dann hat also jemand bei ihm übernachtet. Interessant wäre, wann das war und ob der- oder diejenige noch da ist.«

»Meinst du, es könnte Estelle gewesen sein?«

»Sie hätte sicher gespült und das Müsli weggeräumt.«

»Neben dem Stuhl liegt eine Zeitung.«

»Kannst du das Datum erkennen?«

»Unmöglich. Auch die Schlagzeile kann ich nicht sehen. Nichts, was darauf schließen lassen könnte, dass die Zeitung von heute ist.«

»Siehst du irgendwelche Bücher oder vielleicht den Katalog?«

»Nein, aber beide würde er auch sicher nicht in der Küche aufbewahren. Sollen wir nachsehen, ob die Tür offen ist?«

Aber Peter ging weniger sorglos mit Schlüsseln um als Estelle und hatte auch die Tür zudem abgeschlossen.

»Merkwürdig, dass das Gartentor nicht verriegelt war«, sagte Craig.

»In nehme an, dass hier in der Gegend nicht viel passiert.«

»Aber wo ist der Besitzer des Autos?«

»Vielleicht ist er mit Peter in dessen Wagen weggefahren.«

»Komm, wir erkundigen uns in dem kleinen Laden. Vielleicht weiß man dort etwas.«

Sie gingen zurück auf die Hauptstraße und blieben vor dem Tante-Emma-Laden stehen.

»Geschlossen«, stellte Kate fest.

»Öffnungszeiten von 7.00 bis 9.30 Uhr und von 17.00 bis 18.00 Uhr«, las Craig von einem handgeschriebenen Zettel mit Eselsohren ab, der mit Klebestreifen an der Innenseite des Fensters befestigt war.

»Das überrascht mich nicht«, meinte Kate. »Ich glaube, wir sind heute die einzigen lebenden Seelen in diesem Dorf.«

In stillschweigender Übereinkunft gingen sie zurück zum Auto.

»Zu Myles und Cathy?«

»Du übernimmst die Führung«, sagte Kate und drehte den Zündschlüssel um.

27

Nachdem sie die M40 wenig später erneut verlassen hatten, fanden sie sich auf schmalen Landstraßen wieder, die zu Dörfern führten, die Hunderte von Kilometern von London entfernt zu sein schienen. Am Rand eines solchen Dorfes wohnte Myles. Das Haus hatte nichts Idyllisches an sich. Es war ein großer, quadratischer Backsteinbau mit rotem Ziegeldach, umgeben von einer Rasenfläche, viel Kies und einigen Sträuchern. Die angrenzende Pferdekoppel wirkte freundlicher. Hier grasten zwei Ponys, die vermutlich den beiden Brautjungfern von Estelle gehörten, sowie ein Pferd.

Das Grundstück wurde durch dekorative Eisentore zwischen massiven Backsteinpfeilern geschützt. Eine gekieste Auffahrt führte hinauf zum Haus, wo sie so breit wurde, dass dort problemlos ein halbes Dutzend Fahrzeuge hätte parken können. Im Moment allerdings standen nur zwei Autos da: ein dunkelblauer Range Rover mit einem schmutzbespritzten Pferdetrailer und ein grüner Honda Jazz.

»Warum gefällt mir dieses Haus nicht?«, überlegte Kate laut. Sie hatten den Wagen wenige Meter weiter an einer grasbewachsenen Böschung stehen lassen und spähten durch den dekorativen Schmiedezaun.

»Es liegt an den Proportionen«, erklärte Craig. »Sie stimmen nicht. Die Fenster sind zu hoch, und das Dach ist zu flach. Außerdem sind die Fensterrahmen braun, aber nicht aus Holz.«

»Und waren wahrscheinlich trotzdem ziemlich teuer.«

»Sollen wir versuchen, zur Eingangstür vorzudringen?«

Am Tor befand sich ein Tastenfeld, aber natürlich kannten weder Kate noch Craig den Zugangscode. An einer Seite des Tores gab es aber auch eine kleinere Tür für Leute, die nicht mit dem Auto vorfuhren. Sie war mit einer Klingel und einer Gegensprechanlage ausgestattet.

»Du musst lächeln«, forderte Craig Kate auf. »Da oben ist eine Kamera.« Er klingelte und wartete auf das Krächzen der Gegensprechanlage.

»Ja bitte?« Die Frauenstimme klang laut und aggressiv.

»Mrs Hume? Wir würden gern mit Ihnen sprechen. Dürfen wir hereinkommen?«

»Wer sind Sie?« Die Frau klang, als hätte sie nicht die geringste Lust auf Gesellschaft. Nun trat Kate vor die Sprechanlage.

»Mein Name ist Kate Ivory. Wir haben uns bei der Hochzeit von Estelle und Peter kennengelernt, Mrs Hume.«

»Ich kann mich nicht an Sie erinnern. Und wer ist der Mann da neben Ihnen?«

»Er heißt Craig Jefferson.«

Ein paar Sekunden verstrichen. Kate hatte den Eindruck, dass sie und Craig genau inspiziert wurden, und setzte ihr freundlichstes Lächeln auf.

»In Ordnung, kommen Sie rein«, ertönte die unfreundliche Stimme nach einiger Zeit.

Der Türöffner wurde betätigt. Kate und Craig gingen die lange Auffahrt hinauf zur scharlachrot lackierten Haustür.

»Wie kommt es, dass einem auf knirschendem Kies der Weg so viel länger erscheint?«

»Und warum passt der Rotton der Haustür absolut nicht zum Rot der Backsteine?«, knurrte Craig. »Sie hätten sich besser für Weiß oder ein sehr dunkles Grün entscheiden sollen.«

»Ich hege gewisse Zweifel, dass Mrs Hume an unseren Ratschlägen hinsichtlich der Außengestaltung interessiert ist.« Kate grinste.

Als sie die Tür erreichten, war diese bereits weit geöffnet. Im Flur stand eine weit weniger elegante Version der Frau, die Kate als Mutter der Brautjungfern kennengelernt hatte. Cathy Humes Gesicht wirkte verquollen, und ihr Haar hätte dringend eines Friseurs bedurft. Sie trug Jeans, dicke Kanadierstiefel und eine Kapuzenjacke aus grünem Fleece – alles nicht ganz sauber und wenig schmeichelhaft.

»Kommen Sie rein«, sagte sie. »Was wollen Sie trinken? Ich habe jede Menge Gin im Haus, aber ich fürchte, es ist kein Tonic Water mehr da.«

Angesichts der schleppenden Stimme, des fettigen Haars und des verschmierten Make-ups schloss Kate, dass ihre Gastgeberin bereits ordentlich getrunken haben musste. »Ich muss noch fahren«, antwortete sie. »Für mich bitte nur ein Glas Wasser. Craig?«

»Es ist noch ein bisschen früh für Gin«, meinte er.

Cathy blickte finster drein. »Will mir denn keiner von Ihnen Gesellschaft leisten? Langweiler! Was wollen Sie überhaupt hier?«

Kate versetzte Craig einen Tritt gegen den Knöchel. »Sie haben recht, Mrs Hume«, sagte er hastig. »Wenn ich recht überlege, kann ein kleiner Gin nicht schaden – ganz gleich, womit er gemischt ist.«

»Guter Junge«, sagte sie in einem Tonfall, den sie auch einem Hund gegenüber benutzt hätte, nahm seine Hand und führte ihn zu einem braunen Samtsofa. »Sie dürfen sich hier zu mir setzen, aber nur, wenn Sie endlich aufhören, mich Mrs Hume zu nennen und Cathy zu mir sagen. Ich kümmere mich um unsere Drinks.« Unsicher schwankte sie durch den Raum und goss Gin in zwei Gläser. Kate wich Craigs stummen Hilferufen aus und blickte sich im Zimmer um, das offen gestaltet war. An einem Ende befand sich die um einen Kamin gruppierte Sitzecke, auf der anderen Seite eine Küche mit Granitarbeitsflächen. Die Küche glänzte sicher immer nur dann, wenn sich Cathys Putzfrau darum kümmerte, jetzt aber war sie vollgestellt und ziemlich schmutzig.

»Schauen Sie einfach nicht hin«, meinte Cathy, die Kates Blick gefolgt war. »Heute brauche ich die Küche nicht mehr.«

»Was ist denn mit Ihren Töchtern? Kommen die nach der Schule nicht nach Hause?« Kate fragte sich, ob es Cathy nichts ausmachte, die Kinder derart betrunken zu empfangen.

»Sie gehen zu ihrer Oma. Die Alte ist todlangweilig, aber die Kinder mögen sie.«

»Dann verbringen Myles und Sie einen gemütlichen, ungestörten Abend?«

»Ha!«

»Verzeihung?«

»Ich hab den Mistkerl rausgeschmissen«, lallte Cathy. »Ich war seine ewige Pfennigfuchserei leid. Warum sollten die Mädchen keine Ponys haben und eine vernünftige Schule besuchen? Er wollte nicht einmal mit uns darüber reden, wo es in den nächsten Ferien hingehen soll. Mistkerl!« Sie verteilte die Drinks und behielt dabei zu Craigs großer Erleichterung das Glas mit dem meisten Gin für sich. »Er behauptet, dass wir kurz davor sind, am Hungertuch zu nagen, und unbedingt sparen müssen. So ein Schwachsinn!«

»Eigentlich sieht es hier nicht danach aus, als ob Sie am Existenzminimum leben.« Kate sah sich in dem geräumigen Salon mit den Orientteppichen und dem 50-Zoll-LED-Bildschirm um.

»Meinen Sie dieses Haus hier? Lassen Sie sich bloß nicht täuschen. Es ist bis zum Gehtnichtmehr mit Hypotheken belastet, und wir mussten noch einen Kredit aufnehmen, um eine anständige Küche kaufen zu können. Als ich das letzte Mal mit Myles gesprochen habe, sagte ich ihm, dass es seine verdammte Pflicht ist, für die Scheiß-Hypotheken und das Schulgeld für die Mädchen aufzukommen.« Sie drehte sich zum Fenster um und wies mit einem zittrigen Finger auf die Autos im Hof. »Sehen Sie die kleine grüne Blechbüchse da?«

»Sie meinen den nagelneuen Honda?«, fragte Kate.

»Dafür musste ich den Z4 hergeben«, grummelte Cathy. Kate und Craig blickten sie verständnislos an. »Meinen hübschen kleinen BMW«, erklärte Cathy. »Man hätte ihn mir vom Hof geholt, weil der Mistkerl sich weigerte, ihn weiter abzuzahlen.«

»Wie gemein!«, stießen Kate und Craig fast gleichzeitig hervor, während sie nur mit Mühe ein Kichern unterdrücken konnten.

Kate nippte an ihrem Wasserglas. »Ich nehme an, Sie wissen nicht, wo Myles jetzt wohnt?«, erkundigte sie sich.

»Vermutlich bei dieser Schlampe. Das letzte Mal habe ich ihn im The Plough gesehen, wo er mit seinem Bruder einen getrunken hat. Keine Ahnung, wo er jetzt ist. Warum? Was wollen Sie von ihm? Was geht es Sie an, wo er wohnt?«

»Fährt er vielleicht einen alten Audi?«, fragte Kate weiter, ohne auf Cathys Einwürfe einzugehen.

»Der Wagen sähe weniger alt aus, wenn er ihn dann und wann waschen würde.«

»Aha«, sagte Kate und suchte Craigs Blick. Das Geheimnis um das Auto vor Peters Cottage war also gelöst.

»Wenn Sie Myles unbedingt sehen wollen, machen Sie

einen Termin mit seiner Sekretärin. Dann wird es allerdings teuer.«

»Seine Kanzlei ist in Oxford, nicht wahr?«, fuhr Kate fort.

»North Parade.« Cathy nickte, wandte sich zu Craig und schenkte ihm ein schiefes, nach Gin riechendes Lächeln. »*Sie* interessieren sich nicht für Myles, oder?«

»Nein, da haben Sie recht«, bestätigte er. Kate warf ihm einen Was-zum-Teufel-machst-du-da-Blick zu, den er jedoch nicht beachtete. »Ich bin sicher, dass Sie uns mindestens ebenso gut erzählen können, was wir wissen wollen.«

»Versuchen Sie es«, säuselte Cathy und warf ihm über den Rand ihrer Brille einen triefäugigen Blick zu, den sie für sexy hielt.

»Wann haben Sie Peter im Pub getroffen?«, fragte Craig.

»Gestern Abend«, antwortete Cathy. »Myles und ich haben sogar einigermaßen zivilisiert miteinander gesprochen.«

»Und Peter ging es gut?«

»Er war so verschlossen wie immer, wenn Sie das meinen.«

»Er wirkte also nicht besorgt? Sprach er über irgendwelche Probleme?«

»Myles erzählte mir, dass Peter irgendeinen Deal in den Sand gesetzt hat, was ihn offenbar ziemlich beunruhigte. Aber ehrlich gesagt weiß ich nicht, worum es dabei ging. Bücher langweilen mich.«

Kate saß dabei, mischte sich nicht ein und hörte aufmerksam zu. Beim letzten Satz jedoch fiel ihr auf, dass Cathy etwas verbarg. Sie schien bewusst nachlässiger zu sprechen. Hatte Peter seinem Bruder und seiner Schwägerin etwa von Estelles Verschwinden erzählt?

»Dann wird Myles sicher bei seinem Bruder in dessen Cottage wohnen«, stellte Craig fest.

»Gut möglich. Aber ganz im Ernst: Es ist mir verdammt noch mal egal.«

»Und wo ist Estelle? In London?«

»Klar, schließlich arbeitet sie dort. Sie mag das Cottage nicht und findet es viel zu klein. Wo sie recht hat, hat sie recht. Sie würde es gern renovieren lassen, aber Peter scheint dafür kein Geld ausgeben zu wollen. Er mag das Häuschen so, wie es ist. Seit er Estelle geheiratet hat, haben wir deutlich weniger Kontakt als früher. Nur als er meine Töpferei für irgendetwas brauchte, wurde er plötzlich wieder so charmant wie früher.«

»Ihre Töpferei?«, fragte Craig.

»So nenne ich den Anbau. Es ist eines der Wirtschaftsgebäude, wo ich meinem Hobby nachgehen kann. Dort gibt es eine Drehscheibe und einen Brennofen – alles sehr professionell.«

»Töpfern Sie denn noch immer?«

»Ach, es hatte keinen Sinn. Niemand wollte die Sachen kaufen. Deswegen war es mir auch ziemlich egal, als Peter mich fragte, ob er die Werkstatt ein oder zwei Monate lang benutzen darf. Eigentlich wollte ich Miete dafür, aber er sagte, er hätte für den Umbau bezahlt und das Geld nie zurückbekommen. Vermutlich hat er recht damit, deswegen habe ich nicht weiter nachgehakt.«

Kate rechnete blitzschnell im Kopf nach. »Wann war das?«

»Das weiß ich nicht mehr. Irgendwann kurz nach Weihnachten, glaube ich. Aber warum interessiert Sie das überhaupt?«

»Haben Sie Estelle in letzter Zeit einmal gesehen?«, fragte Kate so beiläufig wie möglich.

»Die Frau hat doch nie Zeit. Sie interessiert sich nur für Bücher und Geld.«

»Dann haben Sie sie also nicht gesehen?«, folgerte Craig.

»Nein. Sie ist ohnehin nicht mein Geschmack. Ganz im Gegensatz zu Ihnen.« Sie grinste Craig anzüglich zu. »Nun erzählen Sie mir mal alles über sich.«

»Ich fürchte, Craig ist ebenfalls ein Büchernarr«, warf Kate ein, die allmählich Mitleid mit Craig bekam. »Da werden Sie nicht viel Freude an ihm haben.«

»Dann muss ich also bei meinem schicken Landwirt bleiben.« Cathy kippte den Rest ihres Gins hinunter.

Kate und Craig blickten sie erwartungsvoll an.

»Ihm gehört die halbe Grafschaft«, prahlte Cathy. »Mit ihm gibt es kein Knausern und kein Sparen.« Sie fuhr sich mit den Händen durch das Haar, als wäre ihr gerade aufgefallen, dass sie nicht gerade vorteilhaft aussah. »Ich glaube, Sie sollten jetzt allmählich gehen. Ich muss mich noch ein bisschen zurechtmachen, für den Fall, dass Mr H. gleich vorbeikommt.«

»Mr H.?«, fragte Kate neugierig.

»Ja, der Mann, von dem ich eben gesprochen habe. Mein Traummann. Der reiche Bauer.«

»Wenn es Ihnen nichts ausmacht, würde ich gerne noch kurz Ihre Toilette benutzen, ehe wir uns wieder auf den Weg machen«, bat Kate.

Craig warf ihr über Cathys Kopf hinweg einen flehenden Blick zu, den Kate aber nicht beachtete. Sie ließ ihn mit Cathy allein, wusste aber, dass Craig sie sehen konnte, als sie leise zwischen den Autos hindurch zu den Wirtschaftsgebäuden schlüpfte. Sie hoffte nur, dass Cathy so betrunken war, dass es sie nicht kümmerte, wohin sie ging und was sie dort tat.

Kate ging um die beiden Scheunen herum. Die Fenster waren klein und hoch. Sie musste sich auf die Zehenspitzen stellen, um hineinzuspähen. Die Fensterscheiben waren schmutzig und voller Spinnweben. Trotzdem konnte Kate erkennen, dass die erste Scheune als Stall genutzt wurde. Vor den Fenstern der zweiten Scheune waren die Läden geschlossen. War es möglich, dass Cathy Estelle dort drinnen festhielt?

Kate klopfte ans Fenster, doch nichts rührte sich.

Sie ging um das Gebäude herum zur Tür und klopfte auch dort. Das Ergebnis war das gleiche.

Auch ein verstohlener Blick durch das Schlüsselloch brachte nichts. »Estelle? Bist du da drin?«, rief sie leise.

»Was um alles in der Welt machen Sie da?«, fragte eine männliche Stimme hinter ihr.

Kate fuhr herum. Hinter ihr stand ein stämmiger Mann in Tweed und Cord, der sie um einiges überragte.

»Wer sind Sie überhaupt?«, wollte er wissen.

»Kate Ivory. Ich habe gerade Cathy Hume besucht.«

»Ach wirklich?« Er klang nicht, als würde er ihr glauben. »Dann lassen Sie uns doch zusammen ins Haus gehen. Dort können Sie Cathy in aller Ruhe erzählen, warum Sie um ihre Töpferwerkstatt herumschnüffeln und glauben, Estelle Livingstone darin zu finden.«

Er packte ihren Arm so fest, dass sich später sicher blaue Flecken zeigen würden. Unbarmherzig vorwärtsgeschoben von einem Mr H. stolperte Kate den Gartenpfad hinauf.

»Hallo Charley«, sagte Cathy und blickte auf, als Kate und ihr Aufpasser den Raum betraten. »Erinnerst du dich an Kate? Kate, das ist mein Freund Charley Hisper.«

Dann war also Charley Hisper der »schicke Bauer«, dem die halbe Grafschaft gehörte. Auf jeden Fall sah er um einiges besser aus, wenn er Tweed und Cordhosen trug und sich nicht betrunken auf einer Hochzeit danebenbenahm. Kein Wunder, dass Cathy sich nicht mehr dafür interessierte, wo Myles abgeblieben war. Sie hatte einen deutlich reicheren Ersatz gefunden.

»Du kennst sie?«

»Sicher.«

»Ich habe sie vor deiner Töpferwerkstatt gefunden. Sie suchte nach Estelle.«

»Estelle? Wie kommen Sie darauf, dass sie hier sein könnte?«

»Ich dachte, Peter hätte vielleicht ...« Nein, der Gedanke klang wirklich zu absurd, wenn sie ihn laut aussprach.

»Sie dachten, Peter hätte meine Werkstatt genutzt, um seine frischgebackene Ehefrau dort zu verstecken?«

Cathy setzte ihr Glas ab und lachte laut. Schließlich sagte sie: »Komm Charley. Und Sie auch, Kate und Craig. Wir gehen jetzt alle zusammen nachsehen. Estelle geknebelt und gefesselt in meiner Töpferwerkstatt, das darf ich mir nicht entgehen lassen.«

Nur mit großer Anstrengung gelang es ihr aufzustehen, ohne vornüberzukippen. Sie holte einen Schlüssel aus der Schublade im Küchentisch, und alle gingen gemeinsam hinaus zur Töpferei.

»Ehrlich gesagt habe ich keine Ahnung, was Peter dort unterbringen wollte«, sagte sie. »Aber vielleicht haben Sie ja recht, Kate, und Estelle modert dort in irgendeinem Schrank vor sich hin.«

»So etwas sagt man nicht einmal im Scherz.«

Cathy schloss die Tür auf und knipste das Licht an. Die drei anderen schauten ihr über die Schulter.

»Fünf Kartons mit einfachen, grauen Kästen«, stellte Cathy fest. »Vielleicht befinden sich darin abgehackte Körperteile.«

»Das sieht nach säurefreien Archivschachteln aus«, sagte Kate. »Sie werden speziell für die Aufbewahrung von Büchern hergestellt. Macht es Ihnen etwas aus, wenn ich mich kurz umsehe?«

»Bitte sehr.«

Kate brauchte nicht lange für ihren Rundgang durch die Werkstatt. Sie schaute in Schränke und sogar in den Brennofen, musste aber zugeben, dass sie nichts fand, was auch nur im Entferntesten mit Estelle zu tun hatte. Es gab keinerlei Anzeichen, dass sie je hier gewesen sein könnte.

»Zufrieden?«

Kate und Craig mussten zugeben, dass sich ihr Verdacht nicht bestätigt hatte. »Könntest du sie bitte noch zwei Minuten aufhalten?«, raunte Kate in Craigs Ohr.

»Der Umbau ist Ihnen wirklich gelungen«, sagte Craig zu Cathy und blickte sich um. »Würde es Ihnen etwas ausmachen, mir alles zu zeigen?«

»Er hat auch eine Stange Geld gekostet«, meinte Cathy. »Glücklicherweise planten wir ihn zu einer Zeit, als Peter gerade im Geld schwamm. Er hat uns das nötige Kapital geliehen. Hinten befinden sich noch ein Lager und eine kleine Küche.« Sie und Charley gingen voraus in den Nachbarraum.

»Sehr angenehm, wenn man sich zwischendurch eine Tasse Kaffee gönnen möchte«, erklärte Charley. »Und dann sind da natürlich auch noch die üblichen Büroräume«, fügte er hinzu.

»Wann haben Sie die Töpferei aufgegeben, Cathy?«, erkundigte sich Kate, die sich inzwischen wieder zu ihnen gesellt hatte.

»Vor etwa einem, höchstens zwei Jahren. Es hat mich irgendwann gelangweilt, und Geld konnte ich damit auch nicht verdienen.«

»Das ist leider eine deiner schlechten Eigenschaften, Cathy«, kritisierte Charley. »Es mangelt ihr an Ausdauer«, wandte er sich an die beiden anderen. »Vielleicht würde es schon helfen, wenn du deinen Alkoholkonsum ein wenig zurückschraubst, Liebling.«

»Dazu habe ich einfach zu viel Stress. Niemand kann von mir verlangen, dass ich zu trinken aufhöre, solange ich mich mit all diesen Problemen herumschlagen muss. Was soll ich denn tun? Den Alkohol rationieren?«

»Das wäre für den Anfang kein schlechter Gedanke.« Charley nickte. »Lass die Klaren weg, und beschränke dich auf drei bis vier Flaschen Wein in der Woche.«

»Du hast gut reden«, grummelte Cathy. »Aber ich bin bereit dazu, wenn du mir versprichst, mit mir zusammen aufzuhören. Inzwischen gehe ich zurück ins Haus und genehmige mir noch einen zur Stärkung.« Sie stakste nach draußen und sagte zu Craig und Kate, während sie die Tür wieder abschloss: »Und Sie verschwinden jetzt bitte.«

Charley blieb bei Craig und Kate, die zusahen, wie Cathy mit unsicheren Schritten die Auffahrt hinauftorkelte. »Ich werde sie da rausholen«, sagte er. »Sie ist ein wirklich netter Mensch. Alles, was sie braucht, ist ein bisschen Zuneigung und Aufmerksamkeit – und eine starke Hand, die ihren Alkoholkonsum zügelt.«

Kate und Craig verabschiedeten sich und gingen zum Tor.

»Was war denn das eben?«, wollte Craig wissen, als Charley ins Haus zurückgekehrt war.

»Ich habe mir durch das hintere Fenster den Lagerraum angeschaut. Der Schrank mit der Kartei steht tatsächlich dort, der legendäre Katalog der Sammlung von Victor Carston.«

»Ach, deswegen warst du fort. Meinst du, wir könnten die Karteikarten bei Gelegenheit einmal näher inspizieren?«

»Nicht, wenn Charley Hisper zu Besuch ist.« Kate konnte sich noch allzu gut an den eisernen Griff seiner starken Hand erinnern. Der Mann hatte sich nicht die Mühe gemacht, seine Aggressionen zu unterdrücken.

»Dann hat Cathy also Myles den Laufpass gegeben und etwas mit Charley angefangen. Ich frage mich, wie lange das schon geht.«

»Jede Wette, dass Charley mit ›betrügerischer Mistkerl‹ Myles gemeint hatte! Wahrscheinlich spielte er auf das sogenannte Flittchen an, und Cathy war diejenige, die ihm leidtat – nicht Estelle. Als Cathy sagte, ihrem neuen Freund gehöre die halbe Grafschaft, war mir nicht klar, dass es um eine der teuersten Gegenden im nördlichen Oxfordshire geht. Aber wie ein Landwirt sieht dieser Hisper nicht aus, was meinst du?«

»Eher wie ein erfolgreicher Banker im Vorruhestand«, überlegte Craig. »Aber beide haben ein Alkoholproblem, und auch die Liebe zum Geld ist ihnen gemein.«

»Findest du nicht, dass die Humes irgendwie an einen Eisberg erinnern?«

»Du meinst, neun Zehntel ihrer wahren Gestalt befinden sich unter Wasser? Also außer Sicht?«

»Ganz genau.«

»Je mehr wir über sie erfahren, desto mehr scheinen sie zu verbergen.«

»Ich habe das Gefühl, dass wir den Schlüssel zu Estelles Verschwinden bei Peter suchen müssen, aber ich weiß noch nicht, welche Facette seines Charakters damit zu tun hat.«

»Und Cathy wusste mehr, als sie gesagt hat. Sie entspannte sich sichtlich, als wir in die Töpferei gehen wollten, weil sie genau wusste, dass Estelle dort bestimmt nicht sein würde.«

»Außerdem haben wir erfahren, dass Peters Finanzlage mal angespannt und mal überaus erfreulich ist.«

»Das wussten wir doch bereits. Und auch, dass er durchaus großzügig sein kann, wenn er Geld hat.«

»Zumindest gegenüber seinem Bruder und seiner Schwägerin.«

»Ich habe den Eindruck, dass er Myles schon immer unter die Arme gegriffen hat.«

»Mich würde interessieren, wann ihr Vater eigentlich gestorben ist.«

»Keine Ahnung.«

Sie erreichten den Wagen. »Willst du fahren, oder soll ich?«, fragte Kate.

»Wie ist dir denn zumute? Hast du dich wieder etwas beruhigt?«

»Beruhigt? Ich? Ich bin verärgert, frustriert und fühle mich an der Nase herumgeführt.«

»Dann fahre ich.«

Craig stellte Sitz und Spiegel ein, wendete den Wagen und fuhr in Richtung Oxford. Kate bot lieber nicht an, ihn mithilfe der Karte zu lotsen, weil sie sonst wahrscheinlich in Birmingham gelandet wären.

»Wo mag er seine Bücher aufbewahrt haben, ehe er Estelle geheiratet hat? In seinem Cottage? Und warum brauchte er plötzlich so viel zusätzlichen Platz? Wir haben doch höchstens fünf Kästen gesehen, die jeweils zwölf bis fünfzehn Bücher enthalten.«

»Im Lager habe ich noch ein paar Kästen gesehen.«

»Glaubst du, das ist schon die ganze Sammlung?«

»Sieht fast so aus. Ich kann mir nicht denken, dass Peter den Rest über das ganze Land verteilt aufbewahrt.«

Sie schwiegen eine Weile, während Craig den Wagen sicher vom Zubringer in den dichten Verkehr der M40 steuerte.

»Stell dir einmal vor, du wüsstest, dass er Adelas Bücher hat, und du wolltest sie stehlen. Versetz dich in Austin, der findet, dass diese Bücher eigentlich ihm zustehen. Wo würdest du suchen?«, fragte Craig nach einiger Zeit.

»Zunächst einmal in Peters und Estelles Haus. Danach vermutlich in seinem Cottage. Vielleicht würde ich auch Estelles Büro einer näheren Inspektion unterziehen. Dort stehen Hunderte von Büchern in den Regalen – eigentlich ein ausgezeichneter Ort, um die von Adela dazwischen zu verstecken. Zumindest glaube ich, dass Austin so denken würde, zumal er davon ausging, dass Estelle in den Deal eingeweiht war.«

Für eine Weile hingen beide ihren Gedanken nach.

»Was hältst du von Cathy Hume?«, fragte Kate dann.

»Sie ist eine merkwürdige Frau. Da hat sie ihrem ungeliebten Ehemann den Laufpass gegeben und sich einen wirklich netten Typen wie Charley Hisper als Ersatz gesucht – warum also betrinkt sie sich am helllichten Tag und schiebt ihre Kinder zu den Großeltern ab?«

»Und warum mag sie Peter Hume ebenso wenig leiden wie seinen Bruder?«

Craig suchte einen Parkplatz, legte die Karte auf seine Knie und studierte sie aufmerksam. »Das Haus von Estelles Eltern ist nur etwa fünfzehn Kilometer entfernt. Sollen wir auf dem Rückweg kurz dort vorbeischauen?«

»Glaubst du, dass wir von ihnen nützliche Hinweise bekommen könnten?«

»Wer weiß. Aber es ist doch immerhin möglich, dass Esmée Livingstone mehr weiß als wir.«

»Bis wir dort sind, bereitet sie bestimmt gerade das Mittagessen vor. Sollten wir nicht erst nach einem Pub suchen und selbst etwas essen?«

»Gute Idee.«

Craig warf einen weiteren Blick auf die Karte. »Wir müssen nur einen knappen Kilometer geradeaus fahren und dann rechts abbiegen«, sagte er.

Sie fanden einen Pub genau auf halber Strecke zwischen Cathys Haus und Peters Cottage. Er hieß The Plough, und man servierte dort sehr schmackhafte Hühnchenpastete mit Pommes Frites. Außer ihnen saß noch etwa ein halbes Dutzend Leute im Gastraum, doch sie kannten niemanden davon.

28

»Hier muss es sein«, sagte Craig.

»Richtig«, erwiderte Kate, die das Dorf wiedererkannte. »Zum Haus der Livingstones muss man nur an der Kirche vorbei geradeaus fahren.«

Zum ersten Mal sah Kate das Haus ohne störendes Festzelt und drängende Menschenmenge. Es war aus hellem Backstein gebaut und hatte ein Ziegeldach mit Mansardenfenstern. Tür und Fensterrahmen waren hell gestrichen, und am Haus rankten Pflanzen empor, die in ein bis zwei Monaten austreiben und mit ihrem frischen Grün einen netten Kontrast zu dem Backstein bilden würden. Der Garten mit seinem samtweichen Rasen, den ordentlich beschnittenen Büschen und hübsch geformten Bäumen sah aus, als ob er seit Jahrhunderten ausgiebig gepflegt wurde. Aus dem hinteren Garten kam der Geruch von brennendem Holz, und man hörte das rhythmische Kratzen einer Harke, das bewies, dass nur das regelmäßige Wirken eines Gärtners eine solche Oase entstehen ließ.

Craig warf einen Blick auf seine Uhr. »Zehn vor drei. Hoffentlich machen sie nach dem Essen kein Mittagsschläfchen.«

»Hast du dir überlegt, wie wir sie dazu bekommen können, uns ins Haus zu bitten?«, fragte Kate.

»Ich dachte, du bist unsere Expertin für Fantasiegeschichten.«

»Hm, ich könnte zum Beispiel sagen, dass wir Lotterielose zugunsten der Konservativen verkaufen, und sie fragen, ob sie mit uns über unsere Sicht von Europa diskutieren wollen.«

»Dann drücken sie uns einen Geldschein in die Hand und schlagen uns die Tür vor der Nase zu.«

»Oder sie werden feststellen, dass ich gar keine Lotterielose habe.«

»Da hast du wohl recht.«

Kate drückte bereits auf die Klingel.

Esmée Livingstone kam an die Tür. Sie sah aus wie eine ältere Version ihrer Tochter und wirkte ebenso beeindruckend.

»Ja, bitte?«

»Guten Tag. Erinnern Sie sich an mich? Wir kennen uns von Estelles Hochzeit.«

»Ich fürchte, nein.« Sie verkleinerte den Türspalt.

»Mein Name ist Kate Ivory. Ich bin eine von Estelles Autorinnen und würde gern kurz mit Ihnen sprechen.«

»Worüber?«

»Darüber, dass Estelle nicht aufzufinden ist.«

»Für Sie?«

»Für mich und für alle anderen Autoren.«

»Vielleicht will sie einfach nur nicht mit Ihnen sprechen.«

»Oh, ich bin mir ganz sicher, dass das nicht der Fall ist. In ihrer letzten E-Mail schrieb sie mir, dass sie mein neues Manuskript unbedingt so bald wie möglich mit mir diskutieren wolle. Ich erwartete ihren Rückruf am Montag, dem zwölften.«

»Eine solche Verspätung sieht Estelle tatsächlich nicht ähnlich.«

»Genau das denke ich auch.«

»Und wer ist der junge Mann da hinter Ihnen?«

»Er ist ein Freund und hat mir beim Kartenlesen geholfen.«

»Warum bleibt er dann nicht einfach im Auto?«

»Weil er ausgesprochen intelligent ist. Ich halte viel auf seine Meinung.«

Craig, der sich große Mühe gab, intelligent dreinzublicken, trat neben Kate und streckte die Hand aus. »Craig Jefferson.«

Esmée übersah seine Hand, trat aber beiseite und ließ Kate und Craig ins Haus.

»Mein Mann ist gerade im Garten und harkt die letzten welken Blätter vom Rasen«, erklärte Esmée. »Wenn ich um Hilfe rufe, ist er im Handumdrehen hier.« Also kein Gärtner, dachte Kate.

»Meine Güte, wir wirken doch hoffentlich nicht derart bedrohlich«, meinte Craig und fasste sich an seine Brille, als wolle er demonstrieren, wie harmlos er sei.

»Und Sie heißen auch wirklich Craig und nicht etwa Todd?«

»Dessen bin ich mir hundertprozentig sicher.« Er klang ausgesprochen gekränkt, dass man ihn für einen Todd hielt.

Esmée ging ihnen voraus in ein hübsches, ganz in Chintz ausgestattetes Wohnzimmer. Französische Fenster gaben den Blick auf die Rasenfläche frei. In der rechten hinteren Ecke stand Matthew Livingstone und harkte Blätter zusammen.

Kate und Craig setzten sich auf ein Sofa, Esmée nahm ihnen gegenüber Platz. Seitlich von ihnen brannte ein Kaminfeuer. Gleich nimmt sie ein Silberglöckchen und läutet, dachte Kate. Und sofort kommt jemand und bringt ein Tablett mit Tee und Sandwiches.

»Nun?«, fragte Esmée gespannt.

»Seit über einer Woche versuche ich vergeblich, Estelle zu erreichen. Ich habe es sowohl bei ihr zu Hause als auch im Büro probiert, E-Mails geschickt und eine Nachricht auf ihrem Handy hinterlassen. Ich war auch bei ihr zu Hause und habe mit Peter gesprochen ...«

»War er nüchtern?«

»Nicht ganz.«

»Hat er irgendetwas Vernünftiges von sich gegeben?«

»Nicht wirklich. Ich hatte den Eindruck, dass er nicht ganz ehrlich war.«

»Estelles Wahl geht mich im Grunde nichts an, aber ich hätte mir gewünscht, dass sie nicht ausgerechnet in die Familie Hume einheiratet.«

Ist das reiner Snobismus oder steckt mehr dahinter?, überlegte Kate. »Ich dachte immer, die Humes wären eine sehr respektable Familie. Ist Peters Bruder nicht Anwalt?«

»Respektabel? Nur, wenn man sie nicht kennt!«

Kate und Craig antworteten nicht, sondern hofften, Esmée würde fortfahren.

»Er ist ein Spieler«, vertraute Esmée ihnen an. »Ich glaube, er ist süchtig.«

»Wer? Peter?«, fragte Kate.

»Nein, Myles. Peter hilft ihm immer wieder aus der Patsche, wenn die schweren Jungs mit den Baseballschlägern kommen und ihr Geld haben wollen.« Esmée schien stolz darauf zu sein, dass sie eine derart saloppe Ausdrucksweise beherrschte. »Alles begann damit, dass der Vater der beiden Jungen sehr früh starb und ihre Mutter sie fortan nach Strich und Faden verzog. Vor allem Myles. Später erwarteten sowohl Myles als auch Pamela, dass Peter für sie sorgen würde. Ich glaube, Peter ist von Natur aus ein sehr weichherziger Mensch.« Aus Esmées Mund klang es, als wäre dies ein ärgerlicher Charakterfehler. »Aber die permanente Unterstützung hat ihnen keineswegs gutgetan. Myles hätte heute vielleicht ein Rückgrat, wenn er sich nicht so viele Jahre auf seinen Bruder verlassen hätte. Und die Mutter ist einfach nur ein hoffnungsloser Fall und völlig unorganisiert.«

Kate hoffte auf mehr Informationen. »Was glauben Sie, warum ist Estelle so mir nichts dir nichts für ein paar Tage verschwunden?«

»Ich glaube, es liegt an diesen schrecklichen Schriftstellern. Einer von ihnen, ein gewisser Todd Irgendwie, ruft ständig an oder steht vor ihrer Tür. Ich könnte mir vorstellen, dass Estelle einfach für eine Weile vor ihm geflüchtet ist. Ich erinnere mich an eine andere aggressive Autorin, die um drei Uhr morgens bei ihr anrief und mit Selbstmord drohte, falls Estelle sie nicht vertreten würde.«

»Wie hat Estelle darauf reagiert?«

»Sie hat sich geweigert, auf diese Art emotionaler Erpressung einzugehen. Sie sagte der Frau, sie solle keine Dummheiten machen, und rief die Polizei an. Aber meine arme Tochter wird sogar von ihren eigenen Autoren verfolgt. Dabei arbeitet sie wirklich bis zum Umfallen, selbst wenn die Autoren nicht immer besonders talentiert sind.« Sie warf Kate einen scharfen Blick zu, als hielte sie sie für eine dieser unbegabten Autorinnen. »Also ich persönlich würde mich nicht wundern, wenn sie einfach nur für ein paar Tage abgetaucht ist, um sich von diesen Leuten zu erholen.«

»Aber dann hätte sie doch irgendwen darüber informiert.«

»Da muss ich Ihnen recht geben. Ohne ein Wort zu verschwinden, sieht ihr nicht ähnlich.«

»Hat sie viele Bekannte in Oxford?«

»Sicher sind es ein paar. Zwei ihrer Autorinnen wohnen

hier, und soweit ich weiß, auch ein Verlagsleiter. Vermutlich kennt sie auch den einen oder anderen Professor und sicher auch jemanden aus der Bodleian Bibliothek.«

»Beim Hochzeitsessen saßen wir mit mehreren Leuten aus Oxford an einem Tisch. Ein Geschwisterpaar, das eine Buchhandlung führt, und Adela Carston.«

»Adela ist eine alte Freundin meines Mannes. Sie haben sich während des Krieges kennengelernt. Leider ist sie in letzter Zeit immer verwirrter geworden, daher wage ich zu bezweifeln, dass Estelle diesen Kontakt pflegt. Und die Besitzer der Buchhandlung? Ist es ein großer Laden?«

»Nein, eher klein.«

»Dann sind es sicher Freunde von Peter. Nein, eigentlich glaube ich nicht, dass Estelle wirklich enge Freunde in Oxford hat. Jedenfalls niemanden, bei dem sie für eine Zeit wohnen würde.«

»Aber Peter und Myles haben Verbindungen in die Stadt«, mischte sich nun Craig in das Gespräch.

»Peter kennt viele Leute, die Bücher kaufen und verkaufen, und zwar so gut wie überall. Die Kanzlei von Myles befindet sich in einer kleinen Seitenstraße in einem Vorort von Oxford.«

»Sie liegt in Summertown«, warf Kate ein. »Ich glaube kaum, dass die dortigen Bewohner es gerne hören würden, wenn man sie als Vorstädter bezeichnet.«

»Ach wirklich?« Für Esmée schien jedes Haus, das über weniger als drei Morgen Garten verfügte, ein Vorstadthaus zu sein. »Außerdem ist mir zu Ohren gekommen, dass sich Myles irgendwo im gleichen Viertel eine Mätresse hält.«

»Tatsächlich?«

»Es ist natürlich ein Geheimnis, aber eines, über das jeder Bescheid weiß.«

»Vielleicht sollten wir langsam nach Hause fahren«, schlug Craig vor.

»Nur noch eine Frage«, bat Kate. »Hat sich Estelle seit dem zehnten bei Ihnen gemeldet?«

»Das war der vorletzte Samstag, nicht wahr?«

»Genau.«

Esmée sah nachdenklich vor sich hin. »Ich glaube nicht.«

Auf dem Weg zum Auto hörten sie, wie Esmée ihrem Mann zurief: »Du kannst wieder reinkommen, Matthew. Die beiden merkwürdigen Leute sind weg.«

Im Wagen griff Craig wieder zur Karte und blickte auf die Uhr. »Sollen wir gleich nach Oxford zurückkehren?«

»So spät ist es doch noch gar nicht.«

»Das nicht. Aber Jon wird glauben, wir wären durchgebrannt, wenn wir nicht bald heimkommen.«

»Aber wir könnten einen Umweg über Peters Cottage machen und nachsehen, ob das Licht an ist oder irgendwelche Autos davor parken.«

Doch Peters Häuschen lag im Dunkeln, und auch der Audi war fort.

»Zu Hause könntest du dir noch einmal Estelles Adressbuch vornehmen, und ich koche ein tolles Reisgericht für Jon und dich«, schlug Craig vor.

»Gute Idee«, freute sich Kate, startete den Wagen und fuhr los. »Brauchen wir noch irgendwelche Zutaten?«

»Ich glaube, du hast alles im Haus.«

»Hört sich prima an«, meinte Kate. Sie hatte den Ortsausgang erreicht und versuchte verzweifelt, sich an den Rückweg zur M40 zu erinnern.

»Die dritte Ausfahrt im nächsten Kreisverkehr«, sagte Craig.

Der Abend war bereits weit fortgeschritten, als Estelle draußen Schritte näher kommen hörte. Die Tür ging auf. Bis sie sich jedoch mit hoch erhobener Tischlampe in Stellung gebracht hatte, war die Person, die sie gefangen hielt, längst im Zimmer und hielt ein spitzes, dünnes Messer vor sich.

Einen Moment lang starrten sie einander an. »Meine Waffe reicht weiter als Ihre und richtet erheblich mehr Schaden an. Wollen Sie wirklich eine Narbe quer übers Gesicht riskieren?«

Estelle schätzte die Entfernung ab und stellte die Lampe zurück auf den Tisch.

»Haben Sie schon wieder Lust auf einen Plausch?«

»Immerhin bin ich Ihr Kustos.«

Estelle lachte auf. »Hochtrabender geht es wohl nicht!« Sie warf einen Blick auf das, was die Person in der anderen Hand hielt. »Haben Sie uns etwas zu trinken mitgebracht?«

»Sie sahen ein bisschen blass aus, und da dachte ich, dass Sie vielleicht eine kleine Stärkung brauchen könnten, um mit mir die erfolgreiche Lösung eines alten Problems zu feiern.«

»Glauben Sie, dass ich Ihnen zuprosten würde, wenn ich wüsste, von welchem Erfolg Sie sprechen?«

Estelles Gegenüber lächelte. »Wahrscheinlich wären Sie entzückt, aber ich erwarte nicht, dass Sie mir irgendeine Form von Dankbarkeit erweisen.«

»Nun, wenn Sie so gut gelaunt sind, wie wäre es mit einem Kleiderwechsel für mich? Auch eine Haarwäsche wäre nicht schlecht. Wo sind übrigens meine eigenen Kleider?« Estelle hatte zu ihrer gewohnt knappen Art zurückgefunden.

»Holen Sie zwei Gläser aus der Küche.« Auf Estelles Bitten wurde nicht weiter eingegangen. »Ich habe den Korken bereits entfernt. Sie brauchen also keinen Korkenzieher. Füllen Sie beide Gläser. Ihre anmaßenden Forderungen ignoriere ich fürs Erste, und um Ihre Wäsche kümmere ich mich, wenn es an der Zeit ist.«

Mit hoch erhobenem Kopf ging Estelle in die Küche. Möglicherweise war sie in dieser Auseinandersetzung rein physisch unterlegen, doch den Kampf um die geistige Führung gab sie noch längst nicht auf.

Sie kehrte mit zwei Gläsern zurück, prüfte das Etikett, zog überrascht die Augenbrauen hoch und schenkte zwei großzügig bemessene Gläser ein.

»Ich kenne mich nicht besonders gut mit Wein aus«, sagte ihr Gegenüber und nahm das Glas aus Estelles Hand entgegen. »Aber ich gehe davon aus, dass dieser hier durchaus trinkbar ist – selbst für jemanden wie Sie.«

»Montrachet? Ich denke schon.«

Ihr Gegenüber hob das Glas. »Auf die Gerechtigkeit. Und die Rache.«

Estelle antwortete nicht. Ihre Vorstellungen von Gerechtigkeit sahen anders aus.

»Sie werden es nicht schaffen, seine Meinung zu ändern«, entgegnete sie schließlich. »Das Geschäft war absolut legal, und es ist nur gerecht, wenn er mit Gewinn weiterverkauft.«

»Darum geht es mir überhaupt nicht. Der Diebstahl dieser Bücher war nur der letzte Akt einer jahrelangen Demütigung.«

»Aber was wollen Sie damit erreichen, wenn Sie mich hier weiter festhalten?« Estelles Stimme wurde schrill vor Entrüstung. »Glauben Sie wirklich, dass Peter oder ich in Ihrem Leben herumpfuschen wollen? Machen Sie endlich Ihren Frieden mit der Sache.«

Ihr Gegenüber starrte sie an. »Sie müssen es richtigstellen. Das wäre nur fair.«

Estelle leerte ihr Weinglas und seufzte. »Ich gebe auf.«

»Ich bin heute wirklich gut gelaunt. Deshalb lasse ich Ihnen die Flasche da«, sagte die Person, als wäre nichts geschehen. »Wenn sie leer ist, stellen Sie sie neben die Tür. Ich bringe sie dann zum Glascontainer.«

Estelles Gesicht drückte ihre ganze Verachtung für übereifrige Mülltrenner aus. »Zwar sollte man einen solchen Wein besser in aller Ruhe genießen, aber ich verspreche Ihnen, dass Sie die leere Flasche noch vor Mitternacht zurückhaben.«

Sie spürte, dass ihr kein Angriff mehr drohte. Und eine Flasche, auch wenn sie leer war, wäre eine bessere Waffe als eine alte, wacklige Tischlampe. Selbst wenn Estelle es geschafft hätte, die Lampe auf den Kopf ihres Widersachers sausen zu lassen, wäre allenfalls das Elektrogerät in Stücke gegangen.

29

»Wir sollten noch einmal rekapitulieren, was wir bisher in Erfahrung gebracht haben«, sagte Kate nach dem Frühstück am folgenden Morgen. Jon war bereits zur Arbeit gegangen.

»Vor allem, was wir über die Humes erfahren haben.« Craig nickte. »Ist noch Kaffee da?«

»Noch eine Tasse von dem starken Zeug, das ich immer für mich mache«, erwiderte Kate und holte eine Espressotasse nebst Untertasse aus dem Schrank. »Reicht das?«

»Vielleicht gibt das Gebräu meinem Hirn den nötigen Kick.«

»Sozusagen als geistiges Überbrückungskabel.« Kate grinste und reichte Craig die Tasse. »Hast du irgendwelche Schlussfolgerungen aus den Informationen gezogen, die wir gestern bekommen haben?«

»Für mich ist Myles durchaus ein möglicher Verdächtiger, was Estelles Entführung betrifft. Seine Freundin wohnt in der Nähe von North Parade, was bedeuten könnte, dass sie ein möbliertes Zimmer in Jericho hat. Wenn er von ihr kam und in sein Büro wollte, hätte er die Walton Street entlangfahren müssen. Mit Sicherheit hätte er Estelle auf dem Weg zum Bahnhof erkannt.«

»Aber halb acht ist ziemlich früh, um ins Büro zu gehen, oder?«

»Bis er Estelle traf, könnte es durchaus schon zwanzig oder sogar zehn vor acht gewesen sein. Außerdem ist das bei weitem nicht zu früh, wenn man um neun Uhr ein Meeting mit einem Klienten hat und noch etwas vorbereiten muss. Und Estelle hätte sich sicher nicht lang geziert. Bestimmt war sie erleichtert, ein bekanntes Gesicht zu sehen. Immerhin ist er ihr Schwager. Sie wäre garantiert sofort zu ihm ins Auto gestiegen.«

»Und wo hätte er sie hingebracht?«

»An den Ort, an dem er gerade lebte.«

»Also zu seiner Freundin? Und was ist mit dem Meeting um neun?«

»Vielleicht wohnt er ja auch vorübergehend in der Kanzlei. Möglicherweise hat er Estelle einen Kaffee und ein frisches Croissant angeboten, das er sich gerade zum Frühstück gekauft hatte. Vermutlich ist er ein guter Zuhörer. Mit ihm konnte sie wahrscheinlich über Peter reden, wie sie es mit einem Außenstehenden nie gewagt hätte.«

»Klingt logisch. Aber was ist sein Motiv?«

»Peter hat seinem Bruder von dem möglicherweise bombigen Geschäft mit den Büchern erzählt, aber auch, dass Austin Estelle entführt hat und den Gewinn von ihm einfordert. Was auch immer Austin uns erzählt hat, so wie es aussieht, braucht er mehrere hunderttausend Pfund, um die Wohnungen fertigzustellen. Und dieses Geld wollte er von Peter.«

»Aber warum hat er Estelle dann gehen lassen?«

»Weil er kalte Füße bekommen hat. Er ist im Grunde kein schlechter Kerl, nur ist er felsenfest davon überzeugt, dass Peter ihn um sein rechtmäßiges Erbe gebracht hat.«

»So weit wäre der Ablauf klar. Und wie kommt nun Myles ins Spiel? Warum hält er Estelle jetzt fest?«

»Auch er hat ein gewisses Anspruchsdenken. Sein Leben lang hat Peter immer wieder für ihn die Kastanien aus dem

Feuer geholt. Inzwischen hat Myles hohe Spielschulden, und seine Frau hat ihn vor die Tür gesetzt. Während Estelle bei Austin war, konnte er nicht an Peters Geld heran. Aber dann entdeckt er Estelle plötzlich auf der Straße und beschließt, da weiterzumachen, wo es Austin an Mut fehlte.«

»Ich hätte noch eine andere Theorie anzubieten: Könnte es nicht sein, dass *Cathy* Estelle auf ihrem Weg zum Bahnhof aufgegabelt hat? Wenn Myles von Adelas Büchern wusste, dann sicher auch Cathy. Und die Sache mit Austin wird ihr ebenfalls bekannt gewesen sein.«

»Aber sie braucht kein Geld. Sie hat doch diesen sagenhaft reichen Freund.«

»Aber selbst Charley wird von der Vorstellung eines bis zum Dachfirst mit Hypotheken belasteten Hauses nicht gerade begeistert sein. Hinzu kommen das ausstehende Schulgeld für die Töchter und die kurz vor der Zwangsvollstreckung stehende Baustelle. Ganz zu schweigen von den Kreditkartenabrechnungen der gnädigen Frau.«

»Woher willst du wissen, ob das alles stimmt?«

»Du hast doch gesehen, wie viel Cathy trinkt, und das mitten am Tag. Sicher versucht sie so, etwas Unangenehmes zu vergessen. Zum Beispiel ihre Geldsorgen.«

»Du hast recht, die Humes passen wirklich ins Bild. Sie könnten Estelle gekidnappt haben, nachdem sie von Austin kam. Trotzdem glaube ich nicht, dass Estelle bei Cathy festgehalten wird – dort haben wir sogar die Scheunen durchsucht –, und auf Charleys Anwesen halte ich es ebenfalls für unwahrscheinlich. Auch in Peters Cottage haben wir kein Lebenszeichen von ihr gefunden.« Craig blickte Kate an. Plötzlich fiel beiden eine andere, sehr viel schlimmere Möglichkeit ein.

»Sie werden sie doch nicht ermordet haben?«, sprach

Kate ihre Befürchtungen schließlich aus. »Was glaubst du? Eigentlich macht es keinen Sinn. Denn dann hätten sie kein Geld von Peter erpressen können.«

»Stimmt«, meinte Craig. »Aber was, wenn es ein Unfall war.«

»Schluss damit. Ich weigere mich einfach, so etwas in Betracht zu ziehen. Wir müssen einfach weitersuchen. Vielleicht besitzen die Humes ja noch ein anderes Haus. Austin hat sie schließlich auch nicht in seinem Zuhause, sondern in seiner Musterwohnung festgehalten.«

»Aber Austin ist Bauunternehmer. Die Humes hingegen stecken finanziell in der Klemme und leben von der Hand in den Mund.«

Kate brühte einen weiteren Becher Kaffee auf. »Damit dein Gehirn in Bewegung kommt«, sagte sie zu Craig und schaltete den Lokalsender des Radios ein. Gerade begannen die Nachrichten. Verdutzt lauschten sie und Craig dem ersten Beitrag und starrten einander an.

»Der Name des Opfers wurde nicht erwähnt«, stellte Craig fest. »Es war nur von einer Leiche die Rede.«

Die Stimme des Nachrichtensprechers wurde nur vom regelmäßigen Tropfen des Wasserhahns am Spülbecken unterbrochen. Kate ging zur Spüle und drehte den Hahn fester zu.

»Wahrscheinlich mit Rücksicht auf die Familie. Die soll so etwas schließlich nicht aus dem Radio erfahren. So wird es doch immer gemacht, oder?«

»Stimmt. Aber dann erfahren wir frühestens um die Mittagszeit, wer gestorben ist und unter welchen Umständen.«

»Immerhin wissen wir, dass das Opfer in einer Anwaltskanzlei an der North Parade gefunden wurde.«

»Vielleicht gibt es dort mehrere Kanzleien.«

»Wir haben aber nur ein Schild gesehen.«

»Selbst wenn es in dieser Kanzlei passiert ist, könnten immer noch Haffney oder John betroffen sein«, meinte Craig. »So hießen die Partner doch, nicht wahr? Vielleicht war es ja auch ein Mandant. Oder jemand, der zufällig zu Besuch war.«

»Ich wünschte, wir wüssten, ob das Opfer ein Mann oder eine Frau ist.« Kate brauchte nicht hinzuzufügen, dass sie neugierig war, ob es sich um Myles oder Estelle handelte.

Der Nachrichtensprecher berichtete inzwischen über die Schließung einer Fabrik in Banbury. Kate schaltete das Radio aus und sagte: »Komm, lass es uns im Internet versuchen. Vielleicht finden wir dort mehr Einzelheiten.« Sie holte ihr MacBook aus dem Arbeitszimmer, platzierte es auf dem Tisch zwischen sich und Craig und klickte auf den Browser.

»Hier sind die Lokalnachrichten.«

»Da steht auch nicht mehr, als wir aus den Nachrichten wissen«, meinte Craig. »Fällt dir niemand ein, der mehr darüber wissen könnte?«

»Nun, ich kann ja schlecht Peter anrufen und ihn fragen, ob zufällig seine Frau ermordet wurde, oder? Das Gleiche gilt für seinen Bruder.«

»Was ist mit den Akins? Oder deiner Freundin Emma?«

»Ich glaube kaum, dass sie mehr wissen als wir.«

»Aber du könntest es doch zumindest versuchen!«

»Wenn wir uns schon danebenbenehmen wollen, dann können wir auch gleich zur Kanzlei gehen und nachschauen. Es ist ja nicht weit.«

»Aber die Polizei hat das Gebäude sicher abgeriegelt.«

»Dann wissen wir wenigstens, ob es sich tatsächlich um das Haus handelt, so wie wir vermuten.«

Sie hüllten sich in Schals und Jacken und zogen ihre Mützen bis zu den Augenbrauen hinunter, um später in der Menge der Schaulustigen nicht erkannt zu werden. Dann gingen sie zur Banbury Road und wandten sich nach Norden.

North Parade war eine schmale Einbahnstraße. Es gab einen Pub, eine Galerie, einige Boutiquen und eine Hand voll Büros, die alle auf der linken Straßenseite lagen.

Wie sie bereits vermutet hatten, wurde die Straße von Polizeifahrzeugen blockiert. Trotzdem waren noch einige Passanten unterwegs.

»Es ist tatsächlich das Haus mit dem Messingschild«, sagte Kate und zeigte auf das Absperrband. »Myles' Büro wird von der Polizei abgeriegelt.«

»Was nicht unbedingt heißt, dass die Tat etwas mit Myles oder Estelle zu tun haben muss«, meinte Craig, klang aber nicht sehr überzeugend.

»Sie haben also auch davon gehört«, sagte eine Stimme hinter Kate. Sie drehte sich um.

Hinter ihr standen die Geschwister Akin und starrten auf die Tür. »Wir haben es eben in den Nachrichten gehört und sind sofort hergekommen, weil wir wissen wollten, ob es jemand ist, den wir kennen«, erklärte Ben.

»Estelle Livingstone? Myles Hume?«, fragte Kate.

»Estelle ganz bestimmt nicht. Myles wäre eine Möglichkeit. Wir hatten viele Jahre unser Geschäft in der North Parade und kennen eine Menge Leute hier. Jeder von ihnen könnte es sein«, antwortete Frances.

»Ich weiß, es ist furchtbar, aber wir konnten der Versuchung nicht widerstehen, auf diesem Weg nach Jericho zu gehen. Man will es einfach mit eigenen Augen sehen. Ich glaube, das ist nur menschlich«, redete Ben sich heraus.

»Aber wir sollten nicht länger hier herumstehen«, fügte Frances hinzu. »Komm, Ben.«

Ben sah nicht so aus, als wolle er schon gehen. »Wenn sich eine solche Tragödie ereignet, muss man mit anderen Menschen darüber reden, findest du nicht? Es ist so, als brauchte man eine Bestätigung dessen, was geschehen ist. Man will seine Gefühle mit anderen teilen.«

»Ich finde, du wirst sentimental«, meinte Frances knapp. Ganz offensichtlich missbilligte sie das Teilen von Gefühlen jeglicher Art. »Die meisten Leute hier haben einfach nur nichts zu tun und sind neugierig.«

»Wahrscheinlich weiß hier ohnehin niemand, wer das Opfer ist«, stellte Kate fest.

»Die Einzelheiten werden erst publik gemacht, wenn die Familie Bescheid weiß.«

»Aber das hier ist doch die Kanzlei von Myles, oder?«

»Schon«, bestätigte Frances. »Aber seit er auf dem Land lebt, arbeitet er oft von zu Hause aus.«

Kate überlegte, ob sie erwähnen sollte, dass Myles nicht mehr mit Cathy in den Chilterns wohnte, doch dann entschied sie sich dagegen. Nur allzu gern hätte sie Frances gefragt, ob sie wusste, dass Myles eine Freundin hatte, und ob sie vielleicht zufällig deren Adresse in der Nähe der Kingston Road kannte. Doch sie war sich sicher, dass Frances es mit großer Wahrscheinlichkeit nicht wusste. Eine Klatschtante war sie wirklich nicht.

»Los, Ben«, wiederholte Frances gereizt. »Wir können schließlich nicht ewig hier herumstehen. Erstens ist es kalt, und zweitens müssen wir den Laden öffnen.«

»Du hast natürlich recht«, antwortete Ben lustlos. »Obwohl ich zu bezweifeln wage, dass an einem derart kalten Morgen viele Kunden kommen werden. Wenn Sie wollen,

Kate, können Sie ja später noch bei uns vorbeikommen. Schließlich geht man nach einem solchen Vorfall nicht einfach zur Tagesordnung über. Ein Gewaltverbrechen in unserem Viertel – so etwas berührt einen schon!«

»Wieso fühlst du dich derart betroffen?«, fragte Frances kühl. »Du weißt doch nicht einmal, wer das Opfer ist.«

»Wenn es jemand aus dieser Kanzlei ist, dann kennen wir ihn«, entgegnete Ben. »Unsere Familie lässt sich schließlich seit über siebzig Jahren von *John, Haffney & Hume vertreten.«*

Immer noch streitend machten sich Bruder und Schwester auf den Weg nach Jericho.

»Ich glaube, wir sollten auch verschwinden«, schlug Craig vor. »So wie es aussieht, erfahren wir hier nichts Neues.«

»In gewisser Weise hat Ben recht. Der Mensch ist ein Herdentier, und deshalb sind wir nicht gern allein, wenn so etwas passiert. Wir wollen unbedingt über den Vorfall reden und uns eine gemeinsame Meinung bilden«, sinnierte Kate. Sie folgten den Akins die Straße hinunter.

»Also, ich kann nicht behaupten, dass ich mich gern in einer Menschenmenge aufhalte.«

»Falls es tatsächlich Myles sein sollte, der getötet wurde – was ist dann mit Estelle?«

»Ich habe eben im Getümmel gehört, dass es eine Männerleiche sein soll.«

»Aber Estelle ist seine Schwägerin. Wenn er tot ist und sie vermisst wird, was könnte das bedeuten? Sie könnte ...«

»Ich glaube, wir sollten keine voreiligen Schlüsse ziehen. Wir müssen erst mit Sicherheit wissen, wer das Opfer ist.«

Aber Kate ließ sich nicht überzeugen. Schweigend gingen sie nach Hause.

»Ich muss unbedingt etwas überprüfen«, sagte sie, nachdem sie ihre Mäntel ausgezogen hatten.

Fünf Minuten später saßen sie am Küchentisch. Kate schob ihr Notebook zu Craig hinüber.

»Ja und?«, fragte er.

»Die Akins. Eine Adresse, zwei Telefonnummern.«

»24A und 24B. Ich würde sagen, das sind Nachbarwohnungen.«

»Trotzdem merkwürdig, findest du nicht?«

»Wieso? Sie scheinen einander nahezustehen und sind vermutlich beide unverheiratet. Warum sollen sie nicht nebeneinander wohnen?«

»Würdest du gern unmittelbar neben deiner Schwester wohnen?«

»Ich habe keine. Und du?«

»Ich bin Einzelkind.«

Craig lachte. »Wir taugen also beide nicht dazu, ihr Verhalten zu beurteilen.«

Kate antwortete nicht. Sie trank ihren Kaffee aus und sagte schließlich: »Ich mache einen Spaziergang.«

»Aber das Wetter ist scheußlich: nass, neblig und eiskalt.«

»Trotzdem. Ich brauche Bewegung.«

Aber eigentlich brauchte sie Zeit zum Nachdenken.

30

Die Akins wohnten auf halber Strecke zwischen der Cleveland Road und ihrer Buchhandlung. Kate ging schnell. Ihr Atem stieg in der kalten Luft weiß vor ihrem Mund auf. Schließlich erreichte sie eine baumbestandene Straße mit hohen, viktorianischen Häusern. Die meisten Häuser dieser Art waren von Universitätsfakultäten oder Colleges übernommen worden. Nummer 24 wurde offensichtlich noch privat genutzt. Weder am Tor noch in der Auffahrt befand sich ein Hinweisschild, und das wilde Buschwerk, welches das Haus vor neugierigen Blicken schützte, wäre von keiner öffentlichen Institution geduldet worden.

Rechts neben der soliden Eingangstür blinkten zwei Messingklingeln. Zwar konnte Kate die Aufschriften nicht erkennen, doch vermutlich stand auf dem einen Schild »Ben« und auf dem anderen »Frances«. Sie nahm an, dass es sich um das Elternhaus der beiden handelte, und auch wenn man die Räumlichkeiten in zwei Wohnungen aufgeteilt hatte, dürften diese viel Platz für zwei Singles bieten. So viel, dass Kate sich fragte, ob es vielleicht Untermieter gab. Das Haus war drei Stockwerke hoch, und jede der beiden Hälften schien über mindestens sechs großzügige Zimmer zu verfügen, von Küchen und Bädern ganz zu schweigen.

Im ganzen Haus war kein Lebenszeichen zu sehen. Trotz des düsteren Tages brannte nirgends Licht. Weder Musik noch Stimmen waren zu hören, lediglich das Flattern einer

Taube im Gebüsch und das ferne Summen der Woodstock Road.

Bücher, dachte Kate. Die Zimmer sind voller Bücher. Staubige Bücher mit sepiafarbenen Seiten, die seit Jahrzehnten in den gleichen Regalen stehen. Bücher, die die Geschwister Akin in ihrer Kindheit gelesen haben. Bücher, die ihr Vater in seiner Jugend kaufte. Bücher, die ihre Mutter als junge Ehefrau las. Seriöse Bücher, die von alten und neuen Geschichten erzählten, Literatur in Englisch und einem halben Dutzend anderer europäischer Sprachen. Kein Fernseher durfte das Flüstern der umgeblätterten Seiten stören, wenn diese Bücher wieder und wieder gelesen wurden.

Was hatte Kate erwartet? An den Fenstern der oberen Stockwerke waren entweder schwere Vorhänge vorgezogen, oder man hatte die Läden heruntergelassen. Die hohen Fenster im Erdgeschoss waren mit Gardinen ausgestattet, sodass niemand in die Zimmer schauen konnte.

Aber was gäbe es dort zu sehen? Wahrscheinlich nichts als schwere, alte Möbel, dachte sie. Und Bücherregale. Bücher, nichts als Bücher.

Sie wandte sich zum Gehen, ehe einer der Akins heimkam und sie dabei überraschen konnte, wie sie zu den Fenstern hinaufstarrte.

Als sie das Ende der Straße erreichte, stellte sie jedoch fest, dass hinter dem Haus der Akins ein schmaler Weg entlangführte. Es war nur ein winziger, von hohen Zäunen gesäumter Pfad, von dem aus Tore in die jeweiligen Gärten führten. Den wollte sie auskundschaften! Auf dem Weg stank es nach Katzenurin und verfaultem Gemüse. Vorne hui und hinten pfui, dachte Kate. So edel die Vorderfronten wirkten, so vergammelt sah alles von hinten aus. Sie zählte die Tore, bis sie an das viertletzte kam. Wenn sie richtig gezählt hatte, musste das der Garten der Akins sein. Nun, vielleicht waren die Geschwister ebenso nachlässig wie Estelle, was Schlösser anging … Aber das Tor war verschlossen. Verriegelt, um genau zu sein. Kate lehnte sich dagegen. Der untere Teil der Holzkonstruktion bewegte sich ein wenig, aber in Schulterhöhe, wo der Riegel saß, bewegte sich nichts. Sie schob fester. Das Tor ächzte. Kate blickte sich um. Von dort, wo sie stand, konnte Kate einige Fenster sehen. Doch die Chance, dass irgendeine alte Dame sich so langweilte, dass sie ausgiebig nach hinten in die Gärten starrte, war eher gering. Kate entfernte sich ein Stück von dem Holztor, nahm Anlauf und rammte mit ihrer durchtrainierten Schulter das Holz. Die Tür ächzte und splitterte. Einen Moment lang wünschte sich Kate, sie hätte Craig mitgenommen, doch er hätte sie mit Sicherheit davon abgehalten, derart forsch zu sein.

Sie hielt inne und lauschte. Aus der Nachbarschaft war nichts zu hören. Kate rammte das Tor ein weiteres Mal. Dieses Mal gab das Holz endgültig nach. Sie schlüpfte zwischen zerbrochenen Latten hindurch in den Garten der Akins.

Hastig blickte sie sich um. Ja, es war tatsächlich das viertletzte Haus. Sie hatte sich nicht geirrt.

Mit Bedauern stellte sie fest, dass Ben und Frances offenbar keine begeisterten Gärtner waren. Niemand hatte sich die Mühe gemacht, Ende Oktober den Rasen ein letztes Mal zu mähen. Irgendwer hatte früher einmal Rosen geliebt, aber die Sträucher waren seit Jahren nicht mehr geschnitten worden. Überall wucherten Giersch und Gemeiner Tannenwedel.

Kate blickte zum Haus empor. Es gab zwei Hintertüren, die in zwei Küchen führten. Beide waren mit Läden verschlossen. Die Fenster in den beiden oberen Stockwerken des linken Hauses waren nicht nur doppelt verglast, sondern wurden auch von innenliegenden Holzläden geschützt. Kate konnte nicht sehen, ob drinnen Lichter brannten.

Offenbar war das Elternhaus der Akin-Geschwister in eine rechte und eine linke Hälfte aufgeteilt worden, und wer immer auf der linken Seite wohnte, liebte entweder die Heimlichtuerei oder wollte sein Privatleben ganz besonders schützen. Gab es dort drinnen gemeinsame Räume, oder lebten die Geschwister ganz und gar getrennte Leben? Nun, vielleicht nicht völlig getrennt, immerhin arbeiteten sie zusammen und gingen täglich gemeinsam zur Arbeit und aßen zusammen zu Mittag.

Ihre Art der Lebensführung war für einen unabhängigen Menschen wie Kate schwer nachzuvollziehen. Kate war ein Einzelkind, doch sie konnte sich auch nicht vorstellen, etwa mit ihrer Mutter Roz derart nah zusammenzuleben.

Erneut warf sie einen Blick nach oben. Zu rufen hätte keinen Sinn gemacht. Glas und Holz würden jedes Geräusch von draußen dämpfen. Und wenn sie zu viel Lärm machte, würden die Nachbarn schließlich doch noch aufmerksam werden.

Kate stakste durch das Gras und rüttelte an den beiden Hintertüren, zunächst links, dann rechts, doch beide waren verschlossen. Durch die Küchenfenster konnte sie nichts erkennen. Sie drehte sich um und kehrte zu dem zerbrochenen Tor zurück. Ein letztes Mal blickte sie zu dem verrammelten Fenster in der obersten Etage hinauf. Sieh den Tatsachen ins Auge, schalt sie sich. Die Möglichkeit, dass Estelle hier wie eine Prinzessin im Turm gefangen gehalten wird, besteht nur in deiner Einbildung. Warum um alles in der Welt sollte sie ausgerechnet in diesem respektablen Haus in North Oxford festgehalten werden?

Plötzlich jedoch fiel ihr etwas auf. Etwas in der äußersten Ecke des Fensters gleich unter der Dachrinne. Kate wusste nicht genau, was sie davon halten sollte, aber es war ein kleines Stück eines leuchtend bunten Stoffes. Und merkwürdigerweise sah es genauso aus wie eine Ecke des Liberty-Schals, den sie vor einiger Zeit an Estelle bewundert hatte. Rote und weiße Blumen, oder vielmehr: Indischrot auf einem in Ekrü gehaltenen Hintergrund mit einem komplizierten blau-grünen Muster an den Ecken. Das, was sie sah, war eine dieser Ecken sowie ein Stück mit zwei stilisierten Blumen. Doch das Fenster befand sich sehr hoch oben, und der Himmel war bedeckt. Vielleicht war das, was sie da sah, nur ein Stück Vorhang, das sich im Laden verfangen hatte und nun ihrer Fantasie einen Streich spielte.

In diesem Moment jedoch stahl sich die Sonne hinter den Wolken hervor und schien schräg auf die Rückseite des Hauses. Für ein paar Sekunden konnte Kate den bunten Stoff genau sehen. Als die Sonne wieder verschwand, war Kate sicher – jedenfalls so gut wie sicher –, dass sie Estelles Schal gesehen hatte.

Es war genau die Art weicher Schal aus feinem Wollstoff, den Estelle an einem kalten Januartag getragen hätte und dessen lebhaftes Rot einen düsteren Nachmittag aufhellen konnte.

Kate verließ den Garten. Sie schob das Tor wieder so weit zurück in den Rahmen, dass kaum noch zu erkennen war, wie unkonventionell sie sich Zutritt verschafft hatte. Langsam ging sie zurück zur Cleveland Road. Sollte sie Craig von ihrer Entdeckung erzählen? Oder würde er nur über sie lachen und ihr erklären, wie unwahrscheinlich es war, dass einer der Akins ihre Agentin entführt hatte?

31

Als Kate nach Hause kam, arbeitete Craig an seinem Artikel. Genau wie sie selbst es häufig tat, hatte er es sich am Küchentisch bequem gemacht.

»Gibt es Neuigkeiten?«, erkundigte sie sich, um den Moment, in dem sie ihm vom Haus der Akins erzählen musste, noch ein wenig hinauszuschieben.

»Gibt es. Möchtest du ein Sandwich?«

»Ja, gern.«

»Mit Schinken?«

Kate nickte. Craig schenkte zwei Becher Kaffee ein, ohne sich die Mühe zu machen, vorher zu fragen, und schob den Teller mit den Broten über den Tisch. »Ich fürchte, du hattest recht«, sagte er schließlich.

»Also nicht Estelle?«

»Nein. Myles. Es tut mir leid. Du hast ihn ganz gut gekannt, nicht wahr?«

»Eigentlich nicht. Ich habe ihn nur einmal kurz auf Estelles Hochzeit getroffen. Da kann man nicht behaupten, dass ich ihn kannte. Aber er gehört zu Estelles und Peters Familie, und das ist bestimmt ein schwerer Schlag für sie. Und erst recht für Cathy und ihre Töchter. Die Mädchen sind erst sieben und acht Jahre alt.«

»Oh ja, ein gewaltsamer Tod ist immer eine ganz besondere Tragödie«, pflichtete Craig ihr bei. »So ein Ereignis verfolgt die Hinterbliebenen für immer.«

Auf seinem Gesicht lag ein so merkwürdiger Ausdruck,

dass Kate vermutete, er müsse früher einmal etwas ähnlich Schreckliches erlebt haben. Schon jetzt empfand sie tiefes Mitleid mit den Betroffenen, mit Peter, mit seiner Mutter Pamela, mit Cathy und den beiden Mädchen. Und natürlich mit Estelle, falls Estelle noch ... Nein, daran wollte sie nicht denken!

»Es gibt da eine Verbindung zu Estelles Verschwinden«, erklärte sie.

»Wenn Myles aus finanziellen Motiven getötet wurde, und danach sieht es im Augenblick aus, dann hat es vermutlich mit seinen Spielschulden zu tun und nicht mit Estelle.«

»Vielleicht gab es auch Ärger bei seiner Arbeit. Selbst Familienanwälte haben hin und wieder mit zwielichtigen Gestalten zu tun.«

Wieder kam ihr der Liberty-Schal in den Sinn. Sollte sie Craig erzählen, was sie gesehen hatte?

»Woran denkst du?«, fragte Craig.

»Ich habe auf meinem Spaziergang etwas entdeckt.«

»Und das wäre?«

»Ich bin zum Haus der Akins gelaufen, weil ich es mir einmal ansehen wollte.«

»Das dachte ich mir bereits.«

»Es ist ein großes, dreistöckiges, viktorianisches Haus mit einer Tür in der Mitte, Erkerfenstern auf beiden Seiten und einem ungepflegten Garten. Du weißt sicher, was ich meine. Wahrscheinlich ist es ein Vermögen wert, dabei sieht es so heruntergekommen aus, als ob kein Geld für seine Instandhaltung vorhanden wäre.«

»Die Akins haben erst kürzlich eine Menge Geld in ihren Laden gesteckt, nicht wahr?«

»Ja, nachdem sie die alte Buchhandlung verkauft hatten. Trotzdem wird ihnen das sicher nicht leichtgefallen sein.«

»Sicher nicht.« Er wartete.

»Es sieht aus, als hätten sie das Haus in der Mitte geteilt und dann ausgebaut. Es gibt eine Eingangstür, aber zwei Klingeln. Das ganze Gebäude wirkt irgendwie geheimnisvoll.«

Craig blickte Kate zweifelnd an, unterbrach sie aber nicht.

»Vor allem auf der rechten Seite gibt es überall Vorhänge, Rollläden und Blenden. Ich wünschte, ich wüsste, welche Seite wem gehört, aber ich habe keine Anhaltspunkte gefunden.«

»Du meinst so etwas wie rosa Blümchenvorhänge?«

»Die würden ohnehin nicht dem Stil von Frances entsprechen. Nachdem ich mir von vorn alles angesehen hatte, bin ich nach hinten gegangen. Zwischen den Gärten in der Straße der Akins und denen der Parallelstraße verläuft ein schmaler Pfad. Du kennst das sicher: Links und rechts gibt es hohe Zäune und verschlossene Gartentüren. Eigentlich kann man nichts sehen.«

»Darf ich raten? Das Tor der Akins war nicht verschlossen.«

»Knapp daneben. Ich musste ein wenig nachhelfen, bis der Riegel nachgab.«

»Ich hatte mich bereits gewundert, woher der Staub und das Moos an deiner Schulter stammen. Du hast dir hoffentlich nicht wehgetan?«

»Nicht sehr. Auf jeden Fall bin ich so in den Garten gelangt. Von den Nachbarn war übrigens nichts zu sehen und zu hören. Wahrscheinlich waren die meisten auf der Arbeit.«

»Und was hast du gesehen? Ich nehme doch an, dass du etwas entdeckt hast.«

»Zunächst einmal probierte ich die beiden Hintertüren aus, doch sie waren beide abgeschlossen.«

»Jetzt sag bloß nicht, dass du eine davon eingeschlagen hast!«

»Natürlich nicht. Dann starrte ich auf die Fenster mit den

schweren Vorhängen. Eines von ihnen, das sich ganz oben gleich unter der Dachrinne befindet, ist doppelt verglast und hat Innenblenden aus Holz. In einem solchen Zimmer um Hilfe zu rufen, macht absolut keinen Sinn, denn niemand würde es hören. Ich hatte keine Möglichkeit, festzustellen, ob sich jemand in diesem Raum befand. Allerdings habe ich zwischen Glas und Blende etwas Farbiges gesehen. Das Licht war nicht gut – hast du bemerkt, wie düster es draußen ist? –, aber dann kam plötzlich für ein paar Sekunden die Sonne heraus, und ich erkannte einen von Estelles Lieblingsschals. Jedenfalls sah der Stoff ihm sehr ähnlich«, ruderte sie ein Stück zurück.

Craig reagierte nicht gerade überwältigt.

»Das ist aber nicht mehr als eine Vermutung, oder?«, wandte er ein.

»Das Tuch ist sehr groß und quadratisch. Ein feiner Wollstoff, impressionistische rote Blumen auf einem neutralen Hintergrund mit blauem und grünem Paisleymuster am Rand.«

»Hört sich ganz hübsch an, aber wenn der Schal aus einem Kaufhaus stammt, gibt es davon Tausende über das ganze Land verteilt.«

»Estelle? Kaufhaus? Dieser Schal ist ein Designerstück und kostet gut und gern vierhundert Pfund.«

»Um Himmels willen! Bist du sicher? Ich wusste nicht, dass man so viel für ein Schultertuch hinblättern kann.«

Kate seufzte. »Die meisten von uns können es nicht und würden es wahrscheinlich auch dann nicht tun, wenn sie es könnten. Aber Estelle schuftet hart für ihr Geld und gibt es auch für Tücher aus, wenn ihr danach ist.«

»Es sei ihr gegönnt. Und du glaubst, dass du diesen seltenen Schal in einer Ecke des Dachfensters eines Hauses in

North Oxford gesehen hast, das einem alteingesessenen und angesehenen Geschwisterpaar gehört?«

»Ich weiß allerdings nicht, in wessen Hälfte, und ich weiß auch nicht, ob beide wissen, dass Estelle dort ist.«

»Darüber muss ich einen Moment nachdenken.«

»Für mich sah es wie ein Hilferuf aus«, sagte Kate. »Ein kleines, mutiges Signal, das in der Hoffnung gesetzt wurde, dass jemand kommt und sie rettet.«

»Es könnte aber auch deine Fantasie sein, die mit dir durchgegangen ist.«

»Aber ich kann dieses Zeichen nicht einfach ignorieren, oder? Zumal seit Myles ...«

»Seit Myles tot ist?«

»Ganz genau.«

»Ich bin zwar noch immer nicht überzeugt, dass es da einen Zusammenhang gibt, aber wenn doch, ist wohl eine gewisse Dringlichkeit geboten.«

»Dringlichkeit ist genau das richtige Wort.«

»Hast du das Gartentor gelassen, wie es ist? Können wir noch einmal hinein?«

»Bestimmt. Du meinst also, wir sollten hingehen und die Sache noch einmal genauer in Augenschein nehmen?«

»Ich dachte, ich nehme für alle Fälle meine Kamera mit.«

»Ich hole meine Jacke.«

»Als Erstes müssen wir ganz sicher sein, dass es sich tatsächlich um das Haus der Akins handelt und dass sie dort auch wohnen. Hast du schon mal daran gedacht, dass sie es vermietet haben könnten? Falls nicht, wäre es sinnvoll, herauszufinden, wer auf welcher Seite lebt.«

»Und was schlägst du vor?«

»Wir sehen zu, dass wir um kurz vor eins dort sind, verbergen uns im Gebüsch und beobachten, wer kommt.«

»Ehrlich gesagt missfällt mir die Aussicht, mich an einem eisigen Januartag in einem Gebüsch verstecken zu müssen.«

»Hast du eine bessere Idee?«

»Wir nehmen den Wagen und parken irgendwo in der Nähe, wo wir einen guten Blick auf das Haus haben.«

»Und wenn sie uns sehen?«

»Wir nehmen einfach eine große Landkarte mit, hinter der wir uns verstecken können. Jeder wird denken, dass wir Touristen sind, die sich verirrt haben.« Sie registrierte den zweifelnden Ausdruck auf Craigs Gesicht. »Und wage es nicht, mir zu erklären, dass im Januar nicht gerade viele Touristen unterwegs sind.«

32

Kate und Craig hüllten sich in Jacken, Schals, Mützen und Handschuhe. Kritisch musterten sie einander.

»Ich finde deine Brille ziemlich auffällig«, meinte Kate. »Ich würde sie sofort wiedererkennen.«

»Aber ohne habe ich gewisse Probleme.«

»Na, dann muss es wohl sein. Und wie sehe ich aus?«

»Ein bisschen zu gestylt. Außerdem fällt dein Haar auf. Kannst du es nicht komplett unter die Mütze schieben?«

»Wenn ich das mache, kann ich es später nicht mehr bändigen. Aber ich bin sicher, dass mich unter dem ganzen Wollzeug ohnehin niemand erkennt.«

Um halb eins fuhren sie los. Kate parkte ein Stück vom Haus der Akins entfernt.

»Sind das hier keine Anwohnerparkplätze?«, wollte Craig wissen.

»Schon, aber um diese Tageszeit sind die meisten frei. Wir können nur hoffen, dass uns niemand aus der Nachbarschaft beobachtet und anzeigt.«

Craig schien nicht begeistert zu sein, aber Kate sah keine andere Möglichkeit, das Haus der Akins im Blick zu behalten.

»Von hier aus ist es ganz einfach, auf den Weg hinter den Häusern zu gelangen«, sagte sie. »Ich zeige dir, wie ich auf das Grundstück gekommen bin.«

Als sie das Gartentor der Akins erreicht hatten, stöhnte Craig auf. »Mein Gott, da hast du aber ganze Arbeit geleistet. Bist du wirklich sicher, dass dich niemand gehört hat?«

»Niemand hat gerufen oder nachgesehen. Und alles sieht genauso aus, wie ich es hinterlassen habe. Ich glaube nicht, dass inzwischen jemand hier gewesen ist.«

Craig stieß das Gartentor auf. Dabei achtete er darauf, nicht mehr Schaden als nötig anzurichten.

»Dort ist es«, flüsterte Kate und zeigte nach oben. »Siehst du das Erkerfenster gleich unter dem Dach? Da, in der Ecke.«

»Ich sehe ein Haus, das man vor neugierigen Blicken besonders gut geschützt hat«, meinte Craig.

Er öffnete seine Kameratasche und holte einen teuer aussehenden Fotoapparat mit einem langen Zoomobjektiv hervor. »Das müsste reichen«, erklärte er, stellte die Brennweite ein und richtete die Kamera auf das betreffende Fenster. Anschließend lichtete er die Rückseite des Hauses aus mehreren Perspektiven ab – »nur für alle Fälle«, wie er sich ausdrückte. Schließlich verließen sie das Grundstück wieder, zogen das Tor so gut wie möglich hinter sich in den Rahmen und kehrten zu Kates Auto zurück.

Kate lenkte den Wagen in eine Parklücke gegenüber dem Haus der Akins, von wo aus sie die Eingangstür beobachten konnten. Dann faltete sie ihre Karte auseinander.

»Wäre es nicht überzeugender gewesen, wenn wir einen Stadtplan von Oxford mitgenommen hätten?«, fragte Craig. »Das hier ist die Küste von Suffolk.«

»Stimmt. Da rechts ist Aldburgh«, bestätigte Kate. »Da kann man wieder mal sehen, wie hoffnungslos sich Touristen verirren können.«

»Nur dumm, dass dein Auto in Oxford zugelassen ist«, murmelte Craig.

»Sie werden denken, es ist ein Mietwagen«, entgegnete Kate leichthin.

Glücklicherweise mussten sie nicht lange warten. Kurz nach eins tauchten die Geschwister Akin an der Ecke der gegenüberliegenden Straßenseite auf und betraten den Vorgarten. Bens Blick streifte Kates Auto, blieb aber nicht daran hängen. Dann zog Ben einen Schlüssel aus der Tasche, öffnete, und beide traten ein und schlossen die Tür hinter sich.

»Nur eine Haustür, ein Flur und Innentüren nach rechts und links«, stellte Kate fest. »Hast du gesehen, in welche Richtung sie gingen?«

»Ich habe überhaupt nichts gesehen. Drinnen war es viel zu dunkel.«

»Sie werden wohl gleich die Vorhänge öffnen. Oder das Licht anschalten.«

Aber nichts geschah.

»Vielleicht hätten wir im Garten bleiben sollen. Dann hätten wir gesehen, wie sie in ihre Küchen gehen«, überlegte Kate.

»Daran habe ich auch schon gedacht, aber ich hatte keine Lust, im kalten, feuchten Gras zu kauern.«

»Ich auch nicht.« Kate nickte. »Glaubst du, es macht Sinn, noch länger zu warten?«

»Eigentlich nicht. Mehr bekommen wir hier bestimmt nicht zu sehen.«

»Zumindest wissen wir jetzt, dass sie wirklich hier wohnen.«

»Es sei denn, sie sind nur hineingegangen, um die Miete zu kassieren.«

»Das hätten sie aber zu Beginn des Monats getan«, erklärte Kate mit Bestimmtheit. »Nein, die beiden sind hier zu Hause.«

Zurück bei Kate überspielte Craig die Bilder, die er bei den Akins aufgenommen hatte, auf ihren Computer. Gemeinsam beugten sie sich über den Bildschirm.

»Eine wirklich gute Kamera«, lobte Kate.

»Das Licht war miserabel, aber ich will die Bilder möglichst nicht bearbeiten, um die Farben des Schals nicht zu verfremden.«

»Er sieht doch wirklich genau so aus, wie ich ihn beschrieben habe, nicht wahr? Ich bin sicher, es ist Estelles Tuch. Genau so etwas würde sie an einem kalten Januarnachmittag tragen – so wie du oder ich eine warme Fleecejacke überziehen würden.«

»Wenn es wirklich stimmt, dass diese Art von Tüchern so selten und exklusiv ist, wie du behauptest, dann scheint alles darauf hinzudeuten, dass Estelle irgendwann in diesem Haus war.«

»Und um Hilfe gerufen hat.«

»Da bin ich mir nicht ganz so sicher.«

»Nie im Leben würde sie so etwas mit einem Schal für vierhundert Mäuse machen, wenn kein echter Notfall dahintersteckt. Ich kenne Estelle.«

»Aber wo ist die Verbindung zwischen Myles, Estelle und den Geschwistern Akin?«

»Wie wäre es mit Peter Hume? Oder Büchern? Oder irgendwelchen rechtlichen Angelegenheiten? Myles war schließlich ihr Anwalt.«

»Das klingt alles ziemlich vage.«

»Mag schon sein. Aber ich will jetzt nur noch in dieses Haus hinein und Estelle da herauszuholen.«

Beide schwiegen. Die Worte »Falls sie überhaupt noch dort und am Leben ist« hingen unausgesprochen zwischen ihnen.

»Glaubst du, beide Akins haben damit zu tun?«, fragte Craig.

»Ich kenne Ben nicht sehr gut. Sein Charakter ist weniger leicht zu durchschauen als der von Frances«, sagte Kate. »Allerdings hat Frances ein so freundliches Lächeln, dass ich kaum glauben kann, dass sie etwas Derartiges tun würde.«

»Das ist allerdings ein recht schwaches Argument«, entgegnete Craig.

»Wie kam sie dir vor, als wir in der Buchhandlung waren?«

»Genau wie dir: eine äußerst charmante Frau, die aus einem harten Geschäft das Beste zu machen versucht.«

»Es kommt mir immer noch ausgesprochen unwahrscheinlich vor, dass die Akins Estelle auf dem Speicher eingesperrt haben könnten. Warum um alles in der Welt sollten sie so etwas tun?«

33

Kaum hatte Kate das Haus verlassen, wurde ihr klar, dass sie auf Craig hätte warten sollen. Der aber befand sich in der juristischen Fachbibliothek und überprüfte Quellenangaben. Er hatte versprochen, in zwei Stunden zurück zu sein, und Kate wollte in der Zwischenzeit einen Spaziergang über Port Meadow machen.

»Es wird allmählich Zeit, Jon einzuweihen«, hatte Craig gesagt. »Auf uns wird die Polizei nicht hören, aber sicher auf Jon. Schließlich hat er früher für ihre Londoner Kollegen gearbeitet. Wenn es wirklich Estelles Schal ist, den wir am Fenster der Akins gesehen haben, dann ist die Sache bitterernst. Wir als Amateure sollten ab sofort die Finger davon lassen und die Angelegenheit in die Hände von Profis legen. Wenn Jon heute Abend nach Hause kommt, machen wir ihm einen Drink, setzen uns gemütlich hin und erzählen ihm von unserem Verdacht.« Natürlich war das ein vernünftiger Vorschlag, dem Kate nur zustimmen konnte. Dennoch wusste sie genau, dass sie sich nicht vom Haus der Akins würde fernhalten können.

Es war drei Uhr. Frances und Ben hatten ihr Mittagessen vermutlich beendet und waren in die Buchhandlung zurückgekehrt. Kate hatte keinen bestimmten Plan. Zunächst würde sie überprüfen, dass auch wirklich niemand bei ihnen zu Hause war, um danach wahrscheinlich noch einmal in den Garten zu gehen. Sie stand vor der Haustür und überlegte, welche Klingel sie zuerst betätigen sollte.

»Wie langweilig Sie doch sind, Kate. Man kann ganz genau vorhersagen, was Sie vorhaben. Wussten Sie das?«

Die Stimme kam von hinten, gleichzeitig drückte etwas Scharfes auf die Stelle unterhalb ihres linken Schulterblattes.

»Ja, Sie haben richtig geraten. Es ist ein scharfes Messer. Hervorragende Qualität. Edelstahl, made in Germany. Die Tür ist übrigens offen. Drücken Sie einfach dagegen, und gehen Sie nach rechts.«

Kate hielt es für vernünftiger zu tun, was man ihr sagte. Sobald sie die Situation genauer erfasst hatte, würde sie entscheiden, ob Widerstand möglich war.

Der Flur erwies sich als klein, quadratisch und dunkel. Rechts und links gingen jeweils dunkelgrün gestrichene Türen ab, die mit den Buchstaben A und B gekennzeichnet waren. Kate fühlte sich an ihre Schulzeit erinnert.

»Drücken Sie die Klinke. Die Tür ist nicht abgeschlossen. Heute Mittag war ich mit anderen Dingen beschäftigt, aber Ben hat Sie und Ihren Freund im Auto bemerkt. Sie hantierten mit einer Karte herum, und Ben fragte sich, was Sie hier zu suchen hätten. Als er sich schließlich in seine Wohnung zurückgezogen hat, habe ich mich im Garten umgesehen und festgestellt, dass das Tor aufgebrochen war. Das war heute Morgen, nicht wahr? Die Aufmerksamkeit unserer Nachbarn lässt wirklich zu wünschen übrig. Und jetzt sind Sie schon wieder hier, um herumzuspionieren. Allerdings war mir klar, dass Sie zurückkommen würden, sobald Sie uns wieder im Laden vermuteten. Wie schon gesagt – Ihr Verhalten ist äußerst vorhersehbar, Kate.«

Kate war durch die rechte Tür in einen weiteren kleinen Flur getreten, der ebenso düster war wie der erste. Ein schmaler Durchgang führte zum hinteren Teil des Hauses, eine mit dunkelgrünem Teppich ausgelegte Treppe verschluckte auch das letzte Licht. Hinter Kate fiel die Tür ins Schloss. Ein Schlüssel wurde gedreht.

»Gehen Sie die Treppe hinauf«, befahl Frances. »Nehmen Sie Jacke und Schuhe gleich mit. Wir wollen doch keine Spuren für Ihren Freund Craig hinterlassen, nicht wahr? Wo ist er überhaupt? Sollte er nicht auf Sie aufpassen? Konnten Sie ihm heute Nachmittag entwischen? Aber vielleicht liegt ihm auch nicht so viel daran wie Ihnen, die Privatsphäre anderer Leute zu verletzen und sich in ihr Leben einzumischen.«

Frances klang alles andere als freundlich, geschweige denn schüchtern. Kate riskierte einen Blick hinter sich. Oh ja, es war Frances, die sie mit dem Messer bedrohte – nicht etwa Ben.

»Immer weiter die Treppe hinauf, Kate. Wir wollen ganz nach oben, wie Sie sich nach heute Morgen vielleicht schon denken können. Übrigens werde ich Ihnen den Schaden an unserem Gartentor natürlich in Rechnung stellen.«

Nun, das klingt immerhin ermutigend, dachte Kate. Die Vorstellung, dass sie nach Hause zurückkehren und eine Rechnung erhalten würde, erschien ihr in diesem Moment überaus tröstlich. Erneut pikste sie das Messer in den Rücken. Aber vielleicht täuschte sie sich auch, und möglicherweise musste ihr Testamentsvollstrecker die Rechnung begleichen. Plötzlich fiel ihr ein, dass sie immer noch kein Testament aufgesetzt hatte. Sie sollte sich endlich einmal darum kümmern. Falls sie Glück hatte und entwischen konnte.

»Sie reden heute viel weniger als sonst«, stellte Frances fest. »Haben Sie keine Ansichten, mit denen Sie mich langweilen wollen? Sie wissen nicht, was Sie von mir halten sollen, nicht wahr? Sie haben die richtige Schublade für mich noch nicht gefunden.«

Bin ich tatsächlich so durchschaubar?, überlegte Kate unwillkürlich. Offenbar schon!

»Nur noch eine Treppe«, sagte Frances munter. »Sie werden sehen, es ist ein gemütliches, kleines Apartment. In sich abgeschlossen. Eigentlich wollte ich es an eine berufstätige Einzelperson vermieten, aber mir widerstrebt die Vorstellung, dass ein Fremder morgens und abends über meine Treppe geht, fernsieht, Radio hört, vielleicht Freunde einlädt – und das alles nur ein paar Meter über meinem Kopf.«

Sie waren vor einer weiteren dunkelgrünen Tür angelangt, die über ein solides Schloss verfügte und deren Farbe in den 1970er Jahren modern gewesen sein musste.

»Hier, nehmen Sie den Schlüssel, schließen Sie auf, und gehen Sie hinein. Aber denken Sie daran: Ich bin unmittelbar hinter Ihnen, und dieses Messer hat eine lange, dünne, sehr scharfe Klinge. Ich benutze es normalerweise, um Schinken zu schneiden, allerdings können mein Bruder und ich uns so etwas in letzter Zeit kaum noch leisten.«

Kate fand sich in einem Flur wieder, von dem vier Türen abgingen. Hier waren die Türen weiß, die Tapete war beigefarben und der Fußboden mit einem langweiligen grünen Teppich ausgelegt.

»Legen Sie Ihr Handy auf den Tisch, und treten Sie einen Schritt beiseite«, befahl Frances.

Kate gehorchte. Frances griff mit der freien Hand nach dem Telefon und ließ es in ihre Tasche gleiten.

»Fühlen Sie sich wie zu Hause«, forderte sie Kate ohne die geringste Ironie auf. »Ich muss jetzt wieder ins Geschäft, aber ich komme später wieder. Dann werden wir entscheiden, was ich mit Ihnen anfange.«

Kate spielte kurz mit dem Gedanken, sich auf Frances zu stürzen und nach dem Messer zu greifen. Doch die Klinge war scharf genug, um gleich mehrere Finger abzutrennen, und Frances passte auf wie ein Schießhund.

»Aber was wollen Sie tun? Sie können mich nicht hierbehalten. Jon und Craig werden sich fragen, wo ich bin, und die Polizei informieren. Und die wird im Handumdrehen hier sein.« Ihre Stimme klang gleichzeitig angespannt und zittrig. Sie wusste, dass sie nicht überzeugend wirkte.

»Glauben Sie das wirklich? Also ich nicht!«

Und damit ging Frances. Sie knipste die Lichter aus und schloss die Tür hinter sich ab.

Sofort wurde es im Flur stockfinster. Kate tastete sich an den Wänden entlang, bis sie einen Schalter fand. Erleichtert stellte sie fest, dass sich das Licht einschalten ließ, auch wenn es nur eine kümmerliche 40-Watt-Birne war. Wie sehr habe ich mich doch in dir getäuscht, Frances, dachte sie. Aber jetzt weiß ich, wie du wirklich tickst.

34

Kate stand still und lauschte. Nichts! Ob sich Estelle hier irgendwo aufhielt? War sie bei Bewusstsein? Lebte sie überhaupt noch?

Kate öffnete die erste Tür rechts. Dahinter befand sich ein großer Schrank mit einem Wasserkocher und Regalen voller Bettzeug und Handtücher. Die nächste Tür führte in ein winziges Bad mit Dusche. Eine Zahnbürste hing im Halter, auf dem Waschbeckenrand lag ein Stück einfache, weiße Seife, und auf dem Regal fand Kate eine Flasche Shampoo aus dem Supermarkt und eine Dose billige Hautcreme. In einem kleinen Plastikschränkchen gab es außerdem ein Päckchen Aspirin und einen Dreierpack Zahnbürsten, in dem eine fehlte.

Kate wollte gerade die Klinke der nächsten Tür drücken, als diese geöffnet wurde. Eine Frau mittleren Alters mit blassem, leicht aufgedunsenem Gesicht und fettigen Haaren stand vor ihr. Sie trug ein zerknautschtes, nicht ganz sauberes T-Shirt, schwarze Jogginghosen und blickte Kate wütend an.

»Sie!«, fauchte sie anklagend.

»Estelle?« Kate konnte es kaum glauben, doch der scharfe Tonfall kam ihr bekannt vor.

»Das wurde aber auch Zeit! Wo bleibt denn die Polizei? Wann zum Teufel komme ich endlich hier raus?«

Nein, es gab keinen Zweifel – das war wirklich Estelle. Selbst nach einer Woche in der Gewalt der verrückten Frances hatte sie nichts von ihrem Kampfgeist eingebüßt. »Dürfte ich vielleicht hineinkommen?«, fragte Kate.

»Aber sicher.«

Estelle trat einen Schritt zurück und ließ Kate in ein kleines Wohnzimmer eintreten. Die einzige Lichtquelle hier war eine Deckenleuchte, deren ohnehin schwache Glühlampe noch durch einen braunen Schirm abgedunkelt wurde. Die Holzblenden, die Kate von draußen gesehen hatte, waren mit Schlössern gesichert, und die Luft roch abgestanden, obwohl in der kleinen Küchenzeile hörbar ein Ventilator arbeitete.

Sie setzten sich auf nicht zueinander passende braune Sessel mit abgenutzten hellen Kissen. Auch hier war die Tapete beigefarben. An den Fenstern hingen schlecht ausgemessene rostrote Vorhänge. Hinter einem dieser Vorhänge entdeckte Kate das Liberty-Tuch, das Estelle gefaltet und so weit in den Spalt geschoben hatte, dass man es von außen sehen konnte. Es war recht gut versteckt, sodass Frances Estelles ungewöhnlichen Hilferuf ganz offensichtlich noch nicht bemerkt hatte.

Estelle folgte Kates Blick. »Ich musste den Tisch ans Fenster ziehen und zusätzlich einen Stuhl daraufstellen, um meinen Schal dort in die Ecke zu stopfen«, sagte sie. »Wenn ich ihn je wieder dort herunterhole, taugt er höchstens noch zum Putzlumpen.«

»Aber zum elegantesten Putzlumpen von ganz North Oxford.«

»Nun erzählen Sie schon, was los ist. Wieso ist die Polizei noch nicht da? Und wo bleibt Peter? Der arme Mann ist bestimmt schon außer sich vor Sorge.«

Kate dachte einen Moment nach. Wie sollte sie Estelle auf möglichst diplomatische Weise beibringen, was passiert war?

»Es ist leider so, dass ich mich in der gleichen Situation befinde wie Sie. Als ich hierherkam, dachte ich, es wäre niemand im Haus. Aber Frances wartete bereits mit einem Messer auf mich, schubste mich ins Haus, und da bin ich nun. Eingesperrt, genau wie Sie.«

»Sie machen immer den gleichen Fehler, Kate. Sie denken vorher nicht nach und geraten so in schwierige Situationen. Sie hätten jemanden bei sich haben müssen, der Ihnen den Rücken freihält. Hatten Sie aber nicht, oder?« Kate schüttelte den Kopf. »Das dachte ich mir. Weiß überhaupt jemand, dass Sie hier sind?«

»Nein. Allerdings gehe ich davon aus, dass Craig relativ schnell darauf kommen wird.«

»Wer ist Craig?«

»Ein Freund von Jon, der mir geholfen hat, Sie zu suchen.«

Estelles Gesicht verriet, wie wenig Vertrauen sie in diesen unbekannten Craig hatte. »Haben Sie wenigstens schon die Polizei informiert?«

»Nein.«

Estelle seufzte, was Kate für ziemlich unfair hielt. Immerhin war es schließlich Estelle gewesen, die eines schönen Samstagmorgens einfach verschwunden war, ohne eine Nachricht zu hinterlassen.

»Ich habe Ihren Schal da oben im Fenster gesehen und wollte dem nachgehen. Darüber habe ich mit Craig gesprochen, und deshalb bin ich sicher, dass er bald hierherkommen und nach mir suchen wird.«

»Wenn er sich dabei so dämlich anstellt wie Sie, erwischt Frances ihn möglicherweise auch noch. Männer haben doch keinen Durchblick, abgesehen vielleicht von Ihrem Jon. Halten Sie es für möglich, dass er sich in Kürze fragt, wo Sie sind, und uns zu Hilfe eilt?«

»Mit Jon habe ich leider nicht über meinen Plan gesprochen.«

Estelle seufzte theatralisch. »Ich denke, ich mache uns erst einmal eine Tasse Tee. So wie es aussieht, werden wir ja wohl noch eine Weile hierbleiben.«

Nachdem sie die Teekanne auf den braunen Couchtisch gestellt hatte, sagte Kate: »Nur, damit ich es richtig verstehe: Sie gingen am Samstag mit Austin Brande auf und davon, verließen ihn zwei Tage später und zogen zu Frances?«

»Ganz so war es nicht«, widersprach Estelle streng. »So wie Sie es ausdrücken, klingt es, als hätte ich in der ganzen Angelegenheit auch etwas zu sagen gehabt. Das stimmt aber nicht. Austin kam mit einer unglaublichen Geschichte über Peter zu mir. Angeblich sollte Peter Austins Großmutter um viel Geld betrogen haben. Ich glaubte ihm kein Wort, denn der Mann ist ganz offensichtlich ein ausgemachter Spinner. Allerdings beunruhigten mich ein paar kleine Details, die irgendwie wahr klangen. Wie konnte es sein, dass Peter, der seit Ewigkeiten ein uraltes Auto fährt, plötzlich einen fast neuen Wagen kauft?« Estelles Gesichtsausdruck ließ keinen Zweifel daran, was sie von Gebrauchtwagen hielt. »Oder auch die Sache mit unserem Urlaub. Ich schlug ihm ein exotisches Reiseziel vor, aber Peter meinte, wir sollten lieber in ein kleines Hotel in Devon fahren. Ich persönlich gebe Myles und Pamela die Schuld an seiner Situation. Die beiden sind wie Blutegel, die Peter nach und nach aussaugen. Und das tun sie nun schon seit Jahren.«

»Aber dann änderte er plötzlich seine Meinung, und Sie sind in die Karibik geflogen.«

»Genau! Damals dachte ich, er wäre endlich zur Vernunft gekommen und hätte seinem Bruder und seiner Mutter gesagt, dass er nicht länger ihren Luxus finanzieren wolle und außerdem Rücksicht auf mich zu nehmen hätte.« Nach Bestätigung suchend blickte sie Kate an, doch diese brachte nur ein kleines Lächeln zustande. »Sicher verstehen Sie, dass ich unbedingt Austin Brandes angebliche Beweise dafür sehen wollte, dass Peter sich unmoralisch verhalten hat. Ich weiß, dass manche Leute mich für skrupellos halten, aber das stimmt nicht. Ich habe strikte Prinzipien, an die ich mich halte.«

»Ja.« Kate nickte. »Daran habe ich nie gezweifelt.«

»Ich wollte mich nur vergewissern, dass Peter meine Ansichten teilt. Deshalb wollten Austin und ich zu Peters Cottage fahren und den Katalog von Victor Carstons Sammlung in Augenschein nehmen. Er sollte uns eine Vorstellung davon geben, um was es sich überhaupt handelt. Über den Zustand der Bücher wussten wir ja ohnehin nichts. Ich war sicher, der Schrank mit dem Katalog wäre im Cottage, weil Peter mir gesagt hatte, dass er ihn dorthin bringen würde, nachdem ich das hässliche Teil nicht in meinem Haus haben wollte.« Sie bemerkte Kates Gesichtsausdruck und verbesserte sich: »Ich meine, aus *unserem* Haus.«

»Und wie ging es weiter?«

»Der Katalog war nicht dort. Das Cottage ist sehr klein, und der Schrank muss eigentlich an der Wand befestigt werden. Es gibt keine Möglichkeit, ihn zu verstecken. Wir sahen sogar im Gartenhaus nach, fanden aber nichts. Daraufhin erklärte ich Austin, dass er sich bestimmt geirrt habe. Er wurde beleidigend. Sehr ungehobelt. Plötzlich wechselte er das Thema und begann, wegen eines Manuskripts zu zetern, das er mir geschickt und das ich ihm offenbar wieder zurückgesendet hatte. Als könnte ich mich an alles erinnern, was die Leute mir im Lauf der Zeit so schicken! Jedenfalls erklärte ich ihm, dass er froh sein könne, ein professionelles

Gutachten seines Romans bekommen zu haben, denn so wusste er wenigstens, dass er seinen Traum von der Schriftstellerei würde ad acta legen müssen.«

»Er war bestimmt restlos begeistert.«

»Ich forderte ihn auf, mich nach London zurückzubringen, aber er nahm die Autobahn nach Oxford. Er fuhr so schnell, dass ich nichts unternehmen, sondern nur hoffen konnte, dass die Polizei ihn wegen überhöhter Geschwindigkeit herauswinken würde. Aber wenn man diese Leute mal braucht, sind sie nicht da.«

»Er hat Sie in seiner Musterwohnung festgehalten, nicht wahr?«

»Wenn Sie das wissen, warum sind Sie nicht gekommen und haben mich da rausgeholt?«

»Ich kam zu spät. Als ich das Versteck entdeckte, waren Sie schon wieder weg.«

»Wissen Sie, was das Schlimmste dort war? Der Kerl hat mir nur eine einzige Sache zu lesen gegeben, nämlich seinen nicht zu veröffentlichenden Roman. Aber um ehrlich zu sein: Ich habe schon Schlimmeres gelesen. Ich gab ihm sogar ein paar nützliche Hinweise, wie er das Buch noch verbessern könne. Er muss noch viel üben, aber dann könnte er durchaus eines Tages etwas Vernünftiges zustande bringen. Ich habe ihm versprochen, dass ich mir seine Arbeit noch einmal ansehen würde, wenn er alles umgesetzt hat, was ich vorgeschlagen habe.«

»Und dann standen Sie an einem kalten, dunklen Wintermorgen um halb acht auf der Straße und wollten zum Bahnhof. Wie ging es weiter?«

»Ein Auto blieb neben mir stehen. Ich weiß noch, dass es sich um einen alten Polo handelte, und war fast sicher, den Fahrer nicht zu kennen. Doch der Fahrer lächelte mich an und grüßte mich mit Namen. Erst da erkannte ich Frances Akin. Sie trug eine Pudelmütze und war nicht geschminkt. Sie bot mir an, mich zum Bahnhof zu fahren, wollte aber zuvor noch kurz zu Hause etwas abholen. Sie können sich sicher vorstellen, wie weh mir meine Füße taten. Als ich das Haus am Samstag verließ, war ich auf längere Fußmärsche natürlich nicht eingestellt. Und außerdem fror ich an diesem kalten, nebligen Morgen ganz erbärmlich.«

»Wieso hat Frances Sie überhaupt erkannt?«

»Sie behauptet, es hätte am Schal gelegen. Angeblich hat sie ihn letztes Jahr irgendwo bewundert, und ich muss ihr wohl auch den Namen der Boutique verraten haben, wo man diese Art von Schal bekommen kann. Aber ich glaube nicht, dass sie je dort gewesen ist.«

Sicher nicht, dachte Kate. Frances' Budget lässt eher auf einen Besuch bei Oxfam schließen.

»Den Rest können Sie sich selbst zusammenreimen. Aber jetzt, da Sie hier sind, gibt es eigentlich keinen Grund, länger hierzubleiben. Wenn Frances das nächste Mal die Tür öffnet und uns Milch oder Brot bringt, stürzen wir uns gemeinsam auf sie, drängen sie beiseite und verschwinden.«

»Ich fürchte allerdings, dass wir auch zu zweit nicht ohne größere Schäden an dem langen, scharfen Messer vorbeikommen, das sie bei sich trägt«, wandte Kate ein.

»Das ist doch alles nur Bluff. Nie und nimmer würde sie es Ihnen wirklich zwischen die Rippen stoßen. Sie mag verrückt sein, aber sie ist keine Mörderin.«

»Leider spricht einiges dafür, dass sie sehr wohl eine ist.«

»Würden Sie mir das bitte näher erklären?« Nun klang sogar Estelle ein wenig verunsichert.

»Seit Sie verschwunden sind, ist einiges geschehen«, begann Kate.

»Das glaube ich ganz sicher«, unterbrach Estelle. »Es wäre nett, wenn Sie sich auf das Wichtigste beschränken, Kate. Wen soll Frances Ihrer Meinung nach ermordet haben?«

»So leid es mir tut, Estelle, aber es ist Myles.«

»Doch nicht etwa mein hoffnungsloser Schwager?«

»Doch, genau der. Seine Leiche wurde gestern Morgen in seinem Büro gefunden.«

»Myles soll tot sein? Der arme Kerl! Das ist doch nicht möglich! Sind Sie ganz sicher?«

»Über den Mord wurde in den Nachrichten berichtet. Und ein paar Stunden später hat man auch seinen Namen bekannt gegeben.«

»Wie ist er gestorben?«

»Man spricht von einem Schlag auf den Schädel.«

»Wie schrecklich! Nicht, dass ich sehr an ihm hing, aber er ist Peters Bruder, und die beiden standen sich sehr nah. Seine Mutter wird am Boden zerstört sein. Und was ist mit Cathy und den Mädchen? Wie verkraften sie diesen Schlag?«

»Ich weiß es nicht. Ich habe sie nicht mehr gesehen, seit es passiert ist.«

»Aber wie kommen Sie darauf, dass es Frances war? Ich kenne die Akins seit Jahrzehnten. Wir funken zwar nicht unbedingt auf der gleichen Wellenlänge, aber ich fand sie eigentlich immer recht nett und vernünftig. Nun ja, bis jetzt jedenfalls. Und das alles wegen eines kleinen Missverständnisses mit Peter, wenn ich die Sache recht verstehe. Wenn Sie aber so sicher sind, dass Frances die Schuldige ist, warum waren Sie dann nicht bei der Polizei, Kate? Ganz ehrlich, was haben Sie eigentlich die ganze Zeit über getan?«

»Hätte ich handfeste Beweise gehabt, wäre ich sicher zur Polizei gegangen«, sagte Kate, hielt es allerdings für sinnvoll, Estelle nicht darüber zu informieren, dass Peter keine Vermisstenanzeige erstattet hatte und die Polizei Kates Bericht daher nicht ernst genommen hätte. »Auf jeden Fall hasste sie Myles. Es hat mit dem Verkauf ihres alten Ladens zu tun. Wissen Sie vielleicht Näheres darüber?«

»Die Humes sind schon seit Generationen die Anwälte der Akins. Robert Hume, also der Vater von Myles und Peter, war der Anwalt des Vaters von Frances und Ben. Dennis starb, als Frances ein kleines Mädchen und Ben ein Baby war. Robert Hume sorgte dafür, dass der Buchhandel ordentlich weitergeführt wurde und ein ausreichendes Einkommen für die Familie abwarf, ehe er den Laden schließlich an Ben und Frances übergab. Jetzt schauen Sie nicht so verstört drein, Kate. So kompliziert ist das nun auch wieder nicht.«

»Ich höre Ihnen aufmerksam zu. Ehrlich!«

»Leider war Robert schon fast fünfzig, als er Pamela heiratete, und er starb, als Myles noch zur Schule ging. Peter wohnte damals schon nicht mehr zu Hause, sondern lebte in London und lernte den Buchhandel von der Pike auf. Myles war kein guter Schüler. Er ist nicht dumm, sondern einfach nur faul.« Sie brach ab. »War«, korrigierte sie sich. »Trotzdem sollte er Anwalt werden, ob er nun wollte oder nicht. Die Teilhaberschaft an der Kanzlei von Robert Hume war ihm bereits sicher. Man hatte große Stücke auf Robert gehalten und hoffte, dass Myles ganz nach ihm schlagen würde. Aber Myles spielt. Ich glaube, er hatte ziemliche Probleme, weil er seine Spielschulden schon einmal aus der Kanzleikasse beglichen hat. Myles ist es auch zu verdanken, dass die Akins eine Menge Geld verloren haben. Ben und Myles sind einst zusammen zur Schule gegangen, und nur aus diesem Grund hat Ben Frances davon abgehalten, Myles zu verklagen. So etwas führt natürlich ebenfalls zu Missstimmungen. Zwar hat Myles ihnen das Geld später zurückgezahlt, allerdings nicht schnell genug.« Estelle unterbrach sich. »Sollen wir noch einen Tee machen? Komisch, wie sehr man sich nach gesüßtem Tee sehnt, wenn die Welt um einen herum zusammenbricht.«

In diesem Augenblick hörten sie, wie die Tür geöffnet wurde. Frances streckte den Kopf um die Ecke. »Ich wollte Ihnen nur mitteilen, dass unser kleines Drama bald seinen Höhepunkt erreicht. Genießen Sie die Zeit, die Ihnen noch bleibt.« Mit diesen Worten verschwand sie wieder. Ehe Kate und Estelle reagieren konnten, hörten sie, dass die Tür wieder abgeschlossen wurde.

»Was war denn das?«, fragte Kate.

»Jedenfalls nichts Erfreuliches«, erwiderte Estelle. »Ich nehme nicht an, dass sie Ihnen Ihr Handy gelassen hat, oder?«

Kate schüttelte den Kopf.

Als Frances ihre Wohnung betrat, hörte sie Kates Handy klingeln. Sie wartete, bis die Mailbox ansprang, und schaute dann, wer angerufen hatte. Ein gewisser Craig. Sicher der neugierige Mensch, der Kate in die Buchhandlung begleitet hatte. Frances hörte die Nachricht ab. Craig wunderte sich, dass Kate nicht ans Telefon ging, und bat um einen Rückruf. Frances konnte hören, dass er sich bemühte, entspannt und zwanglos zu klingen, doch sie spürte die unterschwellige Unruhe in seiner Stimme.

Er war nicht der Mann, der den Dingen einfach ihren Lauf ließ. Er würde sich fragen, wo Kate steckte, und vermutlich bald nach ihr suchen. Nicht, dass er am Ende noch vor ihrer Tür auftauchte! Sie musste ihm eine beruhigende

Nachricht senden. Natürlich konnte sie Kates Stimme nicht imitieren. Aber vielleicht sollte sie eine SMS schicken? Frances überlegte, was Kate aufgehalten haben könnte und lächelte, als ihr die Lösung des Problems einfiel.

Nachdem sie die SMS abgeschickt hatte, traf sie alle nötigen Vorkehrungen, falls ein weiterer Tölpel vor ihrem Haus aufkreuzen sollte.

35

Um fünf Uhr nachmittags war es bereits stockfinster. Die Temperatur fiel schnell. Craig wünschte, Kate hätte ihm gesagt, wohin sie wollte. Er wusste, dass sie gern lange Spaziergänge machte, wenn sie über einem Problem brütete, aber normalerweise war sie zu den Essenszeiten immer zurück. Tee und ein netter Plausch um vier Uhr – so etwas liebte Kate.

Er rief ihr Handy an, das aber nach kurzem Klingeln auf die Mailbox umschaltete. Er hinterließ eine Nachricht und hoffte, dass sie bald zurückrufen würde. Natürlich war es noch viel zu früh, um sich ernsthaft Sorgen zu machen, und gewiss wäre Kate alles andere als dankbar, wenn er überreagierte und mit Kanonen auf Spatzen schoss. Außerdem konnte er sich beim besten Willen nicht vorstellen, dass sie so unüberlegt handeln und die Akins auf eigene Faust zur Rede stellen würde.

Fünf Minuten später piepste sein Telefon und meldete eine SMS. Sie kam von Kate. Als er ihren Namen las, verspürte er eine unendliche Erleichterung. Dann war also doch seine Fantasie mit ihm durchgegangen.

Komme ein bisschen später. Habe in der Stadt einen wirklich netten Blazer gefunden, den ich unbedingt anprobieren muss. Warte nicht auf mich.

Craig starrte auf das Display. War da wirklich alles in Ordnung? Irgendetwas stimmte da nicht, auch wenn er den Finger nicht darauflegen konnte. Er zwang sich, an etwas anderes zu denken, und arbeitete etwa eine Stunde lang an seinem Skript. Doch es fiel ihm schwer, sich zu konzentrieren. Als er die Nachricht erneut durchlas, fiel es ihm wie Schuppen von den Augen.

Wirklich nett. So redete Kate einfach nicht. Nie. Er konnte sich nicht erinnern, diese Formulierung je von ihr gehört zu haben. Aber irgendwer *hatte* kürzlich so gesprochen. »Wirklich nett.« Craig versuchte, sich an die Stimme zu erinnern. Richtig, es war Frances Akin gewesen. In Frances' Welt war alles »wirklich nett« – zumindest wollte sie es glauben machen.

Kate war also zu Frances gegangen, entweder zu ihr nach Hause oder in die Buchhandlung, und Frances hatte ... ja, was? Sie in ein Hinterzimmer eingeschlossen? Sie in das Dachzimmer ihres Hauses gesperrt? Kate konnte unmöglich so unvorsichtig gewesen sein. Immerhin hatten sie sich darauf geeinigt, dass sie Jon einweihen und ihm die Entscheidung über das weitere Vorgehen überlassen würden. Aber offensichtlich war Kate von Craigs Vorschlag weniger angetan gewesen, als er angenommen hatte.

Was sollte er tun? Wenn er jetzt ebenfalls in die Höhle des Löwen eilte, riskierte er das gleiche Schicksal wie Kate und vermutlich auch Estelle. Er musste sich einen Plan zurechtlegen und dabei berücksichtigen, dass Frances nicht nur ein paar Zentimeter größer war als er, sondern vermutlich auch stärker. Craig blickte auf die Uhr. Hatte Jon nicht erwähnt, dass er an diesem Abend nicht allzu spät nach Hause kommen würde? Wenn er ihn davon überzeugen konnte, dass Kate möglicherweise in der Klemme saß, würde Jon sicherlich seine Zweifel in Bezug auf Estelle vergessen und ihm helfen.

Fünfzehn Minuten später jedoch beschloss Craig, nicht länger zu warten. Er musste Kate finden und würde Jon anschließend per Handy informieren. Vielleicht würde Jons Hilfe auch gar nicht gebraucht. Schließlich waren sie zu dritt, und Frances war auf sich allein gestellt. Möglicherweise konnten sie sie gemeinsam zur Vernunft bringen.

Gut eingemummelt gegen das kalte Winterwetter und mit einer großen, schweren Taschenlampe bewaffnet verließ Craig das Haus. Er hatte jedoch das Gartentor noch nicht ganz erreicht, als ihm Jon entgegenkam und ihn überredete, mit ihm in die Küche zurückzukehren.

Es dauerte nicht lange, ihm alles zu erklären.

»Was zum Teufel soll das heißen?«, fuhr Jon auf. »Hast du Kate wirklich allein zu einer Frau gelassen, die ihr beide für eine Mörderin haltet? Und das nur, um diese herrschsüchtige Agentin zu retten, die sich vermutlich ohnehin nicht dort befindet? Um genau so eine Situation zu vermeiden, habe ich dich doch kommen lassen! Du weißt doch, dass Kate sich ständig von gefährlichen Verbrechern umgeben glaubt und die Welt retten will. Und irgendwann kommt ein armer Kerl von Polizist und muss sie retten.«

»Aber ich bin der Ansicht, dass sie mit ihren Befürchtungen recht hat.«

»Was weißt du schon darüber. Deine Kenntnisse der Kriminalistik stammen ausschließlich aus Büchern und haben mit dem echten Leben wenig zu tun.«

»Dann hör dir mal meine Argumente an, Jon. Beginnen wir mit ihrer SMS.«

Komme ein bisschen später. Habe in der Stadt einen wirklich netten Blazer gefunden, den ich unbedingt anprobieren muss. Warte nicht auf mich.

»Na und? Kate kauft sich einen neuen Blazer. Das tut sie nun einmal gern.«

»Aber sie kauft keinen ›wirklich netten Blazer‹, oder? Hast du sie diesen Ausdruck je benutzen hören?«

Jon wurde nachdenklich. »Nein, noch nie.«

»Aber du weißt, wer so redet?«

»Sag es mir.«

»Frances Akin.«

»Diese große, farblose Frau, die zusammen mit ihrem Bruder eine Secondhandbuchhandlung führt?«

»Genau die.«

»Wir saßen bei Estelles Hochzeit mit ihr an einem Tisch. Wo wohnt sie?«

Craig erklärte es ihm.

»Ist sie bewaffnet?«, fragte Jon. »Und allein?«

»Ich weiß es nicht. Aber irgendwie muss sie Kate ins Haus gezwungen und Estelle darin festgehalten haben. Ich habe übrigens keine Ahnung, ob ihr Bruder weiß, was diese Frau tut.«

»Dann sollten wir vorsichtshalber von zwei Gegnern ausgehen.«

»Ja, willst du denn nicht die Polizei rufen?« Überrascht registrierte Craig, dass Jon offenbar nicht vorhatte, den gesetzestreuen Weg des braven Bürgers zu beschreiten.

»Du hattest schon ziemlich viel Mühe, *mich* zu überzeugen, dass da irgendetwas Bedrohliches vor sich geht. Was glaubst du wohl, wie lang es dauern wird, einen Außenstehenden weichzuklopfen? Außerdem braucht die Polizei einen Durchsuchungsbefehl, wenn sie ins Haus der Akins hinein will.«

»Dann also nur wir beide?«

Jon lächelte ihn grimmig an. »Ich habe immer noch meine Kontakte.« Er griff nach seinem Handy und ging die Namensliste durch. Craig hielt es für besser, ihn dabei allein zu lassen.

Nur wenige Minuten später kam Jon zu ihm ins Wohnzimmer. »Wir sind zu viert. Die anderen kommen in etwa einer Viertelstunde.«

»Super.«

»Nervös?«

»Ein bisschen.« Craig fragte sich, wer Jons »Kontakte« wohl sein mochten.

Jon goss Single Malt Whisky in zwei Gläser, ohne Wasser hinzuzufügen. »Vielleicht hilft das ein bisschen«, meinte er und reichte Craig einen der Drinks. »Vier gestandene Mannsbilder gegen eine Frau. Wir brauchen uns wirklich keine Sorgen zu machen.«

»Sagen wir lieber drei gestandene und ein eher mittelmäßiges Mannsbild«, korrigierte Craig.

»Für mich klingt das immer noch okay.«

36

Die beiden anderen Männer trafen wenige Minuten später nacheinander ein.

»Das ist Blighton«, stellte Jon einen blonden Riesen vor. Der andere hieß Hill und war noch größer, aber dunkelhaarig.

Hill und Blighton wurden mit Whisky versorgt. Alle setzten sich an den Küchentisch. Craig beschrieb den drei anderen das Haus der Akins. »Es ist in der Mitte getrennt und in zwei Wohnungen aufgeteilt. Frances wohnt auf der rechten Seite, Ben links – immer von der Haustür aus gesehen.« Er erzählte ihnen auch von dem kleinen Weg, der hinter den Gärten entlangführte. »Wenn sie es nicht inzwischen repariert haben – und dazu war kaum Zeit –, ist das Tor mit einem einzigen Stoß zu öffnen. Die Hintertür des Hauses ist meines Wissens zwar verschlossen, aber nicht mit einem Riegel gesichert.«

»Was glauben Sie, wo die beiden Frauen festgehalten werden?«, erkundigte sich Blighton.

»In Frances' Wohnung unter dem Dach«, erläuterte Craig und zeigte ihnen die Fotos, die er vormittags geschossen und später mithilfe von Kates Computer ausgedruckt hatte. »Hier«, sagte er und legte den Zeigefinger auf ein Fenster an der Hinterseite des Hauses. »Kate ist sich ganz sicher, dass es sich bei dem bunten Stoff, den Sie da in der Ecke sehen, um Estelles Schultertuch handelt.«

Hill blickte skeptisch drein. »Der winzige Fetzen?«

»Frauen haben da einen anderen Blick«, meinte Jon. »Schließlich ist das Tuch der Grund, weshalb Kate zu dem Haus zurückgekehrt ist.«

»Ganz allein?«, fragte Blighton. »Ohne Unterstützung?«

»Wir werden das schon hinbekommen«, erklärte Jon. »Ich habe folgenden Plan.«

Craig stellte fest, dass er nur eine kleine Rolle zu erfüllen hatte. Falls Ben ausgegangen war oder sich in seine eigene Wohnung zurückgezogen hatte, sollte Craig dafür sorgen, dass es so blieb. Seine Aufgabe war es, die anderen zu warnen, sollte Ben die Wohnung seiner Schwester betreten wollen.

»Seid ihr bewaffnet?«, fragte er Jon, als sie zum Auto gingen.

»Eigentlich sollte das nicht nötig sein«, gab Jon zurück, was sich weniger nach einem entschiedenen Nein anhörte, als es Craig lieb war.

Sie bestiegen einen Wagen mit Allradantrieb. Craig saß auf dem Beifahrersitz und wies Blighton den Weg zum Haus der Akins. Sie parkten ein Stück weit entfernt und schalteten die Beleuchtung aus.

»Nur auf Frances' Seite brennt Licht«, stellte Jon fest. »Du bleibst hier und behältst das Haus im Auge. Wenn du Ben kommen siehst oder wenn sich irgendwer anderes nähert, rufst du mein Handy an.«

»Sie wird es hören.«

»Es steht auf Vibrationsalarm.«

Als Jon die Wagentür öffnete, drang ein Schwall kalter Luft ins Auto. »Was soll ich tun, wenn ...« Doch die drei schwarz gekleideten Gestalten waren bereits in der Dunkelheit verschwunden. Craig machte es sich im warmen Auto bequem und ging auf Beobachtungsposition. Im Grunde war er froh, dass man ihm bei dieser Rettungsaktion keine aktivere Rolle zugedacht hatte.

An der Eingangstür drückte Blighton auf Frances' Klingel und wartete. Durch die Blenden an den Fenstern in der oberen Etage drang kein Lichtstrahl hindurch, aber dank der nicht ganz geschlossenen Vorhänge in einem der unteren Fenster konnte man erkennen, dass drinnen Licht brannte.

Rasche Schritte näherten sich, und die Eingangstür wurde geöffnet.

»Ja bitte? Wie kann ich Ihnen helfen?«

»Guten Abend, Frances. Ich bin auf der Suche nach Kate.«

»Wer zum Teufel sind Sie?«

»Mein Name ist Blighton? Hatten Sie jemand anderen erwartet?«

»Also, ich weiß wirklich nicht ...«

Blighton schob sie sanft beiseite, trat ins Haus und wandte sich der geöffneten Tür rechts zu. Als er in den schmalen Flur ging, hörte er Frances' Stimme in seinem Rücken.

»Ich habe Kates Freund Craig erwartet und bin daher vorbereitet.« Blighton spürte die scharfe Spitze eines Messers, das sich unsanft durch seine Jacke bohrte. »Ich weiß zwar nicht, wer Sie sind, aber ich weiß ganz sicher, dass Kate nicht mit Ihnen gehen wird.«

Das Messer drang einen Millimeter tiefer ein. »Gehen Sie weiter, Mr Blighton.«

»Sie hätten besser noch einmal hinter sich geschaut, Frances«, sagte Jon und folgte ihnen ins Haus. »Lassen Sie das Messer fallen. Wir sind in der Überzahl.«

Frances stieß das Messer ein Stück tiefer. Blighton jaulte überrascht auf. »Drehen Sie sich um«, zischte sie und folgte seiner Bewegung mit dem Messer, bis sie Jon gegenüberstanden. Jon hob die Arme, um zu zeigen, dass er unbewaffnet war.

»Sie werden jetzt beide genau das tun, was ich sage, wenn sie wollen, dass Mr Blighton weiterlebt. Also ...«

»Ich glaube, Sie irren sich«, wandte Jon ruhig ein. »Wenn Sie sich noch einmal umdrehen möchten – hinter Ihnen steht mein Freund Mr Hill, und im Gegensatz zu mir ist er bewaffnet.«

Frances starrte Jon an, als vermute sie einen Bluff, bis sie unmittelbar hinter sich eine Stimme hörte: »Tun Sie lieber, was er sagt, Miss Akin.«

»Wie sind Sie ins Haus gekommen?«, fuhr sie Hill an.

»Er ist ein Fachmann für das Öffnen von Schlössern«, erklärte Jon ruhig. »Er ist durch die Hintertür gekommen.« Langsam ging er auf Frances zu und nahm ihr das Messer aus der Hand.

»Schon besser«, sagte er. »Und wenn Mr Hill jetzt auch noch seine Pistole wegsteckt, können wir die Polizei rufen.« Er blickte sich zur Haustür um, wo inzwischen auch Craig aufgetaucht war. »Dafür ist Mr Jefferson zuständig.«

Kate beklagte sich später, dass sie und Estelle leider den ganzen Spaß versäumt hätten. Die beiden Frauen ahnten nichts von dem, was unten geschah, bis Jon an ihrer Tür erschien und ihnen sagte, dass alles vorbei war. Estelle wies Kate zurecht, sie könne von Glück sagen, und erklärte, ihr persönlicher Bedarf an Aufregung sei fürs Erste gedeckt.

Aber das war viel später. Zunächst einmal waren Kate und Estelle einfach nur dankbar, dass vier entschlossene Männer in das Haus eingedrungen waren und Frances entwaffnet und ihr den Schlüssel zum Dachgeschoss weggenommen hatten, um sie beide zu befreien. Blighton rieb eine Stelle an seinen Rippen, die ihn zu schmerzen schien, aber er beklagte sich nicht.

Kate fühlte sich so erleichtert, dass sie leise ein paar Tränen an Jons Schulter vergoss. Estelle fragte besorgt nach Peter. Beide Frauen erholten sich schnell, und schon am folgenden Tag saßen alle um Kates Küchentisch herum und sprachen über das, was geschehen war. Weil Peter immer noch nicht ans Telefon ging, war auch Estelle in Oxford geblieben. Es wäre zu traurig für sie gewesen, in ein kaltes, leeres Haus zurückzukehren.

Kate hatte ihrer Agentin nicht nur alle im Haus vorhandenen Haarpflegemittel, Hautlotionen und sogar ihr Make-up zur Verfügung gestellt. Dankbar akzeptierte Estelle sogar frische Wäsche, ein Paar Designerjeans und eine Seidenbluse.

Nachdem sie zwei Tassen starken Espresso und ein frisches Croissant zu sich genommen hatte, wirkte Estelle fast wie immer.

»Am Schlimmsten war«, vertraute sie den drei anderen an, »als mir klar wurde, auf welche Weise sich Frances der Waffe entledigte, mit der sie Myles getötet hat.«

»Und wie hat sie es gemacht?«, fragte Kate.

»Wir haben sie getrunken.«

»Was?«

»Sie kam plötzlich in das Apartment, wirkte ausgesprochen selbstzufrieden und versprach mir ein kulinarisches Vergnügen: ein Glas Wein. Es war ein wirklich guter Wein, was ich gar nicht von ihr erwartet hätte. Aber offenbar hatte sie Myles an diesem Abend mit genau dieser Flasche über den Schädel geschlagen. Diese Frau ist stärker, als sie aussieht. Wenn ich das zu diesem Zeitpunkt schon gewusst hätte, hätte ich sicher keinen Tropfen dieses köstlichen Montrachets angerührt.«

»Die Flasche haben wir«, sagte Jon. »Nachdem der Wein getrunken war, hat Frances die Flasche ausgewaschen und in ihren Glascontainer gelegt. Glücklicherweise werden die Tonnen erst am Freitag geleert, die Flasche ist also noch da.«

»Ich kann immer noch nicht verstehen, warum sie Myles getötet hat«, warf Craig ein. »Und ehrlich gesagt auch nicht, warum sie Kate und Estelle bedroht hat.«

»Bedroht? Das Weib hätte uns um Haaresbreite mit ihrem Schinkenmesser in Stücke geschnitten!«, rief Estelle. »Gott sei Dank, dass sich schließlich doch noch ein vernünftiger Mann auf die Suche nach uns gemacht hat.« Und sie warf Jon ein verführerisches Lächeln zu.

»Craig war derjenige, dem aufgefallen ist, dass mit der SMS etwas nicht stimmt«, präzisierte er.

»Trotzdem wage ich zu bezweifeln, dass er eine praktische Lösung für unser Problem gefunden hätte«, sagte Estelle. »Übrigens weiß ich, was hinter der ganzen Geschichte hier steckt: Alles hängt damit zusammen, dass Frances im Alter von vier Jahren ihr Gemüse nicht aufessen wollte.«

Alle starrten sie ungläubig an.

»Aber es stimmt!«, trumpfte Estelle auf. »Sie hat mir alles darüber erzählt. Hörte sich ganz schön unheimlich an. Wenn Vampirgeschichten nicht allmählich aus der Mode kämen, hätte ich ihr vielleicht vorgeschlagen, sich für mich an einem Blutsaugerroman zu versuchen. Ihr Vater schlug Frances, weil sie ihre Karotten auf den Boden geworfen hatte – meiner Ansicht nach übrigens zu Recht –, und sie wünschte sich seinen Tod. Fünf Minuten später lag er blutend auf dem Bürgersteig. Frances war der Überzeugung, dass einzig ihr starker Wille dazu geführt hatte. In ihrer Vorstellung folgte dies einer ganz einfachen Logik: Was falsch war, wurde korrigiert, und die Gerechtigkeit hatte gesiegt. Diese Gewissheit durchflutete sie mit einer inneren Wärme, die unsereins nur nach einer spannenden Auktion oder nach sehr gutem Sex verspürt. Frances hat miterleben müssen, wie sich Peter bei der Carston-Sammlung gegen Ben durchsetzen konnte, und war der Meinung, dass er deutlich zu wenig dafür bezahlt hatte. In ihren Augen eine schreiende Ungerechtigkeit.« Estelle hielt inne und runzelte die Brauen, als überlege sie, ob Frances in diesem Punkt nicht vielleicht doch recht hatte. »Sie hielt mich gefangen, um Peter zu zwingen, ihr einen großzügigen Vorschuss auf seine zukünftigen Verkäufe auszuzahlen.«

»Geht es ihr um Ben oder um Adela?«

»Um beide, glaube ich. Immerhin wollte sie neunzig Prozent der Gewinne zwischen den beiden aufteilen und Peter mit einer Kommission von zehn Prozent abspeisen. Als Peter das ablehnte und Kate sich einmischte, ging für sie jedoch nach und nach alles schief. Als Reaktion darauf wünschte sie uns allen den Tod.«

»Aber sie hat Myles im Affekt getötet«, sagte Jon. »Ich habe heute Morgen mit einem Freund telefoniert, der mir erzählt hat, dass Frances gegen den Rat ihres Anwalts nicht aufhört zu reden. Angeblich ist es so zu der Tat gekommen: Am Donnerstagabend traf sie Myles, der auf dem Weg vom

Büro zu seiner Freundin in der Kingston Road war. Er hatte eine Tüte mit Lebensmitteln bei sich – unter anderem eine Flasche Montrachet – und eine schicke Tragetasche mit einem teuren Geschenk für Ellie. Myles schuldete den Akins mehrere Tausend Pfund, die er angeblich nicht bezahlen konnte, aber er hatte gerade erst ein kleines Vermögen für die Frau ausgegeben, die Frances als sein Flittchen bezeichnete. Während Frances überlegte, ob sie sich bei Oxfam einen warmen Mantel leisten konnte, gab Myles zwei- oder dreihundert Pfund für einen sexy Fummel für Ellie aus. Und weil sie sich keinen guten Burgunder kaufen konnte, hatte Frances sich eine Flasche Merlot im Supermarkt besorgt.

Myles schlug vor, die Diskussion im Büro fortzusetzen, anstatt sich auf der Straße zu streiten. Er bot ihr an, ihre Tüten zu tragen. Als er sie in den Büroräumen absetzte, nahm er den Wein heraus, um einen Blick auf das Etikett zu werfen. Er steckte ihn sofort in die Tüte zurück und zeigte ihr den Montrachet, um ihr klarzumachen, wie eine anständige Flasche Wein aussieht. Dabei lachte er. Es war dieses Lachen, das das Fass zum Überlaufen brachte. Frances riss ihm die Flasche aus der Hand und schmetterte sie in sein grinsendes Gesicht. Mit etwas Glück hätte sie nur seinen Wangenknochen erwischt, aber im letzten Moment sah er, wie sie ausholte, und drehte sich weg. Sie erwischte ihn direkt hinter dem Ohr und mit der Kraft einer Frau, die ihre Wut jahrelang unterdrückt hatte.

Niemand hat gesehen, wie sie kam oder wie sie das Büro wieder verließ. Alle hatten den Blick auf die vereiste Straße vor sich geheftet und hofften, möglichst bald den nächsten Bus nach Haus zu erwischen. Frances, die sich in Strickmütze, Schal und dicke Handschuhe gehüllt hatte, fiel unter den Menschen auf der Straße nicht auf. Wegen des Schnees unter ihren Schuhen, der im Warmen sofort schmolz, hatte sie auch nirgends Fußabdrücke hinterlassen. Vielleicht wäre man ihr eines Tages durch Zufall auf die Schliche gekommen, aber bis gestern gehörte sie sicher nicht zum Kreis der Hauptverdächtigen.«

»Alles hat mit ihrer Kindheit zu tun«, fuhr Estelle fort. »Wussten Sie, das Myles und Ben zusammen auf der Schule waren? Nachdem Myles' Vater gestorben war, kam der Junge auf eine öffentliche Schule. Er war immer ein ziemlicher Rabauke, aber irgendwie ist das verständlich, finden Sie nicht? Trotz des Schulwechsels blieben Ben und Myles Freunde. Frances behauptet, dass Myles einen ganz schön schlechten Einfluss auf Ben hatte. Ich persönlich bin davon nicht ganz überzeugt und glaube eher, dass sie zusammen über die Stränge schlugen.«

»Inwiefern?«, fragte Kate.

»Schnaps, Gras und Mädchen. Alles, was sie bekommen konnten.«

»Und wie haben sie das finanziert?«

»Genau das war das Problem. Ben hat seine Mitschüler bestohlen und wurde erwischt.«

»Und der Schule verwiesen?«

»Ja. Das hat Frances Myles nie verziehen. Trotzdem blieb Ben seinem Freund gegenüber loyal, sogar als Myles einen größeren Betrag aus dem Verkauf der Buchhandlung abzweigte, um damit seine Spielschulden zu begleichen. Ben war es, der keine Anzeige erstatten wollte. Er war sich sicher, dass Myles das Geld eines Tages zurückzahlen würde.

Während die anderen noch über das Gehörte nachdachten, schlüpfte Kate nach nebenan, um Peter anzurufen. Zu ihrer großen Erleichterung nahm er diesmal tatsächlich ab, und sie konnte ihm berichten, was geschehen war.

»Gott sei Dank! Sie ist in Sicherheit.« Er seufzte. »In spätestens einer Stunde bin ich da. Grüß Estelle ganz lieb von mir«, fügte er hinzu.

»Wird gemacht«, versprach Kate. »Aber unterwegs sollten Sie vielleicht darüber nachdenken, wie Sie Estelle den immensen Profit erklären wollen, den Sie mit Victor Carstons Büchern gemacht haben. Immerhin wurden zunächst Austin und später auch Frances darüber so wütend, dass es für einen Erpressungsversuch reichte. Natürlich haben sich beide kriminell verhalten, trotzdem werden Sie Estelle Ihr Vorgehen erklären müssen. Um es auf den Punkt zu bringen: Für Estelle ist dieser Handel kein ganz sauberes Geschäft. Und wenn sie eines nicht verzeihen kann, dann sind es Gaunereien.«

»Adela und ich haben einen juristisch wasserdichten Vertrag abgeschlossen.«

»Ich weiß.«

»Aber Sie und ich kennen Estelle und wissen, wie es sich anfühlen kann, wenn sie etwas übel nimmt«, lenkte er ein. »Sie haben recht. Ich werde mir etwas überlegen.«

Auf der Fahrt nach Oxford dachte Peter intensiv über den Ankauf der Carston-Sammlung nach. Nachdem er Estelle wieder in die Arme geschlossen hatte, erklärte er angesichts ihres prüfenden Blicks, dass er Adela mit einem gewissen Prozentsatz am Erlös der verkauften Bücher beteiligen wolle. Weil Estelle immer noch ein wenig frostig reagierte, erhöhte er die angekündigten »großzügigen« zehn Prozent auf »leichtsinnige und verschwenderische« fünfzehn.

Außerdem versprach er, Adela darum zu bitten, Austin einen Teil seines zukünftigen Erbes aus den Buchverkäufen schon jetzt auszuzahlen, damit der Enkel sein Bauvorhaben beenden und seinen Traum, Millionär zu werden, weiterträumen könnte.

37

»Das hörte sich ja alles sehr befriedigend an«, meinte Jon, als er es sich mit Kate und Craig am Abend bei einem wohlverdienten Glas Wein bequem machte. »Peter wird endlich so viel verdienen, dass sogar Estelle ihn respektieren kann, und Adela bekommt einen deutlich faireren Preis für die Bücher ihres Mannes. Ich glaube wirklich, dass Estelle Peter guttut. Immerhin lässt sie keinen Zweifel daran, was sie von ihm erwartet.«

»Hoffentlich bekommt sie nie heraus, dass er bereit war, ihr Leben aufs Spiel zu setzen, um das Geld zu behalten.«

»Ich denke, er ist klug genug, um dieses Thema zu umgehen«, sagte Jon. »Und sie will nur das Beste in ihm sehen. Immerhin sind sie ja auch erst seit vier Monaten verheiratet. Da hat man noch Schmetterlinge im Bauch, glaubst du nicht?«

»Na, hoffentlich. Hat mal jemand ausgerechnet, wie viel Adelas Bücher tatsächlich wert sind? Wie hoch war der Preis für Estelles Leben angesetzt?«

»Peter hat erst wenige Bücher verkauft. Und weil er nicht zu viel Aufmerksamkeit erregen will, wartet er mit den wirklich spektakulären Stücken noch. Er schätzt aber, dass er innerhalb der nächsten Monate über 500 000 Pfund verdienen wird. Und wenn er irgendwann Hemingways *Fiesta*, Virginia Woolfs *Mrs Dalloway* und James Joyces *Ulysses* auf den Markt wirft, alle signiert, in Bestzustand und mit Herkunftsnachweis, dann reden wir über Millionen.«

»Weiß man, aus wie vielen Büchern diese Sammlung denn nun besteht?«, erkundigte sich Craig.

»Etwa fünf- bis siebentausend Bände«, erwiderte Jon. »Die meisten befinden sich noch immer unter idealen Bedingungen in Victors kugelsicherem Keller, auch wenn Adela etwas anderes behauptet hat. Peter hält ein Auge auf die Sammlung. Man kann also sicher sein, dass keine Katze in diesen Keller eindringt.«

Eine kurze Pause entstand. Alle waren sehr nachdenklich geworden.

»Ich muss gestehen, dass wohl jeder bei einer solchen Summe schwach werden könnte«, sagte Jon schließlich.

Kate warf ihm einen aufmerksamen Blick zu.

»Mich natürlich ausgenommen.«

»Jedenfalls ist Peter jetzt in der Lage, Estelle ein paar schöne, wirklich wertvolle Geschenke kaufen zu können, um sich für sein Verhalten zu entschuldigen«, erklärte Craig.

»Ich frage mich, ob sie ihre Agentur behalten wird«, überlegte Jon.

»Ohne ihre Arbeit wäre sie nicht glücklich«, gab Kate zu bedenken.

»Ich bin sicher, sie lässt ihre Autoren nicht im Stich«, fügte Craig hinzu. »Jedenfalls nicht in absehbarer Zeit.«

Bei diesem Gedanken runzelte Kate die Stirn. »Nein, ganz bestimmt nicht. Was ist eigentlich mir dir, Craig? Hast du Pläne für die nähere Zukunft? Du weißt sicher, dass du hier bleiben kannst, bis du deine Recherchen in der Juristischen Bibliothek beendet hast.«

»Ich brauche höchstens noch einen Vormittag. Dürfte ich vielleicht noch einen Tag länger bleiben? Samstag fahre ich dann heim.«

»Nur unter der Bedingung, dass du noch einmal für uns

kochst, ehe du abreist. Mir war nicht klar, dass du in der Küche ein wahrer Meister bist.«

»Aber in sehr begrenztem Umfang. Noch zwei Gerichte, dann kennt ihr mein ganzes Repertoire.«

Alle waren erleichtert, dass sich das Gespräch weniger ernsten Themen zuwendete, als plötzlich das Telefon klingelte.

»Hallo Roz«, grüßte Kate nach einem Blick auf das Display.

»Wo hast du die ganze Zeit gesteckt?«, wollte ihre Mutter wissen. »Ich habe seit mindestens vierzehn Tagen nichts von dir gehört. Wolltest du dich nicht in regelmäßigen Abständen nach meinem Befinden erkundigen?«

»Sag bloß, das hättest du dir gewünscht!«

»Nicht wirklich. Aber mir gefällt der Gedanke, dass du mich gern genug hättest, um es wenigstens zu versuchen.«

»Aber natürlich, Mutter, das habe ich doch. Wie geht es dir? Achtest du auch gut auf dich?«

»Na klar!«

»Gut. Ich habe morgen noch nichts vor. Sollen wir irgendwo zusammen hinfahren?«

»Gern. Lass uns einen Ausflug nach London machen.« Das klang schon eher nach der guten, alten Roz. Kate freute sich.

»Geht in Ordnung. Nehmen wir den Zug kurz nach halb zehn?«

»Lieber den um kurz nach zehn.«

»Gut. Dann treffen wir uns am Bahnhof.«

»Ab Samstag sind wir dann endlich wieder für uns«, sagte Jon später an diesem Abend.

»Und ich kann an meinem Roman weiterschreiben, sobald Estelle sich gemeldet hat.«

»Ich weiß wohl, dass du nur aus diesem Grund so intensiv nach ihr gesucht hast. Trotzdem würde ich ihr an deiner Stelle noch ein paar Tage Erholung zugestehen.«

»Bestimmt nimmt sie sich am Wochenende frei, aber ich gehe jede Wette ein, dass sie am Montag wieder in ihrem Büro sitzt. Und ich freue mich schon richtig darauf, mich in mein schönes, ruhiges Arbeitszimmer zurückzuziehen und die Tastatur zu bearbeiten. Ich werde mich beeilen, versprochen.«

»Können wir danach endlich Pläne für unsere gemeinsame Zukunft schmieden?«

»Auf jeden Fall.« Kate setzte sich zu Jon auf das Sofa. Und als ihr einfiel, wie tröstlich sich seine Nähe am Abend zuvor nach ihrer Rettung angefühlt hatte, legte sie ihren Kopf auf seine Schulter.

ENDE

Die Angst geht um in Londons Strassen

Ann Granger
EIN MORD VON
BESSRER QUALITÄT
Ein Fall für Lizzie
Martin und Benjamin Ross
Aus dem Englischen
von Axel Merz
368 Seiten
ISBN 978-3-404-16655-8

Ein Abend im Oktober 1867. Dichter Nebel legt sich über London – wie ein Leichentuch. Und als er sich am nächsten Morgen lichtet, findet man in Green Park tatsächlich die Leiche einer jungen Frau. Allegra Benedict war die Frau eines Kunsthändlers in Picadilly. Was sie allerdings an diesem Tag in London gemacht und warum sie nur wenige Stunden vor ihrem Tod ihre Brosche in den Burlington-Arkaden verkauft hat, bleibt erst einmal ein Rätsel. Inspector Benjamin Ross vom Scotland Yard wird auf den Fall angesetzt. Zusammen mit seiner Frau Lizzie und deren Dienstmädchen Bessie untersucht er das Privatleben der Toten und entdeckt bald mehr als einen Grund, warum ihr jemand nach dem Leben hätte trachten können …

Bastei Lübbe Taschenbuch

Werde Teil der Bastei Lübbe Welt
You Tube
www.luebbe.de/ Meinewelt
Lesen, rezensieren, Bücher gewinnen
Lerne Autoren, Verlagsmitarbeiter und andere Leser kennen